AS CONFISSÕES DO HOMEM INVISÍVEL

Alexandre Plosk

As confissões do homem invisível

BB
BERTRAND BRASIL

Capa: Rodrigo Rodrigues

Editoração: DFL

2008
Impresso no Brasil
Printed in Brazil

CIP-Brasil. Catalogação na fonte
Sindicato Nacional dos Editores de Livros – RJ

P785c Plosk, Alexandre
As confissões do homem invisível/Alexandre Plosk. – Rio de Janeiro: Bertrand Brasil, 2008.
392p.

ISBN 978-85-286-1340-7

1. Romance brasileiro. I. Título.

CDD – 869.93
08-2777 CDU – 821.134.3 (81)-3

EDITORA BERTRAND BRASIL LTDA.
Rua Argentina, 171 – 1º andar – São Cristóvão
20921-380 – Rio de Janeiro – RJ
Tel.: (0xx21) 2585-2070 – Fax: (0xx21) 2585-2087

Para Karina Prince, com amor

Aproveito o intervalo e recolho os restos do jantar que ficaram sobre a mesa da cozinha. Lá de dentro, vem o som das chamadas e comerciais. Tudo muito caloroso nesse fim de ano. Enquanto lavo os dois pratos que foram usados, me ocorre que há algo de errado com o espelho da sala. No caminho, como de costume, me olhei de relance, como se cumprimentasse a mim mesmo e... não sei, havia algo estranho. Pode ser que tenha dado mofo. Subitamente, estava mais longínquo. Digo, eu mesmo. Como se o meu reflexo estivesse um pouco mais distante do que o usual. A bobagem passa tão rápido como veio e a novela, a série, o telejornal, o documentário e o jogo já vão recomeçar. Talvez seja melhor nem passar pelo espelho novamente.

Deitado na cama, me remexo bastante. De um lado para o outro. O filme foi agitado demais. Muitos tiros, muito heroísmo, muita sacanagem, muitos gols, muitas notícias. Que bom. Mas não é isso o que me faz não dormir. É o tal problema do espelho. Antes de vir para o quarto, me esqueci e cumprimentei-me novamente. Definitivamente, não vai bem. Notei uma nódoa na superfície. E eu

8

lá no fundo, menor e mais desfocado. Amanhã, levo na lojinha. Defeito no espelho.

É grande demais o espelho. O que fazer? Complicado mandar alguém buscar. Resolvo fazer um embrulho. Na papelaria, comprei um papel desses pardos. Esperei horas, pois, apesar dos poucos fregueses, insistiam em me deixar por último. Difícil assim... Um simples papel de embrulho demora duas horas e meia. "Ah, e um barbante também!" Ufa! Se não lembro de pedir, era capaz de passar a manhã inteira na papelaria.

Até que me saio bem na tarefa. Nunca fui muito bom em embrulhos, mas este aqui está me saindo excelente. O papel justinho, envolvendo o espelho. O espelho... Às vezes, o som da palavra fica esquisito quando o repetimos muitas vezes. Por que "espelho", e não outra palavra qualquer?

Enfim... o dia se vai nessas conjecturas sem sentido. Com o barbante, me enrolo um pouco, mas é isso. Tudo pronto. Ainda dá tempo de pegar a loja aberta. O relatório fica para mais tarde. Afinal, sou eu que faço meu horário. Trabalhar em casa tem suas vantagens.

Pela rua, vou atabalhoadamente carregando o grande retângulo pardo. Algo me diz que pareço estar numa daquelas comédias do cinema mudo. Carregando um espelho pela multidão. Mas, surpreendentemente, não há grandes conseqüências. Cheguei a sonhar com as pessoas gargalhando ao se depararem com a inusitada cena. Nada disso. É como se respeitosamente entendessem o drama por que passo. Sim, um drama carregar o imenso espelho até a lojinha. Tem horas em que vem alguém mais apressado e é preciso ser ágil, driblar o transeunte. Complica porque, nessa hora, o espelho acaba ficando na frente dos olhos, e aí, já é tarde. Esbarra-se em velhinhas, estudantes e até num policial mal-encarado. "Desculpe, seu guarda. Trata-se de um espelho e..." Acho que ele entendeu a dificuldade da situação. Estou suando quando chego à lojinha.

É incrível como atendem mal nesse lugar. Primeiro foi a instalação do espelho do banheiro. Colado à parede por um antigo funcionário da loja, simplesmente se soltou. Um dia, chegando em casa, dei com os pedacinhos de vidro espalhados pelo chão. Reclamar não adiantou. Davam garantia que resolveriam imediatamente a questão, mas ninguém aparecia. Acabei deixando de lado. Ok, o caso do espelho da sala era simples. Só trocar a moldura. Queria uma de desenho mais limpo, mais moderna do que aquela toda trabalhada que herdei junto com o apartamento. Ficou tudo muito direito. Mas estava lá aquele pequeno arranhão maculando tudo. Acho que foi isso. O defeito deve ter começado ali. Naturalmente, algum fungo por ali há de ter penetrado, deformando a imagem. Sou leigo, é verdade, porém me parece o mais provável.

Fico pensando em tudo isso e em qual a melhor maneira de iniciar a reclamação, só que o atendente finge-se de idiota para não encarar o cliente insatisfeito. Fala ao telefone, cantarola, lê o jornal, joga palavras cruzadas... É impressionante o descaso. Essa não! Vai fechar a loja? Eu que não volto amanhã para fazer o mesmo caminho. Dane-se! Anoto num papel uma dura reclamação, prendo-a ao espelho e deixo o embrulho na frente das outras encomendas. Dou 48 horas para resolverem o caso. Nem olho para trás. Que o imbecil leia o bilhete!

Os dias têm passado tranqüilamente desde o incidente do espelho. Tenho adiantado bastante os relatórios. Uma calma me invadiu por esses dias. Sem a obrigação de cumprimentar-me a cada passagem pela sala, fica tudo mais fácil. Principalmente quando o reflexo não reflete com precisão o dono do espelho. Afinal, de que vale um reflexo, se não reflete com exatidão?

E é isso também o que me atrai em fazer meu trabalho bem-feito. É preciso refletir o que os números dizem. Traduzi-los em palavras e gráficos. Meus relatórios devem refletir exatamente a maçaroca de algarismos. O leitor que os examinar há de ser incapaz de perceber qualquer diferença entre os números de um lado e as letras do outro. Não se trata de uma tradução, mas de uma reflexão. É isso.

Enquanto digito mais algumas linhas, lembro de ter mencionado mentalmente meus leitores. Aqueles que examinam meu trabalho. Pensando bem, é a primeira vez que considero a questão. Logicamente, tenho falado há semanas com a simpática moça que faz o contato com os gerentes e diretores da companhia. Mas, bem da verdade, nunca falei com qualquer um deles. Tenho que confessar a preocupação: e se não houver, de fato, qualquer leitor? Parece ridícula a indagação, mas nem tanto. Talvez, por uma questão de autoconfiança, tenha sempre evitado personificá-los. Só que, agora, o problema se inverteu. Não personificá-los está me desconcentrando. Afinal, se não existirem, para que escrever? Quanta bobagem! É claro que existem. E mesmo que não existissem, ainda assim, é um trabalho primordial a ser feito. Pois foi assim que me foi explicado por... Por quem mesmo? Ah, sim. O diretor-geral, conforme me garantiu a simpática mocinha. Por que sempre ela?

Enfim... Acabou-se o sossego. Como sempre... Muito sossego, véspera de confusão. O toque do telefone é como uma trombeta anunciando o fim da calmaria. Mas, será possível? Quem será a essa hora? Consulto os ponteiros, e o relógio me explica que "a essa hora" são inocentes dezessete e trinta e cinco. Isso é que dá. Fazer seus próprios horários acaba transformando qualquer hora em "a essa hora".

II

Mais alguns toques, e a secretária vai entrar. Nem cogito atender. As pessoas perdem a noção. Não entendem que qualquer hora é hora de trabalho para mim. Não... Acham que estou à disposição vinte e quatro horas por dia. Afinal, para o pessoal de escritório, trabalhar em casa é só uma maneira de enganar os outros. "Trabalha em casa!" A exclamação vem sempre acompanhada de um sorrisinho irônico.

Por isso não atendo mesmo. Que saibam que a qualquer momento posso estar ocupadíssimo. E estou mesmo. Além do mais, se for para botar os assuntos em dia, já viu... Horas... E nada de desligar. E ainda dizem que sou eu que estou sempre com tempo livre. Queria vê-los no meu lugar.

Pronto. Acabou-se a angústia. A secretária entra e vamos administrar a situação. Ah! Até que enfim está pronto! Já não era sem tempo. Mas só faltava essa... Nada de errado? Vamos ver... São uns cínicos! Vou lá agora mesmo resolver a questão.

Visto-me rapidamente e fico pronto em dois minutos. Passos lá fora. Malditos vizinhos! Se me encontram, lá se vão quinze minutos e a loja fecha. "Tão sumido, nunca mais nos vimos", "Queríamos tanto te apresentar uma prima que chegou do interior", "Não se cansa de viver sozinho? Já é hora de pensar em casamento, hi hi hi", "Acho que vocês combinariam tanto, hi hi hi", "Pára com isso, mulher!" etc. etc... Ora, que entendam minha pressa. Dou um aceno breve e exagero na cara de preocupação. Já podia imaginar a reação. Cara de espanto. Tão anormal alguém com pressa? Isso é que dá vir de cidade pequena. Não entendem nosso ritmo por aqui. E é correndo que passo pelos pedestres. Aqui, por entre as ruas e avenidas, é mais confortável. No meio da multidão, tudo é mais natural. Ninguém precisa ficar se cumprimentando. Mas o calor que faz hoje!

Chego na hora em que o funcionário já estava tomando impulso para arriar a porta. Não perco a viagem. Antes que ele possa falar qualquer coisa, esboçar qualquer reação, vou entrando. Passo bem na sua cara e ainda o cumprimento com um sorriso cínico, como se fossem dez da manhã. Azar... Que espere mais cinco minutos para ir embora.

Isso, vamos ver onde está o meu espelho... Que confusão! Tantos embrulhos espalhados pela loja. Onde é que... Ouço um rígido relincho metálico atrás de mim. O quê?! O sujeito teve a cara-de-pau de me trancar aqui dentro? Ainda corro para socar a porta, mas algo à minha esquerda me chama a atenção. Está bem ali o meu espelho. Aparentemente nada de errado. A nódoa de mofo nem está mais lá. Tampouco qualquer arranhão. Demoro alguns segundos a entender o que é que não faz sentido.

Olho atentamente por alguns minutos até me certificar de que não estou lá. Digo, minhas roupas estão lá. Mas eu não estou lá do outro lado do espelho. Meu reflexo não está nem longínquo, nem esmaecido. Simplesmente inexiste.

Sinto minhas faces ficarem vermelhas. Estou quente. Certifico-me de que não há mesmo ninguém na loja e tiro minhas roupas. Preciso ter certeza.

Já totalmente despido, encaro-me novamente. Fico assim por alguns minutos observando atentamente minha não-imagem. Nunca havia me visto daquele jeito.

É esquisito, pois, ao olhar para o meu corpo, posso enxergar perfeitamente meus braços, minhas pernas. O problema é quando me olho no espelho. O que será que o pessoal dessa loja conseguiu aprontar?

Então, depois de alguns momentos, cai a ficha e morro de rir. É claro: o cliente chato, que reclama de tudo. A melhor vítima para uma dessas pegadinhas televisivas. Olho para cima, procurando uma câmera, e já me imagino aparecendo na TV, num domingo à tarde. Pensando bem, seria uma boa oportunidade para reencontrar os velhos amigos. Será que o pessoal da emissora poderia informar com precisão o dia e a hora em que a brincadeira vai ao ar? Saindo daqui, já posso comprar alguns petiscos para ir abastecendo a casa. Há males que vêm para o bem. Toda essa confusão com o espelho vai acabar servindo para revê-los. Já faz tanto tempo... Quem chamaria? O Alberto ainda mora aqui na cidade, eu acho. Temos a Susana, a Judith... Ela é religiosa. Preciso comprar algo kosher também. Esses ortodoxos não comem nada que não venha com o símbolo de aprovação do rabinato. Quem mais? A Janete... Não sei se casou-se ou não com aquele arquiteto. Enfim... Às vezes, precisamos de um quê de inusitado para as coisas voltarem ao eixo. Então, vamos agir.

Bato à porta. "Ok, obrigado pela brincadeira! Me pegaram!" Vamos, vamos... Já está ficando tarde e, se vou organizar o encontro do domingo, é preciso terminar os relatórios anuais em tempo.

Depois de bater mais algumas vezes, desisto de esperar. Não adianta. A brincadeira deve ter desdobramentos, imagino. Vão mostrar também meu desespero querendo sair. Será que os gêmeos vão rir muito da minha cara no domingo? Daniel e Isaac Casterman são capazes de me provocar anos a fio com a história toda. Valerá a pena tudo isso? Bem, melhor garantir, ficar quieto. Não dá para bobear. Fico impávido, como se estivesse em casa. Aliás, pensando bem, um deles pode ter armado tudo isso. É claro! Se não me engano, foi o sacana do Isaac quem me indicou a loja! Bem... não estou tão certo.

O melhor que tenho a fazer é sentar-me por aqui e esperar. Acho um cantinho pelo chão e me encosto na parede. Até que o lugar é relaxante. Pela grade improvisada ali no alto à esquerda, no buraco da parede onde imagino que deveria haver um ar-condicionado, entra um aconchegante facho de luz da rua. Assim, o ambiente é banhado por uma luminosidade azulada bastante agradável.

A sensação de paz e tranqüilidade me ajuda a respirar melhor. Isso ajuda a gente a refletir. A calma vai tomando conta de meus ombros, de meus braços, minhas pernas. E vou aceitando melhor tudo aquilo. Por que se levar tão a sério? Por que não aproveitar o momento? Pelo menos, é preciso admitir que o truque foi bem-feito. Por que não fazer o jogo deles e ir até lá, participar da brincadeira?

Sem pensar muito, levanto-me e vou andando em direção ao espelho "viciado". É engraçado, mesmo sabendo de tudo o que há por trás, sinto o coração bater um pouco mais rápido à medida que avanço rumo a essa misteriosa superfície reflexiva.

Ali está ele: a mesma moldura trocada há alguns meses. E lá dentro está a loja. Olho à minha volta. Reparo atentamente nos objetos ao meu redor e vou conferindo um por um para ver se estão mesmo lá dentro. Sim, está tudo no interior do espelho. Ou melhor, tudo menos eu. Fixo-me na imagem. Há um incômodo momento de desequilíbrio. O fato de não ter seu próprio corpo como referência deixa a gente um pouco tonto, como se o chão estivesse balançando. Como se este pequeno estabelecimento ficasse num navio à deriva.

Fecho um pouco os olhos, tentando encontrar um novo ponto de equilíbrio. Sim, pouco a pouco, vou me centralizando de novo. Lentamente, vou abrindo os olhos e entendendo o espaço que se me revela. Ali dentro do espelho, tudo parece mais real do que a própria realidade. Os vários embrulhos enfileirados. A cadeira, a mesa com o lápis e alguns papéis. O calendário. A parede ao fundo.

Chego mais perto. Cada vez mais perto do espelho. E aí se dá algo curioso. Sente-se uma vertigem. Dessas que nos acometem à beira de um abismo. Quando olhamos para baixo e algo lá, bem pequenininho, também nos olha, como que nos chamando. É desse jeito mesmo. Só que aqui não se trata de uma vertigem vertical, mas uma espécie de vertigem horizontal. Ela te impele para frente. É preciso cuidado para não ceder. Meu rosto já está bem próximo do abismo.

15

Inicia-se, então, um mal-estar. Ele começa longínquo. Apenas alguns sintomas desconfortáveis. Uma tontura, um fraquejar, uma mão passada nos olhos, uma tentativa de se encostar em algo, procurar apoio, dar-se conta de que não há apoio disponível. A coisa toda vai num crescendo rápido, exponencial. O estômago embrulha uma vez, duas vezes, três mil vezes, enjôo forte, brutal. Vou vomitar a qualquer momento. As pernas perdem a força. Estão trêmulas. O suor frio, gelado, no pescoço, na nuca. A sensação é de morte súbita.

Grito por socorro. Ninguém me ouve. Ninguém me ouvirá. Ninguém tem me ouvido. Mal reconheço minha voz. Uma bola acerta meu rosto. Isso dói muito. Choro. São flashes que parecem ser da minha vida. Ao mesmo tempo, imagens que desconheço totalmente. Tudo vem misturado. Os ruídos do verão no campo, a mão dela sobre os cabelos do menino, um fósforo riscado, a cabana queimando, números se transformam em letras hebraicas, beijos na escada, nuvens, areia, aplausos, acordes de piano, a bola de fogo explode no céu, um enterro noturno, um parto complicado. O abismo. São centenas, milhares de fragmentos de vida em um segundo. Onde estou agora? Berro de dor, de medo. Como tantos outros já gritaram antes. Vomito sangue. Um último grito sem som. Não há mais nada que se possa fazer.

Estou há um longo tempo tentando entender o que aconteceu. Ouço um zumbido no ar. Lembro-me de estar à beira de um abismo. Quanto tempo terá passado?

Olho em volta. Vejo um ambiente ligeiramente familiar. Há vários embrulhos enfileirados pelo chão. É uma loja de espelhos. Aparentemente é a mesma onde estava. Não tenho certeza. Pelo menos é bem parecida. Não me lembrava de que a luz aqui era tão esverdeada. Esfrego bem os olhos, pois, com a maldita iluminação que instalaram, se vê tudo com esse maldito granulado.

Mal me recupero e percebo um som distante. Alguém está tentando entrar. Pelo ruído da chave na fechadura, estão com dificuldades. Sinto raiva, pois não me imagino levantando e fugindo daqui.

Eles entram pela portinhola que faz parte da grande porta de aço. São dois vultos. Por instantes, parecem ser um só. Abro bem os olhos, vou me acostumando com a pouca luz e entendo que duas pessoas ingressaram na loja. Fico em silêncio. Podem ser dois ladrões. Meu coração bate mais rápido. É assim... Quando as portas do acaso se abrem, melhor não fazer ingênuos planos dominicais. Acasos não existem, recordo-me. O que será que eles querem? Estarão armados?

Pouco provável. Quase risível. Afinal, dois ladrões numa loja de espelhos. Ladrões de espelhos?

É um casal. E não é um casal de ladrões. Estão se beijando, se agarrando desesperadamente. Ele quer puxá-la para o fundo da loja e ela resiste.

Fico sem saber o que fazer. Numa situação dessas, dificilmente alguém se denuncia. A curiosidade dá pane em qualquer senso moral. Simplesmente, fazemos o que deve ser feito: esconder-se da melhor maneira possível e ficar bem quieto para poder ver e ouvir melhor. E é exatamente o que faço.

Meto-me entre embrulhos de espelhos e fico ali, bem silencioso, achando que deveria ter falado qualquer coisa e ido embora, mas já é tarde. Enquanto caminham até a salinha no fundo, ele vai tirando a blusa dela. O sutiã é mais difícil e ela mesma abre o fecho. Ele mergulha em seus seios. Entre gemidos, ela segue sussurrando "eu sei que você não gosta de mim".

É tão humana essa frase se misturando aos gemidos. Sabe que o outro não a ama, mas isso não é o suficiente para afastá-lo de seu corpo. Em que contexto estarão vivendo esse romance? Crio a teoria de que é o dono da loja e a atendente, os dois comprometidos. Ele casado, ela noiva. Se empolgaram na comemoração de final de ano e aqui estão concretizando o desejo que experimentaram desde que se viram pela primeira vez.

Ele a puxa para o canto da salinha, e infelizmente meus olhos perdem o contato com a cena. Melhor assim. É questão de agüentar firme mais uma meia hora até encerrarem-se os trabalhos e pensar em alguma maneira de sair daqui.

Obviamente, não consigo me contentar com a trilha sonora ambiente de gemidos, gritos e sussurros. Levanto-me com cuidado. Um pequeno embrulho vai ao chão. Ao tentar salvá-lo, me desequilibro e derrubo um outro muito maior, mas consigo salvá-lo no último instante.

Lá de dentro, ela se assusta. Pergunta se tem alguém ali. Ele resmunga que não fale bobagem, e logo esquecem o ruído.

Já suando, vou na ponta dos pés até a entrada da salinha e aí consigo vê-los através dos espelhos.

Por vários ângulos diferentes, vejo-o abaixar a calcinha dela, beijar mais uma vez sua nuca e sua boca e penetrá-la reclinada sobre a mesa. Eles gemem de tesão.

Um, dois, três, quatro, cinco, seis, sete... doze. São doze espelhos de vários tamanhos e formatos diferentes. Redondos, quadrados, retangulares. Cada um deles me apresenta um novo enquadramento do casal. Quando percebo, já não sei se vou conseguir resistir. Ela geme cada vez mais, se entregando completamente. Masturbo-me como se fosse eu quem estivesse por sobre a esguia atendente.

E, então, acontece algo curioso. Ela se vira para trás e nossos olhares se cruzam. Tudo parece parar neste momento. Enquanto ele a penetra, eu e ela nos encaramos em silêncio. Porém, poucos segundos são suficientes para que eu entenda que, em verdade, eu a vejo, mas ela não me vê. A sensação é como se, numa sala de cinema, um espectador privilegiado pudesse encarar os olhos da atriz principal. Na ficção, onde os personagens jamais admitem que há alguém fora da tela, vive-se num universo paralelo. No entanto, eu consigo olhá-la nos olhos. Como se pudesse entrar naquele mundo, sem fazer parte dele.

Ela vira para o lado. Aperta os olhos com força. Eles vão gozar, mas não participo do momento festivo. Algum resquício moral me impede de ir até o fim como espectador.

Recolho-me ofegante, tentando recuperar o fôlego num canto. A respiração custa a voltar ao normal. Fico uns bons minutos assim, até me lembrar de um detalhe muito constrangedor. A pegadinha do domingo. Essa não... Como pude cair tão tolamente.

É óbvio... Um casal entra exatamente na seqüência de todo esse qüiproquó com o espelho. Já escuto os gêmeos chorando de rir, cuspindo cerveja e salgadinhos. Janete desviando o olhar, constrangida. E eu, sem graça, sem ter o que dizer.

Melhor cancelar o domingo. Não posso me expor ao ridículo desse jeito. O que fazer agora? Os dois já estão quietos há um bom tempo lá dentro. É preciso pensar em alguma coisa. A chave deve estar por ali, ao meu alcance.

Na ponta dos pés, vou até a porta da salinha. Dá para ver os dois vultos deitados, abraçados no chão. Coragem! Sigo em frente e chego bem perto da mesa. Tateio para lá e para cá. Aqui está! A chave da portinhola. Estou livre.

Antes de voltar, ouço um grunhido. Espero mais alguns instantes até que desapareçam todos os ruídos. Vou retornando bem devagarinho.

Como num déjà vu, é como se estivesse em casa, voltando para a saleta de televisão e o impulso natural é de me cumprimentar no espelho da sala. Como se fosse um velho conhecido.

Porém, uma lembrança física me paralisa antes de virar os olhos naquela direção. De novo, a tontura. O estômago se revirando. Não posso fazer isso. Estaria disposto a passar por tudo aquilo novamente? Desmaiar? Talvez, morrer? Simplesmente, é mais forte do que eu. Não há como recuar.

Olho fixamente em frente. Depois olho para os lados. Em nenhum dos doze espelhos há qualquer imagem minha. Os mesmos objetos reflexivos que me apresentaram o casal em tantos ângulos agora estão mudos. Nenhum sinal daquele que os procura já incessantemente, quase tremendo.

A sensação é fulminante. Como um ataque cardíaco. A percepção do problema vai ficando cada vez mais aguda. Não há mais espaço para brincadeiras, pegadinhas e cervejas cuspidas num inocente domingo à tarde. Só um momento de susto e pavor.

Tento sair andando de costas. Procuro me equilibrar, mas vou percebendo que já estou caindo em câmera lenta. O estrondo deve ter sido grande, pois o casal se levanta na hora. Arrasto-me para debaixo dos embrulhos, e ele vem procurando algum invasor pela loja com sua lanterna. Ainda escuto ela dizer que "abra essa porta correndo e vamos embora daqui".

Deitado nu em minha cama. A cabeça dói absurdamente e tenho vários hematomas espalhados pelo corpo. Passo a mão pelo rosto e sinto a face toda arranhada. Instintivamente, penso em ir até a sala me olhar no espelho. É quando um pensamento vai levando até o outro e o fio da memória vai me puxando de volta aos acontecimentos da noite passada.

Escondido no meu canto, entre os embrulhos da loja, pouco a pouco fui me dando conta de um detalhe absolutamente inusitado. Com toda a gigantesca confusão esqueci-me de colocar as roupas de volta. Estava totalmente nu. Era preciso vestir-me rapidamente antes que alguém quisesse entrar. Porém, inexplicavelmente, não conseguia encontrá-las. Lembro-me bem de tê-las colocado sobre o balcão. Não estavam em nenhuma parte.

Comecei a ficar muito nervoso. A brincadeira já ia longe demais. Olhei em volta, atrás de alguma solução impossível. Revirei o ambiente todo. Nem sinal de minhas roupas. Até que nos fundos do imóvel, junto ao banheiro, encontrei um armário para os funcionários guardarem seus pertences. Por sorte, havia uma calça e uma blusa azuis, um uniforme esquecido por ali. Ficaria um pouco folgado, mas estava salvo.

A história toda do espelho ficou em segundo plano. Afinal, não seria sensato dar crédito ao fantasioso evento dos doze espelhos na salinha. Enfim, o que realmente importava: a portinhola estava devidamente trancada e eu acabara de me vestir. Um silêncio exagerado e pouco natural me fez suspeitar que, do lado de fora, dois policiais estivessem prestes a entrar e atirar na primeira coisa que se movesse na loja. Olhei para trás, procurando alguma idéia, e enxerguei ao fundo, à direita, uma pequena escada. Coloquei alguns embrulhos junto à porta para o caso de atrapalhar a dupla e impulsionei-me rapidamente em direção à escada caracol.

Subi aos tropeços e, já tonto, vi-me num pequeno escritório, uma espécie de mezanino mínimo. Tinha-se de abaixar a cabeça para caber ali dentro. Notei que havia vários papéis espalhados sobre a mesa metálica. Fiquei olhando para os documentos, notas fiscais, recibos e contratos, como se pudesse haver ali alguma explicação. Como se fosse achar a prova do crime. Até revirei algumas pastas. Talvez encontrasse, pelo menos, alguma pista para entender o que havia acontecido comigo acerca desse... como chamar? Desse mal-entendido. Até que, finalmente, me dei conta de um papel azul que estivera o tempo todo bem à minha frente, onde li algumas palavras que me eram familiares. Por precaução, meti-o no bolso.

Não sei se era minha imaginação sonora, mas escutei os guardas adentrando a loja. Foi quando vi uma pequena janela. Precipitei-me até o peitoril. Dava para a área interna do prédio. A altura era tranqüila para um salto. Contudo, esperei os passos se aproximarem até tomar coragem de saltar.

De vez em quando, as alturas enganam. Caí pesadamente, com as plantas dos pés. O corpo se flexionou todo, tentando absorver o impacto. Não havia tempo para sentir dor. Olhei em volta e nada de portas. Para cima, o bloco de concreto me rodeando. Uma cabeça se colocou para fora de uma das janelas lá no alto. O homem apontou para mim. Vestia um uniforme. Escutei um apito de advertência e joguei-me com toda a força na porta que devia dar na portaria do edifício vizinho. Nada feito. Era preciso muito mais força para derrubá-la. Lá em cima, o homem que me apontava, agora parecia estar portando um objeto metálico. Tomei impulso e a porta de madeira quase cedeu ao impacto. Quando o brilho reluziu lá em cima, acelerei com tudo. Os tiros passaram zunindo por sobre minhas costas. Fui cair no piso da portaria, por entre pedaços de madeira, acordando o vigia noturno. Nem deu tempo para o rapaz esboçar qualquer reação. Gaguejei alguma desculpa e saí pela porta da frente.

Lembro-me de ter corrido durante um bom tempo pelas ruas. Corria e olhava para trás, ofegante.

Depois de uns quinze minutos, recostei-me na pilastra de um prédio, tentando recuperar o fôlego.

Aproveitei para dar uma olhada no papel azul que peguei na loja. Apenas coincidência? Justamente a nota fiscal da época em que mandei trocar a moldura do espelho. Coincidências não existem, era preciso gravar isso muito bem. Mais curioso ainda é que, grampeada a ela, estava a nota fiscal da compra do espelho, pelo antigo morador, há mais de cinqüenta anos. O papel é tão velho que se esfarela nas minhas mãos. E por que ainda guardariam esses documentos sem qualquer utilidade? Provavelmente àquela hora, eu já não raciocinava bem, pois me recordo que as letras e números pareciam estar incompreensivelmente brilhantes, como se tivessem luz própria. Talvez fizessem parte do jogo, pensei confusamente. Algo que os isentasse de qualquer culpa, caso não aceitasse bem a brincadeira toda. Guardei os papéis no bolso. Dei-me conta de que, junto com minhas roupas, havia perdido a carteira também.

Só uma coisa conseguiria interromper o terrível fluxo de pensamentos que sintetizavam os acontecimentos das últimas horas. Era preciso beber. E muito.

Procurei por algum bar aberto. Vagamente me familiarizava com as redondezas, apesar de conhecê-las há mais de dez anos. É que as ruas e tudo o mais me pareciam tão iguais, mas tão diferentes. Raciocinei rápido: muda-se o referencial, muda-se a percepção. Melhor não pensar.

Lembro que, na rua de trás, havia um boteco que fechava suas portas já de manhã. Caminhei pelas calçadas desertas e, lá chegando, dei com as portas fechadas. Cheguei a socá-las, mas não surtiu qualquer efeito.

Ou melhor, como num ato reflexo para meus murros desesperados, ouvi algumas risadas bem próximas. Elas não vinham de dentro do boteco, mas da calçada em frente. Um bêbado largado no chão apontava para mim e ria sem parar. Dois outros o olhavam sem entender o porquê de tanta graça. Em outras circunstâncias, teria ido embora imediatamente, mas o cheiro de álcool me impedia de partir e me impulsionava em direção ao trio.

— É possível, amigos, que me concedam um pouco da bebida?

Neste momento, o bêbado de riso escandaloso ficou sério e calado. Os outros dois é que desataram a gargalhar. Fiquei sem saber o que fazer. Justamente o mais imundo dos três me ofereceu sua garrafa. Fui tomando de um fôlego só, como se fosse água. Aí, o que começou a rir primeiro, e que parecia ser o líder, arrancou a garrafa das minhas mãos e me ameaçou por ter exagerado na dose.

Os outros dois tomaram as minhas dores e logo estavam se engalfinhando por minha causa. Ainda tentei dissuadi-los, mas sequer me escutavam. Minha aparição tinha sido a gota d'água para que começassem a brigar. Eles se estapeavam, se arranhavam, se mordiam, riam, acho que até se beijavam. Enfim, como pareciam estar se divertindo, não titubeei e acabei com a garrafa de aguardente barato.

Depois, passei para a outra. Quanto mais bebia, mais agradável ficava a cachaça. Aliás, mais agradável ficava tudo. Deitado no chão, olhava as estrelas no céu e me ria e me ria. Uma felicidade gostosa tomou conta de meu espírito.

Já tonto, vendo tudo embaçado, percebi que os meus colegas tinham esquecido da briga e atraído suas atenções para outro foco.

Um deles puxava minha camisa. Ou melhor, a camisa que eu encontrara na loja. O outro já tirava as minhas calças e o terceiro colocava a mão no meu bolso. "Alto lá, companheiro!" Não ligaram nem um pouco para minha bêbada reação e continuaram a arrancar minhas roupas. Então, passamos a brigar. Eu contra os três. Apesar da desvantagem numérica, a coisa andou equilibrada por um tempo. Acho que devido a muitos anos de concentração alcoólica no sangue, seus golpes eram sempre mais lentos e débeis do que se poderia esperar.

Porém, a coisa foi num crescendo, tomando maiores proporções. O dono do riso alto arranhava minha cara com toda a força. Um deles sacou um bastão e começou a me golpear nas costelas. Usei minhas pernas, consegui rodar e derrubá-lo ao chão.

Quando parecia que estava virando o jogo, vi o menor deles acertar com toda a força um objeto em minha cabeça. Álcool, sangue e cacos de vidro respingaram sobre minha testa, descendo pelo meu rosto.

Acordei já com os primeiros raios do dia amanhecendo. Estava deitado no asfalto. Sem a camisa, sem a calça. Totalmente nu. E ainda me levaram o papel azul, a maldita nota fiscal.

Levantei-me aos poucos. O corpo todo doído. Olhei para os lados: alguns porteiros na faxina, as primeiras pessoas indo trabalhar. Incrível a falta de solidariedade hoje em dia. Sequer uma boa alma para ajudar. Talvez estivessem com medo. A verdade é que, com a violência de hoje em dia, não se pode facilitar, contemporizei.

Envergonhado, fiquei escondido atrás de um carro. Mas aquilo só piorava a situação. Mais e mais pessoas ganhavam as ruas. Crianças indo para as escolas, camelôs montando suas barracas, empregadas comprando o pãozinho para o café-da-manhã...

Não ia adiantar nada ficar ali parado. Pelo contrário. A complicação só aumentava. Tomei coragem e corri até um prédio. Tentei falar com o porteiro, mas ele fez questão de me ignorar.

Olhei em volta e reconheci o guarda em quem havia esbarrado há uns dias. Lembrei da perseguição policial da noite passada e, para minha segurança, achei melhor não importuná-lo.

Ok, já que a solidariedade era artigo escasso à minha volta, pois que pudesse pelo menos cobrir meu corpo. Foi quando tive a idéia da banca de jornal. Estava bem ali à minha frente, por que não pensei nisso antes?

Nada poderia ser mais fácil. Espremido entre dois carros estacionados, esperei que o açougueiro e uma babá acabassem de ler as manchetes do dia. Quando foram embora, não titubeei. Esgueirei-me rapidamente, arranquei um dos exemplares afixados e enrolei os cadernos de política e economia em volta da cintura. Tudo bem, tinha plena noção do ridículo da situação, mas era muito melhor do que andar pelado até meu edifício.

Para piorar, era preciso ir caminhando a passos curtos, pois era como se eu estivesse vestindo uma minissaia. Logo, logo, a coisa surtiu o efeito indesejado. Um garoto começou a apontar para mim, sorrindo, e puxou a mãe para ver. Em poucos segundos, todo mundo notou minha presença. O pessoal da companhia de gás, o surfista na bicicleta, as adolescentes indo para o cursinho, aquela senhora da minha rua, o guarda... Tentei andar mais rápido. Devo ter ficado extremamente patético, pois quanto mais tentava me apressar, mais chamava a atenção. Preocupado com a reação do policial, tentei correr, mas como os passos não podiam ser largos demais, efetuou-se o inevitável. Tropecei e fui ao chão.

De cócoras, olhei de soslaio para os lados. Respirei fundo, me levantei e tentei ir atrás do jornal que voava para longe. Aquilo devia ter sido o ápice dessa cena dantesca protagonizada pela triste figura desnuda. Porém, para minha surpresa, tudo voltou ao normal quando o jornal foi carregado pelo vento. Simplesmente, o público perdeu o interesse.

Tentando enganar a mim mesmo de que aquilo não estava acontecendo, saí correndo em disparada para casa. Se iriam me ver nesse estado, que fosse pelo menor tempo possível.

Nu, corri o mais que pude por dois quarteirões. Então, pouco a pouco, fui diminuindo o ritmo. Era preciso aceitar os fatos. Por que continuar me iludindo? Talvez como um instinto de defesa psicológico, tentei ignorar o que já havia percebido há cerca de quatorze horas. Como se tivesse o poder de transformar alguma coisa apenas com a força do pensamento.

Não. Nada havia mudado desde aquele primeiro momento em frente ao espelho, lá na loja. Para todos os efeitos, eu era um homem invisível.

Mentalmente, refiz as cenas do casal de amantes indo embora com medo do ruído inexplicável, o policial atirando em algo que se moveu lá embaixo, meus companheiros bêbados assistindo a uma roupa se movendo no vazio e, finalmente, o jornal que voava tão bizarramente pela rua.

Ainda com o espírito em desordem, fui caminhando para casa. Muitos detalhes da minha nova condição se misturavam naquele momento. Todas as conseqüências que aquilo tudo iria acarretar em minha vida.

Só que havia algo ainda mais inquietante. O que contava de verdade, lá no fundo, não eram as conseqüências, mas as causas.

Nas últimas horas, prostrado na cama, vim rememorando tudo o que havia feito ou deixado de fazer nas semanas anteriores. Poderia ser algo que comi, qualquer coisa que bebi, exposições excessivas a raios catódicos televisivos, falta de sol, trabalho demais... Tudo eram desculpas, eu sabia no íntimo.

Era preciso encarar a questão friamente. Não havia um fator único, algo singular que subitamente me havia transformado num homem sem reflexo. Não. Bastava pensar com um pouco mais de clareza, mais distanciamento.

A minha visibilidade foi diminuindo pouco a pouco. O brilho foi se extinguindo. Como uma dessas milhões de estrelas que nascem com um brilho intenso e vão se apagando. Bilhões, trilhões de anos. Não importa. O brilho vai num longo e inevitável processo, desaparecendo para sempre.

Embora essa versão fosse tão infundada quanto outra qualquer, gostava de acreditar nela. Fazia força para me convencer desse delírio. De alguma maneira, a teoria de ir desaparecendo aos poucos me acalmava, me confortava, me deixava em paz comigo mesmo. Era uma boa explicação, pelo menos para a minha cabeça.

Eu queria muito que esta fosse a mais pura e única verdade. Talvez estivesse tentando esconder de mim mesmo que já me sentia um bocado enfermo desde que chegara ao fim do Projeto, alguns meses antes. Ele fora tão exaustivo, seus resultados tão devastadores, que precisava apagá-lo da memória.

Portanto, numa primeira impressão, estava convicto de que o que se passara comigo era apenas o epílogo de uma história previsível. Que já se sabe de antemão como vai terminar. Enfim, se isso ocorre com milhões de estrelas, por que não poderia ter-se dado comigo?

Chegava à firme conclusão de que nada havia acontecido de uma hora para outra. Era apenas o final de um longo, inevitável, físico processo.

Tentava absorver o peso dos últimos eventos. De qualquer jeito, tinha coisas mais urgentes para me preocupar. O que iria acontecer dali para a frente? Num primeiro momento, a coisa tomou uma carga dramática a qual não estava mais acostumado. Uma sensação desconfortável. Fazia tempo que não experimentava coisa do gênero. Depois, calculei melhor. Não estaria exagerando? Fazendo um melodrama desnecessário?

Pensando bem, não havia motivo para grandes preocupações. Afinal, minha vida continuaria basicamente a mesma.

As poucas pessoas com quem ainda mantinha contato, raramente nos víamos. De modo geral, só nos falávamos por telefone. Aliás, já fazia bastante tempo desde a última ligação.

Só tive certeza de tudo isso depois daquele telefonema. Era um dos antigos amigos de escola. Falamos de amenidades. Fizemos as tradicionais provocações futebolísticas. Em um dado ponto da conversa, ele me perguntou como iam as coisas, o que havia de novo? Refleti por um momento. Talvez um pouco mais do que o habitual.

Ele ficou pouco à vontade com os intermináveis cinco segundos de silêncio e me perguntou se eu ainda estava do outro lado da linha. Depois de alguns instantes de hesitação, disse que sim. Era eu mesmo do outro lado da linha. E não, não havia nada de novo para contar. Depois de anotar a data da festa comemorativa pelos cinqüenta anos de nosso velho colégio, desliguei o telefone, já me sentindo muito melhor. Para que supervalorizar um detalhe do cotidiano?

Naquele exato instante, ainda não tinha a mais remota idéia de todos os fatos extraordinários que viria a experimentar nos meses seguintes.

Pensei ter ficado semanas ruminando todas essas considerações, mas, tempos depois, refiz os cálculos e cheguei à conclusão de que não deve ter passado de uma manhã.

Não sei se foi um certo detalhe de tudo o que me aconteceu na noite em questão, mas a verdade é que o peso da descoberta foi se esvaindo muito mais rapidamente do que poderia imaginar e dando lugar a uma excitação crescente. Diria que física, até.

Acho que foi ali, entre tantos fragmentos de imagem vistos numa alucinante edição do flashback das últimas horas, que se deu o clique. Por mais insólito que fosse rever-me não me vendo no espelho, a cena recorrente desse filme experimental era uma outra imagem que não me saía da cabeça. Refiro-me ao enquadramento da atendente sensualmente me olhando e não me olhando nos olhos, inclinada sobre a mesa no fundo da loja.

Confesso que, naquele momento, simplesmente deixei de pensar.

Já não sentia mais pena de mim, nem tinha vontade de conjecturar qualquer teoria sobre meu novo estado. O que me fez levantar daquela cama, de onde talvez jamais tivesse saído, e ir para a frente foi esta força vital.

29

Depois de correr nu e assustado pela rua na noite passada, eis que agora caminhava a passos largos em plena luz do dia. É verdade que ainda me sentia um tanto incomodado de ter tanta gente à minha volta, estando daquele jeito. Mas era mais forte do que eu. Era algo inerente à minha nova condição.

Afinal, a nudez não era gratuita. Não se tratava de uma espécie de exibicionismo infantil. Seria preciso tomar muito cuidado com qualquer objeto em contato com meu corpo. E isso, naturalmente, valia para as peças de vestuário. Relembro o caso dos bêbados que viram uma calça e uma camisa bebendo uma garrafa de pinga.

Assim, uma vez que era levado por essa força e deveria estar totalmente nu, a cena descrita era absolutamente justificável.

É fato que floreio bastante. Não foi nada fácil quanto possa parecer esse desfile em dezembro. Fui ganhando força à medida que tudo foi se confirmando. Já livre do clima onírico que havia se espalhado pela noite-madrugada da descoberta, era a primeira vez que, digamos, em sã consciência, testava o meu novo estado.

Primeiro foi o pânico quando o elevador parou no terceiro andar. Cheguei a titubear na hora em que a porta se abriu. Instintivamente, virei-me de costas. Mas a vizinha entrou, apertou o botão que a levaria ao andar térreo, cantarolou uma antiga melodia e ajeitou os cabelos. Depois, o porteiro do prédio. Em seguida, o senhor que passeava com seu cachorro. O guardador de carros. O jornaleiro. Ninguém. Absolutamente ninguém me via. Nem as senhoras, nem o guarda, nem os rapazes do surfe, nem as adolescentes.

Em suma, pouca coisa havia mudado em minha vida. Depois de caminhar invisível pela multidão, constatei o óbvio, que ser alguém visível é que é algo realmente raro.

A bem da verdade é que toda a questão filosófica teria de ficar de lado por um tempo. Estava chegando à Loja de Espelhos.

E lá estava ela: a esguia atendente sorrindo ao telefone.

Custei a entender por que fazia tanta questão de me aproximar dela. Afinal, abria-se para mim um universo bem amplo de possibilidades. Por que justamente ela? Não sei, acho que foi o jeito de murmurar "eu sei que você não gosta de mim". Mas, sobretudo, o momento em que, reclinada à mesa, virou-se para trás e pareceu me olhar nos olhos. É claro que não passava de pura fantasia. Já naquele instante, seus olhos não seriam capazes de me ver. Só que, mesmo agora, me iludo de que era a mim que procuravam.

Obviamente, havia uma alta dose de carência em toda essa confusão emocional. Talvez a tentativa de me agarrar a algo ou a algum sentimento real, já que, olhando para trás no tempo, não havia muito em que me ancorar. Deixo a nostalgia de lado ao vê-la desligando o telefone e pousando seu olhar entristecido lá longe, parado no infinito. Resolvo ir até lá.

Mas... e agora? O que fazer? Ainda faltava muito tempo para o fim do expediente. E entrar não me parecia boa idéia. O lugar não me trazia boas recordações. E, em última instância, o que estava intencionando fazer com ela? Ainda não sabia muito bem. Porém, a frase andava me martelando a cabeça. "O que você faria se ninguém pudesse te ver?" A questão moral recorrente ganha um contorno ao mesmo tempo familiar e assustador neste momento.

Era preciso raciocinar. Coisa que havia deixado de fazer desde que a moça me veio à cabeça.

Enfim... as esfihas e os quibes estão bem ao meu alcance. É só... Isso. Só pular o balcão e pegar o que preciso. Mas, onde comer? Como não chamar a atenção dos clientes? Mais complicado do que imaginava. Pena, tudo está muito cheiroso. Aliás, os salgados árabes me lembraram dos pretensos preparativos para a pequena reunião de domingo. Não adianta. Qualquer ato, por banal que seja, será preciso repensá-lo. Minha vida toda precisa ser reinventada. A fome fala mais forte e aproveito um descuido do dono da lanchonete, olho em volta: dois clientes conversam animadamente. Então, pego duas esfihas e me meto por debaixo de uma mesa, coberto por uma toalha.

Foi ali, mastigando os salgados árabes, que me decidi por mudar meu *modus operandi*. A situação toda é muito patética. Ver objetos voando por aí é cena esdrúxula, de absoluto mau gosto. Cena de filme B dos anos cinqüenta. Na fronteira entre a comédia sem graça e a risível fita de horror. Por isso, decidi que iria viver basicamente nas madrugadas. Que ninguém tivesse de presenciar tanto cinema barato, no mau sentido. Assim, quando precisava comer ou consumir qualquer coisa pela rua, deixava essencialmente para as madrugadas, quando fui me especializando em entrar em lanchonetes e restaurantes vazios.

Naquele momento houve um lampejo ético de anotar tudo que fosse consumir para algum dia retribuir os pequenos favores. Sim, recordo-me que houve este momento.

Quando já estou acabando meu almoço libanês, reparo pela fresta entre a toalha da mesa e o piso de cerâmica pés femininos que se aproximam do balcão. Poucos momentos depois, observo-os dirigindo-se até mim. Elas se sentam à "minha" mesa.

Entre goles de refrigerantes, as duas comentam sobre o trabalho e logo passam ao tema preferido de ambos os sexos. A pergunta sobre o que aconteceu na noite passada acarreta alguns segundos de suspense. Antes que a resposta saia de sua boca, posso afirmar, sem sombra de dúvida, que é ela. O tornozelo esguio se contorce levemente.

As confidências são colocadas com delicadeza. Sem detalhes explícitos. Por um momento, chego a mentalizar a cena como se fora eu a compartilhar tudo aquilo. Porém, logo saio do terreno da fantasia quando surgem as primeiras referências de minha presença naquele encontro romântico. Constato que deixei-a bastante assustada. Dizia que era como se houvesse alguém por ali. Enfim, a outra não dá a devida importância e quer saber se, de fato, o caso vai à frente. Entendo que a dona da corrente no tornozelo é, na verdade, a gerente da loja. Seu amante, aquele que não a ama, segundo suas próprias palavras, é mesmo o dono. Daquele e de vários outros pequenos negócios da famíla.

A resposta sobre o futuro do romance é dada em outro momento. As duas já se foram e eu fico ali como um idiota debaixo da mesa.

Por que não? Encaro tudo aquilo como um sinal. Resolvo seguir meus instintos. Aqueles que me levantaram da cama.

Faço a estratégia de como a coisa poderá se dar e concluo que será mais fácil se obtiver algumas informações valiosas. Ao sair da lanchonete, rumo para a loja e, tomando o máximo de cuidado para não me procurar pelas dezenas de superfícies polidas, encontro, lá na mesma salinha do fundo, a bolsa dela. Remexo-a e descubro o endereço na conta de luz. Rua das Acácias, 49. Sei onde fica. Aproveito e novamente tento encontrar minhas roupas. Nem sinal. Desapareceram.

Daqui do alto da bela escadaria posso ver todas as mesas lá embaixo. Abrindo bem os olhos e deixando que a imagem fique levemente desfocada, parecem um enorme buquê de rosas brancas. Não há dúvida, foi tudo muito bem organizado. No fundo do salão, há um palco com a mensagem: "50 Anos de Tradição. Você É Parte Dessa História." Rapidamente avisto onde está minha antiga turma.

Pela hora em que cheguei, devo ter perdido os tradicionais discursos e esquetes cômicos, tão característicos desse tipo de evento. Menos mal. Escuto o final da fala do rabino. Toda festa descobrem um rabino para dar um toque de real autenticidade judaica ao colégio. Os pais sempre gostam. O homem religioso menciona qualquer coisa sobre não deixar a chama se apagar. Penso por um momento se devo mesmo descer até lá, mas, quando dou por mim, já estou passando por entre as mesas. Vários rostos conhecidos. Ou, pelo menos, digamos que em alguns casos restaram traços faciais familiares.

Sigo em frente. Lá estão eles. É pena que não se faça cinqüenta anos todos os dias.

Sorrio e aceno, mas ninguém me responde de volta. Ainda tenho esse tipo de reflexo. Sem problemas. Tenho vontade de falar qualquer coisa. Melhor ficar calado. Eles vão colocando em dia as lacunas que ficaram do último encontro: separações, nascimentos, viagens, mudanças de emprego etc. Por sorte, nenhum funeral.

Logo, o assunto fica por conta dos ausentes. Aqueles que já não são vistos há tanto tempo e que se esperava um milagre no dia de hoje. Distraio-me com a banda que toca as músicas da nossa década preferida. Seria bom dançar um pouco. Vejo uma antiga namorada, na época três ou quatro séries abaixo da minha, e algumas imagens agradáveis me vêm à cabeça. Porém, seu olhar está tão triste e sombrio, que aquilo me causa um sentimento perturbador.

Quando volto minha atenção para a mesa, noto que estão falando de alguém que conheço, mas que ainda não consigo identificar. Um dos gêmeos diz que o achou um tanto esquisito, sorumbático, da última vez que o viu, anos atrás. Ninguém sabe ao certo se casou, se teve filhos, o que faz de verdade na vida. Um sorridente gordinho sai em defesa: "Não é bem assim", de vez em quando, bem raramente, é verdade, se falam ao telefone. "E então, quais são as novas?" Chego mais perto para poder escutar melhor. "Está casado, sim." Aproximo-me mais, fico bem colado a eles, pois o barulho é alto e tenho certeza de não estar ouvindo muito bem. "Ah, que legal!", comentam em coro as três amigas inseparáveis. Reparo que uma delas cochicha algo no ouvido de outra, que faz uma cara de espanto. "É, também ouvi qualquer coisa a respeito", diz um outro. "Mas não teve filhos." "Que pena", o coro se manifesta com pesar. "Melhor assim", um comenta, rindo baixinho. "O quê?" "Nada não", respondem rindo do outro lado da mesa. "Continua religioso?" "Não sei, acho que sim. Ouvi dizer que a família da mulher também é ortodoxa." "E, afinal, o que é que ele tem feito? Tá trabalhando em quê?" O simpático gordinho pensa por um momento, titubeia, depois gagueja alguma coisa sobre um tal "projeto" e isso basta para todos caírem na gargalhada. "Ainda com essa história?" "Meu Deus, há quanto tempo a gente escuta isso?" "Isso tem séculos!" "Lembra quando..." "Ah, tadinho, gente. Não tem pessoa mais idealista do que ele..." "... e daquela outra vez quando ele tentou explicar aquela teoria toda excêntrica e não sei o quê..." "Excêntrica é bondade sua, ha ha ha, ha!" "... ô Sérgio, olha aí: mais um paciente para o teu consultório!"

O resto já não consigo escutar. Vou esbarrando pelas pessoas em meio aos animadíssimos hits da finada década. Subo a longa escadaria e já todos voltam a ficar pequeninos novamente. Onde estará? Olho em volta e tenho a impressão de enxergar o desenho de um quadrado ali na parede do canto do mezanino. Aproximo-me. É aqui mesmo. Ainda dou uma olhada para baixo. Tudo segue na mesma animação. A música, as danças e o burburinho correm soltos.

É curioso. Deitado no sofá da sala, olhando para o nada há umas duas horas, sentindo o sangue quente pouco a pouco arrefecer, só agora parece que me dou conta. Pode ser que esteja passando por uma fase de adaptação. Mas a verdade é que, desde que a coisa toda aconteceu, tudo à minha volta tem parecido ligeiramente distinto do que era antes. Começando pelo apartamento. Continua absolutamente igual, isto é certo. O imóvel antigo, amplo, pé-direito nas alturas, elevadíssimo para os padrões atuais. Só que é difícil dizer em que particularidades, tenho certeza de que não é mais o mesmo. A mobília toda, as cores da parede. Tudo igual, mas diferente.

Igual, mas diferente. Posso jurar. Aquela ranhura na mesa não existia. Alguns copos têm pequenas manchas. O tom de vinho daquela parede da sala está mais saturado. Talvez a disposição dos móveis não seja a mesma.

Porém, nada mais do que isso. Banalidades apenas. Nada que justificasse tamanha discrepância da maneira como me retratam. Simplesmente inventam uma biografia fantasiosa. Apenas por que não me faço presente? Como uma brincadeira de "telefone-sem-fio", cada um se dá ao direito de mexer na história da maneira que melhor lhe apraz? Criam um novo estado civil, uma nova religiosidade... São tantos detalhes esdrúxulos, maledicências, que chega a ser divertido. São como repórteres de celebridades, paparazzi que publicam qualquer rumor, qualquer inverdade ou fofoca. Fico perguntando-me o que mais fabricarão? Qual o limite? Tudo pode ser mexido ao bel-prazer destes malditos e inconseqüentes jogadores. Isso é muito baixo.

É verdade que alguns conseguiram compreender que estive envolvido com o Projeto. Mas a coisa pára por aí. Sequer perceberam do que se tratava. Da grandeza do que estava em jogo. Infelizmente, não alcançam a dimensão da coisa. Se apenas tivessem visto o que vi... Enfim, entenderam tudo errado. Ou talvez eu é que estivesse errado. Há algum sentido em seguir vivendo depois daquilo? Infelizmente, não tive coragem suficiente para responder com sinceridade a essa questão. Decidira seguir comendo, bebendo, andando, respirando... Em resumo: vegetando.

Porém, tudo isso não importa agora. A decisão já havia sido tomada. Não sabia como voltar atrás. Não tinha forças para tanto. Era... e sou, antes de tudo, um fraco.

O que importa agora é que sim, estavam falando sobre mim. Mas aquele "eu" não sou eu. Não me reconheço desse jeito. Por um momento me traio e chego a matutar se sei realmente quem sou, porque em tudo que disseram a meu respeito não há qualquer veracidade. Será mesmo possível que esteja totalmente enganado sobre mim mesmo? Ora, uma tremenda sandice. É claro que não. Estive comigo mesmo durante cada um dos cerca de... um bilhão e noventa e dois milhões de segundos de minha vida. Aliás, sou o único autor dessa proeza, concluo já rindo. No entanto, não custaria checar.

Lembro-me repentinamente de examinar o terceiro quarto. Não há outro jeito. Sou obrigado a virar a maçaneta. Sinto um certo enjôo ao executar a tarefa. Prendo a respiração. De repente, me vem uma enxurrada de imagens nada agradáveis. Malditos números. Um momento de hesitação. É preciso coragem. Ouço o som do metal tocando a madeira.

Alívio. Sim, continua trancado. Intocável. Lacrado. Só pode ser aberto por arrombamento. Lá dentro, tudo como deixei há dois, três meses? Talvez um ano. O que importa? O que conta é que seguirá sendo o mesmo. Igual. Lá dentro, tudo absolutamente igual. Sinal de que devo estar exagerando um pouco.

Porém, a verdade é que a sensação de estranhamento não se resume ao espaço do apartamento. As ruas estão ligeiramente diferentes. O piso da calçada, talvez? A luz que incide sobre a cidade? É como voltar de uma longa viagem. Pegamo-nos fazendo as mesmas perguntas. Aquela loja era assim mesmo? A portaria daquele prédio não lhe parece que foi reformada? Onde está o sujeito que vende trapos na esquina? O que teria lhe acontecido? De onde surgiu aquela árvore? Vinte e quatro horas depois, tudo volta ao normal. Parece que nunca abandonamos o bairro.

Ao mesmo tempo, também tem acontecido o contrário. Ruas que jamais havia conhecido, lugares onde nunca tinha entrado, têm parecido subitamente familiares. Como se neles houvesse estado por diversas vezes. Como o tradicional e decadente Grand Café, na verdade uma mistura de bar e restaurante, na extremidade leste do bairro. Lembro-me bem da primeira vez que passei por ele. Tive a impressão de ter visto algo. Era como se alguém me acenasse lá de dentro. Depois de titubear, resolvi entrar. Reconheci cada um dos detalhes do outrora elegante estabelecimento: o piso de azulejo hidráulico vermelho com detalhes brancos e verdes, os lambris em madeira escura, o pesado lustre no teto, até mesmo os rostos vincados dos velhos garçons. Tudo isso com a mais absoluta certeza de nunca ter lá estado anteriormente. Desde aquela primeira tarde, eu tenho visitado com freqüência. Chego a passar horas ali dentro. Sentando-me só ou ao lado de seus freqüentadores assíduos. De onde os conheço? Impossível dizer. A balzaquiana obsessivamente retocando o batom, o deprimido homem de negócios rabiscando o talão de cheques, o jovem traficante extremamente bem vestido e seus clientes usuais... E o que dizer da mulher que, infalivelmente, vem todas as tardes e insiste em esquadrinhar o ambiente à procura de alguém, sempre desistindo com desânimo? Por que ela sempre se detém na minha direção, um canto invariavelmente vazio, onde gosto de sentar-me? De onde os conheço? Inútil. Não há resposta. O Grand Café. Quase uma segunda casa.

Outras vezes, são os estranhos que se comportam de modo como se me conhecessem. Não que sejam capazes de me enxergar. Mas o que foram aqueles homens barbados, vestindo roupas pretas, tocando à minha porta? Judeus ortodoxos, bem certo. Quatro ou cinco. Um rabino à frente. Insistiram na campainha. Cochicharam no idioma sagrado. Mal entendo o hebraico, mas tive a impressão de ter ouvido meu nome de batismo, tal como quando se é chamado à Torá, no altar da sinagoga. Porém, olhando com mais atenção, não é tão difícil notar o aplique. As barbas obviamente são postiças. Um ou outro tem a tez escurecida pela maquiagem. Sequer são capazes de conter o riso em alguns momentos. Pensei primeiro tratar-se de atores contratados. Mas não. São eles. Os olhos, espremidos por entre as barbas e os chapéus, não mentem. Ali, os gêmeos. E também todos os outros que estavam à mesa no outro dia. Por que se dão ao trabalho, me pergunto? Tive vontade de responder alguma coisa, qualquer coisa, mas acho que jamais iriam embora. Vieram uma, duas, três, quatro vezes. Por fim, desistiram.

Tem sido assim minha nova rotina. Tudo tão familiar. Ao mesmo tempo, tudo tão fora de lugar. Normal, penso. Sempre se sente esse incômodo quando se volta para casa.

É, principalmente, no Grand Café que tento encontrar uma resposta para estas questões. Embora não tenha avançado quase nada, contento-me que muito provavelmente isso se deve à minha nova... Como chamar? Geometria espacial relativa. Imagino que o desequilíbrio em frente ao espelho deve alterar alguns dos mecanismos de percepção de meu corpo.

Aliás, há sim um dado novo e de relativa importância em minha vida. Desde aquela noite inaugural na Loja de Espelhos, passei a desenvolver uma fobia. Há um nome técnico para isso, confiro nos manuais de psicologia: eisotrofobia ou catoptrofobia. Fobia a espelhos.

Não posso sequer pensar na possibilidade de me aproximar, quanto mais olhar para um espelho. Só de imaginar a situação, me acometem os mesmos sintomas da fatídica noite, quando encostei o rosto bem próximo à superfície reflexiva e comecei a experimentar a vertigem horizontal, me empurrando para a frente. Tontura, enjôo, um suor frio no pescoço. Aquelas obscuras e familiares imagens... E a impressão de morte súbita, imediata, ao não me enxergar ali dentro.

Portanto, tenho tomado todo o cuidado para não ceder ao impulso de me virar, ao passar diante de um espelho qualquer. Já cometi o erro duas vezes e o resultado não foi nada bom. Uma delas, aconteceu justamente no Grand Café. É que, na parede lateral do salão, há um enorme e belo espelho. Uma peça de rara beleza que chama a atenção de quem quer adentre o recinto. Com uma ameaça desse calibre, é o tipo do lugar que não deveria freqüentar. Porém, sinto-me compelido a lá passar algumas horas. O majestoso objeto reflexivo fica me chamando, num movimento quase hipnótico. Erroneamente, raciocinei que, num ambiente tão acolhedor, o fenômeno poderia não acontecer. Nada tão previsível. Sentar-me a uma mesa bem ao seu lado foi um erro fatal. Fui praticamente sugado por sua força. Logo vem a ânsia de vômito, uma força maior que parece que vai explodir as paredes do intestino. O resultado foi pior do que o esperado. Com a fobia se agravando, o efeito tem demorado de três a quatro horas para passar.

A verdade é que a curiosidade é maior do que o medo. Não me saem da cabeça aquelas misteriosas imagens. De onde vieram? E por que surgiriam em meio às minhas melhores ou piores, sobretudo exclusivas, lembranças? São como se fossem cenas contrabandeadas que vieram acopladas ao "filme da minha vida". Preciso resolver esse enigma desesperadamente. Sei que disso depende minha sanidade.

Assim, toda vez que reúno coragem suficiente, me lanço nessa viagem. Uma jornada que me leva, invariavelmente, a um irritante labirinto que jamais se revela por completo. A cada partida, o esforço é para me focar justamente nos fragmentos que não são familiares. Aquela maldita metamorfose de números em letras, o enterro noturno, a gigantesca bola de fogo no céu, o abismo.

O problema é que fui percebendo que cada vez sei menos distinguir o que, de fato, é "meu" do que não é. Depois de algumas tentativas, a coisa toda tem se embaralhado em minha cabeça. E, ainda assim, vez por outra me aventuro a passar pelo inferno de novo.

Tem sido assim. Tirando a fobia, minha vida aparentemente segue a mesma. Em essência, a mesma. Só que é um mesmo, distinto. Nada grave. Apenas ligeiras diferenças aqui e ali. Nada mais preocupante que um banal passatempo. Como um jogo de sete erros matando um fim de tarde.

Afinal, só isto explicaria o que encontrei na gaveta da sala. Há tempos não tinha mais nenhum dos retratos antigos comigo. Estão todos com meus pais ou minha cunhada. Fizera questão de apagar quaisquer vestígios do passado. Olho mais uma vez. Há uma mão feminina em quadro, tocando levemente os fios dourados. Impossível dizer quem seja. Mas, sim. A camisetinha laranja com o desenho do sol sorridente, o short azul-piscina... Examino bem o rosto. Aquele bebê no carrinho ainda era eu mesmo. Basicamente, nada havia mudado. Verifico com atenção. Não há dúvidas.

Nada mudou. Tudo continua igual. Minha vida é absolutamente a mesma. Provavelmente melhor em todos os sentidos.

O telefone toca. O velho amigo me liga para contar sobre a festa do colégio. Pergunta por que não fui. Invento qualquer desculpa e ele me adverte que da próxima não escaparei.

— Você acha mesmo que vamos viver mais cinqüenta anos? — comento irônico.

Ele ri e me revela, enfim, que a festa foi cancelada. Vão marcar uma nova. A noite foi um fiasco. Uma inesperada falta de luz afundou a comemoração.

— Que pena — digo casualmente.

Penso que o diálogo vai terminar, mas ele ainda tem algo para me dizer.

— Escuta... Quer conversar sobre ela?

Seria melhor desligar o aparelho. Devem estar gravando a ligação.

— Quem?

— Como assim "quem"? É claro que estou falando dela.

Não só gravam, como pretendem reproduzir o interrogatório no próximo encontro do colégio. Estou certo disso. Ele insiste no jogo.

— Não precisa se envergonhar. Ninguém vai ficar sabendo. Mas fico feliz que esteja melhor.

Por que me torturam desse jeito?

— Então... Ela está melhor?

— É verdade que ainda não podemos comemorar... mas o importante é que saiu do coma.

Ficamos em silêncio por algum tempo.

— Está bem. Eu sei que é difícil para você, vamos mudar de...

Desligo, antes que tentem me enlouquecer.

Sentado à escada no corredor do oitavo andar, penso novamente se fiz a coisa certa. Afinal, para que essa insistência? Por que tanto empenho para encontrar a esguia moça, agora alçada à categoria de gerente? Simplesmente pelo fato de tudo ter se dado na sua presença? Ou há algo em seus olhos que me impedem de manter-me longe? Os olhos que me viram sem ter me visto... Não me dou ao trabalho de tentar responder. Existem momentos na vida em que não se deve complicar com perguntas. Simplesmente viver.

Como este, em que a porta do elevador se abre e ela está bem à minha frente.

Talvez momentos assim sejam os únicos em que estamos realmente vivos.

O sorriso se vai tão rápido quanto veio. A amiga e confidente mora junto com ela.

Chega o momento crucial. Tenho de entrar no apartamento junto com elas. Luciane, é este o seu belo nome, já virou a chave. Ela vai entrando em casa com Heloísa. Não há tempo a perder ou fico de fora. É o momento de agir. Derrubo algo, um pacote de biscoitos, da sacola do supermercado que Heloísa carrega. Enquanto, ainda confusa, ela se abaixa para apanhar o volume do chão, meto-me para dentro do apartamento. Passo bem perto de Luciane. Posso reconhecer o delicado perfume que inundou a loja na noite em que a conheci.

A sensação é de que vão me ver flagrar a qualquer momento. Sem que isso faça algum sentido, vou andando de costas quase esbarrando nos móveis antigos e escondo-me atrás da poltrona da sala. O apartamento tem uma decoração dos anos quarenta, como se tivesse sido herdado de uma avó. Ouço Luciane ir até lá dentro lavar as mãos e voltar para se juntar a Heloísa na cozinha.

As duas preparam um lanche rápido. Vou tomando coragem. Saio da minha toca e me aproximo. Comentam sobre planos para hoje à noite. Uma sessão de cinema, sugere Heloísa. Para meu desespero, as duas começam a analisar a programação. Por sorte, a temporada é das piores e Luciane conclui que prefere ficar um pouco sozinha em casa.

Fico nervoso e excitado ao mesmo tempo. Tudo vai dando certo. Tento me conter e, pacientemente, aguardo uma meia-hora até que Heloísa decida seu figurino.

As cortinas deixam passar bastante luz. Olho alguns livros da avó que ficaram na estante. Basicamente, clássicos nacionais e estrangeiros de uma antiga e popular coleção. Daqueles que se lêem no colégio. Teria a avó lido todos ainda menina?

Enquanto conjecturo, Heloísa já se despediu de Luciane. Ouço a porta dos fundos bater e meu coração dispara. Ela foi para o quarto. Posso escutar o barulho da água do chuveiro caindo. Estou imóvel. A vontade é ir até lá, ficar bem próximo ao seu cheiro, ao seu rosto, seus olhos esverdeados e seu corpo. Mas os malditos pudores me paralisam.

O telefone toca. Penso em atender na extensão da sala e dizer que ela não vai sair hoje. Luciane deixa o aparelho ressoar pela casa indefinidamente. Até que ouço ao longe sua voz murmurando. Nem que seja para saber do que e com quem fala, vou até lá conferir.

Ela está junto da escrivaninha, em pé. De frente para a janela, fala ao telefone ainda de toalha. Passa um creme pelas pernas enquanto finge um certo tédio ao seu interlocutor. Desliga o aparelho abruptamente na cara do sujeito.

É aí que ela se vira, se aproxima e o seu perfume me deixa louco. Estamos realmente muito próximos. Penso: calma, menina, não vou fazer nada que você não queira.

Seu olhar é fixo, seguro, me encara nos olhos. Obviamente olha para o infinito, mas estou aqui entre você e a dimensão infindável.

Respiro fundo. Sei muito bem o que não posso fazer. Fico decepcionado comigo mesmo, com a natureza humana. Nunca, sequer nas fantasias mais despudoradas, jamais me entusiasmei com algo que envolvesse força física. Por que isso agora? Por que essa súbita vontade? Só porque posso? Se ela, pelo menos, pudesse ver o estado em que me deixa. Do jeito que me enlouqueceu em tão pouco tempo... Olhe pra cá. Por favor... Pressinto que poderei ter sérios problemas com a minha nova condição. Vou até a cozinha. É isso. Está quente demais aqui dentro.

Aproveito que estou sozinho e bebo à vontade, direto da garrafa. Depois molho o rosto, o cabelo e molho novamente o rosto, o cabelo e quase tomo um banho de água gelada no meio da cozinha. Nem sei quanto tempo se passou. O que sei é que nem toda a água gelada do mundo seria suficiente para me fazer relaxar. Volto. Caminho decidido ao seu quarto.

Nua na cama, Luciane dorme um sono tranquilo. Está de lado, em direção à janela. Aquilo finalmente me acalma um pouco. Deito-me ao seu lado e fico observando seus cabelos caídos sobre o ombro. Sua pele macia... Sua nuca a centímetros de meus lábios. Ela está dormindo, repito a mim mesmo. Ela está dormindo. Recuo. Imagino-me tocando de leve seus cabelos. Ela não desperta.

Continua dormindo. Estou respirando junto ao seu ouvido. Ouço um leve gemido. Então continuo imaginando. Estou beijando suavemente sua nuca. Ela parece gostar. Passo minha língua levemente sobre seus ombros. Recuo mais uma vez. Toco sua cintura. Puxo-a suavemente para mim. Toco sua boca com meus lábios. Ela é doce. Isso, vire-se. Beijo seus mamilos. Não recuo mais, nunca mais. Passo a língua em seus lábios. Ela geme mais, gostando. Percorro seu corpo, sua barriga, sua bunda, seu clitóris, suas coxas com as mãos, com a língua, com meu pau. Nos beijamos apaixonadamente, ela sempre de olhos fechados. Ela sempre mexendo a cabeça como se dissesse... como se murmurasse "sim, sim..." Vou te conhecendo, Luciane. Te sentindo por dentro. Vamos gozar juntos? Vamos? Por que o choro? Felicidade ou tristeza? Não pense mais nele. Está me escutando? Não... não, assim. Essas lágrimas, esse soluço, esse maldito nome que você não pára de gemer.

Saio de cima dela e me sinto tão triste como nunca me senti antes. Simplesmente não tenho chances. Ela o ama profundamente. E mesmo que tentasse, jamais poderia competir. Jamais conseguiria trazê-la para mim.

Foi só aí que me dei conta do quanto estava só neste planeta. O que me restou depois do Projeto? O pequeno brilho amarelado que vinha da luminária de cabeceira parecia ilustrar o que sentia por dentro. Talvez tenha sido preferível assim. De um só golpe pude entender a solidão que iria me acompanhar. Nada como uma paixão fulminante para sacudir nossa vida. Ainda que possivelmente inventada... A verdade é que esse sentimento tão forte logo no início de minha nova existência me deu as armas de que precisava para seguir vivendo. Daqui para a frente teria de aprender a me comportar e, mais do que tudo, a me sentir, de verdade, como um homem invisível.

Levantei-me e olhei-a com carinho deitada na cama. Fechada em si mesma, numa posição fetal, tinha acabado de chorar baixinho e podia-se ouvir sua respiração ainda ofegante. "Foi apenas um sonho."

Encostei a porta do quarto e saí.

Tenho andado há alguns dias sem rumo pelas ruas. Sinto que há algo de terapêutico nisso. A cabeça está trabalhando bastante, apesar de não estar consciente de nada especificamente. Não tenho idéia do que fazer a partir deste ponto. É preciso caminhar e caminhar. É só no que me concentro.

Desvio-me dos lugares habituais. Certas ruas, certos bairros me fazem sentir ainda mais solitário. Noites atrás, grupos e mais grupos espalhados pelas calçadas, rindo, se divertindo. Definitivamente, não me faz bem. Por onde estive tanto tempo? A pergunta não me sai da cabeça.

Sim, eu sei muito bem. Estive em minha companhia, no terceiro quarto, agora trancado para sempre. Onde estão enterrados todos os meus sonhos, meus pesadelos, minhas culpas, minhas ambições, meus melhores anos. Em suma, minha vida. E tudo para quê? Tornei-me alguém melhor? Recuperei de volta o que me foi tirado?

Só sei de uma coisa. Quero deixar para trás o que fui, o que vivi. Ao que parece, nada do que fiz até aquele momento na Loja de Espelhos foi compreendido. Não sabem quem eu sou. Tampouco soube me fazer entender. Quero simplesmente seguir adiante, olhando apenas para a frente. Talvez possa me reconstruir. É isso. Uma nova chance.

Preciso seguir caminhando. Aqui, perto da baía, me sinto muito melhor. Quase nenhuma chance de encontrar um rosto conhecido. Do lado esquerdo, as águas calmas, a areia clara. À direita, o verde do Novo Jardim Público genialmente projetado. Aqui na ciclovia, um vaivém salutar. Sinto no ar uma conexão maior entre os passantes. Há muitos grupos, famílias. Parece que o elo entre eles é mais forte. Não entendo muito bem por quê, mas a verdade é que me sinto mais seguro por aqui.

A manhã passa rápida e animada. O sol tem me feito bem. Tudo muito contente nesse passeio. A perspectiva de voltar ao apartamento me parece extremamente desanimadora.

Então, meto-me num ônibus rumo a outro bairro distante. É preciso estar em movimento. Sinto que é a única maneira de continuar são. O isolamento pode acabar com uma pessoa.

As árvores ao redor aquietam. Há um bocado de vida pelas ruas. Pelos bares. Há um equilíbrio na atmosfera dessas redondezas.

Caminho menos ofegante, respirando desse ar bem mais puro.

Vou conseguindo enxergar os detalhes. As casas claras transmitem a alegria e o arejamento que os prédios insistem em abafar. Mais para o final da esquina, ouve-se um burburinho, uma música que gruda nos ouvidos. Uma festa infantil deve estar começando. Olho em volta e fico em dúvida se sigo em frente ou se entro na pequena rua descendente à esquerda. É neste momento que vejo uma cena insólita.

Um homem de seus quarenta e cinco anos está sentado no meio-fio. Ele está bebendo de uma garrafa de aguardente. Ao seu lado, uma enorme cabeça de cachorro feita de pelúcia. A pesada roupa alaranjada que ele veste, entendo agora, na verdade é o corpo do animal. Ele enxuga o rosto suado. Tira da frente os poucos cabelos que insistem em cair sobre a testa. Algumas crianças passam por ali e se divertem com ele. Irritado, os xinga com a língua já enrolada. Os meninos se afastam correndo com uma mistura de gritos e gargalhadas.

Desconcertado, um tanto constrangido, resolvo descer a rua. Parece que há um bosque lá embaixo. Caminho mais alguns metros e vejo que estava certo. Há uma belíssima vegetação por aqui. Há um banco, inclusive. Fico um tempo observando a natureza. Borboletas amarelas fazem um belo contraste com o fundo verde e as flores vermelhas. Mas não consigo aproveitar o momento agradável. A imagem daquele homem vestido como um personagem infantil e bebendo álcool destilado era algo difícil de esquecer.

Subo a rua, pensando, enfim, em voltar para o apartamento, agora mais calmo. Tento não olhar para o lado. Prefiria não voltar a ver a cena.

Porém, constato que ele não está mais lá. Vejo a garrafa vazia caída no chão, ao lado da enorme cabeça e do resto da fantasia do cão laranja.

Dou uma olhada em volta. Não há nenhuma das crianças por perto. Não há ninguém.

O tamanho se ajusta bem ao meu corpo. A cabeça entra com um pouco mais de folga. Fica meio quente aqui dentro. Embaixo, na altura do pescoço, há uns furinhos para se respirar. É gostoso enxergar o mundo de dentro deste enorme cão laranja. Escuto alguém gritar, mas ainda desacostumado, custo a entender de onde vem a voz.

— Porra! Sabia que tu tava aí! Será possível que você insiste em me sacanear? Porra! É isso que dá tentar ajudar, caralho!

Ao me virar, percebo que estão falando comigo. É um homem alguns anos mais velho que o primeiro. Tento argumentar alguma coisa, mas ele me corta.

— Não! Nem pensa em tirar a porra do cabeção. Nem me vem com desculpa. Larga essa merda de garrafa e vem logo! A pirralhada tá esperando!

* * *

Ao entrar no salão decorado com um mar de balões coloridos, sou cercado por dezenas de crianças que vêm me abraçar. Experimento uma ligeira sensação de pânico. Não sei quanto tempo vou suportar. Aqui dentro faz muito calor.

O homem que gritava comigo há pouco está ao microfone. Ele faz um sinal e sua assistente coloca uma música a todo volume. As crianças se agitam. Ele, então, anuncia num tom exageradamente animado:

— E agora garotada, quero ver quem sabe a dança do MaluCão!

As meninas e meninos se postam ao lado e atrás de mim. Reparo que todos me olham, como se esperassem algo. Os pais também estão atentos. O homem, que se auto-intitula Tio Dênis, me dá um cutucão e sussurra ao meu ouvido.

— Vai, seu filho-da-puta. Dá uma sacudida, balança esse rabo, faz qualquer merda!

Como não consigo sair do meu estado de perplexidade, Tio Dênis puxa minhas patas dianteiras e ensaia uma coreografia. Tento corresponder o melhor que posso. As crianças não parecem muito satisfeitas, pois meu parceiro também não parece saber muito bem o que fazer. Penso em sair correndo, mas, para o bem ou para o mal, surge uma mulher que pega as minhas patas e fica à minha frente. Ela começa a fazer uns passos engraçados, como se fosse um cão cavando. Vira-se e dá uma piscada para mim. Entendo a deixa e tento romper a paralisia que se abateu sobre todos os músculos de meu corpo. Aos poucos, vou imitando-a. Ao longo da música, vou conseguindo fazer toda a coreografia. Acho que estou agradando, pois a criançada realmente se exalta, pulando e cantando comigo.

Percebo que a minha parceira de dança é a mãe do pequeno aniversariante. Ele se chama Pedro, e seu nome é insistentemente gritado por Tio Dênis.

Passado este incômodo momento inicial, vou me soltando. As músicas vão se sucedendo e eu vou dançando do meu jeito. Faço o que me dá na telha. Quanto mais loucos os passos, mais as crianças gostam.

Pedro me pede que faça um trenzinho. Assim, vamos circulando por toda a festa. Vejo uma linda menina de seu um ano e pouco, e pego-a no colo. Ao ver seu sorriso e sua intensa felicidade, desabo dentro da minha fantasia. Tenho uma espécie de catarse. Não sei por quê, choro sem parar. Tudo vai ficando embaçado à minha frente. Preciso dar uma escapada, senão vou causar algum acidente. Saio de cena aplaudido e Tio Dênis se empolga:

— Agora o nosso amigão vai voltar pra casa dele, lá em Caninolândia. Vamos lá, molecada, mandem muitos beijinhos e muito carinho para esse cachorro que é muito...

— MaluCão!

— Não tô ouvindo nada. Mais alto, muito mais alto!

— MaluCão!!!

Nos fundos da mansão, olho em volta. Não há ninguém por perto. Tiro o "cabeção". Na minha própria cabeça, uma porção de imagens se formam, mas logo ficam embaçadas devido às lágrimas que insistem em brotar.

São cenas de mim mesmo, vestido de astronauta, sempre minha fantasia preferida. O antigo apartamento onde um dia houve uma família. Onde o gênio da astrofísica ainda era meu pai. Onde a mãe ainda se preocupava com seu primeiro filho. Onde eu sempre inventava uma brincadeira para o bebê. Lembro do quanto ele gostava... Isso foi bem antes de tudo mudar. Muito antes da explosão nuclear que estilhaçou todos nós para bem longe. Ou melhor, eu segui no meu canto, imóvel. Imóvel como gostaria de ficar agora. O cheiro do jardim vai me acalmando aos poucos. Olho as estrelas que vão surgindo e só agora noto um cãozinho ali por perto.

Ele está me cheirando. Distraio-me e demoro a escutar uma voz me chamando. Coloco rapidamente a cabeça do MaluCão.

— Puta que o pariu! O que é que foi aquilo? O que é que tu bebeu, Alfredão? Guarda bem o nome da maldita. Essa cana é da boa! As crianças despirocaram! Tá todo mundo pedindo cartãozinho. Tamo feito!

Faço um gesto, como se dissesse: “A gente faz o que pode.”

— Tá bom, agora chega dessa babaquice. A dona da festa quer falar com você.

Fico sem saber o que fazer.

— Vai, anda! Mas vê se não fala muito de perto que é pra ela não sentir o bafo.

Quando chego de volta ao salão, já não há mais quase ninguém. O pequeno Pedro está entretido com seus presentes. O cãozinho vem chegando atrás de mim. O menino o afaga. Eles parecem se dar muito bem. Chama-se Biscuit. Uma empregada da casa me aponta a escada.

— A Dona Lidiane tá lá em cima.

Faço que sim com a cabeça. Ouço a empregada rir e imitar um latido enquanto subo os degraus.

No andar de cima ficam os quartos. Não tenho a menor idéia para onde devo ir. Até que ouço a dona da casa me chamar.

— Ei, MaluCão! Aqui!

Vou até o quarto dela.

— Você foi dez MaluCão! Dez! Nossa, o Pedrinho amou!

Faço mais um dos meus “a gente faz o que pode”. Ela morre de rir.

— Ai, você é um barato! Deixa eu ver como é que você é de verdade, MaluCão.

Faço que não com a cabeça e ensaio minha retirada. Ela segura minhas patas.

— Hmmm... O cachorrinho é do tipo que faz charme...

Noto que seu tom de voz está se transformando.

— Vamos fazer uma nova coreografia juntos? A gente fez tão bonitinho!

Estamos diante do espelho. Ela puxa minhas patas para que a envolva. Então, Dona Lidiane começa a rebolar e se esfregar em meu pêlo. Ela cantarola a música-tema da festa e geme baixinho.

— Ai, que delícia. Você mexe tão gostoso... Psiu. Fica bem aqui.

Lidiane encosta a porta.

— Vem, cachorrinho. Vem deitar.

Como não me movo do lugar, ela se aproxima e passa a mão pelo corpo do cachorro.

— Esse cachorro não vai me fazer um chameguinho?

Fico olhando-a imóvel.

— Fica tranqüilinho. Meu marido tá viajando, só pra variar. Aliás, deve estar com uma... cadela qualquer.

Lidiane cai na gargalhada e se inclina para retirar a máscara. Eu vou ter de sair. Mas a verdade é que ela é uma mulher absolutamente linda e tem um corpo mais do que em forma para seus quarenta anos. Eu indico o interruptor.

— Ah, prefere no escurinho? Que delícia, totó!

Lidiane apaga a luz. Ela quer que eu tire minha fantasia. Porém, na última hora, escutamos Pedro se aproximando.

— Fica escondidinho aí, au au. Você não me escapa! — ela sussurra no ouvido do cão.

Lidiane não se demora. Ela volta, apaga a luz, tira minha fantasia, me abraça forte, se aninha tristemente em meu peito e, no escuro, sentindo-me bastante confuso, faço todos os seus desejos.

Ao sair daquela casa, o mundo parece ter rodado. Sinto-me tonto, como se tivesse bebido o mesmo que o dono da roupa que estou vestindo. Também tenho a sensação de estar bem mais leve. É esquisito. Faz tanto tempo que não tenho qualquer tipo de interferência na vida das outras pessoas. Sei muito bem que não tenho esse direito. Se há uma coisa que não devo fazer é envolver-me.

Apesar da sensação interna de leveza, vou percebendo que estou andando com certa dificuldade, um tanto pesado. Não há mais necessidade de vestir a fantasia toda. O Tio Dênis se mandou há muito tempo e vou caminhando meio sem rumo.

Antes de retirar a cabeça do MaluCão, dou uma olhada em volta. Não gostaria de assustar ninguém, muito menos uma criança. Não há nenhum menino por aqui. Porém, não estou sozinho. Biscuit me segue.

O jeito é andar mais alguns metros. Certamente se cansará e voltará para casa em seguida. Finjo ignorá-lo e vou em frente. Viro à direita, subo uma rua. Olho para trás e lá está ele. Pára quando me vê interromper a caminhada.

Penso no que fazer. Pedro sentirá sua falta. Chego à conclusão de que só me resta uma saída: tirar a cabeça da fantasia. Seria um tanto traumático, mas tenho a impressão de que, a continuar assim, Biscuit poderia querer seguir seu novo amigo laranja e jamais regressar para casa.

Retiro a máscara. Ele me olha fixo. Não sei se é medo ou coisa parecida. Fica quieto. É isso, está feito. Sigo meu caminho. Sinto desiludi-lo amiguinho, mas não sou quem você estava pensando. Não sou seu novo colega.

A coisa não surte efeito. Preciso ser mais drástico. Retiro o resto da fantasia. Pronto... Não há ninguém por aqui, cãozinho. Viu, só? Apenas uma fantasia, uma brincadeira que alguma criança aprontou.

Ele cheira as roupas caídas no chão. Missão cumprida. Adeus, Biscuit, digo para mim mesmo. Sentirei saudades. Aceno de longe.

O que me assusta é que ele tira o focinho dos pêlos sintéticos, levanta a cabeça e se vira na minha direção. Aquilo não faz qualquer sentido. Ele está olhando para o vazio. Porém, a única coisa de que tenho certeza é de que ele continua a me seguir. Páro, um tanto assustado. Ele late para mim. Aproxima-se. Agacho-me para observá-lo melhor. Faço um carinho em seu pêlo preto reluzente. Ele lambe minhas mãos, late e já não posso fazer mais nada.

— Vamos para a sua nova casa, Biscuit.

Até então, nenhum outro animal havia se comportado daquele jeito comigo. Lembro que, logo nos primeiros momentos em companhia de Biscuit, concluí que fizera um erro de cálculo. Que, provavelmente, todos os animais notavam a minha presença. Assim como ele, seriam capazes de captar, através de um sexto sentido, fenômenos da natureza que nós, humanos, sequer imaginamos existir.

Depois de checar com alguns outros cachorros, passarinhos e gatos da vizinhança, tive a certeza de que Biscuit era o único ser vivo que me enxergava.

No início, a convivência não foi nada fácil. Jamais tive um cachorro em toda a minha vida. Era sempre uma novidade me deparar com aquele pequeno ser peludo andando pela casa de um lado para o outro.

Mas o lado bom acabou superando qualquer chateação. Temos caminhado bastante juntos. Assim como eu, Biscuit adora ir à praia logo pela manhã.

Nos fins de tarde, quando o sol se põe, Biscuit e eu corremos até cairmos exaustos.

* * *

55

Hoje, eu e ele estamos andando meio arrastados. O calor veio mais cedo. Biscuit vai um pouco mais à frente. Depois me espera, prefere que andemos juntos. E só agora me detenho num aspecto singular de meu estado. Ao seguirmos lado a lado, olho fixo para a areia e reparo que somente a sombra de Biscuit nos acompanha.

E, quase que instantaneamente, isso me faz recordar uma manhã em que levei meu pequeno irmão para passear pela areia da praia. O dia não estava tão quente e ventava bastante. As ordens expressas de minha mãe eram de mantê-lo bem afastado do mar. Mas algo o impulsionava cada vez mais para a frente. Puxava minha mão, cheio de ímpeto, ofegante. Seus densos cabelos pretos já encharcados de suor. Ele tinha pouco mais de um ano e meio. Num determinado momento, parou e ficou olhando para baixo. Era a primeira vez que se detinha naquelas formas escuras se deslocando, acompanhando-nos onde quer que fôssemos. Apontou para a figura na areia e disse meu nome.

Depois, juntei as mãos e imitei um pássaro voando. Ele ria, tentando alcançá-lo. Depois, se cansou e carreguei-o no colo.

Quando me dei conta, já estávamos na beira da água.

Olho para a sombra do cão. Ela vai e vem, tentando arrumar coragem para entrar no mar. Ele olha para mim de soslaio. Late e, finalmente, cedo. Mergulhamos juntos.

Biscuit chegou em boa hora. Não sei quanto duraria sem alguém por perto.

Mostro a ele a foto que encontrei na gaveta. Ficamos vendo e revendo o retrato horas a fio. Não entendo como veio parar aqui, mas o que importa é que ela me transporta para um outro tempo, quase outra dimensão. O olhar cativante. A camisetinha laranja com o sol que nunca pára de sorrir, o short azul-piscina. A mão feminina acariciando os fios dourados. Sim, aquele sou eu.

Acho que havia me esquecido do valor da presença de um interlocutor. Não, não estava enlouquecendo. Biscuit só se comunicava através de latidos. Porém, inegavelmente, o fato de ter alguém a escutar minhas divagações fazia com que eu pudesse pensar alto e refletir melhor sobre tantas coisas passadas. Ele me escutava com tanta atenção, que tudo fluía com extrema naturalidade.

Gostava de sair com ele à noite, quando ficávamos juntos observando as estrelas.

Numa dessas vezes, decidimos encerrar a noitada no Grand Café, para observar seus assíduos fregueses. E, de repente, olhando aqueles rostos ora risonhos, ora descontraídos, ora acabados de tristeza, me lembrei do tempo em que nós três viajávamos bastante com meu pai ao exterior por causa de seus congressos e depois, quando o motivo já eram as competições matemáticas de meu irmão, e de como ficava fascinado por aquelas fantásticas casas de jogos. Devia ter meus treze anos. Entediado com a companhia de viagem, gostava de perambular por ali. Eu, tão à margem de tudo e de todos, ficava boquiaberto com a adrenalina vinda do salão. Ela me atraía, me puxava lá para dentro. Todos aqueles sons e luzes, fazendo eco às palavras que havia escutado de meu pai no dia em que jamais me esquecerei... "é apenas probabilidade". Influenciado pelo que via, passei a ter um sonho recorrente. Imaginava-me num gigantesco, monumental, cassino. Não um cassino qualquer, desses que têm regras especiais favorecendo a banca da casa.

Não. Estou me referindo a um cassino enorme e perfeito. O pé-direito tem quase cem metros de altura. Também é barulhento como os outros. Suas luzes também brilham. Mais intensas ainda. Nele, todos, indiscriminadamente, jogam. Crianças, velhos e adultos. Todos jogamos. Só que aqui não há regras "especiais". Aqui, se está sujeito às mais absolutas e rigorosas leis da probabilidade. Uma jogada certeira não tem qualquer relação com a seguinte. É claro que se erra e se acerta com emoção. Mas basta andar uns cinco passos para trás e tudo vai ganhando nitidez. Não há maré de sorte ou maré de azar. Vistas a uma distância razoável, só há o rigoroso jogo dos números aleatórios que dão resultados imponderáveis. Acima de tudo, incontroláveis. Desobedientes a qualquer regra.

Ao mesmo tempo, havia nebulosos rumores que se espalhavam por entre os clientes do cassino. Segundo a lenda, o proprietário do lugar era um homem durão, que jamais saía da sala de controle. Um sujeito de poucas palavras que só tinha um prazer na vida: checar que cada jogada batia exatamente com o script. Sim, alguns poucos podiam jurar que cada uma das apostas e seus resultados estavam estranhamente programados. A cada dia, a alegria do dono do negócio era ver que tudo seguia sua rotina. Seu maior e, em verdade, único temor, era descobrir que estava sendo trapaceado. Por isso, centenas de câmeras esquadrinhavam cada centímetro do enorme salão.

De um modo ou de outro, a conclusão a que se chegava era invariavelmente a mesma. Nenhum dos freqüentadores tinha acesso à sala de controle. Portanto, ninguém jamais poderia atestar se era lenda ou verdade o que se dizia a respeito do excêntrico proprietário. Certo que alguns haviam tentado, mas jamais regressaram para contar o que viram.

De qualquer jeito, que diferença faria? O fato é que ali no salão, algumas vezes, o mundo parecia perfeito. E era isso o que havia acontecido comigo até então. Os números se encaixando um a um. Uma seqüência de anos a fio. Impossível não ser um milagre. Se recuasse apenas um pouquinho, veria o verdadeiro panorama diante dos olhos. Apenas uma boa mão. Depois dela, tudo foi dando errado. E o mundo maravilhoso nunca mais foi o mesmo. O cliente está radiante. Mas, lá em cima, se de fato existir, o senhor de todas as apostas apenas sorrirá com um canto da boca. Ele sabe que a boa mão é mágica. A boa mão faz coisas que o homem duvida. Mas a boa mão é desprezível no tempo. No tempo, todas as mãos se misturam. E o que se vê de bem longe é uma monótona linha reta igualando qualquer emoção. Qualquer pretensão. Não seria muito melhor permanecer nela e poupar tantos sobressaltos? Tantas decepções? Eu havia resolvido dizer isso a ele, se é que, de fato, existia mesmo. Seria muito melhor assim, sem altos e baixos.

Sorrateiro, metia-me pelas escadas, de olho nas câmeras, de olho nos seguranças. Coração acelerado, subindo os degraus. Quando chegava à sala de controle, verificava, espantado, que a porta estava aberta. Já suando, tendo a certeza de que se tratava de uma espécie de cilada, recuava em direção a escada. Porém, sempre acabava encontrando forças para voltar. Ao entrar, passos lentos e vacilantes, o medo me apertando a garganta. A última imagem que conseguia recordar era minha expressão de assombro com algo que parecia não caber ali dentro. Neste momento, invariavelmente, tudo se dissolvia. Houve um tempo em que sonhava assim.

Com Biscuit, fui redescobrindo o valor de apenas levar a vida. Ele me fazia redescobrir o prazer que é satisfazer nossas necessidades mais básicas. O exemplo de meu parceiro rolando na areia e comendo sua ração avidamente foram me transformando.

Eu ainda relutava, é verdade. E se eu estivesse errado? E se fosse preciso abrir de novo o terceiro quarto? Um dia, tomei coragem e encostei o ouvido na porta. O som que vinha de lá não era nem um pouco amigável. O zumbido do motor me cutucou lá dentro do peito. Um pouco de vertigem. Biscuit farejou o momento de fraqueza e tentou me empurrar para longe dali. Estava coberto de razão. Que ficasse trancado para sempre. Mas, naquela hora, simplesmente não consegui me afastar da maldita porta. Ordenei-lhe que sumisse dali. Ele sentiu o golpe.

No meio da tarde, saí à rua para espairecer. Seria bom encontrar meu amiguinho agora. Sozinho aqui fora já não era mais tão agradável. Talvez por já ter me acostumado à sua companhia.

Mais um bom mergulho e deitei na areia. Peguei sol até sentir minha pele dourando. Voltei já à noite e não o encontrei jantando.

Preocupado, desci novamente à rua e fui procurá-lo. Assim como apareceu em minha vida, havia desaparecido. Rodei a vizinhança toda, e nada.

Voltei ao prédio. Havia um ruído diferente nos fundos da garagem. Flagrei-o em companhia feminina. Um tanto chocado, já que estávamos há tanto tempo juntos, fui me dando conta da naturalidade do ato ali à minha frente. Por que não?, ele parecia me dizer com um canto de olho.

Não sei o que aconteceu, pois, de uma hora para outra, Biscuit parecia não me ver mais. Aquilo me causou um tremendo mal-estar. Era como se eu estivesse conseguindo ficar invisível dentro da minha própria invisibilidade. Estaria condenado a desaparecer de uma vez por todas?

Era preciso encarar com bom humor. Biscuit estava absolutamente certo.

Despedi-me e resolvi seguir seus conselhos. Achei que nunca mais fosse vê-lo novamente.

* * *

Havia, nestes primeiros tempos, um certo sentimento de culpa, pois não restavam outras preocupações em que pensar, a não ser duas coisas: sexo e alimentação.

Sem grandes, nem pequenos, laços profissionais e afetivos que me prendessem, tinha a liberdade para concentrar-me apenas nos prazeres que a nova vida poderia me dar.

Assim, durante uma indefinível quantidade de tempo, pratiquei estas duas atividades incessantemente, como que por um instinto de sobrevivência.

Era como se quisesse provar que meu corpo estava vivo ainda. Nas semanas seguintes aos acontecimentos na Loja de Espelhos, cheguei a especular se tudo o que ocorria comigo se dava apenas do lado de dentro, isto é, se não estaria vivendo uma realidade interna, cerebral. Enfim, tão só uma fantasia. Portanto, usar meu próprio corpo era uma maneira de dizer para mim mesmo que não se tratava de nenhum delírio ou coisa parecida. Por isso, dediquei-me com afinco ao sexo.

Não deixo de ponderar que, antes de isso tudo me acontecer, se dava o exato oposto. Procurava esquecer meu corpo e dedicar-me integralmente ao cerebral. Dessas contradições da vida.

Preciso deixar muito claro que apenas uma pequena parcela das mulheres aceitava com naturalidade minhas investidas.

Agia, de preferência, à noite, durante o sono. Logo fui percebendo que justamente as mais belas eram as menos vulneráveis. Lembro-me bem da musa do bairro em que vivo. Linda, loura. Eu ali, prestes a realizar um verdadeiro sonho de infância. Quando me dei conta, estava sendo enxotado. Mulher muito bem resolvida sexualmente, não sentiu o menor desejo pelo ser pegajoso, foi assim que me senti, e desajeitado. Sim, por que não admitir? Rio-me de quanto era apressado no começo. Ela não demonstrou qualquer empolgação. Minha nervosa performance não deve ter dado a ela nenhuma possibilidade de entrar na fantasia. Pelo contrário, afastou-me com repulsa e, sem um pingo de medo ou horror, me botou porta afora. Trancou-se e voltou a dormir, certamente relembrando ótimos e variados amantes do passado.

Boquiaberto, saí dali meio tonto, sem saber o que pensar, mas extremamente envergonhado. Então, lentamente, fui aprendendo a lidar com elas. A questão da beleza, do padrão estético, foi ficando menos e menos importante. Meus níveis de exigência foram baixando. O que contava, afinal, era, em primeiro lugar, uma compatibilidade que tornasse possível o ato.

É verdade que cheguei a passar noites com uma modelo e até com mais de uma atriz. As atrizes, aliás, gostavam bastante da experiência, é bom que se diga. Mas meu cotidiano, digamos assim, era feito de mulheres comuns e feias, em sua maioria. Solitárias ou mal-amadas. Todas elas, as Simones, Filomenas, Elietes, Luísas, Iracemas, compartilhavam da mesma vontade de descoberta. Da mesma fé. A fé de que havia alguém nesse mundo capaz da amá-las intensamente. Como esta espécie de espírito que as agarrava, torcia, sorvia, molhava, lambia, entrava, saía... Uma verdadeira aventura mística pelo ato sexual.

E ainda havia uma enorme vantagem a meu favor. Um trunfo com o qual estaria a anos-luz de qualquer competidor. Invisível, eu podia ser quem quer que elas ousassem imaginar.

Mas se é para ser absolutamente sincero, nem sempre conseguia o efeito. Por que mentir? Nem sempre obtinha sucesso. Nem sempre estava inspirado pelo que via à minha frente. Confesso que não havia muito problema, pois bastava ir embora meio disfarçadamente sem olhar para trás. Logicamente ficava meio decepcionado, mas sem riscos de propaganda negativa, tornava-se tudo mais fácil.

Acho até que esse era o segredo de uma média tão boa. Falhas haviam, mas eram poucas. E, quase que num padrão normal, dava para passar uma noite inteira com a escolhida.

Outras vezes, também assumo a culpa, tinha pouca paciência com as pegajosas demais. As exageradas. “Fé demais não cheira bem", já dizia um dos piores e melhores títulos de filme já traduzidos. Essa crença excessiva era quase forçada. Não podiam crer assim tão facilmente num amante invisível. Era pouco natural. Geralmente, havia a fase do susto, depois o pavor, que se transformava num medo. Um medo instigante. Aí vinha a curiosidade. A atração. A iniciação. E, por fim, a entrega. Não digo uma entrega comum. Era, invariavelmente, uma entrega absoluta, irrestrita, libertina. E aí era extremamente bom. Era o paraíso. Gostava de usufruir de cada uma dessas sete fases. Cada uma tinha seu fascínio. Era importante que soubesse dosar cada uma delas. Cada qual dependia do sucesso da outra para que se chegasse ao ápice. Um susto muito grande no início não abria espaço para o medo. Assim como um medo instigante muito rápido não gerava a atração esperada. Era uma técnica bastante apurada. Fui melhorando com o tempo e com o que elas me ensinavam. As reações eram diversas, e eu deveria ser capaz de entendê-las com um olhar, um toque.

Mas, como dizia, nem sempre tinha essa paciência toda. Não só quando as Suzetes, Elianes, Cátias, Iracys, Arlenes se revelavam pegajosas demais. É que a variedade também cansava. Assim como a monotonia cansa, o excesso de variedade também exaure, inviabiliza. Por isso, muitas vezes me retirava consciente de que havia estragado uma experiência única. Nestas noites, saía atrás dela. A minha preferida. A minha gordinha.

Conheci-a numa casa de shows. Um cantor popular de sucessos dançantes e açucarados estava tocando no centro da cidade, e entrei na esperança de encontrar a escolhida do dia. Pela platéia eclética, jovens advogadas, publicitárias, consultoras e muitas, muitas secretárias e auxiliares administrativas.

Nunca fui especialmente fã desse gênero musical, mas não sei por que as melodias e as letras falavam muito diretamente com o meu público-alvo. De tanto ir aos shows, acabei conhecendo os principais artistas e seus grandes sucessos. Os cantores geralmente faziam o tipo malandro simpático, personagem que as agradava bastante.

Aquilo grudava feito cola. Peguei-me cantarolando em casa os refrões que escutava pelas noites. Porém, aquela foi a primeira vez em que cantava para valer.

Olhei, sondei o ambiente, examinei possibilidades entre morenas sem-graça e louras esmaecidas e, sem muita empolgação, achei que a noite apenas daria para o gasto. Foi então que a vi. Ali, no meio de uma das mesas, estava ela. Gordinha, cabelo curto e liso, as feições delicadas. A descrição física não diz a metade do que era sua presença. Literalmente, ela iluminava o ambiente. Requebrava gostoso, cantando com um sorriso macio os refrões na maior animação. Nada de exageros para chamar a atenção. Era um caso de felicidade genuína, que transbordava para os que estavam à sua volta.

Quando dei por mim, já estava hipnotizado por sua simpatia e caminhava em sua direção, por entre as mesas abarrotadas de gente. Cantei juntinho, ao seu lado. Era dessas mulheres que, mesmo suada como estava, parecia ter o perfume de quem acabou de sair do banho.

Aquele brilho especial nos olhos me transformava. Dancei e cantei com o coração, coisa que não fazia há muito tempo. Foi a primeira vez que me dei conta de que os shows eram a melhor ocasião, talvez a única, para que eu pudesse soltar a voz sem medo. Em todos os lugares que perambulava fui ficando cada vez mais silencioso, pois não tinha o menor interesse em assustar as pessoas com minha voz sem corpo, de fantasma, vagando pelas lojas, bares e supermercados da vida.

Nos shows, especialmente um animado como esse, podia cantar e cantar, misturando-me em coro à multidão. Aquilo fazia um bem enorme à alma.

O clima de alegria me contagiou. Não sei se ela imaginou que fosse a mão de algum de seus colegas, já que àquela altura todo mundo sambava como se estivéssemos em pleno carnaval. O fato é que, depois de sentir suas costas macias, fui descendo, deslizando por sua curta bermuda branca, e ela nada de se admirar. Sorria safadamente e sambava e cantava. Chegou a morder os lábios. Aquilo foi me dando uma excitação fora do comum. Tudo fluía muito naturalmente, como se não houvesse nada de errado na situação.

Na verdade, não era gordinha. Era gorda mesmo. Mas, carinhosamente, já chamava-a internamente de minha gordinha.

Ao fim do show, ela foi se despedindo dos amigos do escritório e pensei comigo que a magia acabaria ali mesmo. Obviamente, Cláudia, era assim que a chamavam, deveria estar imaginando que seu colega de departamento tinha se aproveitado do clima festivo para avançar terreno.

Quando a porta do apartamento se fechou atrás de mim e me vi sozinho com ela, tudo era uma grande incógnita. Cláudia mantinha aquele sorriso no canto da boca que me desafiava. Ela foi à cozinha, pegou uma cerveja, ligou o som, colocou para tocar o álbum de outro cantor famoso e continuou a sambar, dessa vez com mais calma, mais leveza.

De olhos fechados, ela se requebrava com sensualidade. Eu ali, com a respiração ofegante. Aproveitei sua distração e tomei uns goles, extasiado com a imagem de Cláudia dançando sobre o tapete da sala.

Quando ela começou a cantar, foi a deixa. Respirei fundo e cantei junto com ela. Para minha surpresa, Cláudia não se assustou nem um pouco. Pelo contrário, abriu os braços, como se me oferecesse as mãos.

Dedos entrelaçados, dançamos juntos, e pouco a pouco estávamos sambando agarradinhos. E fomos nos beijando e nos beijando. Ia tirando as roupas dela. E nada de Cláudia mostrar qualquer assombro. Pelo contrário, o sorriso continuava lá, confiante.

Sua pele quente, sensual. Transamos ali na sala, pelo chão, pelo sofá. Depois fomos ao seu quarto e deliciei-me com ela na cama. O dia já raiava quando mudamos o cenário para o chuveiro.

Preparou-me um belo café da manhã. Quase não falávamos. As poucas frases que trocávamos, acabavam em beijos e línguas vorazes e suas roupas espalhadas e mais sexo por todos os cantos da casa. Por duas vezes, Cláudia ligou para o escritório dando desculpa que passava mal. Sempre cheirosa, seu corpo roliço era um atrativo interminável para mim. Adorava seus peitos. Mas o melhor de tudo era a qualidade do ato em si. Tinha sido uma das primeiras vezes que comecei a abordagem com uma mulher acordada. E tudo era tão natural. Ela não me perguntava nada a meu respeito. Nós nos relacionávamos como se fôssemos um casal absolutamente normal.

Lembro que, em um determinado momento, tive a certeza de que ela só podia ser cega. Que isso explicava tudo. Mas não. Não era esse o caso. Seu amante invisível era tão bom quanto qualquer outro homem.

Cláudia parecia ser uma daquelas sábias pessoas que sabem se entregar numa relação sem qualquer cobrança. Que já nascem com alguma coisa que as faz ter o bom senso de saber os limites do outro. Assim, passamos um mês maravilhoso do ponto de vista sexual. Só que um acontecimento inesperado deu um novo e estranho toque à relação que se formava.

Numa tarde de sábado, acordei e não a encontrei ao meu lado. Imaginei que fora resolver qualquer coisa rapidamente pela rua. Ainda sonolento, fiquei me remexendo pela cama, observando a decoração do quarto. Tudo muito simples e cafona. Não havia muita luz natural entrando no apartamento, o que dava uma certa tristeza ao ambiente como um todo.

Aos poucos, fui me sentindo melancólico. Percorri suas fotos, seus poucos livros e a enorme coleção de música popular. Há quanto tempo estaria vivendo ali sozinha? Não havia sinal de que tivesse morado com alguém antes. A soma de tudo aquilo foi me abatendo emocionalmente.

Quando Cláudia chegou, estava sentado no chão da sala, recostado no sofá, de cabeça baixa, folheando um álbum de fotografias. Ela se aproximou e me fez um carinho no rosto, perguntando se eu havia sentido sua falta. Balbuciei um sim, e Cláudia, então, me abraçou, dizendo para não ficar assim, pois mamãe iria cuidar do seu nenê agora. Deitou-me em seu colo e fui embalado por canções de ninar. O calor de seu corpo agora transmitia uma paz muito grande.

Em seguida, me levou para um quarto que não conhecia. Era um pequeno cômodo todo decorado com motivos infantis. O quarto de um bebê. Ela foi me mostrando o quanto havia preparado o ambiente com gosto. Explicou-me que as cortinas combinavam com a colcha, os rolinhos eram do mesmo tom da pintura na parede, e os motivos do berço se repetiam na porta do armário, sempre em variações de azul. E ainda tinha as roupinhas, todas fazendo um delicado dégradé. Ela disse que eu seria muito bem cuidado ali, que não ficasse preocupado, pois mamãe pensou em tudo. Perturbado, saí do apartamento com a cabeça pesada, explodindo de dor, já no final do domingo.

Lembro-me de ter me sentido bastante confuso por ter embarcado em todo aquele clima de sonho maternal. Mais ainda porque, na madrugada que se seguiu, havíamos voltado a transar com vigor, como se nada houvesse acontecido no esquisito fim de tarde. Na segunda de manhã, quando voltei, a coisa se repetiu e Cláudia me ninava feito criança.

Aquilo me deixou de molho em casa por vários dias. A primeira coisa que me veio à cabeça é que Cláudia tinha sérios problemas mentais. Por isso tanta naturalidade em absorver a idéia de uma companhia invisível. E agora a história do bebê...

Ao mesmo tempo, rememorava seu comportamento no show. Cercada de colegas do trabalho, totalmente à vontade, querida por todos.

Teria experimentado uma gravidez trágica no passado? Quem sabe um aborto traumático? Ou será que ela intui que todo homem no fundo quer ter um amor absoluto? Tão generoso quanto o de mãe, tão arriscado como o de uma mulher. Não encontrava forças psicológicas para indagá-la. Estava ficando tonto com a experiência.

O pior de tudo é que este jogo de papéis misturados também me atraía de alguma maneira. Isto era o que mais me preocupava. Alguns dias se passaram e eu estava de volta ao seu apartamento.

Em um dado momento da noite, Cláudia se desculpou por não ter leite em seu peito, mas que daria um jeito nisso.

Já no quarto do bebê, ela ligou um sistema engenhoso em que um aparelhinho fazia com que o leite da mamadeira pingasse em seu peito, dando a exata ilusão de que se estava amamentando.

Eu sorvia e sorvia, olhando para ela de olhos bem abertos. Cláudia me sorria de volta e passava a mão em meu cabelo. E parecia que eu era bem pequeno e ela cada vez maior. E cada vez meus fios de cabelo caíam mais e mais. Acho que estava me tornando careca. Balbuciava qualquer coisa e ela sorria com minha esperteza. Admirava-se de como eu aprendia tudo muito rápido.

Enquanto olhava fixo para os olhos de Cláudia no momento da amamentação, já tinha dúvidas se estava consciente ou não. A verdade é que eu estava acreditando naquilo tanto quanto ela. Os olhos arregalados, absorvendo o rosto que me sorria. Não havia dúvidas. Eu era um recém-nascido. Sugar seus mamilos era tudo o que eu queria. Não queria largá-los nunca mais. Cláudia me sorria, tão contente quanto eu. E eu sorria junto. Quando ela ficava séria, eu também ficava. Chegava a um ponto onde já estava perdendo a noção de minha própria pessoa. Éramos como um só ser. Às vezes tinha a impressão que o peito era parte de mim. Era como se não desse para entender bem onde ela terminava e onde eu começava. Uma relação simbiótica. Assim, o seu peito é uma extensão de meu corpo. O rosto dela é, de certa forma, também o meu. Não queria me separar nunca mais. Hipnotizado por seus olhos, ficava sonhando com um passado imaginário, dentro de seu útero, num momento em que, de fato, teríamos sido um só.

E, no meio disso tudo, também estávamos juntos na cama, tão quentes quanto antes. Tudo aquilo embaralhava minha cabeça de uma tal maneira que já não sabia onde morava. Fugia dali e dizia para mim mesmo que jamais voltaria. Poucas horas depois, estava de volta, embalado, ninado, alimentado, lambendo, comendo.

Um dia, como que tomado por um raro momento de sobriedade, tomei a decisão de ir vê-la no trabalho. Haveria de ter algo errado.

Pelos corredores da repartição, o som dos teclados, das conversas no café, dos telefonemas comercias com sua falsa informalidade. As fotos dos familiares espalhadas pelas mesas e todos vão almoçar juntos no refeitório.

Lá está Cláudia rindo e conversando entre duas amigas e um colega. Falam da novela, do futebol, de parentes e festinhas de aniversário. O gerente a chama depois do almoço, lhe dá mais responsabilidades, pois sabe que sua "mão-direita" nunca o decepcionou até hoje e que está cada vez mais eficiente. Uma amiga lhe dá os parabéns pela promoção e diz que todos têm reparado como ela está mais bonita ultimamente.

Aproveito que não há ninguém por ali e vou tomar um café bem preto e denso, que me explique todo esse sistema sócio-econômico-emocional que funciona de alguma maneira. Rio e me pergunto se os colegas de Cláudia também têm o que ela tem em casa.

É ela que vem chegando. Faz seu café, solitária pela primeira vez hoje na empresa. Tem o olhar no infinito. Tento imaginar no que estará pensando. Depois, vai embora chamada para uma reunião. É minha vez de olhar o infinito, na forma do aeroporto ao longe, com seus jatos subindo e descendo preguiçosamente pelo calor de fevereiro.

Vou para casa deixando de manter meu compromisso de jantarmos juntos hoje à noite. Deixo também de ir até lá de manhã. Fico ruminando tudo o que vi e passei nas últimas semanas com ela. Tento encontrar outras mulheres, mas a lembrança de Cláudia interfere em minha performance. As escolhidas percebem que, além de não estar ali visivelmente, também não estou lá espiritualmente. Saio de cena cabisbaixo por várias vezes. Vagueio pelas praias à noite, observando a bruma que sobe das águas calmas.

O paradoxo se apresenta, então, para mim de maneira seca. É uma quinta-feira à noite e decido de uma vez por todas ir até lá. Ao chegar no apartamento de Cláudia, constato que há um homem ali. Ele acabou de lhe entregar flores e ela agradece o bilhete. Há um aroma de carne assada envolta em cenouras carameladas. Há um vinho tinto sendo saboreado pelos dois que se olham nos olhos. Há um aparelho de som tocando uma música suave e um ensaio de dança se desfaz, pois é preciso dar um toque pessoal no tempero. Há um sorriso no canto dos lábios do homem na sala e da mulher no corredor. E eu, absorto com tudo aquilo, já não sei mais o que estou fazendo ali. Vou até a cozinha e a encaro, como que pedindo explicações. Ela sorri, fazendo como se me dissesse não atrapalhe agora, amigo. Tento ficar para o jantar, mas Cláudia me chuta levemente a canela e eu acho que tenho de ir, pois há uma mão sobre a outra. Ainda dou uma olhada no rosto do sujeito. É um tipo simpático. Acho que já o vi em algum lugar. No escritório, talvez. Desejo boa sorte e saio. O rapaz pergunta se Cláudia ouviu alguma coisa, mas ela disfarça, quer saber se ele gostou de sua receita.

Ainda sem saber bem por quê, caminho pelas ruas sorridente, feliz da vida. "A Cláudia!", fico repetindo para mim mesmo seu nome. "A Cláudia!" Parece até que estou falando de uma irmã ou amiga muito próxima, e não de uma amante. A verdade é que de nenhuma maneira me senti triste por ter dado de cara com outro ali em sua sala. Pelo contrário. Chuto uma latinha de cerveja e me dá vontade de dançar pela rua que, a essa altura, está vazia e bela. Passo a mão por um poste de luz desses antigos, tomo impulso e dou uma volta completa, como num passo de dança de antigos musicais. Brinco com as poças d'água que fazem a trilha do sapateado.

E, já na praia, me dou conta. "Então deve ter sido isso", digo em voz alta. As ondas do mar vão batendo suavemente e vou criando uma teoria do que se passou entre nós. Acho que dei a ela o conforto de que precisava. Era a primeira vez que ficava mais tempo com uma única mulher e verifiquei o quanto minha presença lhe deu autoconfiança para crescer, para expurgar seus fantasmas. Fez com que chamasse a atenção dos colegas, do chefe e, principalmente, do homem que provavelmente está em sua cama neste exato momento.

Então, talvez haja um sentido maior em tudo isso. Pode ser que eu seja de alguma utilidade. Não só usar, mas ser usado. A descoberta me toma de felicidade. Mais do que isso, me faz sentir completo, mais conectado com as pessoas andando pelas ruas.

Por um momento, lembro do estado letárgico em que me encontrava poucos meses atrás. Agora tudo isso me parece distante e despropositado. Na verdade, havia evoluído de alguma maneira.

Poderia não apenas usar o tempo para o meu prazer, mas para ajudar os outros. Havia muita gente solitária por aí.

Porém, pensando melhor, em que poderia ser útil? A memória do Projeto era forte demais. Ainda bem. Afinal de contas, a experiência tinha sido extremamente esclarecedora. Os dados já estavam lançados. Não havia qualquer sentido em realizar interferências. Mais prudente não me envolver. Ficar no meu canto.

Durante semanas, tento esquecer toda aquela idéia de fazer alguma coisa pelos outros.

Dedico-me com mais afinco ainda às experiências sexuais. Livre da presença de Cláudia, diversifico o número de parceiras. Torno-me uma espécie de máquina. Penso somente no meu prazer. Faço questão de não me empenhar no que elas estão sentindo. Há uma raiva contida. Já não faço por mim. Faço para não pensar em mais nada. Para esquecer-me dessas sandices todas. Para escapar.

E, no entanto, acabo pegando-me em pleno ato, no ir e vir sobre a morena de cabelos encaracolados, refletindo nas coisas que andei vivendo nos últimos tempos.

Se entendi os anseios de Cláudia, se dei a ela o que precisava, sentia em meu íntimo que ela havia feito o dobro por mim. Intuitivamente ou não, Cláudia me compreendeu de uma tal maneira que não podia ainda captar. O fato é que eu estava mudado por dentro. Não conseguia descobrir o que havia se passado.

Isso me deixa louco. Tento concentrar-me novamente em minha performance. Minha parceira nota minha transformação. Qual a diferença para outros mecanismos de satisfação solitária? Ora, que ficasse quieta, bem postada, que eu ainda não havia terminado.

Cheguei a temer os limites por onde já rondava. Imagens atordoantes espraiavam-se aqui e ali. Devaneios que envolviam toques de sangue e crueldade.

Era difícil lidar com esse desconhecido dentro de mim. Era tão cômodo antes. Por que não encontrava mais prazer em ter prazer simplesmente? Até que alguns dias mais tarde, sem que pudesse prever, tudo vem à tona repentinamente.

No Grand Café repleto, sei muito bem que há um espelho ao fundo. O enorme e majestoso espelho. Todo cuidado é pouco. Meus olhos já estão devidamente treinados para esse tipo de situação. É preciso ter a máxima atenção para que a visão não se desvie. Como um gigantesco ímã retangular, ele aos poucos vai conseguindo atrair cada um dos que passam por sua órbita. Nem que por uma olhadela rápida. Há vítimas óbvias. Como a mulher enrugada passando o batom, séria, compenetrada em sua fisionomia. Serei ainda capaz de seduzir?, parece indagar com seus olhos. E também há o sujeito engravatado que passa meio apressado e assustado em direção ao caixa. Ele tenta arrancar um sorriso de seu próprio reflexo. Um sorriso confiante, que o inspire. Que faça acreditar que pode terminar o dia com um mínimo de dignidade.

Tento não sucumbir ao desejo de me virar na direção do grande ímã. O prejuízo seria por demais extenso. Um arrepio me percorre o corpo todo. A fobia faz questão de me mostrar suas garras. Seria melhor sair daqui. Não desafiá-la mais uma vez. Em meu íntimo, sei que deveria permanecer.

Em meio a essas divagações, vejo uma cena inusitada que me chama a atenção. Reconheço a mulher que quase todos os dias vem até aqui. Ela nunca se senta. Entra, dá uma boa olhada pelas mesas, como se procurasse alguém. Depois, vai embora, já conformada. Todos os freqüentadores já a conhecem bem e é como se tentassem colaborar com a moça. Viram-se em sua direção, como se fizessem questão de que ela tenha certeza de que não são a pessoa a quem ela procura. Hoje, acontece exatamente o mesmo de sempre. Com uma diferença. Ela está empurrando um carrinho de bebê. Com dificuldade, vai passando por entre a fila que leva ao caixa. Está especialmente tensa. Vai examinando um por um, sem disfarçar muito seu intento. Mais uma vez, passa seus olhos pela minha direção, fixando-se por algum tempo no exato lugar onde estou sentado. Tenho a incômoda sensação de que dessa vez irá falar comigo. Quase tento me esconder, pois ela parece mesmo se aproximar aqui no canto do salão. Bobagem. A visitante logo mexe um canto da boca e, decepcionada, se vai, passando pelo meio da fila.

Vejo-a empurrando o carrinho de bebê pelo reduzido espaço de calçada que resta entre o camelô e a fachada do café. Neste momento, noto que havia algo familiar em tudo aquilo. Levanto-me subitamente, pois tenho a impressão de saber o que é.

Passo afobado pelo meio dos fregueses. Chego à rua, mas não há mais sinal da mulher e do carrinho de bebê. Desvio com pressa dos passantes e quase tropeço nas bugigangas espalhadas pelo chão. Subo numa lata de lixo para ficar por sobre a multidão. Agora posso ver. Dobrando a próxima esquina, lá estão eles.

Vou seguindo-os à distância. Ela pára num pequeno mercado. Compra um biscoito de maisena para o bebê. Despede-se dos funcionários com um sorriso. Depois, seguem pela calçada de uma longa e estreita rua. Por toda a extensão, há um jardim público à nossa direita. Engraçado, não me lembro de algum dia ter passado por aqui.

Reparo na vegetação sem desgrudar os olhos dos dois. Há árvores bem altas. A não ser por alguns idosos e um ou outro estudante, há poucos freqüentadores.

Continuamos no caminho por mais alguns minutos até que chegamos ao que parece ser a entrada de um museu. Ela compra um ingresso. Leio na placa informativa que se trata de um antigo palácio. Foi construído para abrigar a famosa exposição internacional no início do século passado. Hoje funciona como um museu de ciências. Seus jardins, pelo que vejo, são muito procurados por mães e babás para distraírem pequenas crianças por algumas horas.

Na pracinha, vários carrinhos estacionados. Junto aos brinquedos, há bebês de vários tamanhos. Alguns engatinham. Outros dão seus primeiros passos. As mulheres conversam animadamente. Tudo vai bem. Os cálidos raios de sol aquecem a todos por igual.

Porém, a mãe, ou babá, que estou seguindo não pára ali. Ela segue impávida, empurrando o carrinho até um recanto mais afastado. Senta-se num banco. Sorridente, fala ao telefone celular. Folheia uma revista, impaciente. Aparentemente, o bebê está dormindo.

Espero por mais alguns instantes. De repente, aparece um homem vestindo um uniforme que parece ser do pequeno mercado onde foi comprado o biscoito. Eles trocam um beijo. Comentam qualquer coisa sobre o bebê. O homem faz um sinal de que ela não se preocupe. E os dois se metem em direção ao jardim.

Enfim, consigo o que queria. Aproximo-me do carrinho. Olho em volta. Apenas o pio de uns pássaros ao longe. Acerco-me. É difícil dizer. Mas... a camiseta laranja. O short azul. De repente, uma sensação angustiante no ar. Não pode ser. Não faz qualquer sentido. Ele está de olhos fechados. Talvez, se os abrisse. Nem sinal da babá.

Instintivamente, começo a cantarolar algo que me vem de longe. Muito longe. Uma melodia esquecida de anos longínquos. Pouco a pouco, tempo e espaço vão se misturando nauseamente. Não sou eu. Isso não é possível, repito para mim mesmo. Canto mais alto. Os pequenos olhos se abrem. Não sei... Parece me ver. Apenas uma impressão. Continuo a mirá-lo. Tento relembrar da misteriosa foto que encontrei em casa. Sim, se parece demais com ele. Ao mesmo tempo, sei que não sou eu. O que estou dizendo? É claro que não sou eu. Onde estou com a cabeça? Contudo, deixe-me olhá-lo na luz. Vamos tirar esse pára-sol de cima. Por que chora? Fique calmo. Está berrando com todas as forças. Tenho que encontrar a babá. Ele está ficando vermelho. E eu mesmo não me sinto bem. Vamos, vamos achá-la. Empurro o carrinho desesperadamente pelo jardim adentro. O choro convulsivo tomando conta da suave vegetação. Nem sinal dela. Onde estarão? Tenho a impressão de que é um jardim labiríntico. Já passamos por aqui? Calma, muita calma. Corremos, então. Só o verde à nossa volta. A tarde parece cair subitamente. É a mata que se fecha, percebo. E agora? O que fazer? Porém, para meu alívio, o bebê vai se acalmando. Parece sorrir de meu desespero. Acho que o diverti. Deve ter bem perto de um ano.

Paro um pouco para respirar. O bom e velho cheiro de mato. Pisco para ele, mesmo sabendo que não pode me ver. Ele acha graça, ri. Toco sua pequena cabeça. Seus grandes olhos me transmitem algo que não sei explicar bem o que é. Não sei se deveria fazer isso, mas pego-o no colo e o levanto. Ele gosta, dá uma adorável gargalhada. Rodamos, rodamos e rodamos. Atrás de nós, fora de foco, o céu azul, um chafariz, as árvores. E ele cada vez mais feliz, olha para mim e olha para o alto e seus dentes que aparecem e sorriem para mim e sei que jamais esquecerei este momento.

Ouço vozes. Melhor voltar para o ponto de partida. Vamos, de volta ao carrinho. Não quero assustar ninguém. Só que o labirinto não nos deixa. Quanto mais avanço, mais estamos perdidos. O bebê nem se importa. Sorri alegre para mim. Até que encontro uma saída. Não a que procurava. Estamos do lado oposto do parque. O caminho cheio de pedrinhas nos leva ao antigo palácio.

Seus escuros corredores estão vazios. Ao que consta, ninguém se interessou em visitar o museu de ciências esta manhã. Sigo passeando com o bebê. Várias salas com os mais diferentes tipos de experimentos. Eletricidade, mecânica, hidráulica... O bebê dá um pequeno choro. Sem saber o que fazer, entro numa das salas da exposição. Tiro-o do carrinho e o tenho no colo. Quando me dou conta, é tarde demais. À nossa volta, não há outra coisa que espelhos.

Estamos na seção de Física Ótica. Portanto, há todos os tipos possíveis de espelhos nos cercando. Côncavos, convexos, planos, parabólicos, cilíndricos... Só tenho tempo de colocá-lo no chão.

Concentro-me. Talvez consiga agüentar por alguns segundos.

Não há como escapar. Eles estão por todos os lados.

Seguro as mãos do bebê. Ele me puxa, caminhando confiante na direção de um dos espelhos.

Agora tenho a certeza de que ele não sou eu. Devido à deformidade da superfície convexa, há uma pinta que fica evidenciada, quase caricaturada, sobre seus lábios. E eu não a tenho. Porém, como posso saber, já que não posso enxergar meu rosto novamente?

Pronto. Tarde demais. Começa o processo. Vêm à tona todas as lembranças traumáticas que experimentei na Loja de Espelhos. É difícil dizer até que ponto é um fenômeno de origem física ou psicológica. Pouco importa. Os sintomas são bem reais. Já estou suando frio. É como uma febre avassaladora. O enjôo é a pior parte. Fico desesperado com o bebê. Mas não há nada mais que posso fazer. Minha mão treme. Juro para mim mesmo que jamais repetirei isso. Contudo, ainda tenho forças guardadas. Agora, em direção a ele. Tenho de olhá-lo de frente. Nem que seja por um momento.

Arrisco tudo. Aqui está o espelho. Sim, estou enxergando-o. Antes que desmaie, sigo firme. Continuo caminhando em direção ao espelho. Tento olhar mais fundo, pois acho que vou encontrar algo que se assemelhe a mim. Até que tudo embaça, estou tonto, meu próprio eu se esvai de mim e me jogo no chão, delirante, desfalecendo com o cabelo já encharcado de suor e tenho uma espécie de déjà vu impossível, talvez não tão absurdo em se tratando da minha situação peculiar.

São lembranças da primeira infância.

Vejo-me no pequeno quarto onde morávamos. Desconfiado, olho para aquele ser na minha frente. Alguém que irritantemente me imita. Viro-me, ele se revira. Aponto, ele aponta. Tudo o que faço, ele faz igual. A sensação é desconfortável. Vem o choro intenso. E choramos juntos, mas ninguém vem nos ajudar. Nos olhamos assustados. Temos raiva um do outro. Mas já passamos a desconfiar que teremos de conviver.

Mais tarde, no berço, já longe daquele ser exasperante e ao mesmo tempo fascinante, uma horrível loucura vem me martelar a cabeça. Quem sou eu? Eu sou eu? Eu sou quem? Se consigo pensar no eu e até enxergá-lo ali, quem é este que está aqui dentro?

Subitamente, posso me lembrar com nitidez deste momento dramático e patético de cisão e unidade simultâneas.

Empapado de suor, estou de volta ao Museu de Ciências, seção de Física Ótica. Olho para o lado e o bebê não está mais lá. Nem o carrinho. Terei delirado? Quanto tempo terá passado desde que perdi os sentidos? Quinze minutos? Duas horas? A noite já avançou bastante... Tudo escuro por aqui. Assim, consigo me arrastar para fora desta verdadeira câmera de tortura.

Onde estará o bebê? Suponho que o encontraram. O que devem ter pensado? Como chegou sozinho até ali? Provavelmente estão à procura de algum malfeitor, algum desajustado no parque. Mães deixarão de vir por algum tempo. Só por um tempo. Depois, tudo voltará ao normal. O mundo seguirá seu fluxo.

O bebê crescerá e jamais irá se lembrar do encontro com o homem invisível. Eu, não. Sei que esse momento ficará gravado em mim para sempre.

Sinto o coração bater forte. É uma incontrolável vontade de entrar em comunhão com o mundo, com o planeta, com o universo todo. Mas é como se meus pés insistissem em flutuar no espaço, como se não conseguisse direito tocar no chão. Gostaria tanto de vê-lo de novo. Porém, algo me diz que nunca mais tornarei a encontrá-lo. Fico pensando em suas feições delicadas. Seu riso, seus olhos, seus pequenos dentes... Terá ele já passado por esse momento mágico de descobrir-se no espelho?

A pergunta fica me martelando, obsessiva. Sei que já li sobre isso. Sinto algo me consumindo pelo estômago. Uma pista sobre mim mesmo pode estar brotando pelo solo. Então, pelas madrugadas, vou até a Biblioteca Central, sediada na imponente construção do bairro histórico, e consulto livros e mais livros. Estou obcecado pelo universo dos espelhos. Espelho. Speculum. Especular. Originalmente, a observação do céu e dos movimentos relativos das estrelas com o auxílio de um espelho. Faz sentido. Mas o que eles refletem? Tento apreender através do conhecimento de outros povos um espaço que não posso mais apreender com os olhos. O espelho. Um lugar de onde estou exilado. Passam-se dias e semanas. Mitos chineses, japoneses, aprendo sobre Amaterasu e a luz divina saindo da caverna e refletindo sobre o mundo. Um texto remetendo a outro. A Tábua de Esmeralda dos hindus, Purusha agindo sobre Prakriti. Os espelhos mágicos divinatórios do Congo, da Pérsia, da Ásia Central, da literatura islâmica. Dos desenhos formados com o pó de caulim sobre a superfície polida à leitura do presente, passado e futuro na taça de Jamshid... Poderia passar anos a fio neste silêncio majestoso, abafado pela cúpula gloriosa, pela elegância neoclássica, mas uma linha embaralhada pelo sono me chama a atenção. De repente, os mundos mitológicos e científicos vão se aproximando. O espelho sofiânico de Jacob Boehme, onde estão contidas todas as imagens, onde o Absoluto consegue ver a si mesmo, vai trazendo luz, vai se conectando aos complexos estudos da mente. Sinto um calafrio me percorrer. Qualquer coisa soa dentro de mim quando leio algo conjugando espelho e infância. Vislumbro algumas palavras-chave e tenho a intuição que o texto irá corroborar tudo que venho elocubrando. A frase lacaniana é sintética, lapidada, cristalina. "O estágio do espelho como formador da função do eu." É o momento, geralmente entre os seis e os dezoito meses, em que há o entendimento que aquela imagem no espelho se trata da sua própria imagem. A inauguração do registro imaginário. O estágio em que se inicia o aprendizado da identidade. O estado fusional do bebê com a mãe, onde há uma verdadeira indiferenciação entre os dois seres, vai se dissolvendo e dando espaço para a criação da identidade própria. Pela primeira vez na vida, sabe-se, ou pelo menos intui-se, que "eu" sou eu.

Então, vem o clique. As idéias se completam e elaboro melhor minha condição atual, adquirida na fase adulta. "O estágio do não-espelho como formador da função do não-eu." A frase ganha mais força à medida que me concentro fortemente no espelho à minha frente, de volta ao Grand Café.

Sem existir no espelho, sem a imagem refletida, o eu se esvai. É lógico. É natural. "O estágio do não-espelho como formador da função do não-eu." Se não tenho uma auto-imagem, não tenho identidade própria.

E aí me vem a pergunta novamente.

Desconfiado, olho para aquele vazio na minha frente. Alguém que irritantemente não me imita. Me reviro e ele não se revira. A sensação é desconfortável. Vem o choro intenso. E choro sozinho, mas ninguém vem ajudar. Não consigo me ver assustado. Tenho raiva de alguém ou alguma coisa maior que deixa isso acontecer. Mas já passo a desconfiar que terei de conviver com este nada à minha frente.

Mais tarde, na cama, já longe daquele vazio irritante e ao mesmo tempo fascinante no espelho, refeito dos males da fobia, uma horrível loucura vem me martelar a cabeça. As perguntas se refletem perigosamente como os raios de luz no espelho. Quem sou não-eu? Eu sou não-eu? Não-eu sou quem? Se consigo pensar no não-eu e até não enxergá-lo ali, quem é este que está aqui dentro?

Como um homem pode se definir, como pode seguir vivendo se não sabe quem é? Chego a um lugar onde não há volta. Ou sigo em frente e descubro quem sou, ou não me restará muito tempo de existência. Pelo menos com algum mínimo traço de sanidade.

As questões são fortes demais para mim. Para qualquer homem. Sinto que algo por dentro vai explodir a qualquer momento. Chorando feito uma criança apavorada, sigo meus instintos e corro em direção à praia por entre os carros velozes, gráficos, números, trajetórias e relatórios na tela do computador, bêbados me socando, Luciane chorando, mulheres gemendo e gozando, um enorme seio me amamentando.

Só aí me dou conta de que já estou flutuando neste gigantesco líquido amniótico chamado mar.

Ele me envolve e embala. E é ali, deitado debaixo das estrelas, que tudo começa a ganhar sentido. Quando os ouvidos estão semi-submersos, o som agradável invade seu cérebro como um mantra deixando tudo em paz e você olha para o alto e compreende que é um nada flutuando no meio do universo. Ou melhor, você verdadeiramente está fazendo parte dele. Você se misturou de uma tal forma, que não é possível mais diferenciar o que é você e o que é o universo à sua volta. Céu, lua, estrelas, edifícios, carros, areia, joaninhas, peixes, pessoas na calçada, você... todos um só.

É neste momento que o mar se encarrega de me entregar a resposta de mão beijada. Como se me soprasse no ouvido a solução da questão mais difícil da prova. Só que neste caso, a resposta vem pelo contato físico da água salgada, penetrando por cada poro do meu corpo. "O estágio do não-espelho como formador da função Deus."

Quando entro novamente em seu apartamento e a casa toda parece sorrir para mim, sei que não estou louco. A função Deus é assim. Eu abro portas e janelas. Eu entro pelas vidas das pessoas. Eu trago a paz.

Como vai, meu bom homem? O que há de interessante nessa tela de TV? Quais as novidades? Alguma notícia de seus filhos?

Não que me considere Deus ou qualquer bobagem desse tipo. Mas agora sei que sou uma de suas partículas. Uma partícula do Invisível. Aquele que pode ir a todos os lugares e todos os tempos. Como um espírito que vaga por aí, velando pelo gênero humano.

Nada, ainda? Vi sua neta hoje. É verdade, ela estava muito bonita em seu vestidinho xadrez na sala de aula. Andou brigando, mas logo fez as pazes. Isso, conte-me. Conte-me mais sobre ela.

Desde que descobri a função Deus e, veja bem, não uso outra palavra por falta de um termo melhor, fui percebendo a verdadeira tarefa que me foi dada. O porquê de ter passado pelo longo e doloroso Projeto. Tudo foi se ajustando. O furor sexual foi se dissipando suavemente até se apagar por completo.

Deixe-me sentir suas mãos. Por favor, não se envergonhe. Chore. Chore à vontade. Deixe-me confortar sua cabeça. Isso. Lembre de quando era um menininho na Espanha. E viu sua avó falecer em casa. E logo depois o vinho que todos tomaram na igreja tinha um gosto de sangue.

O senhor Vicente de los Campos é um dos escolhidos de hoje. Mas, ora veja, como ainda utilizo os termos incorretos de minha vida pregressa. Na verdade, ele é que me escolheu esta noite. É *meu* o privilégio. É *minha* a alegria de poder confortar uma alma tão carente.

Tem sido sempre assim. Desde aquela noite na praia, entendi que quando se perde a referência no espelho, na verdade acontece algo muito mais profundo do que o simples e imediato esvaziamento da figura humana na superfície reflexiva.

Em primeiro lugar, não acontece de uma vez. Pelo contrário. Sem que seja possível se dar conta, ao longo de um determinado período de tempo, sua imagem, ou melhor seu contorno visível, vai se fragmentando pouco a pouco pelo universo. Pequenas partículas vão se desvanecendo lentamente até evaporarem por todos os cantos deste mundo. Esta é a descrição física do fenômeno.

Isto é a passagem para um novo degrau espiritual. Entre tantos que sei agora que existem. Quando se chega aqui, há um novo patamar que somos capazes de imaginar. É uma questão de perspectiva. Um novo ponto de vista nos faz enxergar de uma nova altura.

Por que comigo? Bondade, talvez? Idealismo? Não sei. O que sei é que devo estar soando algo prepotente, mas prefiro a sinceridade à hipocrisia. A resposta, creio eu, é que depois do Projeto, depois de ter visto o que vi, não me restaria outra coisa a fazer no mundo. Sabendo o que eu sabia, só me restava uma alternativa: participar de sua Obra.

O episódio com o bebê no parque talvez tenha sido a centelha que faltava, o disparador de todo o processo. Lamentavelmente estava certo. Nunca mais o vi. Não é de se admirar. Nenhuma mãe traria seu filho de volta ao ambiente onde se deu o sombrio incidente. Por mais que desejasse reencontrá-lo, sei que no fundo foi melhor assim. Posso me concentrar integralmente em meus novos e importantes afazeres. Há muita gente que precisa de mim lá fora.

Um dia tenho a certeza de que serei compreendido. Por enquanto, acharia melhor não entrar em conjecturas. Prefiriria relatar passagens de alguns destes seres maravilhosos que me escolheram nos últimos meses.

Tudo passou a ganhar um novo sentido. Andar pelas ruas, coisa que fazia distraidamente, sempre à caça da próxima vítima feminina, agora tem uma dimensão totalmente diferente. Eu vago lentamente, procurando nos olhares os que precisam Dele.

É tão sutil o encontro. Preciso me concentrar, captar a energia do entorno. Poderia ser qualquer um. Por que virar nesta esquina e não na outra? Sim, todos, sem exceção, precisam de meu conforto. Por que, então, me deter neste senhor e não naquela criança? Aqui não há acaso, é bom que fique claro. Coincidências não existem. De forma alguma. Tudo menos acaso. Por isso é preciso respirar fundo, sentir o que Ele quer de mim. Inferir sua intenção. Ler seus mistérios.

De perto e, sobretudo, querendo enxergar, posso ver os pequenos detalhes que me escapavam do cotidiano. Delitos ocultos, olhares assustados, gestos trêmulos, respirações ofegantes. Hoje, sinto-me envergonhado pelos primeiros tempos, quando tudo começou. Por que insistia em fingir que nada havia mudado? Naqueles dias, agia como se nada tivesse me acontecido. Como se minha vida continuasse a mesma. Talvez, para a mente estreita que possuía então, isso fizesse algum sentido. Aliás, era pior ainda, para falar a verdade. O egoísmo tomava conta de cada ato. A busca insaciável pelo prazer. As dezenas de mulheres que precisava possuir. E me pergunto se não ultrapassei os limites em certos momentos. Não sei se todas realmente me queriam ali, de fato. Sim, os primeiros meses foram de um vazio assustador, agora constato. Como bem se caracteriza um ser humano mesquinho e comum desse novo milênio. Apenas mais bem habilitado para usufruir de sua materialidade.

Não vale a pena ficar me recriminando. Pelo contrário, o objetivo agora é o perdão, a aceitação. Pois o erro humano deve ser perdoado. Por que ser especialmente severo comigo mesmo? Seria soberba de minha parte.

Vago pela cidade à procura dos que precisam. É um dia de ressaca na praia. Forma-se um efêmero canal onde brincam três meninos de rua. Chego mais perto. Escuto suas angústias. Consigo captar a tristeza debaixo do sorriso fugaz. É uma tarde... É uma noite...

Lembro-me da primeira vez em que, de fato, tudo começou a mudar.

Depois de perambular um bocado pelas ruas ainda sem saber muito bem o que estava procurando, chamou-me a atenção a velha senhora que almoçava sozinha no restaurante a quilo. Comia rápido, pois não queria ficar muito tempo num lugar onde todos estavam acompanhados. Por isso estava tendo problemas digestivos ultimamente. Por comer rápido demais. Poderia comer em casa, sim. Mas não conseguia comer absolutamente todas as três refeições, todo santo dia, em casa. Comer sem companhia é um dos atos mais solitários que um ser humano pode suportar. É por isso que se faz absolutamente necessário ligar a televisão quando se come só. Dona Viviana mais tarde me contou que só comprovou essa verdade no dia em que faltou luz na hora do almoço. Sem poder ligar a televisão, sentiu o enorme peso de mastigar solitariamente. Aliás, foi neste dia que descobriu o restaurante a quilo. Desceu quase correndo as escadas só para poder escapar daquele prato de arroz com lentilhas que a encarava impiedosamente. Nunca mais. Sozinha todos os dias, todas as refeições... seria crueldade demais consigo mesma.

Mas comer sozinha num lugar público também pode ser tão ou mais solitário do que estar sozinho em casa. A pressa em acabar foi uma conseqüência natural dessa percepção. Almoçar ali era como um mal necessário.

Naquele dia se engasgou de comer tão rápido e quase morria, tossindo. Alguns olhares de soslaio só fizeram a coisa piorar.

Parado ali no meio do restaurante em frente a Dona Viviana, não pude ver a triste cena sem fazer nada. Como que por instinto, puxei a mão do representante de vendas sentado à mesa ao lado que queria ajudar, mas não queria se envolver. Ele bateu gentilmente às costas dela e, finalmente, a senhora engoliu aliviada, as lágrimas já escorrendo. Seu sorriso agradecido contagiou o almoço do comerciante. Trocaram algumas palavras breves sobre a agonia que é se engasgar. Alguns desagradáveis segundos de silêncio depois, ela lembrou de dizer que a comida dali era boa. Ao se levantar, ele chegou a dizer que, quando precisasse de um tapinha nas costas, podia contar com ele. Sorrindo, fez um pequeno carinho em suas costas e se despediu.

Dona Viviana foi mais feliz para casa. Na verdade, antes deu uma volta pelos quarteirões do bairro. Passou um bom tempo namorando um conjunto azul-celeste de botões dourados há tantas semanas exposto na vitrine de sua loja preferida.

Já em casa, contou ao telefone sobre o incrível fato que lhe ocorreu no almoço do restaurante a quilo. Em quarenta e três minutos, conseguiu resumir de forma geral a situação toda, a gentileza do rapaz, seu bigode engraçado e a aliança grossa que tinha na mão esquerda. Queria saber se o casal teria filhos. Pena não ter perguntado. Consultou sua interlocutora se seria pertinente levar-lhe uma pequena lembrancinha no dia seguinte. Afinal, sua cara lhe era familiar, com certeza já o vira pelas redondezas. A voz do outro lado não achou que fosse o caso, pois aquilo fora tão corriqueiro... Corriqueiro? Não comigo, pensava em voz alta Dona Viviana, muito depois de haver desligado o telefone.

Penteou-se em frente ao espelho da sala, ajeitando o cabelo com um leve sorriso. Em que estaria pensando? Alguma lembrança distante? Surpreendeu-me, pois, vindo do nada, sem que tivesse dado qualquer pista, virou-se para trás e perguntou se havia alguém ali. Assustei-me e quase botei tudo a perder. Contive-me no último momento ao ímpeto de responder. Ela sorriu, então. Que bobagem, falou consigo mesma, quem poderia ser?

Continuou a ajeitar o cabelo, dessa vez com a ajuda de uma escova. Pensei que talvez fosse melhor ir logo embora, pois não queria assustá-la. Ela pegou uma maçã na geladeira e aproveitei a deixa para sair discretamente. Na cozinha, ela não ouviria a porta se abrir e fechar do jeito que eu sabia fazer. Quando a maçaneta virou, pude escutar Dona Viviana me gritar um "até logo".

Com o tempo, a experiência foi me ensinando que isso acontecia na maioria das vezes. Aqueles a quem oferecia ajuda, em algum momento, pressentiam que eu estava por ali.

Talvez pela minha condição solitária, acabei me afeiçoando justamente àqueles que estavam sempre sozinhos. Queria que sentissem que, na verdade, não estavam abandonados. Havia alguém que se importava com eles.

Dona Viviana, seu Cardoso, dona Giuliana, doutor Takigawa, Irene, Rita, Miranda, Margarida, José Mário... Mas não só os idosos esquecidos. Havia o moleque Maturana, o adolescente Tiago, a jovem Isabel, o comerciante Antônio, a arquiteta Deborah, Ivana, Tereza, Márcio, Milton e tantos outros.

Eram como meus pacientes. Sentia-me como um médico de bairro, de um desses programas do governo. Visitava-os freqüentemente para saber como estavam. No princípio, apenas ficava por perto. Como já tinha virado costume, de alguma maneira eles sentiam minha presença e aquilo não os assustava de forma alguma. Muito pelo contrário. Era o que os fazia desabafar. Às vezes um choro, um sorriso, um grito. Então me aproximava um pouco mais. Custei muito a aceitar a idéia de tocá-los. Mas, um dia, não resisti à lágrima de Maturana e toquei de leve seu ombro. Foi imediato. Seu rosto se iluminou por completo. Deu-lhe uma paz interior tão grande que me arrependi de ter esperado tanto tempo.

Então me limitei a abraçá-los, fazer um carinho, só para demonstrar que a presença Dele estava por ali. E assim, logo que me reconheciam, me chamavam pelo nome: anjo Gabriel, Jesus Cristo, Santo Antônio, Santa Expedita, Ogum, Alá, Baruch Hakodesh ou simplesmente Deus. Tive vontade de dizer meu verdadeiro nome, mas, para quê? Aquilo só iria atrapalhar o processo.

Eles me perguntavam coisas. Questões que, independente da idade, nível econômico, educação, cor ou sexo, se repetiam. "Como foram capazes de me abandonar? Por que minha vida não deu certo? Por que uns com tanto e eu sem nada? Ainda vou ser feliz um dia? Como vai minha mãe, meu pai, minha irmã, namorado, namorada, noivo, marido, mulher, lá no céu, no inferno, no paraíso, no purgatório?"

Obviamente não me atrevia a responder perguntas que não têm resposta, mas sentir minha presença era suficiente para que os sentimentos se acalmassem. Para que o choro tivesse um fim reparador.

Apesar de ser tentado a ajudar a praticamente todo mundo que passava à minha volta pelas ruas, logo entendi que não poderia aumentar demais a rede. Era preciso que sentissem que não os abandonaria. Afinal, essa era a queixa maior. Assim, fazia uma espécie de escala, e a cada três, quatro dias, no máximo, teria visto todos eles.

Cada visita era absolutamente transformadora. Não só para eles, é bom que isso fique bem claro. Para mim também, uma paz imensa. A cada abraço, a cada desabafo, a cada encontro, sentia-me cada vez mais completo. Dentro de mim, carregava histórias, sentimentos, pessoas, emoções, lembranças, que iam se incorporando de maneira orgânica ao meu eu etéreo. É como se a invisibilidade me desse espaço para ser muitos. Não me pesava. Pelo contrário. Sentia-me cada vez mais leve, pois era como se cada um desses momentos justificasse minha própria existência.

Mal me via sozinho, na praia ou na biblioteca, e já estava com saudade de revê-los.

Havia, lógico, os casos em que precisava ficar mais tempo. Os casos mais difíceis, que custavam a apresentar melhora. Aqueles em que rompi certos limites que jamais deveriam ser ultrapassados.

Já na primeira vez que ouvi minha própria voz me escapar, senti que acabava de entrar em um terreno perigoso. Em meu íntimo, talvez já soubesse que a região confortável e segura na qual atuava rapidamente se abria, se escancarava, dando margem para conseqüências absolutamente imprevisíveis. Não se imagine que foi tudo tão leviano de minha parte. De modo algum. É melhor explicar mais demoradamente esta questão.

O recluso senhor Vicente era um dos que mais demorava a se revelar para mim. Sofria calado, como uma muralha de pedra, um homem ressecado pelo vento salgado do oceano. Como depois de tantas visitas ainda não havia me dirigido uma palavra, tomei a iniciativa de dar uma olhada pelo apartamento e não pude deixar de notar as dezenas de fotos da neta espalhadas pelo quarto. Já não conseguia suportar tanta dor ensimesmada. Então, um dia, num impulso, me peguei dizendo "sei bem o quanto gosta de sua pequena Cristiana". Depois de ouvir meu imprudente comentário, me encarou e perguntou como ela estava. Fiquei calado. O que havia para dizer? Por que fui abrir a boca? Agora ele queria uma resposta. Saí dali com a cara no chão. Senti-me um idiota, pois com minha atitude impensada estaria fazendo mais mal do que bem.

Durante um mês não tive coragem de voltar à casa do senhor Vicente. Andei pelas ruas tentando encontrar uma saída para a enorme besteira que tinha feito. Tentei fazer o mesmo que meus pacientes. Concentrei-me bastante e pedi ajuda a uma dimensão maior. Mas nada veio. Então, tomei a atitude mais verdadeira que poderia ter, por mais que fosse maléfica a mim mesmo. Iria lá explicar que não era quem ele estava pensando. Eu era apenas um... um... A tarefa seria mais difícil do que eu imaginava.

O fato é que já estava em frente ao seu prédio e não tinha a menor idéia do que seria capaz de dizer ao imigrante espanhol. Foi ali, meio paralisado, que observei um carro encostar junto ao prédio. O homem ao volante apontava para a janela do apartamento de Vicente. Não entendi bem para quem ele sinalizava, já que não havia ninguém mais no carro. Só bem de perto é que pude notar uma pessoa no banco do carona. Uma linda menininha de vestido xadrez. Ela olhava com atenção para a janela em que o pai havia morado quando tinha a idade dela. "Satisfeita?", ele perguntou. Ela queria saber se podiam subir e ver o quarto do papai, seus brinquedinhos... O homem ficou desconcertado e disse que não podiam, pois outra pessoa morava lá agora e eles não podiam subir. "Que pessoa?", ela insistiu. "Uma pessoa, sei lá... um estranho." Ele ligou a ignição, enquanto a pequena notava o pai sorrateiramente passar o indicador por debaixo dos óculos.

Quando o carro já arrancava, consegui subir no porta-mala. Não era a primeira vez que fazia aquilo, mas não era muito fácil se equilibrar ali em cima, no meio do trânsito. Só sabia de uma coisa: não podia desperdiçar a chance que me fora dada.

Era gente comum, como tantas outras. O casal trabalhava o dia inteiro, a filha estudava, o dia-a-dia corrido, complicado, angustiado e, ao mesmo tempo, cheio de amor.

Cristiana mostrou à professora o desenho de seu pai menino, brincando de soltar pipa, jogando bola na rua, futebol de botão com os amigos. Aquilo estava deixando o filho do senhor Vicente cada vez mais melancólico.

Em silêncio à mesa, entre saladas, fatias de rosbife e desenhos coloridos, a esposa preferiu não comentar que toda a situação foi criada pelo próprio marido ao fazer questão de mostrar à filha onde havia morado. O casal trocou um olhar, e Alberto fez que sim com a cabeça, como se assumisse toda a culpa.

* * *

Encontrei o senhor Vicente deitado no chão da sala todo mijado e cheirando a cerveja. Como se tivessem se proliferado sozinhas, latinhas de alumínio se espalhavam por cada canto da casa.

Respirei fundo e senti que agora estava de fato preso àquele universo. De alguma maneira, meu ingênuo comentário sobre a neta desencadeou novamente todo um processo previsível. Um ciclo que, provavelmente, se repetia há anos.

Sem ter certeza se aquilo iria fazer qualquer diferença, catei as latinhas e dei uma arrumação geral na casa. Em seguida, joguei água fria no rosto de Vicente.

Em algum momento daquele dia, o velho se deparou com o desenho que eu havia deixado lá. Sua primeira impressão foi imaginar que ainda tivesse guardado um dos desenhos do filho. Só mais tarde reparou que havia uma pequena assinatura no canto, que não era, de modo algum, a de Alberto. Colocou os óculos e verificou o nome. "Cristiana."

Checou com os porteiros se alguém havia subido ao seu apartamento. Mas não, nada feito. Seu sangue ficou quente, pois teve a certeza de que o filho não teve coragem de encará-lo e mandou algum dos faxineiros jogar o desenho por debaixo da porta. Depois, mais calmo, olhando para os singelos rabiscos, sentiu o remorso invadindo-lhe as entranhas. Chegou à conclusão de que, muito provavelmente, havia ocorrido outra coisa. Não tinha sido capaz de escutar a campainha no lamentável estado em que se encontrava.

E eu ali, cada vez mais perdido, pensando no que fui fazer. Bati em retirada, covardemente tentando ganhar mais tempo. Saí andando sem direção, à procura de uma resposta.

Encostei-me na pilastra de um prédio e, para minha surpresa, deparei-me com uma cena que me deu um ânimo totalmente diferente. A senhora Viviana andava ao lado de um homem gordinho, de vastos bigodes. O representante comercial, que a salvou de morrer engasgada no restaurante a quilo, contava à sua mais nova companheira de almoço sobre suas férias recém terminadas. De como mergulhou no rio de águas límpidas com o casal de filhos do seu primeiro casamento. De como eram coloridos os peixes que viram. E de como havia dificuldades, mas também esperanças, de que sua nova mulher iria se entender com os pequenos. Dona Viviana contou-lhe qualquer coisa de seu passado, mas já estavam mais distantes e não podia mais escutá-los. Observei-os caminhando lentamente no contraluz.

O sol brilhava no meio da tarde e todos os figurantes estavam mais gentis e sorridentes. Parecia um desses filmes em que tudo vai dando certo e o mundo todo parece estar conspirando para se entender. Se fosse um musical, neste momento, todos à rua começariam a dançar. Garis, policiais, estudantes, porteiros, trabalhadores e casais de namorados, acompanhando Dona Viviana e João Augusto numa alegre coreografia pela calçada. Todos cantando a música-tema e a câmera na grua, subindo e se afastando.

Pelo menos naquele momento, tive a convicção de que algo maior me guiava. De alguma maneira, o tapinha que ajudei João Augusto a dar nas costas de Dona Viviana havia transformado suas vidas. Pouca coisa, pode ser, mas para melhor. Havia uma esperança de que uma saída era possível.

A certeza foi maior ainda quando entrei no apartamento de Vicente e senti um forte aroma de café. A sala milimetricamente arrumada. Os cabelos cheios de gomalina rigidamente penteados para trás, o terno extremamente bem passado, a velha boina ajeitada cuidadosamente para o lado, e pronto. Vamos embora de passos decididos, com o sapato de cromo alemão estalando pelas calçadas. Alguns cumprimentos aqui e acolá. Subimos no ônibus, e, menos de meia-hora depois, estamos na frente do "Pequeno Polegar".

O senhor Vicente ficou olhando para aquele portão. Seu rosto parecia se perguntar o que dizer então. Anunciar-se como avô?

Não, talvez fosse melhor voltar para casa. Nada daquilo daria certo. Não foi desse jeito que imaginou que tudo se passaria. Foi quando percebeu que a porta repentinamente se abriu sozinha. Deixei-o passar na minha frente, e lá foi ele confiante.

Passamos por corredores vazios. Não se ouvia a algazarra esperada. Olhamos para os lados. Ninguém nas salas. Até que um pequeno ruído nos chamou a atenção. Ao avançarmos, ele se transformava rapidamente numa massa sonora crescente, atraindo-nos em sua direção. O terrível som vinha dali: o pátio do recreio. Uma gigantesca mistura de gritinhos, risos e choros quase ensurdecedora.

Ficamos extasiados por trás das grades, observando aquele show de cores se esparramando para todos os lados. Um verdadeiro quadro vivo que lembrava as melhores telas de arte abstrata. Aquilo sim era uma autêntica "action-painting".

Mas era preciso encontrar a pequena Cristiana. Tarefa difícil em meio ao caos reinante. O primeiro toque da sineta foi de extrema valia. Quase metade das crianças simplesmente desapareceu.

Lá estava ela. Brincando de corda com duas amigas. Graciosa, usava vestidinho vermelho. Os cabelos castanhos encaracolavam nas pontas. O efeito foi imediato. Os lábios do senhor Vicente se juntaram com força. Olhou em volta como se perguntando de que maneira poderia chamar sua atenção.

Ao segundo toque, Cristiana mostrou-se valente, pois não atendeu aos apelos de suas companheiras de brincadeira para voltar à classe. Recolheu calmamente as cordas, como se precisasse gastar todo o tempo de recreio até o último segundo. Foi aí que viu aquele senhor de boné engraçado. Estaria acenando justamente para ela? Na dúvida, parou para examiná-lo.

Por alguns segundos, o suspense. Eles trocaram um olhar, mas ela já estava prestes a voltar. Fiquei com pena, pois terminaria assim o brevíssimo encontro. Foi então que vi o senhor Vicente tirar a boina e jogar o paletó ao chão. A sola do seu sapato começou a mover-se compulsivamente. Seus braços ora se afastavam, ora se dobravam, sempre com uma certa dificuldade, como se tivessem de vencer uma barreira pesada de ar. As palmas começaram. Eram ritmadas, precisas. Seus pés subitamente se mexiam, rápidos como um garoto de dezenove anos. O corpo empertigado, a postura altiva olhando à sua volta com o pescoço rígido. Eu não era o único hipnotizado. Cristiana foi se aproximando da grade como se atraída por uma força magnética que batia os pés com força e gritava algumas palavras indecifráveis em uma língua que lembrava o espanhol. "Ole!" "Ole!" "Ole!" E Cristiana também gritava: "Ole!" "Ole!" "Ole!"

O "ole", que vinha do árabe "wa-Alláh", "por Deus", contagiava a pequena dançarina de flamenco à sua frente. Teriam sido felizes na sua Andaluzia natal. Poderiam ter passeado tanto pelas festivas ruas de Córdoba. Da Calle Cruz Conde até a Plaza de Tendillas. Era tão bonito, especialmente nas comemorações de fim de ano, tão cheia de lindas *chicas* como ela.

O terceiro e último toque foi encerrando o espetáculo, e os dois, olhos nos olhos, desfaziam-se do sorriso mútuo e se encaravam, como se comunicassem agora algo mais profundo. A professora chegou carregando Cristiana pelos braços, mal notando o senhor que acenava para a pequena.

Depois de partirem, Vicente sentou-se no chão e começou a chorar feito criança. Levou as mãos ao rosto, tentando esconder tamanho sentimento que jorrava. Sua camisa azul estava toda molhada de suor. A catarse foi grande. Dessas que enxáguam tudo que estava encolhido, mas muito bem vivo lá, lá longe, dentro de nós. Recordações de sua própria infância, misturadas com as lembranças vividas com a neta. Aqueles momentos intensos em que tudo se funde: passado, presente e futuro. Como se contraídos pelo tempo, numa poética e devastadora junção de sons e imagens.

O diretor da escola que passava por ali perguntou se estava tudo bem. Vicente, àquela altura, já misturava choro e riso. Levantou-se, se desculpou e estendeu a mão ao educador, ele também um imigrante vindo das proximidades do Mediterrâneo, porém de uma região mais ao sul, a italiana Calábria.

Vicente apresentou-se como o avô de Cristiana. Francesco, o velho Chico, como todos o conheciam, deu as boas-vindas. A escola estava aberta aos avôs também. Vicente abraçou-lhe e, com tamanha oferta de solidariedade, chorou mais uma vez, ao que Francesco convidou-lhe para um café. Vicente entendeu que não estava pronto a desabafar tantas coisas tristes e desmoralizantes. Preferiu deixar para uma próxima. "Como queira, estamos às ordens." Num firme aperto de mão se despediram já na porta da escola.

Vicente colocou a boina e, em vez de ir ao ponto de ônibus, voltou andando. Ou, pelo menos, parecia estar disposto a percorrer quinze quilômetros a pé.

Também comovido por tudo que havia visto, fui ao seu lado, como que escoltando-o. Pensei em falar-lhe novamente. Afinal, também precisava desabafar sobre a emoção que havia me invadido. Impossível não reviver meu passeio com o bebê pelo parque. Seu sorriso único. O som de sua voz gargalhando. Seu olhar que não me sai da cabeça até hoje. Mas, antes que pudesse falar qualquer coisa, ouvi-o agradecer ao bom Deus por ter-lhe dado aquele momento maravilhoso. Achei por bem manter-me calado.

Teríamos andado os tais quinze quilômetros se não fosse o chamado de um velho conhecido de Vicente. O homem quase teve de berrar, pois foi difícil tirá-lo do estado de glória em que se encontrava.

Verificou na hora o quanto Vicente estava feliz. "Feliz, não. Radiante!" E lhe deu os parabéns pela saudável fisionomia. Estava tão bem. Tão alinhado e contente. Vicente, ainda babando, falou-lhe da neta, de como era tão especial, tão graciosa, uma criatura mágica. "Então, vamos comemorar!" O homem virou-se para o balcão e pediu mais uma, para o velho amigo.

Foi só nesse momento que Vicente se deu conta de que estavam na porta de um bar. Disse que já estava de saída, tinha pressa. O líquido dourado brilhava ainda mais com o sol de final de tarde iluminando as mesinhas na calçada. O amigo insistiu e perguntou, então, se já estava tudo bem com o filho agora, já que esteve com a neta e...

Vicente foi caindo em si e entendendo a verdadeira dimensão em que ainda se encontrava. Faltava ultrapassar uma enorme barreira. Aquele fora o primeiro e minúsculo passo em direção a... tantas coisas bonitas que estavam tão distantes. "E então?" Os copos se tocaram. Ainda inseguro, Vicente deu o primeiro gole.

E, pela segunda vez, vi-me jogando água fria no rosto do velho imigrante espanhol. Coloquei-o sentado, encostado na grade de uma loja. Eram quatro horas da manhã. Seria mais fácil se pudesse chamar um táxi e colocá-lo ali dentro. Mas, invisível, tudo ficava mais complicado. Tinha de dar um jeito. Escrevi num papel o endereço de Vicente. Com grande dificuldade, levantei-o. Depois fui empurrando-o pé ante pé junto à calçada. Estiquei sua mão chamando um táxi. Não sei se foi naquele momento exato que percebi algo estranho. Era como se estivesse num teatro de marionetes. Eu era o manipulador do boneco chamado Vicente. Aquilo deve ter ficado guardado em mim, pois foi como uma síntese do que estava começando a acontecer.

Depois do jantar, os pais de Cristiana deixaram que ela apresentasse o pequeno número que havia preparado. Os dois se entreolharam, tentando imaginar o que ela aprontaria dessa vez.

Deu alguns passos em direção ao centro da sala. Os sapatinhos que havia escolhido com cuidado estavam dando o resultado que tinha previsto. Conforme treinara à tarde em seu quarto.

O toc-toc nos laminados de maneira clara lembravam alguma coisa ao casal. Não sabiam dizer o que era. Então, ela foi mexendo os bracinhos e fazendo aquele olhar destemido, tão característico. Por fim, os gritinhos: "ole!" "ole!" "ole!"

Terminou sorrindo e se dobrando para receber os cumprimentos. Já sem graça, correu rindo para os braços do pai. A mãe, custando a absorver a cena, batia palmas quase em câmera lenta.

O pai disse "muito bem, filhinha" e trocou um olhar de preocupação com a mãe. Os dois sabiam que havia algo errado.

"Cristiana, conta para a mamãe: quem foi que te ensinou essa dança?" "Foi na escola." "Ah, na escola..."

Alberto respirou aliviado. Mas Júlia não se deu por satisfeita. "Foi a professora que ensinou?"

Cristiana se meteu de novo para as pernas do pai e ficou rindo. "Foi a professora?" "Não, he he he." "Então, foi quem?" "Pai! Tô com sono! Quero dormir!"

O pai foi na frente, levando Cristiana. Deitou-a com carinho e ela imediatamente fechou os olhos, como se estivesse morrendo de sono. O fato é que adormeceu de verdade logo depois. A luz do abajur estava acesa, e Alberto ficou observando a filha dormindo por algum tempo. Lembrou de quando Cristiana ainda era um bebezinho, faz pouco tempo atrás, e da confusão que foi o batizado, quando tudo começou a desandar com o velho senhor De los Campos. Em meio aos sons dos gritos daquele maldito dia, notou que sua esposa havia entrado no quarto. O que Júlia estava fazendo? Remexia as gavetas de Cristiana? Pôde escutar um resmungo irritado e ela sair bufando. Alberto respirou fundo, deu alguns minutos para a poeira baixar e voltou à sala.

Júlia estava observando os desenhos que a filha tinha feito dias atrás. Os garranchos que tentavam ilustrar a alegre infância do pai.

"Alberto, por favor, vamos falar claramente. Onde está?" "Onde está o quê, Júlia?" "Onde está o desenho?" "Que desenho?" "Você sabe muito bem! Está faltando um. Aquele do futebol de botão." "Mas eu sei lá onde é que..." "É claro que você sabe! Não se faz de idiota! Está na casa do seu pai! Quando foi que vocês três se encontraram?" "Ah, você pirou!" "Pirei? Eu? Eu tô maluca? Nossa filha, do nada, dançando a porra do maldito flamenco aqui na sala?"

A discussão deve ter seguido madrugada adentro. Eu, naquele momento, me dei por vencido e me levantei da mesa. Aquilo estava começando a me deixar doente. Senti um enjôo. Acabei vomitando na calçada. Jurei que nunca mais me envolveria com a vida de nenhum dos meus "pacientes".

* * *

Respirei fundo. O mal precisava ser desfeito. Aquela seria a última vez. Precisava terminar o que havia começado.

Despejei no tanque todo o estoque alcoólico, certifiquei-me de que havia comida suficiente e tranquei o senhor Vicente em casa por dez dias. Depois desse período, liberei a porta e mantive-o sob liberdade controlada para saber se andava mesmo sóbrio.

De vez em quando aparecia para lhe contar da neta. Sabia que aquilo era de extrema importância para que se curasse. Falava de como ia na escola, de como estava esperta, fazendo perguntas surpreendentes à professora. Ele me agradeceu pela chance que estava lhe dando. Sabia, no íntimo, que Deus não o abandonaria.

Enquanto isso, escrevi uma carta para Francesco, o diretor da escola, e expus a situação, como se fosse um velho amigo de Vicente. Tinha plena consciência dos riscos que corria, mas tinha prometido a mim mesmo que aquele era meu último ato. Era preciso caprichar.

Pude testemunhar o momento em que o educador parou para ler a carta com atenção. Conhecido pela rigidez e disciplina extrema com os alunos, Chico se emocionou profundamente. Ele se identificou com Vicente. Os dois imigrantes, os dois vindo tão jovens para a América em busca de trabalho. Provavelmente, assim como ele, deve ter dado um duro danado topando qualquer emprego para juntar um dinheirinho. Para ter o orgulho de enviar um bom presente de Natal para casa. De formar uma família. Criar os filhos no maior sacrifício. Infelizmente nem todos conseguiam equilibrar o sucesso profissional e financeiro com o afetivo. É difícil que entendam pelo que nós passamos. Não é culpa deles. Não é culpa de ninguém.

Chico não tinha absolutamente nada que ver com a história. Mas sabia, em seu íntimo, que podia e devia ajudá-los. Antes de tudo era um educador.

Dobrou a carta. Já sabia o que fazer. Marcou um encontro. Vicente chegou meio desconfiado à sala do diretor. Tomaram um café juntos. Relembraram os tempos passados. Descobriram que, provavelmente, devem ter cruzado seus caminhos várias vezes lá pelo fim dos anos cinqüenta. Entregaram jornal para o mesmo distribuidor em bairros próximos. Outra coincidência foi que Francesco já tinha ido ao antigo restaurante de Vicente. Mas, naquele verão, ele estava na Espanha, visitando um tio doente.

O encontro decisivo foi feito lá mesmo no pátio da escola, depois da aula. Júlia ficou pasma. Como assim? Um encontro com aquele desgraçado que bebia sem parar e quase tinha afundado o casamento dos dois?

Mas, ao mesmo tempo, reconhecia o caráter e a seriedade de Francesco. Será que o sogro havia mudado de verdade? Em seu íntimo, sabia que a questão teria de se resolver mais cedo ou mais tarde, porque não gostava de ver o marido daquele jeito soturno de tempos em tempos.

Controlou-se ao ver o sujeito ali à sua frente. Sério e todo formal, parecia outro senhor Vicente. Júlia segurou com força a mãozinha da filha. Não queria deixá-la se aproximar. Mas a menina foi puxando a mãe para a frente. Ela queria chegar perto daquele homem. Júlia foi cedendo aos poucos. Cristiana trazia a mãe a reboque e via a distância encurtar. Ele levantou os olhos, engoliu em seco e fez um gesto de perdão. A menina, frente a frente com o velho, bateu palmas. Não entendeu por que ele não batia os pés, nem gritava aquela língua diferente. Ele estava chorando? Por quê? De todo jeito, deixou-se abraçar. Apesar desse momento meio maluco, queria ficar amiga desse homem que dançava de uma maneira tão legal.

Quanto a mim, já via tudo à distância e parti com o coração quebrado por esse carrossel todo de emoções. Era preciso parar de me envolver. De uma vez por todas.

Ao atravessar o portão, ninguém me esperando. Muito menos um certo sorriso de bebê que me transtorna a alma, toda vez que relembro aquele passeio no parque. Não, ninguém. Nem aqui, nem em casa. Nem em qualquer outro lugar do planeta. O ponto de ônibus é bem ali. Aliás, acho que é o meu que vem vindo. Por que será que fujo do meu destino? Até pouco tempo atrás, o velho Vicente estava levando uma vida de morto-vivo. Alberto andava amargurado, o casamento sempre meio morno. Cristiana sem poder conhecer o avô.

O ônibus vem chegando. Pensando bem, eu poderia estar certo. Seria muita pretensão de minha parte?

Voltei decidido a ver a cena toda. Havia uma espécie de abraço coletivo. Enchi-me de orgulho. Por que não? Por que não fazer a diferença? É claro que nada estava ganho ainda, teria de me dedicar muito mais. Estudar melhor os passos. Saber exatamente como agir para ajudar meus pacientes. Era inegável. Eu tinha o dom. O estágio do não-espelho como formador da função Deus. Eu estava no caminho certo.

Assim, fui aprendendo a jogar cada vez melhor. Ligações telefônicas, pequenas mentiras, objetos que subitamente apareciam nas estantes das pessoas, notas de dinheiro "esquecidas" no bolso de uma calça... Nada mais que inofensivas vigarices. Tudo, porém, calculado com exatidão. Era preciso saber como agir nesse difícil jogo. Um passo muito grande poderia estragar tudo. O segredo era mover-se suavemente por entre as vidas de meus queridos pacientes. Fazê-los enxergar que a vida, sim, valia a pena.

Sabia muito bem que não estava de maneira alguma alterando seus destinos. Nada do que fizesse mudaria seus caminhos. Muito pelo contrário. Estava ajudando que reencontrassem suas trilhas de vida. Afinal, elas já estavam escritas. O que fazia, era apenas auxiliar que se cumprissem os desígnios divinos. De outra forma, por que minha condição privilegiada?

Minhas "interferências", como costumava chamar, eram uma espécie de rebuscada forma de arte. Aquela que consegue, de fato, mudar internamente as pessoas.

Às vezes, via-os lendo livros e assistindo a filmes que conseguiam ter algum efeito positivo. Fechavam o exemplar ou desligavam a tevê mais seguros, mais confiantes. Mas a coisa tinha um alcance muito restrito. Eu havia inventado uma nova forma de arte. Duradoura, perene. Marcando o íntimo de quem as vivia. Deixando uma verdadeira marca para a eternidade. A mesma eternidade que Deus um dia haveria de me transmitir.

Como uma de suas partículas, sabia em meu íntimo que a perfeição e a eternidade eram um processo gradual a que estava destinado. Afinal, a invisibilidade já havia alcançado.

Não, não estava ficando louco. Os sinais eram fortes, nítidos demais. Tudo, absolutamente tudo que tocava dava certo. Bastava fazer uma ronda pelo bairro e enxergar bem na minha frente a colheita.

Dona Viviana já fazia parte da família de João Augusto, como uma espécie de avó adotada. Foi convidada para viajarem juntos nas férias de julho. Aqui, bastou um simples tapinha nas costas que a "engrenagem" tratou de fazer o resto naturalmente. Mas, regra geral, era preciso trabalho duro e criatividade.

Gostava muito de combinar esforços. Em algumas ocasiões, adivinhava a possibilidade de um paciente ajudar o outro. Depois de conhecê-los profundamente, sabia que duas vidas podiam se cruzar de uma maneira fantástica. Um encontro capaz de transformá-los para sempre. Foi dessa maneira que seu Cardoso e dona Giuliana venceram a solidão angustiante no mesmo dia. Conheceram-se num baile à fantasia, depois de ambos terem recebido um intrigante convite. No pequeno papel colorido, havia algo mais que a informação sobre o horário e o local da festa. Um detalhe curioso chamava atenção. Requeria-se que o devido convidado usasse um determinado traje. O pierrô Cardoso e a colombina Giuliana sentiram um não sei o quê, assim que se avistaram no salão. Afinal, era assim que seus respectivos cônjuges se fantasiavam em longínquos carnavais. Conforme contavam as fotos amareladas, que já tantas vezes havíamos admirado. Coisa do destino, disseram os idosos.

Nem sempre tinha a alegria de poder dedicar-me a momentos de puro romantismo. Muitas vezes, tratava-se de resolver uma questão de extrema dramaticidade.

Alguns dias mais tarde, foi a vez do atormentado doutor Takigawa receber um telefonema providencial. A voz do outro lado da linha dizia ser filho do major Alves, falecido após complicações cirúrgicas. "Lembra-se?" Como esquecer? O único caso de erro médico em toda sua longa e cuidadosa carreira, ocorrido justamente num de seus últimos plantões. Em seu leito de morte, o militar fizera questão de que transmitissem o seu perdão ao doutor. Não sei se a entonação solene foi das mais convincentes, mas era preciso fazer o que fosse preciso para vencer a culpa que lhe entupia as artérias.

Com dona Irene, Rita, Miranda, Margarida, José Mário e outros idosos se deu mais ou menos o mesmo. Cada um deles retomando o contato com velhos amigos e parentes. Reconciliações costuradas com maestria. Era preciso paciência, ouvir os dois lados. Escutar as confidências, entender as discrepâncias, chegar a um meio-termo. E eu tinha todo o tempo e dedicação do mundo.

Com a prática, fui ganhando confiança. Tinha a convicção de que era preciso mais ousadia se quisesse vencer problemas mais complicados de meus pacientes.

Assim, quando fiz o cachorro do tímido adolescente Tiago desaparecer, quem mais poderia encontrá-lo que não o esperto moleque Maturana? É certo que dava trabalho. Mas a beleza da coisa valia a pena. Uma obra de ficção como jamais havia sido vista. Não apenas *baseada* em fatos reais. Mas, *narrada* em fatos reais. Todos os passos foram meticulosamente calculados. Preparei os cartazes com a foto do cão, colei-os pelos lugares por onde o moleque andava, espalhei ração por entre suas fétidas cobertas enquanto dormia. Depois que soltei o bicho, tudo ocorreu com perfeição. Como um efeito dominó. Uma peça levando à outra. De forma que as coisas aconteciam com sutileza e bom gosto. Era o encontro ideal. Sabia como os dois poderiam se tornar bons camaradas e ensinar muita coisa um ao outro. O fato é que o golpe foi certeiro. Fui testemunha do começo de uma saudável amizade.

Às vezes, o objetivo não era criar eventos, mas, sim, impedir que eles acontecessem. Foi o caso do pequeno comerciante, dono de um mercado no bairro. Antônio nunca ficou sabendo. Mas, numa quarta-feira ensolarada, deixou de flagrar sua mulher traindo-o e de, em seguida, assassiná-la com uma recém comprada pistola automática, por volta das quatro e trinta e cinco da tarde. Tudo graças a um muito bem-vindo pneu furado.

Em outros momentos, fui obrigado a romper certos limites éticos. Naquele rascunho sutilmente colocado em sua mesa na biblioteca, Deborah, uma esforçada arquiteta paraplégica, teve a exata idéia que perseguia o milionário filantropo para sua nova e gigantesca instituição. Ao mesmo tempo, admito, outros projetos concorrentes tiveram que desaparecer pelo meio do caminho.

E o que dizer do caso da jovem e idealista Isabel? Ela precisava desesperadamente de dinheiro para completar a faculdade e tomar conta de sua mãe e suas tias. A herança de uma parente que nunca tinha ouvido falar era tudo que precisava naquele momento em que cogitou se matar. Oh, sim, que não fiquem dúvidas. O dinheiro não veio do meu bolso. Entenda-se que a causa era nobre demais, o que não me deixava nem alternativas, nem dores de consciência.

E, assim, passavam-se dias excitantes, com tantos outros casos de sucesso.

Como se pode imaginar, todos estes pequenos delitos seriam altamente arriscados. A possibilidade de erro ou uma simples desatenção na dosagem seria capaz de provocar muito mais dores e angústias. Só que nada disso aconteceu. Pelo contrário. Quanto mais movia minha mão invisível, mais hábil ficava. O destino de meus pacientes era regulado por mim. Guiado por Deus, não havia por que temer.

Confesso com orgulho que também sabia saborear. O onipotente autor da novela real em que havia me transformado gostava de admirar a obra em andamento. Gostava especialmente de clichês de amor. Casais se formando. Antigas paixões se reencontrando. Clichês de vida jorrando bem à minha frente, feito uma sinfonia de Vivaldi.

Como a cena que delicadamente se apresentava à minha frente. Sentado no meu camarote, extasiava-me com o belo espetáculo que intitulei "A Tarde da Famíla De los Campos".

Junto ao chafariz, naquela tarde de domingo, o parque municipal estava razoavelmente cheio. Muita alegria espalhada pelos diversos casais e famílias. Mais especialmente belo ali, do meu ponto de vista. O senhor Vicente brincava com a pequena Cristiana. Eles dividiam um suco de laranja daqueles de garrafa de plástico transparente e se divertiam com as gotas que respingavam em suas roupas. Aquele momento não deveria terminar nunca. O céu azul, a água gotejando sobre os dois de braços abertos, o verde envolvendo tudo. E não era só. Mais atrás, Júlia nem se dava ao trabalho de observar as travessuras da filha com o avô. Lia o jornal tranqüilamente, pois sabia que ambos estavam em boas mãos um do outro. Ao seu lado, Alberto brincava com a bola de futebol, imaginando como seria maravilhoso jogar ali naquela grama com seu filhinho Tiago, àquela altura com sete meses e bem guardado na barriga de sua prudente e maravilhosa esposa. Quase cheguei a sorrir com tanta beleza diante de meus olhos. Definitivamente, havia me apaixonado pela perfeição. É a droga mais poderosa que há nesse mundo. Ela vicia. E ela acalma. Gostaria de abraçá-la, tocá-la, escutá-la e admirá-la. Como nestes exatos vinte segundos que param o mundo.

No meio de todo aquele cenário digno do talentosíssimo senhor Pierre-Auguste Renoir, um pequeno fragmento, uma pincelada insegura e fora de propósito, não me deixou que apreciasse com todo o esplendor o quadro que tentava absorver ainda madrugada adentro.

Não sei bem o porquê. O fato é que senti um incômodo e assustador calafrio às dezesseis e cinqüenta e dois da tarde, quando o senhor Vicente se virou para a minha direção e pareceu trocar um olhar comigo. Não foi um gesto claro. Durou uma fração de segundo. Talvez estivesse procurando a bola nos braços de Alberto para brincar com Cristiana. Talvez não.

Ainda nos falávamos vez ou outra. Mas há tempos não me procurava. Por que uma súbita interrogação daquelas, afastando-me do tão merecido descanso?

Como não conseguia pegar no sono, fui conferir pessoalmente o que aquela olhada no meio da tarde queria dizer.

O senhor Vicente já me esperava. Como de costume, sentiu o exato momento em que entrei pela janela. Estava cada vez mais fácil escalar os prédios. Era menos trabalhoso desse jeito.

Encontro-o sentado no sofá, olhos fechados.

"Obrigado. Eu sabia que você viria." Não, não gosto desse tom de voz. "Você nunca me faltou, Pai. Não seria agora."

O que mais poderia querer esse homem? Já tinha lhe conseguido tudo. A neta. O filho, a nora. A tarde perfeita.

"É isto mesmo. Já quero partir."

Olho em volta um tanto distraído. A disposição dos móveis do apartamento poderia ser completamente diferente.

"Não me abandone neste momento. Sei que chegou a hora. Não consigo suportar a vida neste grau de intensidade. Sempre dou um jeito de estragar tudo. Já tive o bastante."

Sinto uma vontade incontrolável de chutar todos estes móveis ridículos.

"Ajude-me. Realize meu último pedido. Leve-me contigo..."

Essa cadeira de palha remendada, esse sofá antigo. Como ousa me pedir uma coisa dessas? Como ousa interromper meu trabalho perfeito?

Isso, ajoelhe-se e peça perdão. Não sabe como se pede perdão? Do mesmo jeito que se pede tanta coisa.

Ora, cale essa boca! Não consigo ouvir essa ladainha ridícula. Adeus, mesa de centro com tampo de vidro. Adeus, abajur. Adeus, quadro. Rasgado ao meio. Sofá vai para o chão. Isso. Feche bem os olhos e sinta minha fúria.

A sala está destruída. Minha respiração ofegante. E ele de olhos apertados, ajoelhado, mãos juntas. Não, não vai ser fácil me vencer, senhor Vicente.

Saio dali irritado, de sangue quente, fervendo. Tenho mais o que fazer. Muitos pacientes para visitar. Mas simplesmente não consigo. Não estou com cabeça. Tento pensar em alguma maneira de me acalmar, mas a raiva parece só aumentar. Rumo à praia. Só que, dessa vez, não surte efeito. Nem chego à faixa de areia. O murmúrio do velho homem fica me martelando. "Já me deste tudo." "Não sou homem o suficiente para ser feliz." "Atenda ao meu último pedido. Me leve."

A vida não é como uma carreira de jogador de futebol. "Saia enquanto está no auge". "Saia depois do título." "Saia depois de levantar a taça."

Não! Não é assim que funciona, meu velho. Onde é que está? Hein? Onde é que você escondeu? Não, não quero saber de contas vencidas, nem de retratos antigos. A essa altura já deve estar bebendo de novo, o infeliz. Ah! Aqui está. Como havia imaginado...

Esse diagnóstico médico que você guardou na gaveta não vai mudar em nada. É preciso saber morrer, bom homem. Faz parte do saber viver.

Acostume-se. Você vai ter que se manter no auge o tempo inteiro. Na saúde e na doença, lembra-se? Não se abandona a perfeição.

A perfeição é feita de material complexo. Material que ainda não domino, amigo. Doenças repentinas, lágrimas, alegria, tardes no parque, apodrecimento, rasgo no coração... Tudo junto.

Muito difícil para mim. Maldição... Essas fotos, essas contas, essa vida... Tudo vai se desmanchar. Tenho de sair daqui.

Então, tenho a idéia de ir ao templo do Deus Invisível. Já fui judeu um dia. Nasci judeu. Agora sou todas as religiões. Gosto de todas elas. Sou todos os santos, entidades, espíritos. Poderia ir a qualquer templo. Mas, lá, consigo me comunicar melhor. As imagens me atrapalham a concentração.

As palmeiras gigantes ao longo da extensa avenida parecem indicar o caminho. Uma vez por ano, no Dia do Perdão, mamãe nos trazia. O cientista apenas sorria e balançava a cabeça. Pulo facilmente o muro.

Aqui dentro, tudo vazio e imponente. "Saiba diante de quem você está", escrito bem lá no alto, em assustadores caracteres hebraicos.

Concentro-me e procuro visualizar melhor a situação em que me encontro. As lembranças vão e vêm, e o nó não desata.

Desculpe-me, mas agora é Você quem vai me dizer. É Você quem vai guiar meus passos. Diga-me o que fazer, e será cumprida a Vossa vontade.

Já não sei mais rezar em hebraico como no dia do bar mitzvah, mas sei que está me ouvindo nesta língua tão boa quanto qualquer outra.

Ei! Está aí, dentro da Arca Sagrada? Por favor, responda.

Há um pequeno zumbido no ar. O que se chama em cinema de som ambiente. É preciso gravar som ambiente para se dar a impressão de que se está num ambiente real. Sem som ambiente, a sensação é a de que se está num estúdio.

E tudo o que posso escutar de Deus é este som ambiente. Ou seu silêncio. O som ambiente é o silêncio de Deus.

Não fez a menor diferença. Poderia ter ido a uma igreja, a um templo batista, budista, evangélico. A um terreiro de candomblé. Não haveria diferença. O silêncio é igual em todas as línguas e credos.

Respiro fundo e saio da sinagoga com o zumbido irritante de tanto silêncio no ouvido. Matar um homem? Logo eu? Vamos embora, isso não está acontecendo.

Talvez devesse esquecer tudo isso. Voltar à minha vida antiga. Às companhias femininas. É melhor aceitar nossas limitações. Não sou capaz de assumir esse papel. A partícula divina provavelmente está me abandonando. O silêncio foi forte demais para mim.

E, falando em som, o que martela à minha volta nessa rua escura? Há pessoas numa fila. É uma casa noturna. O techno explode lá dentro. Por que não entrar? Com licença...

As pessoas dançam alucinadamente. Consomem drogas líquidas e sólidas. Mexem suas cabeças com força. De longe, dá para perceber que uma linda mulher dança completamente nua no meio da pista e ninguém se importa muito com isso. Seu rosto é marcante. Os cabelos só até a nuca, cor de fogo. Ela dança como se sua vida dependesse disso.

Talvez eu também devesse tomar uma dessas pílulas. Podem me ajudar. Precisam me ajudar.

Fico olhando para ela: amarelinha, com um desenho engraçado. Acho que é um personagem de um desenho animado que via na infância. Super-Mouse? Isso. Super-Mouse. "Super-Mouse é seu amigo, vai salvá-lo do perigo..." Socorro, Super-Mouse.

Preciso me mandar o quanto antes. Antes que seja tarde. Não é a esse lugar que pertenço. Sei que posso ir mais longe.

Saiam da frente. Desculpe, tenho de sair daqui e ir para... não sei bem ainda. É no corredor da saída que vislumbro algo. A cena do crime. Ela subitamente não é pesada. Não está mais escura. Tudo resplandesce. É uma redenção. É também perfeita como a tarde no parque. É divina. Sinto um calafrio, desses que sentimos quando vislumbramos que somos capazes de vencer o medo. Respiro fundo e entendo tudo. É um desafio. Um desafio de Deus. Tão simples e perfeito quanto isso. Um sacrifício. Como o sacrifício de Isaac. Ele me testa para saber se sou mesmo quem gostaria de ser. Obrigado, meu Deus.

Faz um lindo dia de sol. A areia está quente. Ao meu lado, criancinhas brincam com suas pás e baldes. O mar está simpático. Suas ondas, convidativas. Nem grandes, nem pequenas demais. São ondas divertidas. Atraem muita gente. Todos riem e gritam quando uma delas se aproxima. Aqui cabe todo mundo. Crianças, adolescentes, mães, idosos, gente de todas as classes sociais.

Fico deitado perto de duas belas adolescentes, um grupo de rapazes e uma família grande. Os assuntos são os mais variados: a festa de ontem, e quem beijou quem, o filho do primeiro casamento que está sendo tratado pela mãe como uma menininha frágil, as violentas lutas de vale-tudo do outro lado do mundo, e assim por diante.

Melhor quando levanto um pouco a cabeça e deixo de escutar tantas conversas que me distraem. Prefiro olhar o plano geral. Admirar a multidão em paz. O burburinho é de alegria, como se estivessem numa enorme festa ao ar livre.

Alguém pergunta a hora a um ambulante e já são quatorze e trinta. Como pouca gente leva relógio para a praia, é muito comum ouvir esta pergunta, um tanto defasada hoje em dia.

Invariavelmente a resposta é "já?". Fosse em outro contexto, naturalmente escutaríamos o "ainda". Mas aqui é um lugar tão bom, que nunca temos a noção de que o tempo passou tão rápido. Então nos lembramos dos afazeres fora daquele lugar tão cheio de prazer. Precisamos dar almoço para as crianças, comprar o presente da prima, vai ficar tarde para o cinema, para o clássico de futebol no estádio. Nada grave, afinal, se estamos num fim-de-semana, nada de tão sério que não possa esperar mais um pouco.

///

A droga calmante da praia vai perdendo o efeito. O calor, antes tão acolhedor, agora começa a incomodar. Queima, deixa marcas. O suor pingando da testa. O mar já virou. O grito do vendedor de mate torna-se implacável. De repente, soa absolutamente solitário por cima de todos os burburinhos que se calam. Meus limites entre o profano e o sagrado se desfazem rapidamente. O coração acelera e sei que tenho meu compromisso nesta tarde invencível.

Olho em volta e desafio que me expliquem como serei capaz de fazer o que tenho de fazer. Desconversam. Fingem que não é com eles. Tudo bem. A missão não é para qualquer um. É por isso que fui escolhido, e não vocês. Fiquem na sua gostosa praia. Vou fazer o que vocês sequer têm coragem de imaginar. O peso da responsabilidade. Aquele que assume os riscos e a moral da multidão. Não, não faço cobranças. Divirtam-se na ingenuidade. Deixem comigo. De alguma maneira, tenho a capacidade inata de entrar neste universo absolutamente assustador e fascinante chamado Verdade.

Já concentrado, caminho passos firmes sobre a faixa mais quente de areia. Chego ao calçadão e sigo reto para onde tenho de ir.

Em um prédio qualquer, entro e me lavo na garagem a céu aberto, como num ritual. Fecho os olhos e sinto a água enxugar o sal que ficou sobre a pele.

Ando passos firmes. A distância é longa, mas serve para aumentar ainda mais minha determinação. Como se dará tudo? Não importa, sei que na hora tudo há de se resolver.

Os carros passam, as pessoas passam. Os sinais me ajudam a ir mais rápido. Uma escola mais à frente, e sei que estou bem próximo.

Num piscar de olhos, cá estou. O prédio antigo, de grandes janelas. Não me impressiono nem um pouco com o que vejo à minha frente.

Uma família está saindo da portaria e atravessando o jardim. Todos felizes. A mulher dá uma passada de mão em sua barriga. O pai pede para a menina não correr. Ela desliza pelo chão de mármore

Antes de entrarem no carro, olham para a janela do terceiro andar, mas ninguém aparece para se despedir. "Vamos, vamos logo, já estamos atrasados para a festinha."

Bom sinal. Outro, em meu lugar, poderia fraquejar. Não eu. Mais uma prova de que tudo está certo. Verifiquem a sincronia perfeita. Era preciso que visualizasse mais esta cena banal e linda para que quaisquer dúvidas se dissipassem. É chegada a hora.

Sim, justamente eu. O pecador. Quem mais a acatar essa missão? Aquele que precisa desesperadamente de uma redenção para expiar seus erros. Um flash do passado vem rápido, voando pelo céu. Pelo límpido céu azul de um certo vinte e seis de outubro. Dá para escutar até o zumbido dos motores. A grandeza de seu gesto. Agradeço em silêncio pela oportunidade.

Subo de elevador, uma vez que não há nenhum porteiro por aqui. Irrita-me o fato de pararmos no segundo andar. Escuto vozes discutindo sobre entrarem ou não, "ainda não estou pronta" etc. ... Finalmente, ninguém entra, sobe-se mais um andar e chegamos ao local.

A porta está apenas encostada. Como um carrasco decidido, entro friamente no apartamento. Ele está ajoelhado no meio da sala. Os olhos fechados. Quando a porta se fecha atrás de mim, faz um sinal afirmativo com a cabeça.

É um ritual silencioso. O que era para ser dito já foi dito. Coloco-me de frente a ele. Por enquanto não sinto nada de errado.

Olho em volta, como se procurasse meu instrumento de trabalho, e só então me apercebo de que não sei ainda como a coisa se dará.

Ele quer uma morte natural. Nunca pensei muito sobre esse termo. Morte natural. Uma morte naturalmente dada por Deus ou, se for de preferência, por alguma espécie de Força Superior, capaz de retirar a vitalidade de um corpo, qualquer corpo, de qualquer espécie, deste planeta.

Penso em estrangulamento. Daqui de onde estou, basta me aproximar um pouco, fazer uma chave com o braço direito e apertar com bastante força sua garganta. Para abreviar tudo, minha mão esquerda deverá sufocá-lo, impedindo-o de respirar. Considerando sua idade, em menos de cento e vinte segundos tudo terminado.

Não. Não me parece muito natural. Mas me lembro do sacrifício de Isaac. Abraão levou seu filho mais amado para o campo. A desculpa é a de que iriam caçar. No momento em que o pai pede que ele se coloque na posição e confie, não há mais dúvidas. A lâmina tem alvo certo: o pescoço do ser mais querido de sua vida. De longe, o momento mais dramático em toda a Torá.

Portanto, não é a maneira pela qual a vida é tirada. Uma pesada lâmina, rompendo a veia aorta, não parece algo natural. A questão não é o modus operandi. O que conta é a autorização.

A autorização divina é que dá o caráter natural a esta morte. Assim, não importando com que artifício se dará, sempre será natural. E a autorização me foi dada. Ele pode se comunicar através de várias maneiras. Sobretudo de sinais. Sinais que precisam ser decodificados. Esta é a tarefa dos profetas. Têm a capacidade de enxergar os sinais que ninguém é capaz de ver. Estão facilmente dispostos à sua frente, mas tão indecifráveis diante dos olhos dos outros seres humanos.

Rememoro rapidamente a quantidade de sinais que ele me deu. Todos os meus atos com relação aos meus pacientes, absolutamente todos, trazendo a felicidade. Espalhando solidariedade e redenção.

Por isso, sei que estou diante da derradeira prova. A mais difícil de todas. É um pacto. Ele precisa me testar. Saber se sou realmente fiel. Só assim terá a certeza de que estou pronto para os novos desafios que virão. A invisibilidade foi apenas o começo. A eternidade, a onipotência, a perfeição são atributos que virão com o tempo. Mas para isso preciso ter a coragem de agir. Preciso simplesmente aproximar este fósforo riscado da trilha de querosene que espalhei do corredor até a sala, junto à cadeira de palha. O microcosmo da cena será idêntico ao flash vislumbrado minutos atrás. O zumbido dos motores, a cabana... Nada é por acaso. Tudo é causa e conseqüência. Tudo se completa.

Vicente, bem comportado, está na sala rezando. Prova de que é um bom cristão. Um bom homem que cumpriu com sua missão na vida. Fique tranqüilo, sua hora já está chegando.

Basta que eu simplesmente encoste a pequena chama no líquido escuro. Trêmulo, o movimento que faço é vacilante. Como se tivesse de vencer uma força gravitacional.

Agora é só questão de mais três centímetros e tudo irá queimar rapidamente. Fecho os olhos e me concentro. É difícil, pois o sorriso daquele bebê no parque se esvai e já me olha amedrontado. Peço que se vá neste momento. É chegada a hora e não posso hesitar. Sei, em meu íntimo, o que vai acontecer. É preciso chegar ao último instante, ao último milímetro. Só então virá o momento divino. O momento em que Ele virá e impedirá que o ato se consume para que algo maior seja consumado: o pacto.

Mas para isso é preciso ir num movimento retilíneo. Sem medo, convicto. Não cabe a mim segurar minha própria mão. Será Ele quem fará isso. Entregue na mão de Deus.

Concentração. Inspira. Movimento retilíneo. Um, dois e já...

O corredor assume uma cor laranja imediatamente. A labareda faz um som rápido, tão rápido quanto a propagação da luz. Ao chegar à sala, em meio ao som da palha crepitando, posso escutar sua voz: "Obrigado, senhor!"

Não. Nada me impediu. Nenhum braço chegou no momento derradeiro. Nenhum cenário bíblico com uma luz suprema e um anjo chegando no último instante. Só sei que a casa está em chamas e tremo feito uma criança apavorada.

Repasso um monte de coisas. Lembro de vozes na sala de aula do colégio questionando ao professor que Deus é esse que pede, como prova de devoção, o sacrifício do próprio filho? Depois, num debate, muitos anos mais tarde, um rabino reformista explica que Abraão, na verdade, não escutou uma voz divina, mas uma voz interna, que reproduzia o que viu em sua infância, na Mesopotâmia. Os abusos, os sacrifícios humanos a que assistiu. Deus veio impedir que essa cultura de violência se perpetuasse. Por um segundo me passa pela cabeça que, de qualquer maneira, ele deu as caras no último momento.

Por que está tão quente aqui?

— Senhor Vicente?

Por que não responde? Esse barulho irritante de móveis crepitando. Então, é isso mesmo? Olho para as minhas mãos. Estão com cheiro de querosene. Tento limpá-las, esfregando-as pelas minhas roupas, mas não adianta. De fato, se ainda restava alguma dúvida, eu sou um assassino.

Fico tanto tempo paralisado, que não me dou conta de que também corro perigo. É preciso escapar daqui. A chama começou a pegar também junto ao quarto onde estou e toda a madeira dos tacos está se transformando rapidamente em combustível. O olhar assustado do bebê me acompanha, como se estivesse mesmo em meu colo. Tenho de me concentrar. Na pressa, derramo um frasco de perfume, o que só aumenta o risco. A janela está bem ali, mas a substância viva alcança também a cortina. É agora ou nunca. Vou ter que arriscar. Outro caminho já não há mais. Infelizmente, nunca subi pela lateral do prédio. Terei de arriscar. Desço pela janela e não há nada a que possa me agarrar aqui embaixo. Pular pode significar a morte. Não há saída. Ao fundo, o barulho ensurdecedor das labaredas e vidros estilhaçando. É então que olho para o alto e vejo que o sutil friso da fachada está mais próximo do que o de baixo. E é mais fácil manter o controle corporal na ascendente do que na descendente. Estico-me todo e finco os dedos no friso. Até aqui tudo bem, mas o que fazer agora? Faço uma tremenda força para elevar meu corpo até conseguir alcançar o pé no batente da janela e tomar impulso até o ar-condicionado do vizinho de cima, de onde já estou bem perto da janela superior. Não foi nada fácil, mas não há outra saída. Repito a mesma operação até o quinto e último andar, o único com a janela aberta.

Infelizmente, há uma tela de segurança, dessas que protegem crianças. É de náilon e não consigo rasgá-la.

Do último andar até o terraço não há mais frisos na fachada. Malditos moradores de cobertura com suas obras irregulares que alteram a arquitetura original. Só há um jeito: em vez de tentar subir, arrastar-me lateralmente em direção aos fundos do edifício para tentar chegar ao prédio vizinho. Vou me equilibrando com os pés no último friso e as mãos tateando por entre as janelas. Só que a distância entre uma e outra janela não é suficiente. Tenho de procurar por ranhuras. Vai dando certo até que não encontro mais nenhuma ranhura no limite entre as duas construções. Fim de linha. Talvez seja melhor assim.

Mas olho em volta e há uma pequena varanda no último apartamento do prédio vizinho. Está um pouco longe. Terei de pular e ver o que acontece. É isso... Não há outra saída. Não há tempo para pensar. Respiro fundo. Dou um salto no vazio.

Parece demorar algumas horas, sinto minhas pernas tentando inutilmente algo mágico como andar em pleno ar, o que, com toda a certeza, não dura uma fração de segundo.

Caio, não no interior da varanda, mas me agarrando ao parapeito. Meu braço dói profundamente, o osso parece pulsar, e meu queixo, apesar do amortecimento, raspou na barra de alumínio. Estou salvo, eu acho. O sangue vai pingando à medida que me ajeito. Entro no apartamento. Só uma empregada doméstica que se estica na janela de um dos quartos, procurando o melhor ângulo para ver a confusão do incêndio ali ao lado.

Dou uma olhada. É um imóvel de classe média alta. Deve ter uns cento e muitos metros quadrados, três quartos. Sinais de vidas felizes e confortáveis aqui dentro. Lembra-me um pouco o apartamento em que morávamos com meus pais. Por um instante, posso jurar que vejo minha mãe no quarto. Ela fala ao telefone com uma amiga. Meu pequeno irmão brinca por perto. Meu pai já está chegando do trabalho e iremos todos jantar daqui a pouco. Sento-me tentando me lembrar qual é o cardápio do dia. Acho que pastéis de carne. "Vovó não vem hoje? Pena. Fica mais animado com ela. Mas, tudo bem, irmãozinho, depois da refeição vamos inventar algo para fazer. Pshshsh... Não, sem choro, nada de brincar com fogo dessa vez. Eu prometo." Rápido, tenho de lavar as mãos e o rosto. A trilha de sangue do meu queixo vai deixando um rastro pelo carpete do corredor.

Escuto os passos da empregada. Melhor dar meia-volta. Entro pela continuação do corredor, que deve dar nos quartos. Páro para respirar, tentando entender tudo que aconteceu e, sem que possa me defender, dou de cara com um maldito espelho na parede. Mais isso, agora. Isso é que dá não ter feito o reconhecimento do ambiente. Aperto os olhos o máximo que posso. O estômago embrulha novamente. Já estou tremendo e suando frio. Mas o sangue continua muito quente dessa vez. Nada pode me acalmar. Devo ter dado um gemido. A empregada pergunta quem está aí.

É só abrir os olhos por uma fração de segundo. Nada. Nenhum sinal de mim. Qual a novidade? Quase dou um murro na cruel superfície polida. Porém, os passos estão próximos demais. Num ato reflexo, saio em disparada, derrubando um balde de limpeza. A empregada vem assustada ver o que é. Passa os olhos pela trilha de sangue que não leva a ninguém, mas já saí do apartamento.

Confuso, ando em passos desordenados pela calçada. Vou e volto e volto e vou. Algo me atrai para a cena do... para a cena principal, enfim. Morbidez, masoquismo, autoflagelação? Concentro-me em busca de algo racional. Isso, melhor me afastar. Melhor me afastar daqui.

Vou por entre as ruas, tão tonto quanto aquela manhã em que acordei nu e todo machucado quando a coisa começou. Também agora parece que todos me apontam. É impossível, pois não estou vestindo nenhum jornal como daquela vez, mas a sensação é a mesma: me apontam, me apontam.

Vermelho, quente, preciso achar um esconderijo. Sou um fugitivo. Aqui mesmo neste prédio pode ser. Vou até a garagem. Bem escuro. Estarei seguro neste lugar. Posso ficar bem tranqüilo. Mas eis que surge um carro me seguindo. Vão tentar me atropelar? Corro e tento me esconder atrás de uma pilastra. O carro continua atrás de mim. Corro cada vez mais rápido e parece que não vou conseguir. Ele está mais perto e mais perto. Só tem um jeito. Pulo por cima dele. O som de meu corpo caindo sobre o capô assusta o motorista. É agora o momento de fugir. Meio capengando, subo a rampa e fujo.

Continuo fugindo ao ganhar as ruas. O carro, acho que era preto, pode me alcançar a qualquer momento. Os faróis já estão acendendo.

Desculpe aqui e ali, vou esbarrando nas pessoas voltando para casa. Desculpe mesmo, mas o carro está cada vez mais perto. Seria capaz de avançar sobre a calçada?

Subo uma escadaria que vai me levar não sei aonde. Lá no alto, uma passagem para outra rua. O farol de novo lá no fundo. Corro o mais que posso e escondo-me atrás de um poste. O carro passa a toda velocidade. Era ele, sem dúvida. A noite já caiu e preciso achar urgentemente um esconderijo verdadeiramente seguro.

Nem está tão longe. Não corro para não chamar atenção. Imito os assassinos de aluguel. Finjo calma. Friamente, vou andando devagar e depois mais rápido à medida que vou me afastando do bairro. Cruzo o túnel e falta pouco para chegar lá.

Mais dois quarteirões debaixo das gigantescas palmeiras e está lá a construção. Olho bem para os dois lados. O carro preto pode surgir do nada. Seria uma pena ser atropelado tão perto da salvação. Respiro fundo e cruzo a rua. Deu certo.

Engraçado... Há uma grade de ferro que não havia reparado anteriormente. Tento entrar pela porta lateral. Mas também não encontro qualquer passagem. Vou ter de escalar. Não é tão difícil.

A subida é fácil. Avanço rapidamente. Mas o topo está cada vez mais longínquo. A grade parece crescer à medida que vou subindo. Quanto mais subo, mais ela aumenta. Deve ser maior que o próprio templo. Será uma espécie de mecanismo? Por que instalaram logo hoje? Não, não pode ser... Seria muita, muita injustiça.

Desço. Espero passar. Calma. Por que não me deixa entrar? Eu quero entrar! Eu preciso entrar! Aquele maldito carro preto, Você viu? É claro! Como sou idiota. Você mandou ele atrás de mim! Agora, abra!

Desculpe. Que modos são esses? Estou ficando louco? "Saiba diante de quem você está."

Bato com toda a força na grade metálica, que faz um estrondo gigantesco. As palmeiras parecem vibrar com o barulho. Mas ninguém aparece para ver.

Abra! Abra isso! Eu preciso fazer o kaddish! É! Isso mesmo! O kaddish! A oração dos enlutados! Ele morreu! E não foi o único que matei. Nós sabemos muito bem. Eles morreram e está tudo certo, não está? Tudo conforme o seu Grande Plano. Tudo devidamente escrito e registrado em seu cartório, certo? A morte natural, lembra? Como espera que aquele bebê me olhe nos olhos novamente? Não estou falando só por mim. Falo por você, também. O que me diz? Hein? Responda!

Apenas o som do silêncio. Dessa vez, feito do vento batendo de leve nas folhas de palmeira lá no alto. Um som contemplativo, calmante.

Silêncio que é interrompido com mais um soco violento no metal. Por que Você me enganou? Por quê? O que eu fiz para merecer isso?

Rio baixinho. Já sei. Está com medo de que eu entre e destrua tudo. Toque fogo nas cadeiras, na cortina, nos livros sagrados. Você está com medo? Essa é boa! "Ele" está com medo!

Tocar fogo. Seria como queimar a mim mesmo. Só posso estar perdendo a razão. "Saiba diante de quem você está."

Não, não é assim que trabalho. Fique tranqüilo. Vai sentir na pele. Isso, traga o carro. Traga. Quero ver passar por cima de mim. Alguma força eu sei que tenho. E vou usá-la.

Está vendo? Não consegue me vencer. Eu quebro, eu espatifo os vidros do carro. Está vendo o motorista fugindo?

Eu destruo o carro todo. Com paus e pedras. Que belo espetáculo, hein? Olha toda essa gente na janela! Seriam efeitos especiais? O carro se espatifando sozinho? Ooh! O público se arrepia e aplaude ao mesmo tempo. Que espetáculo cinematográfico! Foi para isso que você me escolheu? Tarde demais para se arrepender. Venha olhar de perto o estrago que fizeste.

"Saiba diante de quem você está." Já se deu conta de que a frase é reflexiva?

Vamos comigo. Andemos mais uns quarteirões atrás do ruído que vem das entranhas da cidade. Passemos a fila e entremos nesse lugar de onde vem o som forte das estacas martelando corações. Essa gente toda balançando a cabeça sem parar. A confusão em que tudo se transformou. Veja como essas pílulas nos dão o que precisamos para agüentar o que Você nos apronta todos os dias. Veja: uma, duas, três, quatro, cinco. Pena que não tenha mais nenhuma. Isso. Aqui na pista nos acabamos. Colocamos tudo para fora. Todas as frustrações, loucuras, delícias... Mais espaço, mais espaço. Preciso suar bastante. Tum-tum tum-tum-tum tum. As luzes também entram no ritmo. Isso DJ! Tum-tum tum-tum-tum tum.

Olhe bem. Ah, era isso o que faltava para completar a noite. No meio da multidão, só deu para ver o rosto passando naquela direção. Ela mesmo. A que vi da outra vez. Magra, os maxilares pontudos. O cabelo cor de fogo. Inspiração, DJ! Tum-tum tum-tum-tum tum. Mais uma bebidinha. Vamos. Aqui tudo pode. Venha ver. Vamos até o banheiro. Onde está ela? Vamos olhar primeiro pela porta entreaberta. Está vendo? Nua, como naquele dia. Deve ter transado agora mesmo com um, dois, cinco, dez. E se pica. Se pica que é uma beleza, hein? Nem se importa em desfilar nua aqui no banheiro entre homens e mulheres. Tem a minha altura praticamente. As pernas magras e compridas. Seguro seus cabelos lisos cor de fogo e meto a minha boca na sua. Ela me lambe todo, gostando. Está muito louca. Nem me viu direito e já está totalmente entregue. Passo a mão na sua bunda. Ela tenta se virar. Não, fique assim de costas. Hã? Dançar? Não, obrigado. Vou te comer. Empurro-a. Ela quase cai. Vai ser por trás mesmo. Ah, sabia. Gostou do jeito que agarro. Agora isso, não vira, bem arrebitada. Fica quietinha, sim? Enfio com toda a força. Vou gozar, vou gozar aqui nesse banheiro. Quer fazer o favor de virar para a parede? Isso, melhor apoiar na pia, meu amor. Bem de quatro. Vamos gozar em frente ao espelho e ninguém se importa. Ninguém nos vê. E só percebemos isso no exato momento do gozo, quando não nos vemos diante do espelho. Quando o som pára, quando tudo pára, o mundo pára à nossa volta. Eu não estou lá. Ela não está lá. Não há qualquer reflexo na límpida superfície. Nem meu, nem dela. Como se esse momento não pudesse deixar rastros visíveis. Como se nossa história, que apenas começava, não pudesse ter testemunhas que não Ele.

Já faz quase dois meses. Voltei religiosamente todas as noites na The Cave para tentar encontrá-la. Não apenas lá. Conferi numa revista todos os endereços de música eletrônica da cidade. Estive em todos eles. Na verdade, tenho feito uma ronda que começa às duas da manhã e vai até as dez e meia, até o fim da última *after*, como são chamadas as festas que começam de manhã, depois que todas as outras terminam. Às vezes, tenho a sensação de estar sendo seguido. Mas, infelizmente, é apenas uma impressão.

Procurá-la tem sido minha única razão de viver. Depois do incidente espanhol, como tenho chamado, tudo perdeu o sentido. Nunca mais vi qualquer um de meus pacientes. Sei que estarão melhores assim. O mundo estará melhor assim. Um lugar mais seguro. Apesar da curiosidade mórbida, não me atrevi a visitar a família De los Campos. A covardia me impede. Tenho terríveis pesadelos durante as tardes, nas poucas horas em que consigo dormir. Não gostaria de me estender sobre as horríveis cenas envolvendo o velho, o casal e a pequena Cristiana, que tenho assistido na minha sessão da tarde particular.

Na verdade, a única coisa que me faz acordar é a possibilidade de tê-la frente a frente. Dizer-lhe que não estava em meu estado normal quando... Melhor não tentar explicar. Apenas pedir que me perdoe.

Mas isso não é tudo, admito. Ficaria feliz se ao menos soubesse seu nome. Não, não é verdade. Quero saber muito mais que seu nome. Quero saber tudo sobre ela. Principalmente, o que nos une. O que é que nos faz iguais diante do espelho.

São duas horas e quatro minutos, e, mais uma vez, tenho a certeza de que esta é a noite em que encontrarei a mulher sem reflexo.

Dezesseis horas e vinte e cinco minutos. Cansado em casa, tenho andado insone pelas tardes modorrentas. Há algo que me angustia. Vejo a chuva cair lá fora. Vejo o calor abafado subir das calçadas. Tenho me feito perguntas pela primeira vez. Tenho fumado de vez em quando.

Antes, tudo me parecia inevitável. Depois que ela apareceu, malditas questões me martelam a cabeça.

Tenho de resistir. Tudo o que me aconteceu não tem explicação e jamais terá. Melhor assim. Mais natural assim. O que me atrapalha é ela. Funciona como um reflexo para mim. Não tem jeito. Estava tão bem sozinho. O mundo fazia sentido como sempre. Agora, não mais. Estou cheio de porquês e indagações sobre o futuro e o passado. O que será que ela sabe?

Rodo pela Electron Blue, pela Hipérion, Diatribe (nome instigante para uma casa especializada em *afters*), Nakao's Girls, La Cumparsita, Rachel Rachel, E/Ou, Les Nouvelles Merchandises, A Caixa Preta, e pela The Cave, naturalmente. Já estou completamente acostumado com a pancadaria sonora. Acho até improvável escutar outro tipo de música.

Ao longo da paciente e minunciosa busca, pulso com as pequenas multidões. Estou pulando em câmera lenta no meio da pista com todos. Tento evitar, mas as pílulas são atraentes demais. Não dá para ficar parado. A água corrente me salva nos banheiros.

Enquanto tento sorver avidamente o líquido milagroso que vem da torneira, relembro vagamente eu dentro dela, caídos juntos no chão, no meio do banheiro, por onde se ouve gente entrar e sair. O som do bate-estaca sumindo e recrudescendo, a porta abrindo e fechando. Mas isso era apenas a trilha sonora de fundo. Não a escutávamos. Em primeiro plano, nossas respirações fatigadas.

O que será que ela pensa de mim? Será que me perdoará algum dia? Será que ela existe de verdade?

Olho de soslaio. Nestes últimos dias, ainda tenho sentido um ligeiro calafrio ao mirar o espelho. Mas agora posso dizer que é definitivo. A fobia se foi naquele momento mágico em que a encontrei. O espelho voltou a ser apenas um espelho. Encaro-me. Não há mais vertigem horizontal. Não há sensação de ser impelido para dentro. Nada disso. É apenas uma superfície concreta. Sei disso porque posso tocá-la. Sentir sua dureza. Posso explorá-la com meus dedos. É até insólito lembrar da sensação de fluidez que vivenciei na Loja de Espelhos. Era como uma superfície meio líquida, meio gasosa. De uma densidade toda peculiar. E depois, todo o mal-estar, todos os sintomas, a experiência de morte súbita. Acredito que o longo período de fobia tenha sido apenas um reflexo do que aconteceu naquela noite inaugural. Como se um gatilho psicológico fosse disparado a cada vez que surgia um espelho à minha frente. Mas, não naquela primeira noite. Era tudo tão real. Fico me perguntando o que, de fato, ocorreu naquele instante?

O fato é que superei tudo isso. O momento da mudança aconteceu bem aqui no banheiro. No exato instante em que eu e ela não nos vimos diante do espelho. Não houve tempo ou espaço para pensar em mais nada. Agora tudo voltava ao normal. O espelho, apenas um espelho. O porquê da mudança é algo que, imagino, nunca saberei.

Olho mais uma vez para ter certeza. Ainda lá. A concretude do espelho vazio e, dentro da minha mente, nossos rostos estupefatos. Um choro silencioso. Depois, o efeito das pílulas. Depois, nada.

Saio de baixo da pia. De novo, de novo e de novo. Um ato que vem se repetindo mecanicamente. Por quanto tempo mais?

Quatro horas, dezenove minutos. Checo cada centímetro do local. Mais uma vez, nem sinal dela.

Três horas, quarenta e sete minutos. Cinco horas, vinte e seis minutos, oitenta e oito minutos, seis horas, duzentos minutos, três milhões de segundos. Sigo em frente; afinal, temos de completar o percurso rotineiro. Saio da Nouvelles Merchandises rumo à Caixa Preta. Elas ficam bem próximas. São apenas quatro quarteirões de distância.

A porta se fecha atrás de mim. O som fica abafado lá dentro. Pouca gente na entrada. Alguns habitués de sempre. Já conheço seus rostos.

Gosto dessa pequena rua. Tão estreita, lembra uma dessas ruelas medievais européias. É agradável escutar meus próprios passos pelo asfalto. Um dos poucos momentos de calma a que tenho direito. A caminhada vai ser boa.

Porém, mal começo a andar e algo totalmente inusitado vem quebrar a tranqüilidade. Na esquina de um beco, praticamente tropeço numa grande lata que surge do nada e caio no chão. Por alguns segundos, rolamos juntos. Eu e o conteúdo do recipiente metálico: tinta amarela. O estrondo pela ruela continua reverberando. Deve ser tinta para marcar a sinalização no asfalto, imagino enquanto observo que já estou encharcado pelo líquido. O ímpeto imediato é de cair na gargalhada, mas vejo que há uma mulher ao meu lado. Ela tem a expressão muito séria. Tenho a impressão de já tê-la vista pela noite. Sim. Na Nakao's Girls.

Cabelos pretos bem curtos, roupas escuras e feições decididas. Parece esconder algo nas mãos. Olho em volta, tentando entender o que está acontecendo, mas não há tempo a perder. Ela está apontando uma faca em minha direção. Eu me levanto rapidamente. Ela tenta me atingir. A lâmina passa bem perto do meu peito. Ela avança. Eu recuo.

Inexplicavelmente, tem uma boa noção de meus movimentos. Com certeza não pode me ver, pois seus olhos miram sempre mais à direita de onde estou, mas está, de alguma maneira, acompanhando a dinâmica do meu corpo.

Uma gota de tinta respinga na ponta da faca e finalmente consigo entender. É uma cilada. O líquido amarelo que grudou no meu corpo é como uma espécie de guia para minha atacante. Como o efeito não é uniforme, ela se dirige a mim como um borrão colorido que se desloca à sua frente. Meus passos também devem ajudar bastante, pois, a cada movimento que executo, vou marcando minhas posições no chão, como numa aula de dança.

Então, dançamos esta espécie de coreografia fatal. Ela com a faca e eu com minha destreza de sobrevivente. A lâmina vai se aproximando de minha pele a cada passo. Parece ser meramente uma questão de tempo. Talvez ainda consiga alcançar o monte de entulho que se acumula atrás de mim e encontrar algo para me defender. Porém, ela se aproxima. Esquivo-me para baixo, para cima, para os lados. Não adianta. O zumbido que corta o ar está cada vez mais perto.

Já tonto, vislumbro ao fundo um vulto que se aproxima. As pernas elegantes. O cabelo cor de fogo. Não há dúvida. É ela. Seu corpo nu se desloca na nossa direção. Hipnotizado, sigo seus olhos. Ela me encara. Só consigo murmurar uma palavra.

— Perdão.

Ela me olha bem fundo e não consigo ler absolutamente nada. Então, minha agressora aproveita-se do breve, rápido descuido, e avança fulminante em direção ao meu estômago. O corte é profundo. Os líquidos amarelo e vermelho se misturam num balé de cores.

Sinto meu corpo vergar e sei que estou dando total vantagem à minha oponente. As pernas dobram. Caio olhando para ela, que me olha assustada. Pode ser meu fim, até que escuto seu grito bem alto reverberando pela ruela noturna e vazia.

— Não!

Minha oponente se vira. Elas se conhecem. Discutem algo a respeito de mim. Pela primeira vez, ouço seu nome. Alice.

Minha oponente não quer mais escutá-la. Avança com a faca na minha direção mais uma vez. Alice tenta impedi-la, mas ela é muito forte. Consegue empurrar Alice. Ajoelhado no chão, fico praticamente impedido de reagir.

Levanto o braço e, equilibrando-me por entre sacos de lixo e restos de construção abandonadas pela rua, consigo segurar o pulso da moça de cabelos pretos. Sinto que estou conseguindo dominá-la. Seus olhos estão vermelhos de raiva.

Ela me dá uma joelhada no rosto. Joga-me ao chão. Vem disposta a liquidar o assunto. Alice se aproxima por trás e implora que não siga adiante. Ela responde que é para o seu próprio bem, meu amor.

O movimento com a faca é de cima para baixo, em direção ao meu coração. É impressionante sua habilidade. A lâmina desce com extrema rapidez. Mas, logo, ela está estirada sobre meu corpo. Os braços abertos e uma tábua de madeira incrustada em sua cabeça. O sangue jorra com facilidade devido aos pregos que atingiram o crânio.

Alice, em pé, me olha nos olhos ainda aterrorizada. Demoramos um pouco a reagir. "Temos de sair daqui."

Estamos correndo e, vez por outra, nos olhamos de soslaio. Só que vou ficando para trás. O sangue na minha barriga não pára de jorrar. Então, ela parece se lembrar do que deve fazer. Volta alguns metros e mexe no corpo que ficou estendido na ruela. Ao fundo, escutamos a sirene da polícia. Dentro do bolso da calça jeans do cadáver há um molho de chaves. Ela entra num carro estacionado ali perto e arranca, parando ao meu lado.

Alice sai do carro e abre a porta. O som da sirene está cada vez mais forte. Habilmente, me coloca no banco de trás que fica logo sujo de sangue. Penso por um momento que o estofado terá de ser trocado independentemente do que venha a acontecer comigo.

Ela pula para o banco da frente, pois o carro da polícia acaba de chegar. Um tiro para cima. Alice não se abala. Arranca cantando pneu e dispara pela ruela. Ganhamos velocidade rapidamente. O problema é que há uma curva muito próxima. Ela mete a segunda e consegue controlar o carro. O tiro acerta a lataria. A sirene vem bem atrás de nós.

O automóvel sai da pista e entra na contramão. Ela desvia de um carro, outro carro, e vem um ônibus em nossa direção. Alice não vacila. Entende que é a única saída possível. Acelera com tudo e consegue dobrar na rua à esquerda, uma fração de segundo antes de sermos estraçalhados.

A sirene vai ficando para trás. As luzes da noite vão passando sobre os meus olhos. Balbucio seu belo nome. "Alice..." Ela faz menção de se virar, mas muda de idéia. Não diz nada. Pelo espelho retrovisor gostaria de ver seus olhos molhados.

* * *

Estamos chegando. Ela me tira do carro. Só aí me dou conta de que estou muito mal. Devo ter desmaiado, pois acordo com Alice à minha frente num quarto decorado em um moderno estilo casual.

Ela prepara alguns instrumentos. Está usando uma luva. Tudo meio confuso no campo visual e uma dor aguda. Alice vai até o quarto ao lado. Pela fresta da porta entreaberta, vejo-a se inclinar à mesa e cheirar uma longa carreira de pó. Em seguida, faz uma ligação telefônica e se lembra de fechar a porta. Não dá para entender o que fala. Escuto alguns gritos e um choro ao final da rápida conversação. Ao abrir a porta, ela olha na minha direção e finjo nada perceber.

Agora, Alice está costurando o rasgo provocado pela lâmina. Tenho forças para perguntar onde estamos. Ela pede que eu fique calado. Num porta-retratos na mesinha de cabeceira ao meu lado, vejo a foto de uma jovem. Está com o cabelo um pouco mais comprido. Mas é ela. A minha agressora. Na cortiça pregada na parede, outros instantâneos da exímia lutadora.

Alice nota minha preocupação.

— O seu corte foi muito profundo. Vou ter que trabalhar rápido. A polícia pode chegar a qualquer momento. Não fique nervoso.

Nos olhamos por um instante. Ela se concentra novamente. A dor é suportável. Há uma ampola usada por perto, provavelmente da anestesia.

Alice age como alguém que sabe o que fazer numa hora dessas. Mas como se ou não tivesse tido muita prática, ou como se estivesse simplesmente fora de forma. Teria trabalhado em cirurgia de emergência, partos ou coisa do tipo?

Olho de novo para o porta-retratos e reparo que a moça que ficou estirada no asfalto está vestida de branco. Como se conheceram? Qual a relação entre as duas?

— Pronto. Fiz tudo o que pude. Agora vamos sair daqui antes que...

A frase é interrompida por um toque na campainha.

— Você fica aqui. Eu tenho que pegar o... — ela se arrepende e conserta a frase — ... umas coisas lá dentro — completa, já com a respiração ofegante.

Alice revira o quarto ao lado alucinadamente atrás de algo que lhe é muito valioso. Significa que ela tem alguma esperança. Nunca cheguei a cogitar a possibilidade da coisa se reverter.

A campainha toca novamente.

— Essa não! A bolsa da Liza tá na sala! — ouço-a respirar fundo. — Meu Deus, o que eu faço?

Alice entra novamente no cômodo. Procuro por seus olhos tensos, tentando decifrá-la. Definitivamente, essa sua preocupação com algum documento ou objeto que a vincule com o mundo exterior revela o quanto somos diferentes. Mas o que será que temos em comum?

Ela pega uma chave e abre uma gaveta dentro do armário. Tira uma arma.

— Cuidado com isso...

Alice me examina com ódio, como se dissesse que agora é tarde, pois fui o causador de toda a situação. Ela se esgueira pelo corredor com a arma na mão. Ouço-a andar até o limite da sala, até que um forte ruído a faz parar. A porta foi arrombada e os policiais gritam. Estimam que não há ninguém em casa. Escuto um deles remexer os móveis e objetos da sala.

— Achei! Tá aqui a carteira dela.

— Leva logo a bolsa toda, caralho! Vamos procurar mais alguma coisa que valha a pena. Deve ter outras correntinhas de ouro por aí.

— Olha só essa foto. Até que a piranha era gostosa.

— Psiu... Tem mais alguém aqui.

— Não fode, Pereira. Não ouviu o babaca do porteiro dizendo que ela morava sozinha? Qual foi? Virou cuzão, agora?

— Cala a boca!

A frase é abruptamente finalizada com o som de dois estrondos e um corpo caindo. Ouço uma gritaria e mais três tiros vindos de outra arma. Depois de alguns segundos, Alice ressurge no quarto com a bolsa, enfia o material cirúrgico dentro e sai pela janela. Antes de desaparecer, trocamos um olhar cúmplice e murmuro baixinho meu endereço. Pouco depois, um dos policiais entra no quarto à procura de quem fez os disparos. Não leva muito tempo até desconfiar que a pessoa que atingiu seu parceiro escapou pela janela. Olha para baixo e fica totalmente confuso, sem entender por onde estará o fugitivo.

— Que merda!

Atira em algo que se movimenta lá embaixo, correndo em direção à garagem.

— Puta que o pariu! Vai fugir!

Ele sai correndo, mas não há mais o que fazer. O carro de Liza dispara cantando pneu.

Não sei quanto tempo fiquei ali naquele apartamento. Entre o sono e a vigília, escutei muita coisa. A emergência que entrou e retirou o policial ferido, a chegada da família de Liza, o choro dos pais e irmãos. Eu me arrastei até o box. O quarto não era um lugar seguro para mim, pois imaginei que os familiares ficariam ali por horas.

Não tinha forças para dar mais do que alguns passos. Fiquei morando naquela casa até acabar a pouca comida que havia. Quando comecei a definhar, por sorte, colocaram o apartamento à venda. O corretor de imóveis passava algumas horas por semana com sua namorada, e de vez em quando dormiam por ali. Nessas ocasiões eles traziam algo para comer e quase sempre sobrava alguma coisa para me manter vivo.

Nem sinal de Alice. O que teria acontecido? Será que levou um tiro ao escapar? Ou será que não me perdoou por tudo que aconteceu?

Depois de algumas semanas convalescendo, juntei minhas forças, tomei coragem e saí no dia em que os novos moradores chegavam com a mudança.

Por entre os sofás, mesas, abajures e crianças que passavam pelo corredor da entrada, alcancei a rua, arrastando-me com bastante dificuldade. O sol brilhava e tudo parecia mais bonito e colorido. No entanto, algo me machucava por dentro. Talvez nunca mais a visse.

Meu apartamento. Parece que faz séculos que estive fora. O coração acelera assim que entro. Tenho uma vaga esperança de que ela possa estar por aqui.

— Alice!

Ninguém responde. Caminho pela sala, pelo meu quarto, o escritório, a saleta de televisão. O terceiro quarto permance trancado, asseguro-me. Depois, olho a cozinha, a área, a despensa. Ela não está em casa.

Como um detetive particular, investigo a mesa, as cadeiras, os banheiros. Quero encontrar algum rastro de Alice. Imagino que tenha obrigatoriamente passado por aqui, mas não encontro um indício sequer.

Nada mesmo. Definitivamente, ela nem esteve aqui. Quando assumo isso como fato, a casa toda fica repentinamente mais triste. Perde todo o seu encanto fugidio.

Jogo-me no sofá e fico repassando os dois inusitados encontros com Alice.

Minhas mãos apertando com força seus braços, virando seu corpo. Como fui capaz? Inutilmente, tento me convencer de que ela, ao mesmo tempo, queria e não queria. Porém, no fundo, foi aquilo que estou pensando e sequer tenho coragem de pronunciar para mim mesmo. Depois, nosso olhar que não se cruzou no espelho. Isso nos torna únicos, gosto de pensar.

Como se não bastasse, o segundo encontro é ainda mais catastrófico. Descubro que ela tem uma amante que quer me matar.

E aí, o segundo crime. Um assassinato involuntário. Ela jamais poderia imaginar que havia pregos naquelas tábuas jogadas sobre o monte de entulho.

Há mais uma coisa. Um maldito detalhe que não fica quieto. Alice parece esconder algum segredo. O que havia de tão importante naquela bolsa para que ela corresse risco de vida para recuperá-la? Nada mais faz diferença. A menos que...

A cabeça roda. Preciso comer alguma coisa. No caminho até a cozinha me lembro de que não deve ter restado sequer uma caixa de biscoitos.

Abro a geladeira à procura de um mísero resto de suco de laranja. E o que encontro são quilos de maçãs, peras, tangerinas, uvas. Também pães, leite, queijo. A geladeira está abarrotada. No armário lotado, caixas de biscoitos, arroz, feijão, macarrão.

O coração bate rápido. Deve haver um bilhete. Vasculho a casa toda novamente. Encontro o pequeno pedaço de papel logo na entrada, por onde passei distraído. É a letra dela.

Boa sorte,

Alice

Repasso dezenas de vezes o texto à minha frente. A cada nova lida, tento encontrar mais algum significado oculto.

Boa sorte. Sinto a ferida novamente lá dentro de mim. A cabeça pesa. Melhor me deitar. Por fim, adormeço e a vejo em meu sonho. Alice está num encontro de domingo na velha escola. Ela não fala comigo. Está entretida com meus amigos e tudo bem por mim. Fico feliz que esteja entrosada com todos. Olho para o céu azul e sorrio, as coisas vão dando certo. Deveriam construir uma piscina ali no pátio.

A chegada daquela moça me deixa um pouco desconcertado. O que está fazendo aqui? O que pode querer com Alice? Por sorte não a viram. Aproximo-me dela e a convenço de subirmos a rampa. Vou explicar o que aconteceu com Alice. Digo que ela desapareceu e não há nada que possamos fazer. Ela custa a acreditar. Grita, chora, mas acaba se convencendo. Quando já ia embora, Alice surge bem à nossa frente. Não era para ter vindo. Por que resolveu aparecer? Mas deixo as duas de lado porque, quando olho para cima, a janela do prédio da escola está pegando fogo. Um senhor grita por socorro. Eu peço a ele que se acalme. Ele continua a gritar. Diz que vai morrer. Vai ao encontro das chamas. Então, grito o mais que posso.

— Eu sou um assassino!

E aí todos que estavam lá embaixo surgem me recriminando por não fazer nada e deixar que o homem se queime ali. Quem me acalma é Alice.

Ela está bem diante dos meus olhos. Dá para perceber que segura meu pulso.

— Eu sou um assassino! — debato-me, diante de todos. — Aquele homem está morrendo por minha causa!

— Pshsh... Não tem ninguém morrendo por aqui.

— Você não vê? O fogo vai queimar tudo...

Ela insiste, só quer ver como estão os pontos na minha barriga. Alice acende a luz e todos desaparecem. Só ela fica. Seu rosto é mais bonito assim de perto, descansado. Suas sobrancelhas arqueadas fazem de seus olhos seres praticamente imbatíveis. Agora vejo que seus lábios são mais carnudos do que havia registrado. Ela nota e desconversa com o olhar, verificando atenta minha pulsação.

Diz para si mesma que estou melhor. Praticamente curado. Ela se prepara para sair. Tenho que acordar e impedi-la. Mas meu corpo não me obedece. Alice está indo embora.

— Espera! — grito, levantando-me num pulo e logo constatando que ainda não estou pronto para movimentos bruscos.

— Ei! Cuidado! Você não pode sair dessa cama.

Tudo roda e, em seguida, já estou vendo o rosto de Alice daqui do chão. Escurece novamente.

* * *

O fogo crepita barulhento lá na frente. Continua a consumir o enorme aparelho que voava agora mesmo no céu. O velho homem passa por mim e vai direto até a aeronave. Ele não sabe o que faz? Por mais que grite, nada acontece. O som das labaredas é muito mais alto.

Ela me coloca uma pílula debaixo da língua. Sussurra. Diz que vou ficar bem, que ninguém corre perigo. Que não está pegando fogo. Será que ela não sente o calor? Esse calor terrível que me deixa empapado de suor?

Mas Alice já não me escuta. Está injetando algo em sua própria veia.

As cinzas caem lá de cima como uma chuva de papéis picados em final de ano. Todos saúdam o momento de glória. Dou-me por vencido. É como uma vitória longamente aguardada pela multidão. Caminho pelas ruas, conformado. Sou o único rosto triste em meio a tanta euforia. Vejo uma mulher levando um bebê no carrinho. Encho-me de esperanças, abro um sorriso, mas não é quem penso ser. Sigo por entre as pessoas. Enfim, esbarro com ela. Preciso lhe falar. Agora já me sinto mais forte. A expressão de seu rosto me parece mais compreensiva.

— Precisamos conversar — digo, segurando seu pulso com firmeza.

Ela apenas olha para a minha mão grudada em seu pulso e sinto-me ainda mais repulsivo.

— O que você vai fazer dessa vez? — ela pergunta sarcástica, olhar fixo na minha mão cravada em sua pele.

— Eu sei que você não vai me perdoar, mas... — hesito, afastando minha mão — ... não sou quem você está pensando.

Escuto minhas últimas palavras e já não tenho certeza de seu significado depois de ouvi-las. Se ela soubesse do que fui capaz de fazer com um pobre velho... Se ela soubesse de mais coisas... de *tudo* que fui capaz. Gostaria de ser corajoso o suficiente para lhe confessar meus crimes. Mas tenho medo de perdê-la para sempre.

Ela vai indo em direção à porta.

— Por favor, fique.

Alice não me dá ouvidos.

— Para onde você vai? — e, depois de uma pequena pausa, vendo-a sair, arremato num ato de desespero: — Para quem?

Ela se vira e me encara. Sinto que a atingi dessa vez. Não consegue evitar uma lágrima cair.

Alice volta. Encaminha-se até a mim. Olha bem nos meus olhos e finalmente levo um tapa com toda a força no rosto.

Demoro alguns segundos de cabeça baixa, absorvendo o golpe. Tendo plena noção do quanto foi merecido.

— Desculpa, eu não quis...

— Filho-da-puta! — ela grita, enquanto as lágrimas pulam de seus olhos. Mesmo com todo o ódio, consegue manter sua voz controlada, porém no mesmo tom de indignação. — Eu matei a única pessoa que me amou de verdade nessa vida! Por sua causa! —Alice se descontrola de vez e eu sou o homem mais estúpido de todos os tempos. Depois, vai respirando fundo e readquirindo a segurança. — Eu só vim aqui por um motivo: ver se você estava vivo. Não posso ser culpada por mais uma morte. Só por isso. Agora que eu sei que você não morreu por falta de socorro médico, posso ir embora em paz com a minha consciência.

Alice me dá as costas e se vai.

* * *

Ela é linda. Não dá para tirar os olhos. Seu corpo parece uma pantera se deslocando. Uma pena tudo ter dado errado desde o começo.

Segui-la não está sendo nada fácil. Estou acostumado a andar incólume pelas ruas. Só que, dessa vez, há alguém que pode me ver. Uma sensação incômoda a essa altura.

Alice caminha a passos rápidos. Arrasto-me com dificuldade à distância. Fico imaginando como seria se seu corpo estivesse ao alcance dos olhos das pessoas que vão ficando para trás. Deixaria o grupo de comerciários no ponto de ônibus virando o pescoço até doer. A menina de mãos dadas com a mãe se inspiraria no cabelo cor de fogo. A bela senhora à minha direita também se viraria relembrando que já fora capaz de chamar atenção nas ruas.

Depois de andar alguns quarteirões, ela olha em volta. Tenho de me meter atrás de um grupo de meninas. Alice entra num beco. É a subida para o morro. Dou um tempo, pois a escadaria é bem estreita e ela me veria com certeza.

Quando chega a minha vez, vou passando pelos moradores que sobem e descem tranqüilamente diante dos olheiros armados dos traficantes. AK-47 e semelhantes são personagens importantes por aqui.

Ao longe, avisto Alice subindo pelas ruelas e vou atrás, avançando com bastante dor. Já imagino com o que vou me deparar lá no alto, mas não estou querendo visualizar a cena.

Na porta do barraco, um adolescente moreno e franzino, portando uma submetralhadora, sorri e beija uma menina mais velha que ele. O cheiro que vem dali é assustador. Um aroma de morte pelo ar. Por uma fresta da frágil construção, confirmo minhas expectativas. Alice nem se dá ao trabalho de checar se alguém está olhando para a mercadoria. Fico pensando na confusão que poderia acontecer se alguém notasse o pó branco desaparecendo.

Quando a menina que está na porta entra junto com outras duas amigas que acabam de chegar, o dono do negócio e seus empregados relaxam completamente numa automática sessão de sexo oral. Tranqüila, Alice termina de cheirar sua carreira e pega mais uma meia dúzia de papelotes.

Lá vem ela. Reclino-me para trás. Porém, meus esforços de nada valem.

— Boa diversão — ela diz, displicente, sem se virar para mim, jogando-me um dos papelotes.

Fico ali com cara de idiota ao vê-la descer as ruelas e a ladeira. Vago pelos becos até chegar perto de um barracão onde se bebe com calma e onde antigos clássicos populares são reverenciados. Fico olhando lá para baixo até a cidade escurecer e ir se iluminando aos poucos. Por que caminhos andará Alice?, fico imaginando e cantarolo com os humildes clientes algumas melodias tristes, escritas no começo do século passado que me consolam a alma.

Em casa, tenho tentado me adaptar a uma nova velha rotina. Olho a chave do terceiro quarto. Todos aqueles números há muito deixaram de me dizer alguma coisa. Queria mesmo era poder recriá-la. Pelo menos em teoria, em matemática pura.

Tudo em vão. Números não são capazes de representá-la. Teria de ter outros talentos que me escapam.

Só depois de alguns dias reparo que havia um recado armazenado na secretária eletrônica. O número no visor do aparelho não está mais piscando. A mensagem já foi escutada. Como havia imaginado, ela esteve por aqui aproveitando-se de algum momento em que estive ausente. Provavelmente, não quer que eu a veja fora de órbita.

"Como vai, meu velho? Está chegando a grande noite. A festa vai ser daqui a dez dias, no mesmo lugar: Hotel Deauville. Eles garantiram que não vai faltar luz de novo, ha ha ha... Vê se aparece dessa vez!"

Relembro a primeira tentativa. Parece tão distante. Uma outra vida, em outra dimensão.

Volto a gravação mais uma vez. Meu velho amigo parece ter ligado de longe. Sua voz está um tanto fraca. Farei de tudo para estar lá. Só não sei se vou poder aparecer; sorrio.

Pelo menos, não fez nenhum daqueles inoportunos comentários ao telefone. Se bem me recordo, na última oportunidade em que nos falamos, insistiu sobre algo ligado a alguém de meu relacionamento íntimo. Uma mulher, me pareceu. A julgar pelos estúpidos e fantasiosos comentários da festa, a *minha* mulher, suponho. Uma religiosa ortodoxa, ainda por cima. Entendi que ela estaria se recuperando de um grave problema de saúde, um coma ou coisa parecida. O que mais inventarão na próxima? Francamente... Espero que tenham desistido desse tipo de brincadeira de mau gosto.

Menos mal que, ao menos por hora, tenham interrompido a coisa. O que Alice teria pensado ao escutar uma mensagem assim?

De todo modo, deve ter ficado intrigada com esse reencontro de velhos amigos. Fico imaginando coisas. Fantasio que dessa vez poderia ir acompanhado. Seria tão mais divertido. Nós dois ali entre todos eles. Quem sabe nos aceitassem. Quem sabe compreendessem, de alguma maneira, que éramos como eles.

Sonho acordado por horas. Como seria bom. Por que ficar me martirizando por ela? Já faz quase duas semanas que me despachou lá no alto do morro. Nem sequer se deu ao trabalho de ficar com raiva. Tem desprezo por mim. Melhor deixar para lá. Pelo menos tenho a minha imaginação. Sim, iríamos juntos e então tudo estaria bem novamente. O sorriso banal não se desfaz do meu rosto, até que ouço umas pancadas fortes na porta.

Alice.

Deitada em minha cama, já não parece aquela mulher que chegou com os olhos esbugalhados, o nariz sangrando. Aquela que chegou falando sem parar, misturando uma porção de coisas, me chamando de algo ininteligível, se debatendo, rangendo os dentes, me xingando, zanzando feito uma barata tonta pelo apartamento.

Aquela que chegou numa overdose, quase morrendo.

Aquela por quem me apaixonei para sempre enquanto enxugava seu rosto numa tarde nublada.

Sei que não tarda muito vai acordar e iniciar seu périplo autodestrutivo novamente. Vai e vem, como se estivesse num compasso com o próprio fim. Uma espécie de corredor da morte, esperando o instante derradeiro chegar.

Nestas ocasiões, fico velando seu corpo. Da última vez tive de carregá-la nas costas. Como estava há muitos dias sem aparecer por aqui, decidi fazer vigília no morro. Fiquei esperando que surgisse perto do barracão. Nem sinal dela. Comecei a pensar no pior. Fui encontrá-la perto da vala onde são jogados os corpos dos que são eliminados. Estava desmaiada. O fedor era imenso. As moscas, indiferentes, sobrevoavam sua pele, seus cabelos. Lembro-me do pavor que tive ao vê-la ali. Pensei que tivesse morrido, alvejada por acidente num tiroteio entre traficantes e a polícia. Agora está convalescendo aqui em casa. Não sei. Talvez tenha sido tarde demais.

De dez em dez minutos checo sua respiração para ver se está viva. Sim, não há dúvida. Mas, por quanto tempo? Por quantas semanas irá durar?

Finalmente, ela desperta. Há um chá lhe esperando. Ela o sorve com ardor. Como se fosse uma poção curadora. Seu rosto parece ter um ânimo renovado.

Ela se levanta ao me ver entrar.

— Sente-se, por favor. Tome o seu chá. Eu vou trazer uma aspirina, você vai se sentir melhor — digo, já dirigindo-me à cozinha.

Ela sorve o chá de olhos fechados e eu fico admirando-a, o que me impede de ir buscar a aspirina. Ela registra minha súbita paralisia e fala qualquer coisa para quebrar o gelo.

— Ah, desculpe... Quase ia me esquecendo. É que eu... Eu escutei um recado na sua secretária eletrônica há uns dias e... Era sobre uma festa, uma celebração de cinqüenta anos da...

— Ah, sim. Da minha velha escola. Eu escutei sim.

— Eu fiquei com medo que pudesse ser algum recado importante para você e acabei ouvindo. Desculpe...

— Sem problemas — digo animado, tentando aproveitar o bom momento. — Essas festas são sempre divertidas. É muito bom conferir como envelheceram os amigos de colégio. Principalmente quando ninguém pode te ver e dizer que você engordou e perdeu um bocado de cabelo...

Ela acompanha meu sorriso sem jeito.

— Então seus amigos ainda pensam que nada mudou.

— Tudo continua na mesma — respondo rápido, tentando compreender seu súbito interesse. — Eu quase não os via mesmo. De qualquer jeito, ultimamente eles não... eles têm tido um tipo de... deixa para lá.

— Sua família?

— Meus pais não vivem mais aqui.

— Irmãos?

— Irmãos? Não, não tenho irmãos.

Mais alguns segundos de silêncio.

— Ah! Sua aspirina.

Vou até a cozinha. Estou mais tenso do que havia imaginado. Ela tem algo que não me deixa desviar o olhar. A caixa deve estar por aqui na gaveta de baixo. Deixe-me ver... Aqui está. Vamos ver a validade. Só vence daqui a três anos. Ótimo, penso. E, no instante seguinte, me vem um mal-estar. O remédio, com certeza, vai sobreviver até lá. Eu e ela? Até quando? Desapareceremos de uma vez por todas?

Volto à sala. Ela se vira na minha direção. Seu perfil é ainda mais bonito.

— Encontrei a...

— Não consigo entender — ela me corta, com a fisionomia séria. — Por que você tem feito tudo isso por mim?

Olho-a nos olhos. Chegou a hora. Tento manter a calma. Espero conseguir dizer tudo que ensaiei nas últimas semanas.

— Basicamente, por dois motivos. — Tenho noção de que minha voz sai um tanto irregular. — Em primeiro lugar para me desculpar por tudo de ruim que eu te causei desde que... nos conhecemos.

— Eu também não tenho sido fácil para você.

Apenas sorrio.

— Aqui está sua aspirina — estendo a mão aberta. Ela pega a pílula. Um leve e mínimo toque é inevitável. Não consigo disfarçar o desconcerto que isto me provoca.

— Em segundo lugar?

— Em segundo lugar... Bem... é que eu acredito que talvez você não queira morrer.

— Ou talvez não queira viver — ela completa de bate-pronto, desafiadora.

— São duas coisas bem diferentes — replico confiante.

— É uma questão de ponto de vista — ela contrapõe, melancólica, e acrescenta depois de um momento: — Em todo caso, eu gostaria de te agradecer. O que posso fazer para você?

O que será que ela quer dizer com isso? Ela não é do tipo que diz algo apenas por dizer.

— Você fez o mesmo por mim. Estamos quites.

— Eu insisto: existe alguma coisa em que eu possa te ajudar?

Há um passarinho cantando lá fora. Engraçado como só escutamos estes pequenos ruídos quando o silêncio toma conta do ambiente.

— Conte-me sua história.

— Como é que é? — ela me pergunta surpresa.

— Apenas conte-me sua história e pode ir embora depois, se quiser.

Dá para identificar a nítida transformação em seu rosto.

— Não, não me peça isso. — E depois de uma pausa: — É muito doloroso para mim.

— Foi você quem ofereceu.

— Por quê? Que diferença vai fazer?

— É a única maneira de saber o que é que nos liga. O que é que nos faz... — penso em alguma palavra que possa definir-nos — ... diferentes de todos.

— O que é que nos liga? — ela sorri, irônica. — Nada nos liga. Nenhum ser humano pode ser ligado a outro, entende? Nós, pessoas, fomos feitas para nos machucar uns aos outros.

— Talvez você tenha razão.

— É claro que eu tenho razão. Senão, você não iria me pedir uma coisa dessas.

— Tudo bem, eu respeito o seu silêncio.

— Eu não disse não — ela diz pausadamente. — Apenas ainda não falei minhas condições.

— Condições?

— Preciso ter certeza se posso mesmo confiar em você.

— E como é que vou te provar isso?

— Você começa.

— Não entendi.

— Sua história primeiro.

— Minha história? — digo rindo.

— Ótimo. Se for uma história engraçada, melhor ainda.

— Não é isso. Muito pelo contrário. É uma história completamente sem graça. Tenho vivido sempre muito só aqui com minhas coisas e...

— Você não mente muito bem.

— Mas... é a pura verdade.

— Tem alguma coisa aí dentro bastante mal resolvida.

— Você é vidente ou coisa do tipo?

— Eu sei quando as coisas vão mal por dentro. Tenho know-how no assunto. Acredite.

— Mmm... Assim não vale. Sua propaganda é muito boa. Só está me dando mais vontade de escutar a sua história.

— É pegar ou largar. Você começa.

Sento-me. Fico pensativo. A brincadeira está indo longe demais. Remexer naquilo tudo não me agrada. Na verdade, é simplesmente insuportável.

— Ora, por que tanto medo? Eu não vou ter como checar suas informações. Tudo o que você precisa é ser criativo.

— É uma pena. Nunca fui bom em inventar histórias.

Alice sorri, dizendo com o corpo que "não é minha culpa". O que será que ela quer? Tento ler. Mas seus olhos tudo escondem. Esse é o perigo maior. Sem nada revelar, olhos assim transformam-se num lugar perigoso onde um homem pode projetar tudo o que quiser. Especialmente, todos os seus desejos. Um abismo sem fim, onde pode se perder para sempre. Arriscado demais.

— O que eu disse? Fomos feitos para machucar uns aos outros. — Ela me encara. — Exatamente como eu havia imaginado... Boa sorte, homem invisível — ela diz, se levantando.

Vejo-a caminhando até a porta.

— Espere!

Alice se vira. Por ela faria qualquer coisa. Qualquer coisa.

— Vou te contar a história de um menino.

— Um menino? — E depois de uma pausa: — Pode ser interessante.

Precisava de ar fresco para lhe revelar o que sabia sobre o garoto. Já era noite. Fomos a um parque que ficava deserto àquela hora, exceto por um disputado jogo de futebol bem ao longe. Um lugar onde poderíamos ficar à vontade.

Estávamos ao lado do balanço e dos escorregas, agora silenciosos, o que fez Alice comentar que havia escolhido com propriedade o cenário para minha narrativa. Debaixo das árvores e em meio a uma brisa quente, comecei a contar-lhe sobre um menino que, desde muito pequeno, era obcecado em responder a mesma pergunta todos os dias: será que temos liberdade em nossas ações? Ou será que tudo já está escrito?

Para ele, só existiam essas duas maneiras de enxergar o mundo. Ou a vida de uma pessoa era feita de milhões de pequenas escolhas no dia-a-dia, ou, então, cada um destes milhões de eventos aconteciam só para fazer a gente andar por um caminho marcado. Assim como ele tinha visto o homem da televisão colocar uma porção de peças de dominó enfileiradas em cima de uma mesa de sinuca. Quando o sujeito dava a tacada na bola branca, as pecinhas iam caindo certinho, uma derrubando a outra, empurrando a vermelha, a amarela, a verde, e assim por diante. Até a bola preta entrar na caçapa.

Em outras palavras, como ele aprenderia mais tarde a definir melhor, de um lado estava a visão de um mundo imprevisível, regido pela vontade do ser humano, pelo livre-arbítrio. Do outro, a engrenagem perfeita. A humanidade seguindo obedientemente ao roteiro escrito por uma espécie de Grande Autor. Uma história na qual nós, atores/personagens, não conhecemos nossas falas.

O menino gostava de aplicar essa teoria a cada um dos eventos da sua vida e dos que estavam a seu redor. "E se hoje me der vontade e eu for para a escola por um caminho diferente? É só porque eu quis? Ou foi porque eu tinha que ser atropelado naquela esquina e estar mortinho daqui a cinco minutos? Ou foi porque eu tinha que esbarrar sem querer na menina com quem vou me casar? Será que tudo isso já está escrito em algum lugar?

A pergunta o perseguia cotidianamente e obsessivamente, nos acontecimentos mais banais.

E havia, de fato, as incríveis coincidências que só reforçavam a "doença". Afinal, coincidências são pontos fora da curva do previsível dia-a-dia. São justamente os momentos não esperados. Que não entram em nossos cálculos do possível. Por isso mesmo, dignos de nota. Dignos de serem lembrados e registrados no caderninho de capa marrom do menino.

Como a história de seu tio Elias. Uma vez, quando ainda era menino, lá na cidadezinha onde morava, Elias viu o melhor amigo se afogando no rio. Vários colegas acompanhavam o terrível drama do garoto se debatendo, sem nada fazer. Tinham medo de serem levados pela correnteza. Faltava a coragem de arriscar a própria vida. Sem pensar muito, numa decisão que mais tarde concluiu como sendo no mínimo imprudente, o tio se jogou no rio e depois de engolir muita água, salvou o amigo. Ele já nem lembrava direito desse caso, quando um dia sonhou com tudo aquilo de novo e contou para nós, nas férias de fim de ano. Perguntou-se onde estaria o amigo naquele instante. Já não tinha notícias desde a época da escola, há mais de trinta anos. Imaginou que, de alguma maneira, o antigo companheiro queria se comunicar com ele. Depois de relembrar o marcante episódio de sua juventude, o tio foi para o mar. A maré não estava das mais tranqüilas. Sendo um homem teimoso e, já então um quarentão fora de forma e barrigudo, Elias não conseguia voltar. De repente, deu-se conta de que estava em sérios apuros. Um salva-vidas surgiu e, com grande dificuldade, conseguiu tirá-lo da arrebentação. Agradecido, o tio o convidou para um churrasco em casa. Elogiado por nadar tão bem, o rapaz contou que seu falecido pai sempre fizera muita questão de que o filho fosse um exímio nadador, já que quase morrera afogado na infância. Com orgulho, o salva-vidas mostrou a foto do pai. E o tio reviu o velho camarada de ginásio. Olhando o retrato amarelado, devidamente colado no caderninho marrom, o menino pensava: por causa da atitude que o tio havia tomado há mais de três décadas, aquele rapaz pôde nascer. E lhe salvar no exato momento em que quase perdeu a vida.

Houve também o caso do Tomás, um simpático motorista de táxi que trabalhava no ponto perto da casa do menino. Justamente em seu domingo de folga, um colega adoeceu e ele teve que substituir o amigo. Foi nesse dia que Tomás conheceu sua esposa. Uma bela mulher lhe fez sinal. Aquela não seria uma corrida comum. Numa tremenda confusão de línguas, já que o motorista sabia nada mais que "sim", "não" e "obrigado" em dois ou três idiomas, a turista estrangeira tentava lhe dizer que tinha cinco horas em solo, já que seu navio partiria de volta no começo da noite. Perguntou-lhe se aceitaria fazer um pequeno tour. A passageira jamais regressaria à sua terra natal.

O menino se perguntava. "Por que o motorista passou justamente naquela hora? Por que a turista foi encontrar seu marido num país do outro lado do oceano, milhares de quilômetros distantes de sua cidade?" Porém, entre tantos exemplos que vinha colecionando no caderno de capa marrom ao longo dos anos, um lhe marcou especialmente. O seu próprio.

O menino sempre foi considerado uma espécie de garoto de ouro. Popular, bom nos esportes e inteligente. A família exultava com o primeiro filho, o primeiro neto.

Quando fez oito anos, seus pais anunciaram uma nova gravidez. Ele achou esquisito. Pensou que se tratasse de uma brincadeira. Os parentes morriam de rir quando o menino, muito sério, colocava em dúvida a veracidade da barriga da mãe.

Nove meses depois, para seu espanto, o irmão mais novo veio para casa. O temor dos pais foi desfeito imediatamente. Foi amor à primeira vista. O menino vivia no quarto do bebê. O tempo inteiro queria ficar tomando conta daquele minúsculo e irresistível ser. Adorava levá-lo para passear pela orla da praia. Só os dois. Todo mundo se espantava de ver como o garoto empurrava o carrinho que mal alcançava com seus braços. Empenhava-se em ensiná-lo as primeiras palavras. Aprendia tão rápido. Mostrou-lhe como se batia na bola do jeito certo. Como se construía uma reputação no colégio. Como se conquistava uma menina com um beijo roubado.

Até que em um determinado momento, seus pais vieram ter uma conversa com ele. Seu irmãozinho teria que estudar numa escola especial. Ele ficou preocupado. Afinal, o garoto parecia tão esperto. "Por isso mesmo", seus pais trataram de lhe acalmar. O pequeno era superdotado. O menino não compreendeu bem. Achou que o caçula tinha alguma espécie de superpoderes. E foi mais ou menos assim que acabou entendendo. Ficou todo orgulhoso. Contrariando seus pais, saiu a espalhar a notícia pelo colégio.

Vibrava com os recitais de piano do caçula. Exibia a todos as medalhas de ouro nas olimpíadas de matemática. E, ainda por cima, o garoto era extremamente simpático e bem humorado. Todos gostavam muito do "geniozinho".

E talvez tenha sido por aí que seu gosto de calcular o destino tenha evoluído de uma ingênua e excêntrica mania para uma obsessão compulsiva. Foi numa tarde qualquer. Perguntou ao pai por que também não havia nascido como o irmão. O pai, sempre muito concentrado nos estudos, não entendeu bem a pergunta. Explicou-se melhor: por que os dois não poderiam ser igualmente brilhantes? Sem muita paciência, o pai disse que era assim mesmo, cada um nascia de um jeito. Que certas coisas a natureza não explica. Ao final, era tudo uma questão de "probabilidade", concluiu secamente. A palavra ficou bem guardada em sua cabeça. Tentou argumentar com a mãe, mas ela estava muito ocupada. Tinha que arrumar a mala do caçula para a próxima viagem.

Depois daquele momento, percebeu que tudo foi se invertendo. Não havia mais o que mostrar ao irmão. Ao contrário. Era ele quem indicava os rumos, o jeito certo de fazer as coisas. Afinal, aos seis anos já o havia ultrapassado no grau escolar. Aos treze, já conseguia estudar pelos livros de doutorado que o pai trazia da universidade. O que lhe restava, "se tivesse bom senso", como alertava sua mãe, era segui-lo.

Se o pequeno gostava de jogar tênis, esse era o esporte a ser jogado, diziam os pais. Se dedicava-se à computação gráfica, esse era o caminho a percorrer. Se ganhava dinheiro aplicando em papéis de empresas do setor energético, por que não fazer o mesmo?

O menino, agora já um rapaz amargurado, ia engolindo aquilo tudo. Qualquer coisa que fizesse, era ridiculamente pequena perto dos feitos do irmão. Ia se fechando cada vez mais em seu mundo. Era mais seguro lá dentro. Foi se afastando dos amigos da escola, depois dos colegas da faculdade, do trabalho. Principalmente, fazia questão de manter-se o mais longe possível dos pais. Subitamente, certificou-se de que o sentimento já havia se transformado em repulsa.

Do pai, o nauseante cheiro de perfume, os cabelos gomalinados, a retórica grandiloqüente, o narcisismo estratosférico, a vaidade em cada peça de roupa, em cada pose, em cada mínimo gesto.

Da mãe, a frieza no trato, o olhar longínquo, a simpatia reservada só para quem realmente importa, a precisão do dar-e-receber, o apego ao filho brilhante, ao marido vencedor, um dos dois o futuro ministro de Ciência e Tecnologia, ao seu destino charmoso, a tudo que não lembrasse a infância "medíocre".

Porém, o casal não parecia enxergar qualquer mudança no comportamento do rapaz.

Ele tinha seus momentos de rebeldia, mas não ousava atacar aquele a quem tratara na infância como o "meu pequeno". Não, jamais faria isso com o irmão. Preferia se refugiar no álcool, numa antiga paixão mal resolvida e, principalmente, em sua fixação em entender por que as coisas acontecem de uma maneira e não de outra? Por que coincidências existem? Por que os destinos já estariam escritos? Por que pessoas nascem tão diferentes umas das outras? O velho caderninho de capa marrom tinha dado lugar a uma pilha de pastas com exemplos recolhidos de livros e recortes de jornais que iam se acumulando pelo quarto. Questões que jamais foram respondidas pelo homem. Afinal, como explicar por que o impecável ator de teatro Maurice Joubert erra pela primeira vez na carreira sua fala e, ao refazê-la, obriga o elenco a estar em cena no exato momento em que um enorme candelabro se desprende do teto e esmaga a cabeça de duas colegas? Por que duas jovens da mesma idade, Mary Ashford e Barbara Forrest, foram estranguladas no mesmo dia do ano, no mesmo lugar, num terreno baldio no norte de Birmingham, com 157 anos de diferença? Por que os irmãos José e Daniel Herrera perdem a direção por causa de um animal que surge repentino na pista, se chocam de frente e ambos morrem numa singela estrada rural, quando viajavam para se encontrar?

Nessa época, ele tem um sonho recorrente. Vê seu próprio enterro, aos trinta e poucos anos. O pai despeja a primeira pá. O som da terra batendo no caixão, o sol intenso, não se ouve nenhum outro ruído. Não há muita emoção no lugar. Como se todos ali já soubessem que este momento estava mesmo para chegar. Num canto, observando o cenário, o rapaz conclui que foi melhor assim. Seu irmão abraça os pais, e não se poderia dizer que estão felizes, mas conformados. A vida prosseguirá. E, de fato, alguma falta sentirão, mas... é estranho, ele já parecia ter nos deixado.

Passam-se alguns anos e agora os dois irmãos são sócios numa promissora empresa de software, especializada em desenvolver simuladores e ferramentas para construção de realidade virtual. Os clientes ainda são poucos. Mas o interesse do mercado, impressionado por um patente toque de genialidade já nos primeiros trabalhos, começa a chegar de todas as partes: empresas militares, aeroespaciais, produtoras de cinema e videogames, grandes escritórios de arquitetura, laboratórios, refinarias, petrolíferas, entre tantos outros. O futuro parece ser nada menos que brilhante. Sempre viajam juntos a negócios. O relacionamento mudou. Mais seco. Falam pouco, quase nada, sobre vida pessoal. É preciso acompanhar o ritmo intenso do caçula. Um dia precisam se dividir, pois há encontros marcados com clientes em duas cidades diferentes na mesma data. Uma delas fica a cinco horas de distância de avião. A outra, a apenas quarenta minutos. Naturalmente, a preferência seria do caçula, o verdadeiro empreendedor da dupla. Porém, não lhe agrada a idéia de mandar no irmão mais velho. Um sorteio se impõe. Como se sabe, o sorteio é o que o homem faz quando precisa deixar o destino escolher por ele. Par. Ímpar. O mais novo dos dois vence e comemora a viagem mais curta.

Porém, no carro, de volta para casa, o caçula se arrepende. Mentalmente, faz um cálculo do programa de milhagens da companhia aérea e verifica que seria vantajoso ir mais longe. A distância é justamente o que lhe falta para fazer uma viagem no final do ano com a família. Seria capaz até mesmo de dormir uma noite fora, mas assim conseguiria juntar milhas suficientes para as férias de verão com a mulher e os dois filhos. É feita, então, a proposta. O irmão mais velho intui algo de errado na troca e não aceita a oferta. Sabe que há algo de impalpável, intangível nesse tipo de desafio ao destino. Em suas pastas empilhadas pelo quarto, há inúmeros casos que não terminaram bem quando alguém muda de vôo. Tem a convicção de que não se deve alterar certas rotas de vida, já devidamente apontadas pela sorte. Há uma pequena discussão, mas ele continua irredutível. O caçula se retrai. Acha que talvez o mais velho tenha entendido mal e que provavelmente estará imaginando que o caçula agora quer mandar nas coisas da companhia.

Durante a noite, aqueles malditos sonhos que vêm perseguindo o rapaz já há tanto tempo reaparecem com toda a força. Há uma gigantesca bola de fogo no céu. Um pai enterrando um filho. Dessa vez, seu semblante não está tão sereno no cemitério. Pelo contrário. Sua boca treme. Por que tanta injustiça? Por que não teria direito a uma compensação por tudo que lhe tomaram? Por que não voltar a ser quem deveria ter sido?

Então, na manhã seguinte, vinte e seis de outubro, os dois sócios, e também irmãos, e também inseparáveis desde sempre, vão para o aeroporto juntos e, no último momento, o primogênito, sem saber ainda bem por quê, titubeia. Faz uma pergunta que depois irá se recordar bastante. Indaga se contou à esposa sobre a idéia da troca. O irmão menor diz que não. O mais velho, então, cede e volta atrás. "Façamos a troca." Eles se olham nos olhos. Estava lá o aviso, no pequeno silêncio que se fez por uma fração de segundo. O caçula agora é quem fica na dúvida. "Tem certeza? Tudo bem, eu respeito suas esquisitices." O primogênito o tranqüiliza.

Não é justo atrapalhá-lo por causa de suas bobagens. E, então, relembra-se do dia do nascimento do caçula. Do dia em que o salvou de uma surra no ginásio. De vê-lo subindo ao altar com sua bela esposa. E de como, por muitos anos e até aquele dia, podia-se dizer, ainda o via como uma espécie de filho.

Já tendo feito o check-in, eles simplesmente trocam seus cartões de embarque.

O que acontece é que a viagem mais longa não chega ao fim. O avião cai antes de chegar a seu destino, matando todos a bordo, numa tarde límpida do dia vinte e seis de outubro. A confirmação da notícia ele a tem assim que termina a reunião de negócios, num monitor de TV sem som.

Jamais irá esquecer a reação da família ao chegar em casa. Havia se esquecido de que ninguém, a não ser os dois irmãos, sabiam da troca de identidades. Para todos os efeitos, era ele quem deveria estar morto. E não o caçula. O querido por todos. O choque foi brutal. A princípio, sorriram ao vê-lo. Demoraram a compreender o mal-entendido. Tinham certeza de ter escutado seu nome na lista de passageiros a bordo... Então, não havia embarcado, era isso? Ele não precisou chegar ao final da explicação para que todos entendessem o que havia, de fato, ocorrido. Pôde sentir na pele os olhares de ódio de seu pai e de sua mãe. Estava subentendido. Ou melhor, estava muito claro para eles. O primogênito havia trapaceado.

Durante a cerimônia fúnebre, ouviu muito bem sua mãe murmurar que "não era meu querido filho que deveria ter partido" e percebeu que seu pai concordava com ela, quando reparou que suas mãos discretamente se afastaram das dele. Para a culpa gigantesca, só encontrou um antídoto seguro: novamente o álcool, em suas mais diversas fórmulas, cores e paladares. A bebida tornou-se sua companheira de todas as horas. Durante um ano, tudo parecia tremido à sua frente. Som e imagem fora de sincronia. O único caminho encontrado foi a internação.

* * *

Na distante clínica, nas bordas da selva, os fantasmas vão entrando em foco e pode ouvi-los sussurrando em seu ouvido. Um crime premeditado? Ou simplesmente o destino já havia previsto que o irmão mais novo deveria morrer no lugar do mais velho?

Nos próximos meses, ele ficará revivendo diversos cenários. O que teria acontecido se...? Tudo poderia ter sido diferente. A troca dos cartões de embarque não é feita. Eles se despedem com um aceno. Será a última vez que o verá. Agora seu vôo está perto do fim. O avião inicia a descida, quando algo começa a dar errado. O coração bate acelerado. Sabe muito bem o que vai acontecer. Até que chega o momento da grande explosão.

Sim, tudo poderia ter sido diferente. A troca dos cartões de embarque, mais uma vez, não é feita. Eles se despedem com um aceno. Será a ultima vez que o verá. Agora seu vôo está perto do fim. Só que, inexplicavelmente, nada de errado acontece. As rodas da aeronave tocam o solo suavemente. Ele caminha na pista do aeroporto com cuidado. Sem entender por que está tendo o direito de continuar existindo. Uma chamada telefônica. Um choro do outro lado da linha. Seu irmão passou mal, teve um infarto em pleno vôo, infelizmente não resistiu. Lamentamos informar, ao atravessar a rua onde haveria a reunião marcada, seu irmão foi atropelado por um táxi e faleceu no local. O banco, onde acabara de fazer um depósito, estava sendo assaltado, uma bala perdida, e não houve o que fazer, morreu a caminho do hospital. O avião onde seu irmão viajava se chocou com um jato em pleno ar, não houve sobreviventes.

Por qual destes cenários sua consciência, por fim, se decidirá?

Haverá alguma chance de escapar com sanidade desta tortura?

Culpado ou inocente?

Pois um belo dia, o rapaz, agora já um homem deprimido e torturado pela culpa, resolve tentar encontrar uma resposta. Não apenas para satisfazer sua consciência, ele sabe muito bem. Mas também pelo pavor da vingança. Agora, seus pesadelos recorrentes insistem em lhe avisar que uma justiça maior, implacável, virá lhe cobrar na mesma moeda.

Não havia dúvida, dizia para si próprio. Havia sido premeditado. Por que fez questão de perguntar se o irmão havia contado à esposa sobre a proposta da troca? Corroía-lhe o silêncio pelos sórdidos segredos não revelados.

Mas... Talvez houvesse uma maneira de provar sua inocência. Foi, então, que começou a esboçar seu utópico e ambicioso Projeto. Novamente, a velha e insistente questão. Será que temos liberdade em nossas ações? Será que temos livre-arbítrio? Ou será que nada acontece por acaso e tudo está escrito?

Não tenho mais condições de continuar. A grama está úmida. A brisa morna já esfriou. O vento faz os balanços se mexerem. Lá no fundo, as vozes distantes dos homens deixando o campo de terra batida. Alice me observa.

— Lamento. Só sei a história até aqui.

— Engraçado. Tive a impressão de que o menino jamais iria desistir enquanto não encontrasse a resposta.

— Mas ele não desistiu...

— Pensei ter ouvido que você não sabia como continuava a história.

Um gigantesco relâmpago faz com que nos encaremos e ela vislumbra minha fragilidade exposta.

— Ok, eu avisei antes que o jogo seria perigoso. Você fica me devendo essa, rapaz. Um dia vou cobrar com juros — ela me adverte, com um sorriso no canto dos lábios. — De qualquer jeito, fique tranquilo. Sua dívida comigo, por ora, está paga.

Os primeiros pingos começam a cair. Fico sentindo as gotas tocarem minha pele. A grama vai ficando toda molhada. Enfim, vem o som do trovão ensurdecedor. E o volume de água vai sendo despejado num ritmo avassalador. É uma tempestade tropical.

— Acho que é hora de nos mandarmos — ela grita, rindo sobre o som da chuva.

— Eu vou ficar por aqui. — Também preciso aumentar o tom de voz, para ser ouvido em meio à tormenta. — Preciso esfriar um pouco a cabeça.

— Você vai é levar um raio na cabeça. Eu sei do que você precisa. Vem comigo.

Passamos com nossos corpos molhados por entre a pequena multidão que se espreme na entrada. O som das batidas eletrônicas é convidativo. Agradável, mas, ao mesmo tempo, traz recordações inconvenientes.

Já na pista, estamos pulando em câmera lenta. As geladas gotas de chuva são misturadas rapidamente ao intenso suor que escorre por entre o rosto, os ombros, as costas.

As luzes pulsam. Pessoas de olhos fechados. Suas expressões de alívio. Assim como a minha. Vou deixando na pista minhas angústias. Vejo Alice sentindo a música invadir seus poros, deixando as batidas eletrônicas adentrarem sua corrente sangüínea. Ela está especialmente atraente. E tem plena consciência disso. A noção exata do efeito que provoca em mim cada movimento de seu corpo. Parece me experimentar. Tento me desligar um pouco, desvio o olhar. Porém, no momento seguinte, não a encontro mais. Continuo a seguir o ritmo do DJ. Não mais com a mesma intensidade. Fico preocupado.

Vou até o banheiro e só na hora em que entro no recinto é que percebo a armadilha. É isso. Ela ainda não confia em mim. Estou repetindo os mesmos movimentos de quando a conheci. Posso estar colocando tudo a perder. Seria melhor simplesmente ir embora. Não caio nessa. Mas não consigo mais parar. Então, já estou examinando os compartimentos. Primeiro. Segundo. Terceiro. Até que a encontro. Terá usado aquela seringa largada no chão? O que terá feito aqui dentro? Ela me encara. Ficamos alguns segundos assim parados. Ela vem em minha direção. Vejo seus dedos deslizarem pela nuca. Seus seios arrendodados. Também aqui há um espelho ao fundo, uma pia. Eu não sei o que fazer. Ou não fazer. É como um replay da mesma cena quando nos conhecemos na The Cave. Ela vai passando por mim. Seu corpo se deslocando vagarosamente a centímeros de minha pele. Chego a tocar seu pulso esquerdo. Minha mão esbarra em sua coxa. Não posso fazer isso. Tenho de me controlar. O coração bate muito rápido. Respiro fundo.

Finalmente, escuto o som da boate entrar e ir embora quando a porta se fecha atrás de Alice. Acho que passo no teste.

Precisamos ter uma conversa. Ela não tem o direito de fazer isso comigo. Merda! Fecho os olhos. Ainda a vejo esbarrando sua perna em meu braço...

Que bobagem. É claro que ela tem o direito. Tem todo o direito do mundo de me testar. No entanto, quando a procuro pelo ambiente que pisca sem parar, já não a encontro mais. Ela se foi.

Ao acordar em casa, a cabeça ainda rodando, vejo a secretária eletrônica piscando. É sua voz. Não há qualquer inflexão, qualquer denotação de algum sentimento que possa ser inferido. Ela marca um encontro para o dia seguinte no terraço de um arranha-céu, onde pretende "pagar a dívida". Imagino que o cenário não tenha sido escolhido aleatoriamente.

Nas 24 horas que nos separam, fico especulando se realmente fiz a coisa certa. Deveria ter confiado? Será que ela vai aparecer? A cena do banheiro insiste em rodar pela minha cabeça, pelo meu quarto, por todo o apartamento.

No quadragésimo sétimo andar, o grande retângulo vazio permite uma visão de 360 graus da cidade, a baía dominando o panorama. Por que que ela quis que fosse aqui? A manhã transforma-se em tarde. Fico sentado num canto protegido pela sombra. As luzes da cidade vão se acendendo vagarosamente e depois bem mais rápido. Como havia imaginado, nada feito. Daqui do belo terraço fico procurando-a lá embaixo, mais uma vez. Onde estará Alice?

Em casa, nenhum recado. Nada. Ela não deixa qualquer rastro. Simplesmente faz o que tem se mostrado sua especialidade: desaparecer. Ando pela calçada da praia vazia devido ao tempo nublado. Relembro o tempo que a procurei até reencontrá-la novamente na The Cave. Preciso ser mais otimista. No entanto, o céu acinzentado não ajuda. Até mesmo os tons róseos que tentam atenuar o fim de tarde estão mais pálidos. Tudo ao redor me parece dizer que Alice fará parte do passado. Uma incongruência, uma vez que o futuro não existirá sem ela. Estou certo disso. Só me resta este longo, imenso e vazio presente.

Quatro dias se passam desde o nosso último encontro até que, ao chegar em casa depois de uma caminhada pelas ruas do centro da cidade, acendo o abajur e vejo que não estou só. Alice está sentada no poltrona junto à janela.

— Desculpe. Eu tive um pequeno contratempo... — ela suspira. — Na verdade, precisei tomar fôlego. Eu tinha que estar totalmente limpa para começar a pagar minha dívida com você. Mas, trato é trato. Então? Estou aqui. O que você quer saber?

É difícil não se apaixonar vendo-a iluminada pela luz suave que aquieta a sala.

— É... Pelo visto, você perdeu o interesse.

— Eu quero saber tudo. Absolutamente tudo — digo de sopetão, atropelando sua fala.

Alice sorriu diante da minha reação. Respirou fundo e se concentrou. Sabia que ao fazer seu relato passaria por momentos difíceis. Momentos que não gostaria de lembrar nunca mais. Porém, acho que conquistei sua confiança. Naquele exato instante, eu e ela sabíamos que tudo mudaria entre nós.

Alice não seguiu uma ordem cronológica. Fomos indo e voltando no tempo, até o momento em que tudo começou.

Naquela madrugada em que fui atacado, ela recebeu um telefonema de Liza às três e dez. Na ligação, sua amante dizia ter certeza de que havia me encontrado e que eu estava na Nouvelles Merchandises. Exigia que Alice estivesse lá em quinze minutos.

Era o final de uma busca praticamente impossível. Durante dois meses, Liza tentou flagrar um homem invisível.

Poderia ser apenas uma falsa impressão. Mas, certa noite, Liza percebeu que Alice chegou em casa diferente. Notou qualquer coisa de anormal no comportamento da companheira e perguntou o que havia acontecido. Ela desconversou e foi dormir. Como estava cansada do plantão, Liza deixou para tentar descobrir no dia seguinte.

Pela manhã, já havia até esquecido do fato, mas Alice não queria conversa e ela suspeitou de que algo realmente importante havia ocorrido na noite passada.

Tentou se impor, mas isso só a assustou ainda mais. Com calma, no final da tarde se aproximou carinhosamente e, aos poucos, Alice foi revelando o que aconteceu no banheiro da The Cave. Teve relações com alguém. Liza não gostou, mas tudo bem, não era a primeira vez, nem seria a última. Admirou-se que tivesse sido com um homem. Afinal, ela havia se queixado de que tinha perdido qualquer interesse no sexo masculino. Alice explicou que não era bem assim. Não foi voluntário. Foi feito com violência.

Liza saiu do sério. Queria saber quem era. Iria pegar o filho-da-puta. Iria dar uma lição. Não, iria matá-lo. Perguntou o nome dele, se o conhecia da noite. Alice estava chorando, e Liza cada vez mais irritada. Ela insistiu: "Isso não vai passar em branco, quem é o cara?" Foi quando ela disse "alguém igual a mim", que Liza desabou.

Como assim "alguém igual a mim"? Não podia haver outra pessoa como ela. Alice disse que também nunca pensara nessa possibilidade, mas o fato é que diante do espelho, enquanto transavam, eles não existiam. "Transavam? Foi estupro ou não foi?" Alice chorou, se defendeu. Disse que não deveria ter falado nada. Liza se desculpou, não queria magoá-la ainda mais.

Aquilo tirava o seu chão. Pela primeira vez desde que se conheceram havia uma real possibilidade de perdê-la. Perder o seu "tudo", como a chamava interiormente.

Neste momento, Alice reparou que eu estava ficando confuso e retrocedeu mais a sua história para que eu pudesse entender. "Melhor começar do começo", ela disse, tentando sorrir. Fechou os olhos para se concentrar. Notei a dificuldade que tinha para ir até o início. Era como se estivesse contando a história de uma personagem de um filme ou de algum conhecido distante. Parecia ter passado tanto tempo. Mas ela tomou coragem e foi em frente.

Quando se olhou no espelho da casa de praia da família e teve a sensação de não estar conseguindo se ver com nitidez, como se estivesse longínqua, pensou ter pego sol demais. Aqueles dias totalmente sozinha, perto do mar, estavam sendo tão calmantes, que praticamente dormia na praia. Era isso. Algum tipo de alucinação causada por insolação. Chegou a ligar para o namorado, mas, ao ouvir sua voz, preferiu não comentar nada.

Decidiu voltar para casa naquela tarde mesmo. Achou melhor não retocar o batom diante do espelho retrovisor do carro para não se preocupar demais com o incômodo efeito colateral do excesso de exposição ao sol. Programou algumas de suas músicas favoritas e, no caminho de volta, chegou a uma conclusão lógica. Só podia ser falta de trabalho. Não tirava férias há quase cinco anos. A licença para se recuperar da estafa já estava fazendo mais mal do que bem. Naquela noite mesmo iria passar no hospital para ver como estavam as coisas. Além do mais, seria bom fazer uns exames de rotina. Mas não estava se sentindo muito bem. Tomou um banho gelado. Sentiu-se mais calma. Lembrou-se de que tinha que beber muita água. Pegou a garrafa da geladeira e resolveu se olhar no espelho. Afinal, o bronzeado devia estar bonito.

O problema não havia passado. Pelo contrário, havia se intensificado. Tudo aparecia no espelho, menos seu corpo. E o mais inacreditável é que ela mesmo podia se enxergar a si própria. Isto é, longe do espelho.

Melhor ficar em casa descansando mais essa noite, concluiu. Interfonou ao porteiro e perguntou pelos jornais que pediu para guardar. Ele iria entregar em um instante. Quando a campainha tocou, gritou para que o rapaz deixasse junto à porta. Ela teve uma idéia e correu para observá-lo pelo olho mágico. Era preciso fazê-lo. Tinha de tirar a prova real. Chamou-o de volta. Deixou a porta entreaberta. Ele foi entrando um tanto amedrontado. Perguntou onde ela estava. Alice, totalmente nua, foi recuando e disse "aqui dentro". Sem jeito, o porteiro foi dando uns passos inseguros pela sala. Ela insistiu. "Pode entrar". Até que ficou parado em frente ao espelho. Ela ali, ao fundo. E, no espelho, só a imagem de um homem de uniforme. "Obrigado. Pode deixar o jornal em cima da mesa." Ela falou pausadamente, tentanto se controlar. Ouviu a porta bater, o homem assustado com a voz que vinha não sabia de onde.

Não podia ser verdade. Alice aproximou-se do espelho. O coração disparado. Desequilibrou-se ao chegar perto. Constatou que era difícil olhar-se e não ter uma referência de volta.

Assim como eu, Alice se deixou seduzir pelo espaço misterioso à sua frente. Havia algo de mágico naquele lugar lá dentro do espelho. Era a sua sala e não era. Foi ficando mais e mais perto. Em seguida, a mesma vertigem horizontal no "abismo" à sua frente.

Notei seu rosto se contraindo, sua expressão de dor. Perguntei sobre o que aconteceu depois. Ela relutava em prosseguir. Disse que não queria reviver aquilo. Devastadora foi a palavra com que ela definiu a experiência.

"Por favor, continue."

Em algum momento, era preciso colocar tudo para fora. Ela sabia disso. Assentiu com a cabeça e prosseguiu.

"Era com se eu estivesse numa espécie de transe. Ali dentro do espelho, era tudo tão... tão real. Era como se eu nunca tivesse notado de verdade aquele espaço. Eu estava hipnotizada pelo que via. Fui me aproximando cada vez mais dele. E, de repente, os sintomas começaram."

Alice fez uma pausa. Seus olhos se fecharam.

"Meu estômago se revirou, se retorceu. Comecei a tremer. E a suar também. Senti o rosto ficar vermelho, queimar. Era como se fosse uma febre incontrolável, que jamais parasse de subir. Ao mesmo tempo, eu sentia muito, muito frio. Vomitei. Gritei de dor. Uma dor que vinha daqui, das minhas entranhas. Eu tinha certeza de que ia morrer ali mesmo, naquele exato segundo. Foi aí que eu comecei a lembrar de coisas, de... de uma tarde num passeio de barco e... eram detalhes da minha infância que nunca mais tinham passado pela cabeça. Mas era angustiante também, porque..."

Alice teve dúvidas se seguia em frente. Olhou em meus olhos e decidiu continuar.

"Também vi cenas perturbadoras, que tenho certeza de que nunca tinha visto antes. Como se fossem de outra pessoa. Aquelas imagens todas misturadas pulavam na minha cabeça. Parecia que eu ia explodir aqui dentro..."

Olhos fechados, ela apertou com força os dedos sobre sua cabeça. Uma lágrima escorreu por seu rosto.

"Depois, como se tivesse passado um tempo enorme, eu me vi num lugar que parecia muito familiar. Eu estava numa sala. Aos poucos, fui vendo que ela me lembrava muito a sala do meu apartamento. O piso de madeira clara, a luminária vermelha, o sofá branco... Lembrava demais. Aliás, era idêntica. Só que era meio diferente, não sei se você me entende..."

Ouvi toda a descrição concordando com a cabeça, confirmando cada um dos sintomas. Havíamos experimentado exatamente a mesma sensação.

"Desde então nunca mais pude me olhar no espelho. Acho que desenvolvi uma... fobia. É, isso mesmo. Uma fobia. A cada vez que, mesmo sem querer, colocava meus olhos no espelho, tudo voltava. Era como provar de novo tudo que senti naquela noite."

Ela tenta desviar o olhar. Não adianta. Nós sabemos bem o que houve entre nós diante de um certo espelho.

Mas talvez aquela ainda não fosse a melhor hora de tocar no perigoso tema.

Depois desse momento, Alice passou por situações muito diferentes das que eu vivi. Ela morava sozinha, mas tinha família por perto. Pai, mãe, um irmão. E amigos e namorado.

Passados alguns dias em choque, Alice tentou botar a cabeça no lugar e estipular o que poderia fazer para reaver sua vida de volta.

Já haviam colocado a polícia para procurá-la. A filha, irmã, amiga, neta, namorada, simplesmente havia desaparecido. Talvez tivesse sido seqüestrada. Talvez afogada no mar em frente à casa de praia. Porém, o carro na garagem induzia à suspeita de que alguém a tivesse assaltado ou seqüestrado. O pobre do porteiro acertadamente resolveu ficar mudo quando sentiu o tamanho da confusão. Era certo que seria incriminado caso abrisse a boca para contar uma história tão absurda.

Alice tentou se comunicar com a pessoa com quem tinha maior proximidade: sua mãe. Explicou-se para ela. Tudo o que havia acontecido. A mãe achou que estivesse sonhando ao ouvir aquela voz que movia objetos. Demorou a entender o que estava diante de seus olhos, mas ficou desesperada com a aterrorizante história da filha. Emocionada, contou ao marido.

Ele achou que a esposa estava perdendo qualquer senso de discernimento entre realidade e fantasia. Ficando louca. Alice ainda tentou insistir algumas vezes com a mãe. Porém, ao ouvir uma conversa entre seu pai e seu irmão, resolveu recuar. Os dois acharam que deveriam optar pela internação. O comportamento da esposa e mãe andava muito instável. Dizia ouvir a voz da filha conversar com ela. Alice imaginou a mãe presa num sanatório para o resto da vida.

Aquilo baixou seu moral. Vagou pelas ruas sem saber o que fazer. Revoltada, Alice foi tentar se aproximar do pai. Foi até o escritório de arquitetura dele. Esperou que todos saíssem. Quando entrou em sua sala, o pai conversava com alguém ao telefone. Ria e dizia coisas num tom de voz diferente do que estava acostumada a escutar. Parecia um adolescente apaixonado.

Ela chegou algum tempo depois. Uma garota mais ou menos da idade de Alice. Uma antiga estagiária, reconheceu. Seu pai estava feliz como nunca havia visto. Os dois se beijaram e começaram a tirar suas roupas. Alice ficou mais tempo do que deveria. Saiu descontrolada.

Chorando, chegou à sua casa. Contaria tudo para a mãe. Lá estava ela, assistindo TV sem som. Chamou-a carinhosamente.

A mãe não se moveu. Tentou novamente. Ela fechou os olhos. Tapou os ouvidos. Simplesmente não podia escutar aquela voz. Não queria ser internada. Não era louca. Tinha de respirar fundo e entender que a vida continuava. Poderiam tentar uma nova chance no interior. A cidade andava tão violenta. Tantas mães perdiam seus filhos. Tantos jovens desaparecidos. Era melhor se vestir e voltar à associação de mães contra a violência. Era o único lugar que a acalmava naquele momento. Não conseguiu controlar o choro, quando, bem baixinho, como se ninguém no mundo pudesse escutá-la, pediu desculpas à filha.

Arrasada com a cena que vivenciou, Alice apertou bastante a garganta para não chorar. Decidiu não entrar em pânico. Não enlouquecer. Não queria ver a mãe internada num sanatório. Além do quê, havia uma opção mais sensata. Seu namorado era parecido com ela. Um neurocirurgião bastante racional. Acabaria por compreendê-la.

O apartamento era bem grande e luxuoso para um profissional liberal de trinta e quatro anos. Havia chegado há pouco do trabalho. Saiu do banho e foi ao escritório. Na parede, diplomas de mestrado e doutorado. Fazia questão de ostentá-los tanto em casa, quanto no consultório.

Colocou seus óculos importados e ficou estudando por exatamente uma hora. Não perdeu a concentração em nenhum momento. Quando o alarme do relógio disparou, retirou da geladeira um prato que a cozinheira deixou pronto. Três minutos no microondas. Comeu sozinho. Ligou o som. Gostava da companhia de Mahler. Depois, tirou um cochilo numa caríssima chaise longue. Alice lembrou de quando a compraram juntos na Páscoa, numa viagem ao exterior. Havia sempre o incômodo de onde morariam. Seu apartamento tinha espaço de sobra para os dois, talvez três ou quatro. Por que ele jamais tomara a iniciativa de propor a mudança? Já quase dois anos que evitavam o assunto.

Alice deu uma olhada no quarto dele. Sabia o que devia procurar. Sim, a foto dos dois ainda estava lá no móvel baixo em frente à cama. Mas, sutilmente, tinha havido uma troca de posições. Estava lá no fundo. Junto com as outras da época em que se conheceram na universidade.

Não se deu ao trabalho de acordá-lo. Sua vida era simplesmente perfeita. Com ou sem ela. Tanto fazia. Como uma mobília que poderia ser facilmente trocada em qualquer boa loja de "clássicos contemporâneos".

O que mais a deixou irritada foi perceber que o fato de ter ficado tanto tempo com o neurocirurgião não foi por acaso. Era mais parecida com ele do que gostaria de imaginar. Na verdade, seu companheiro era uma versão melhorada dela mesmo. De tudo o que ela gostaria de ser.

Então era isso. Em suma, sua vida não valia grande coisa. Tanto planejamento, tanto cuidado com os detalhes. Para que tudo aquilo? Azar. Poderia recomeçar de novo. Só que dessa vez seria muito diferente. Já sabendo a regra número um: o quanto o ser humano não presta. Viveria apenas o aqui e agora. Intensamente.

Mas, para isso, precisava de um incentivo. Um psiquiatra amigo do casal fazia estudos científicos com drogas. Foi até sua casa e levou as chaves do laboratório. Infelizmente não havia muita variedade para escolher. Enquanto se abaixou para cheirar a carreira, lembrou-se das férias que antecederam o pré-vestibular, quando tomava uns *acidinhos* com a turma de vez em quando. Era livre. Era imensamente mais feliz naquela época.

O primeiro impulso que teve foi ir a um baile funk. Achou aquilo uma bobagem sem tamanho. Quando se deu conta, já estava lá, no meio da multidão. Achou tão absurdo estar ali, mas fazia muito tempo que não seguia seus instintos.

Já que estou aqui, melhor me aproximar, disse para si. Gostou do som, da vibração. Mas seria muito desagradável passar pelo meio daquela gente toda. No entanto, adorou ser roçada pela multidão suada que lotava a quadra. Ficou ao lado das adolescentes que dançavam numa espécie de concurso para saber quem empinava o traseiro mais alto. Bebeu, abasteceu o nariz mais um pouco. Era tão fácil encontrar pó ali dentro, que riu ao pensar no trabalho que teve em entrar no laboratório daquele babaca igualzinho ao seu namorado.

Na quadra, estava solta. Queria que um dos rapazes a agarrasse e fizesse a mesma coisa com ela: simulasse que estavam transando na coreografia quase pornográfica.

Mas, por mais que se esfregasse, os rapazes ficavam com uma expressão esquisita e se afastavam. Resolveu seguir um casalzinho que se afastava. Ela era bem bonitinha.

Subiu as escadas junto com eles e foi para um cantinho da laje, onde vários outros casais também se esfregavam. Chegou bem pertinho dos seus escolhidos. As línguas a mil. Entrando e saindo de suas bocas. Ele sugou seus seios. Ela abriu a barriguilha e chupou o rapaz numa voracidade que Alice nunca sequer havia imaginado. Logo, encostou-a na parede e levantou a minissaia da menina. Ele a comeu ali em pé. Alice ao lado, já toda molhada. Ficou se imaginando no lugar da menina. Por um momento lembrou-se daquela bosta de namorado: tão bonito e talentoso quanto ruim, péssimo de cama.

Ficou viciada em assistir casais transando. Primeiro, foi à casa de alguns casais amigos ou apenas conhecidos e teve boas surpresas. Foi testemunha de performances maravilhosas de quem menos esperava. Uma de suas melhores amigas sendo comida pelo marido na mesa da cozinha foi digna de entrar numa antologia erótica. Alice estava morrendo de tesão. Todas as noites aquilo. Também gostava de ver pessoas que não conhecia transando. Mas fazia questão de descobrir alguns poucos detalhes da vida deles antes de assistir a sessões explícitas. Ficava mais... emocionante.

Numa dessas vezes, Alice não se contentou em ser uma mera espectadora. Ricardo e Márcia. Transavam excepcionalmente bem. Passavam de uma posição à outra com tanta facilidade. Era bonito de ver. Parecia que tinham coreografado antes dela chegar. Mas, ultimamente, Márcia andava cansada do trabalho. Tão cansada que nem reparou quando Ricardo se levantou no meio da noite e foi ao banheiro da suíte. Pegou uma das revistas ali, meio escondidas no armário. Alice sentiu o coração bater rápido. Era a grande chance. Ela ficou ali vendo a revista ao lado de Ricardo e se tocou. Depois, tomou coragem e o tocou. Não só isso. Passou a língua pelo pau dele. Meio inerte, Ricardo ficou sem ação. Alice se curvou e, ela mesmo, se encaixou sobre ele. Não sabendo muito bem o que fazer, Ricardo passou a comê-la sem grandes convicções. Não estava dando certo. Ricardo saiu dali totalmente aparvalhado e achando tudo extremamente sem graça.

Decepcionada, Alice saiu de lá sem saber o que fazer. Talvez Ricardo fosse muito ligado na esposa. Poderia tentar com outros. E como havia outros. Escolheu o que mais lhe atraía. Um cara louro e alto, amigo de seu irmão, que vivia trocando de namorada. Chegou num bom momento. Ele estava sozinho naquela noite. Alice entrou sorrateira em sua cama e alisou o seu corpo. Passou a mão pelas suas costas até tocar sua bunda. Ela já estava quase gozando. Resolveu percorrer o mesmo caminho com a língua. Daí foi passando para todos os recantos do corpo de atleta. Ele estava gostando. Gemia, ainda de olhos fechados. Alice queria um pouco de reciprocidade. Tentou acordá-lo numa abordagem, digamos, mais agressiva. Ele despertou acreditando ter tido um dos melhores sonhos de sua vida. Alice seguiu em frente. Ele precisava entender que o sonho continuava bem real à sua frente. Porém, a reação foi muito semelhante à sua primeira tentativa. O mesmo aparvalhamento.

A mesma incapacidade de imaginar uma mulher montada sobre seu corpo.

Alice era persistente e não se deu por vencida. Podia ser algo ligado ao perfil escolhido. Tentou homens menos exigentes, mais solitários, mais velhos, mais jovens, mais pobres. Tentou com homens de todas as cores e etnias diferentes. Invariavelmente, o resultado era sempre o mesmo.

Uma noite dessas, voltou para ver como iam Ricardo e Márcia. Já que estava difícil atuar, pelo menos, de vez em quando, poderia se satisfazer apenas assistindo. Daquela vez, era Ricardo quem estava cansado. Márcia foi até a cozinha beber água. Não conseguia dormir. Sentou-se no sofá. Começou a se tocar. Alice estava muito perto dela. O cheiro de sua pele era incrivelmente bom. Quando percebeu, estava deslizando seus dedos por ela. Aquilo teve um efeito absurdo. Márcia sentiu um tesão louco. Alice ainda estava meio atordoada com o seu ato. Foi um impulso. Mas, logo, as duas já estavam totalmente enroscadas. Márcia passou a língua dentro da boca de Alice. A partir daí, a coisa foi esquentando muito rápido. Mais para Márcia, que parecia não ter qualquer barreira. Houve total reciprocidade de atos. Diferente dos homens, não havia qualquer problema em aceitar a idéia de um corpo virtual em contato total com o seu próprio. Márcia teve múltiplos orgasmos ali no sofá. Ela e Alice ainda teriam muitos encontros na sala. Márcia não se questionava muito sobre o quê ou quem era Alice. Era um acordo tácito em que só havia espaço para o deleite mútuo.

Novamente, Alice fez o teste. Podia ser algo ligado ao perfil escolhido. Tentou mulheres de vários tipos: mais novas, mais velhas, mais ricas, mais solitárias, mais pobres. Tentou de todas as cores e etnias diferentes. Nem sempre dava certo, mas, na maioria das vezes, o resultado era o mesmo.

Chegou à conclusão de que os homens quase sempre são absolutamente dependentes da visão no que se refere a sexo. Para se excitar, precisam ver uma bunda, ver uns peitos, umas pernas, ver o caminho por onde vão entrar. Era uma verdade da natureza.

Já com as mulheres, a coisa era bem diferente. Ainda que muitas também gostassem de ver, de se excitar com fotos e vídeos, em sua maioria, contentavam-se em imaginar. Ou melhor, contentamento não é o termo certo. Pelo muito que Alice viu em suas incursões, elas *preferiam* imaginar. A feminilidade, por si só, parecia carregar um quê de gosto pela fantasia. Pensou que sua experiência daria uma ótima pesquisa e um artigo de grande repercussão numa das revistas médicas que tanto admirava em sua vida passada. Depois, riu, gargalhou. Era muito melhor poder viver tudo aquilo do que gozar vendo um artigo publicado nos pomposos títulos americanos e ingleses.

Porém, lá no fundo, algo a inquietava. As coisas só davam realmente certo quando Alice não falava nada. Tinha receio de travar alguma comunicação, já que o resultado em algumas tentativas era a mais cabal repugnância e medo. O resultado é que havia se tornado apenas um corpo. Com o tempo, veio a constatação óbvia. Só sexo não bastava. Faltava um certo alguém. Um certo alguém que não apenas vivesse a experiência do prazer a dois. Este alguém admitiria a realidade de Alice para além do jogo sexual. O alguém em questão assumiria Alice em sua vida sem achar que estaria ficando louco. Alguém que estivesse disposto a levar uma vida a dois. Com ela.

Havia algumas candidatas. Algumas das mulheres com quem transou nos últimos meses pareciam ser capazes de ir além. Mas nenhuma delas a encantava de verdade. Alice voltou a lembrar de uma menina com quem trabalhou no último mês antes dela desaparecer diante do espelho.

Os cabelos curtos e bem pretos. A pele muito branca. Os olhos azuis. Era muito bonita. Um pouco mais baixa do que ela. Gostava de sua companhia. Houve uma empatia imediata quando a conheceu na clínica. Tinha bom senso, era divertida. Também era reservada de uma maneira que Alice gostava. Chegaram a sair juntas uma vez. Beberam, riram um bocado. Foram assediadas por diversos rapazes. Faziam uma bela dupla juntas. Alice chegou a dormir na casa dela naquela noite. Depois, por algum motivo, se afastaram um pouco.

Alice teve um pouco de medo, mas chegou até o edifício onde Liza morava. O coração bateu mais agitado. De repente, surgiu um medo de se magoar. Afinal, era alguém especial. Relembrou as relações que teve de cortar com seus familiares. Deixou uma lágrima escorrer. Seria prudente envolver relações sérias nessa nova vida? Não, não era de maneira nenhuma prudente.

Mas ficou com vontade de subir assim mesmo. Queria dar uma rápida olhada no aconchegante apartamento enquanto Liza estivesse fora. Estaria feliz com o trabalho? Estaria namorando? Teria alguém em vista? Melhor ir embora logo e não pagar para ver. Porém, era muito fácil subir até o apartamento de Liza. Ficava no segundo andar. Uma escalada bem tranqüila. Mais um argumento para fazer uma visita.

O pequeno apartamento era lindo. Uma decoração que Alice adorava. Deu uma olhada pela casa. Não soube dizer se foi sua nova condição e o fato de ter tido tantas experiências sexuais que a transformaram tanto. O fato é que nem pensou duas vezes. Quando se deu conta, estava deitada na cama de Liza. Havia uma foto dela de biquíni numa praia. Num cenário mediterrâneo, Liza sorria, o mar batendo de leve em seus pés. Alice ficou feliz e preocupada ao mesmo tempo. Seria melhor do que imaginava.

Ficou ali deitada uma boa meia hora imaginando-se na seqüência daquela foto na praia. As duas hospedadas num charmoso hotel à beira-mar. Todas as fantasias recomeçavam. Melhor dar um tempo. Foi até a sala. Deu uma olhada no que ela escutava no momento. Deixou a balada meio rock, meio eletrônica tocando. Uma delícia, o som. O apartamento todo era simpático e aconchegante. Gostava dali. As plantas na varandinha, as frutas na cozinha.

Resolveu tomar um banho. Queria ficar com o cheiro dela. Ligou o chuveiro e se envolveu toda no sabonete de Liza, no xampu de Liza, nos cremes de Liza. E depois, a toalha de Liza. Alice se assustou com um barulho vindo da sala. Quem seria? Um namorado? Ouviu a voz perguntar "tem alguém aí?". Subitamente, veio o medo. Ela estava lá e Alice sabia que não deveria se envolver.

"Tem alguém aí?" "Eu." Alice ficou de boca aberta. Que tolice gigante. Por que foi responder? "Alice?" Chega. Agora, ficaria quieta. Esperou até ouvir um murmúrio de Liza, um "tsc, tsc", autoproclamando a bobagem que era imaginar aquela presença inusitada em seu apartamento. Alice respirou aliviada e foi embora.

Mas aquilo se repetiu algumas vezes. Era o único lugar onde Alice gostaria de estar. Logo depois de seu "desaparecimento", teve a certeza de que não poderia continuar morando em seu apartamento. Certamente, seu pai e seu irmão o venderiam num piscar de olhos. Ficou morando em hotéis. Era fácil pegar as chaves dos apartamentos que não eram usados. Além do mais, alguns andares ficavam vazios por semanas. Era mais econômico para as redes hoteleiras. Já estava mais do que cansada de viver nestes lugares tão assépticos. Era como se estivesse num hospital.

O apartamento de Liza era exatamente o oposto. Cheio de miudezas, recordações, repleto de vida. Ela pensou e pensou. Achou que, se fosse para se aproximar, teria de fazer a coisa da maneira certa. O que a fez se decidir de vez foi encontrar, no dia seguinte, as poucas fotos em que as duas apareciam juntas espalhadas pela mesa da sala. Liza havia separado os retratos e deixado por cima. Por quanto tempo teria ficado examinando-os? Eram fotos de festinhas de aniversário. A maioria comemorada na clínica mesmo, durante a tarde. Poderia ser apenas sua imaginação, mas achava que Liza tinha muito em comum com ela. Pelo menos, com uma versão de si própria que Alice realmente gostava.

Do telefone público, digitou os números. "Alice? É você mesmo?" Explicou que teve de desaparecer depois de algumas desavenças familiares e desilusões afetivas. Para que tanto empolamento? Por que tantas palavras formais? Não estava dando certo, pensou. Mas Liza queria conversar mais com ela. Queria vê-la. Poderiam marcar um encontro? Não. Era impossível no momento. Alice perguntou como ela estava. No hospital, no namoro... Tudo ia mais ou menos bem no trabalho. O namoro já havia acabado. Alguém em vista? Não mesmo! As duas gargalharam juntas. Liza insistiu no encontro. Alice disse que de maneira alguma seria possível. Tinha que desligar, inclusive.

Passaram a se falar quase todos os dias pelo telefone. Voltaram à antiga e efêmera intimidade que tiveram logo que se conheceram. Liza não entendia por que não podiam se ver. Alice desconversava. Logo voltavam aos assuntos cotidianos e riam novamente.

Depois, Alice ficou um tempo sem ligar. Tentou se acostumar a uma nova rotina. Voltou a visitar velhas conhecidas. Mas já não havia a mesma excitação. Nem de longe.

Já não suportava mais a idéia. Era muito bom para não tentar. Por outro lado, seria muito ruim perdê-la. Talvez não houvesse mais qualquer chance para recomeçar. Era tudo ou nada.

Foi em frente. Seria como num sonho. Naquela noite, Liza acordou com a sensação de que havia alguém em seu quarto. Tudo escuro à sua volta. Mas não teve medo que fosse um ladrão ou nada disso. "Alice?"

Ela respondeu sussurrando. Liza não entendia como é que tinha entrado ali. Alice pediu a ela que não acendesse a luz. Liza insistiu: "Você está aí mesmo?" Alice pegou a mão de Liza e passou por seu rosto. "É você!" Alice deixou uma lágrima cair, emocionada. "Por favor, confie em mim e não acenda a luz. Vou te contar o que aconteceu comigo."

Ali no escuro, Alice contou para Liza tudo que havia se passado com ela. Era quase inacreditável, mas, ao mesmo tempo, os fatos tão detalhados que não poderiam deixar de ser reais. Durante algumas horas, as duas choraram e se emocionaram juntas. Alice omitiu suas relações com as mulheres. Achou que iria assustá-la. E não queria perdê-la de jeito nenhum.

Ao final, Liza pediu que acendesse a luz. Alice ainda tentou protestar. Liza sabia o que ia encontrar, mas não havia problema. Era intrigante. Ao mesmo tempo que tudo parecia um gigantesco absurdo, era muito mais real do que a maioria das coisas que passavam diante de seus olhos. Elas se abraçaram e riram de nervoso, depois de felicidade. Seria muito bom poder ajudar uma amiga tão especial.

Já era de manhã quando se deram conta. Liza tomou um banho rápido e encontrou um café da manhã completo esperando-a na copa. "Já tá valendo a pena ter uma hóspede em casa!" Elas riram e se despediram. Liza disse à amiga que nem pensasse em não estar lá à noite, quando chegasse. Alice agradeceu e se abraçaram mais uma vez.

No caminho para o trabalho, Liza duvidou de sua sanidade várias vezes. Durante o expediente esteve totalmente dispersa. Confundiu procedimentos, se enganou de pacientes. Será que estaria louca? E por que justamente imaginar a presença de Alice? Será que ela a teria marcado tanto assim? Pouco conviveram, mas a verdade é que foi bastante intenso.

Estourando de dor de cabeça, chegou em casa. Chamou por Alice e não a encontrou. No fundo, sabia que só poderia estar passando por alguma desordem mental. Os fatos da noite passada, infelizmente, deveriam ter sido fruto de um delírio. Uma voz sem corpo, "coisa absurda". Talvez fosse melhor tomar algum remédio.

Mas ouviu o chuveiro ligado. Abriu a porta. "Oi, você já chegou?" A voz era a mesma da véspera. "Alice? É você?" "Tá esperando mais alguém?" Liza sorriu. Ficou aliviada. Então, era mesmo verdade. O chuveiro foi desligado e a cortina do box se abriu. "Ah, desculpe, eu... Que bobagem! Não posso te ver, mesmo." Porém, Alice não riu. Um momento de constrangimento. "Não me entenda mal, é que... Ai, desculpa." "Se você não me passar logo a toalha, aí é que eu vou ficar chateada pra valer." Liza passou a toalha e deu uma conferida rápida nos contornos de Alice que se delineavam à sua frente à medida em que o tecido rugoso passeava pelo corpo invisível. Disse qualquer coisa do tipo "vou lá dentro preparar o jantar" e saiu.

Uma das vantagens da sua condição de invisibilidade era poder observar cada olhar de sua interlocutora. Era como estar de óculos escuros. Podia examinar o que a visão de Liza procurava. Deu para perceber que deu uma "olhada" em seu corpo. Bobagem. Ultranormal em mulheres.

As duas esqueceram o momento constrangedor no banheiro assim que começaram a comer o jantar descongelado por Liza. Uma quiche e um prato de frango com ameixa. Tomaram vinho para comemorar. O álcool aumentou o teor das conversas. Liza contou seus últimos casos depois que terminou o namoro. Nada empolgante. Estava "de férias", no momento. Ela quis saber mais e mais detalhes das experiências de Alice que, depois de muito relutar, acabou lhe relatando algumas das tórridas cenas que havia presenciado. Cenas protagonizadas por gente que as duas conheciam bem de perto.

Foi divertidíssimo. Dormiram no maior alto-astral. E assim passaram mais alguns dias. Como boas amigas.

Numa sexta-feira, o telefone tocou. Liza não estava. Foi como num ato reflexo. Estava tão à vontade em sua nova vida que simplesmente atendeu quando o telefone tocou. Reconheceu a voz. Era do antigo namorado de Liza. Alice, pelo menos, teve o bom senso de disfarçar o tom assim que se deu conta da besteira que fez.

À noite, contou da burrada. Liza disse para ela não se preocupar. Se trancou no quarto e ligou de volta. Ela demorou um bocado lá dentro. Quando saiu, estava toda arrumada. Iria se reencontrar com o ex. "Ele me pediu uma nova chance." Alice se controlou e deu boa sorte.

Depois que Liza saiu e as horas começaram a passar, Alice foi perdendo o chão. Era o começo do fim. Não valia a pena estragar tudo. Ainda poderiam ser amigas à distância. Só não queria ser um peso.

Quando Liza chegou de madrugada, Alice não estava mais lá. Ficou confusa. Por que teria ido embora daquele jeito? Concluiu rapidamente que sua amiga imaginou que seria um impedimento para a sua vida. E agora? Sabia, no íntimo, que Alice tinha uma boa dose de orgulho e provavelmente nunca mais a procuraria.

Dito e feito, semanas se passaram sem quaisquer notícias. Nem um telefonema sequer. Liza relembrou com saudades dos dias em que estiveram juntas. Os melhores em muitos anos. Tentaria esquecer. De fato, conseguiu por dois dias, mas depois teve a idéia.

Era o terceiro hotel que tentava. Em todos eles, Liza fez a mesma estratégia. No lobby, observou com bastante atenção o quadro de chaves. Comprovou que havia sempre um ou dois andares totalmente vazios. Exatamente como ela lhe havia contado. Depois de deixar sua pequena valise no quarto onde estava hospedada, foi ao sétimo andar. De porta em porta, ia tocando de leve e perguntando baixinho por Alice.

Só podia estar completamente louca. Chegou a se descontrolar de rir com o surrealismo da situação. O pior é que, quando pegou o elevador para ir ao andar seguinte, havia um funcionário do hotel. Ele alertou-a de que, provavelmente, havia se enganado de pavimento, já que o oitavo andar estava vazio. Liza se fez de idiota e concordou sorrindo. "Que cabeça a minha!"

A frase ridícula ficou ecoando na memória. Tudo bem, iria continuar em sua aventura. Depois do jantar, parou no oitavo andar novamente. Dessa vez, sem testemunhas.

O corredor era comprido e todo acarpetado. Aquela clássica decoração à beira do cafona. Tinha que andar no escuro, pois a administração havia desligado a energia do andar temporariamente desativado.

Foi andando e tateando de porta em porta. A pálida luz que vinha da rua ajudava-a em sua caminhada. Com a ponta dos dedos ia se guiando. Diante de cada número, o mesmo ritual. 801, 802, 803... 806, 807 e 808. Fim da linha. Não dava para fazer isso em todos os hotéis do bairro.

Encostou a cabeça junto à porta. Tocou de leve. Sussurrou pela enésima vez seu nome. Nada de novo. Adeus. Mas o silêncio do outro lado agora parecia diferente. Insistiu. "Se você está aí, abra. Por favor. Não desapareça da minha vida desse jeito. Eu gosto muito de você." Uma lágrima caiu de seus olhos e a porta vagarosamente foi se abrindo.

O quarto ainda estava mais escuro do que no corredor. Liza foi se aproximando até sentir o calor à sua frente. As duas se abraçaram afetuosamente. Era bom demais. Mas havia um quê de proibido também. A total ausência de luz, a sensação de clandestinidade das duas naquele quarto totalmente esquecido do mundo. Era como se não houvesse testemunha possível. Só as duas se abraçando. Seus corpos quentes. Não dava para negar. Havia uma sensualidade no ar. Como um desses encontros secretos num motel. Amantes escondidos de tudo e de todos. A respiração de Liza estava tensa, ofegante. Alice não resistiu e beijou seu pescoço. Liza engoliu em seco. Alice segurou sua cintura delicada. Puxou-a mais para si e se beijaram longamente. Um beijo que poderia ter demorado uma vida inteira. Na escuridão total, suas línguas se tocavam cada vez mais lentamente, apenas para sentirem com mais prazer o ritmo feroz que viria no momento seguinte.

Liza sentiu o corpo nu de Alice bem colado ao seu. Alisou sua pele. Riram um pouquinho de nervoso. Alice tirou sua roupa. Seus corpos prontos, entregues. E tiveram a melhor noite de suas vidas.

A esta altura do relato, fui percebendo a real dimensão dos acontecimentos. Então, a mulher que tentou me assassinar e que acabou sendo morta por Alice era esta doce Liza, por quem agora torcia? Como é que tudo isso foi acontecer?

Ofereci a Alice algo para beber, como se pudesse ganhar forças para a outra parte da história. Mas ela só quis um copo d'água.

Ficou olhando um bom tempo para o fundo do copo vazio e foi retomando de onde havia parado.

O sexo era simplesmente brilhante. Alice se autocongratulou por ter passado por tantas experiências com mulheres anteriormente. Assim, pôde pular as etapas de iniciante e começar a relação num patamar elevado.

Liza a surpreendeu. Entregou-se totalmente. Estava completamente apaixonada. Como se finalmente alguém a compreendesse por inteiro. Entendesse seus sentimentos, seus desejos, suas frustrações.

Na cama, no chuveiro, na cozinha, no sofá, na praia à noite, em qualquer lugar e ocasião ficavam excitadas juntas. Pareciam transbordar de felicidade. E como sempre acontece com os casais nestes momentos, era a ocasião de mostrar tudo aquilo ao mundo. Era preciso testemunhas que garantissem que aquele sonho era real.

Sabiam que não podiam se exceder. Começou como uma brincadeira. Foram ao cinema juntas de tarde. Não havia muita gente na sala. Assim, sentaram num canto e puderam conversar e dividir a pipoca como um casal comum. O filme não era lá essas coisas. Logo estavam se beijando como duas adolescentes. Na saída, Liza insistiu. Iriam para uma lanchonete. Alice não entendeu como iria dar certo, mas acabou topando.

Liza escolheu uma mesa de canto. Pediu bastante comida para alguém desacompanhado. Como não podia falar sozinha ali dentro, usou a caneta e o guardanapo para se comunicar com Alice. Depois, foram ao banheiro juntas e gargalharam com a situação. Alice queria saber como é que iria comer, já que o sanduíche não poderia simplesmente pairar em pleno ar diante dos clientes. "É claro que não, vou te alimentar como um cachorrinho debaixo da mesa." As duas explodiram de rir dentro do reservado. Alice tentou agarrá-la ali mesmo e Liza a provocou. "Agora não, só depois que comer, Fifi." O barulho do casal foi tão grande que as duas clientes que estavam no banheiro ficaram boquiabertas esperando para ver quem é que iria abrir a porta. Quando Liza saiu sozinha, as mulheres se entreolharam e concluíram que aquela era de longe a mais bizarra experiência de banheiro feminino pela qual haviam passado.

Ao chegarem à mesa, dito e feito, Liza fez sinal de "sentada" para Alice que, obediente, comeu tudinho debaixo da mesa. Liza ria sozinha e mal reparou nas várias mesas que a observavam de soslaio.

Em casa, se acabaram relembrando a noitada. Cada vez, lembravam de um detalhe mais hilariante. Quando já tinham chorado de tanto rir, houve um pequeno silêncio. As duas tiveram a mesma sensação. Tudo muito divertido, mas daqui para a frente a coisa não seria tão engraçada. Jamais poderiam se comportar normalmente, como um casal apaixonado que simplesmente sai à noite. E quanto a amigos? Não poderiam ter amigos. Não poderiam dividir a história com aqueles que amavam.

Liza parecia mais despreocupada ao se deitar. Alice não. Demorou muito tempo até pegar no sono. Aquilo poderia ser o começo do fim.

No final de semana seguinte, Liza sugeriu um outro filme que tinha estreado há pouco. Uma comédia italiana. Alice disse que não estava se sentindo muito bem. Preferia ficar em casa.

Na terceira recusa, Liza explodiu. O que estava acontecendo? Por que, de repente, estava diferente? Alice cedeu e aceitou o convite. Foram ver o tal filme. Apesar de muito divertido, Alice teve de fingir que estava gostando. Não queria transparecer a tensão que sentia.

No final, o que esperava se concretizou. Liza queria ir a um restaurante que gostava bastante. Queria que Alice provasse um prato que ela amava. Alice respirou fundo e foi em frente.

Sozinha à mesa do Tampico lotado, Liza era o foco das atenções de um grupo de casais. As mulheres tinham ficado inseguras com a presença daquela menina tão bonitinha e sozinha. Os maridos deram uma conferida na princesinha de olhos azuis. Mais um motivo para as esposas falarem mal e concluírem em uníssono como a garota era mesmo doidinha. Pedir dois pratos?

Alice estava constrangida. O ambiente era muito diferente da lanchonete. Era loucura aquilo. Tentando mostrar desembaraço, afinal a idéia foi sua, Liza foi ao banheiro. Alice foi atrás e, lá, tiveram uma discussão. O que estava tentando provar? Não dava para insistir em quererem representar uma coisa que não eram. Ao chegar de volta à mesa, as mulheres mais uma vez fulminaram a moça com seus olhares recriminadores.

O sangue foi subindo, e Liza acabou extrapolando. Começou a falar com Alice em voz alta. Sem se importar com a cena de loucura que estava proporcionando aos demais clientes. "Olha só: é louca mesmo. Falando sozinha..." E quanto mais comentavam baixinho e riam, mais Liza se animava. Agia como se sua namorada estivesse totalmente visível à sua frente.

Alice foi indo embora. Liza ainda tentou chamá-la. A mesa ao lado a examinava com olhos atentos. Alice não deu ouvidos. Liza fingiu que tudo estava normal. Iria comer seu prato preferido e depois teria uma conversa séria com Alice. Mas a comida não estava lá essas coisas. Notou uma lágrima caindo no guardanapo. Preencheu um cheque trêmula e saiu apressada, ouvindo uns risinhos histéricos e um "eu, hein" vindo da mesa das três peruas louras com seu trio de maridos quase idênticos entre si.

Enquanto isso, Alice andava sem saber para onde ir. Não dava mesmo. Era burrice insistir. Em meio ao tumulto das ruas num típico sábado à noite, misturavam-se imagens de Liza na cama, na praia ensolarada do Mediterrâneo e do fiasco no restaurante. A saída? Qual a saída? Parecia estar de volta àqueles primeiros dias de sua nova vida, em que tudo rodava. Pelo menos, sentiu um impulso de liberdade. Isso. Liberdade acima de tudo. Lembrou do baile funk. Corpos pulando, vibrando, suando. Vivendo sem a mente. Mas, como chegou lá?

Seguiu andando e esbarrou numa fila no meio da rua. Um bocado de gente querendo entrar numa casa de onde vinha um som que resumia bem seu espírito no momento. O ritmo tanto fazia. O princípio era o mesmo.

Entrou e logo se sentiu muito à vontade em meio à multidão espremida na The Cave. Especialmente depois de se abastecer no banheiro. Agora estava muito mais viva. Só dançar e dançar até não poder mais. Até a próxima carreira. Até a próxima música. Até de manhã.

Quando chegou em casa, a discussão foi violenta. Cada uma delas tinha a mais absoluta convicção que a razão estava do seu lado.

Era a primeira vez que brigavam, e a dimensão foi do tamanho dos sentimentos que tinham uma pela outra. Liza havia entrado em parafuso com a demora de Alice. "Entenda a minha situação, sua egoísta! Não tenho como te procurar por aí!" Alice alegou que Liza tinha que compreender o absurdo desse relacionamento. Nunca daria certo etc. Obviamente, tudo acabou na cama, maravilhosamente, com promessas de amor eterno.

Durante um tempo, Alice e Liza fizeram uma espécie de trégua. Não havia por que saírem por aí tentando fingir que eram um casal comum. As coisas pareciam ter voltado ao normal, até que veio o convite para uma festa do pessoal da clínica.

Liza insistiu para irem juntas. Não suportaria a idéia de ir sozinha. Além do mais, seria bom para Alice rever as pessoas com quem havia trabalhado tanto tempo. Sem achar que estava fazendo a coisa certa, Alice cedeu.

No playground do prédio onde morava a enfermeira-chefe, estavam vários médicos, enfermeiras e funcionários da clínica. Alice gostou de vê-los. Antes que pudesse se sentir incômoda, aproveitou para escutá-los. Suas conversas, como andavam suas vidas, o trabalho. Apesar de não poder se fazer presente, era muito bom ver tanta gente que não deu o devido valor quando trabalharam juntos. Por que os criticava tanto? Por que tinha tão pouca paciência com todos eles? Eram humanos como ela, cheios de mesquinharias, carinhos, invejas e solidariedade. Tudo junto, bem misturado. Sentiu uma ternura por todos eles. Gostaria de falar sobre aquilo com Liza. Quando a procurou com os olhos, sentiu que teria problemas.

Um cirurgião estava abordando Liza. Fazia o mais puro estilo prepotente e mulherengo. Liza já tinha bebido um pouquinho e se divertia, desprezando-o e morrendo de rir. Ele foi ficando irritado. Não estava acostumado a levar foras, ainda mais de menininhas que mal saíram da faculdade. O médico segurou seu braço. Ela tentou se livrar e ele não cedeu. Liza explodiu: "Dá um tempo, eu já tô acompanhada!" A frase saiu num tom ligeiramente mais alto, e todos se viraram naquela direção.

A enfermeira-chefe se aproximou para acalmar os ânimos. Tentando soar descontraído, o cirurgião ironizou. Liza estava muito nova para estar tão estressada, precisava tirar umas férias, curtir mais a vida, namorar um pouco mais. "O que você sabe da minha vida, seu babaca? Eu tenho alguém que me ama muito, ouviu? Alguém que tá aqui mesmo!" O constrangimento aumentou consideravelmente. A dona da casa pegou Liza e a levou num canto. Pediu que se acalmasse. Aquilo poderia acabar custando seu emprego.

Alice queria se aproximar, mas temeu que sua proximidade causasse ainda mais danos. Pôde escutar nas rodinhas alguns comentários sobre Liza. Andava tão arredia desde que terminou com o último namorado. Especularam quem seria o tal alguém que ela falou. Um amante secreto? Cogitaram sobre o diretor, casado e com sua mulher presente na festa.

Liza não se acalmava. Ao invés disso, começou a chorar compulsivamente. Com pena, uma enfermeira se ofereceu para levá-la para casa. Perto do carro, Liza gritou por Alice. A enfermeira ficou sem entender. "Quem?" Aquilo estava indo longe demais.

A relação foi ficando doentia. Alice não suportava o clima pesado. Passou a sair todas as noites para a The Cave e outras casas de música eletrônica. Em meio ao martelar do bate-estacas e com a cabeça sacudindo com pílulas amarelinhas e laranjas, conseguia esquecer-se de tudo. Às vezes, deixava Liza ir com ela.

Por defesa, como se estivesse se preparando para um fim inevitável, escolhia mulheres para transar. Gostava de dizer isso na cara de Liza. Também não conseguiam se abandonar uma à outra. Alice queria sair, mas gostava que Liza tentasse impedi-la. Violência e paixão iam subindo o volume.

Uma noite, Liza trancou Alice dentro do quarto para que não saísse. Elas discutiram aos berros. Quando abriu a porta, houve agressão física.

Em pouco tempo, Liza e Alice viviam a maior parte do tempo drogadas para suportar esse amor impossível a que estavam destinadas.

Liza fazia um esforço tremendo para manter-se empregada na clínica. Quando não estava com Alice nos plantões, morria de ciúmes ao imaginá-la com outras mulheres. Começou a suspeitar que ela a estaria traindo com uma de suas colegas.

Foi numa dessas noites conturbadas que eu apareci. Do nada. Era mais uma noite na The Cave. Mais uma noite movida a estímulos sonoros e químicos. O banheiro transado, todo negro, onde todos estavam mais doidos do que nunca, era seu lugar preferido. Quando sentiu alguém puxando-lhe os cabelos, primeiro pensou que fosse Liza. Mesmo sem poder vê-la, Liza sabia que Alice estaria na The Cave e que provavelmente iria ao banheiro atrás de diversão. Era só esperar movimentos familiares, como uma porta de reservado que se abre sozinha. Liza aprendeu a "enxergá-la". Em casa, sempre sabia onde estava a namorada. Mas as mãos que agarravam Alice eram muito mais fortes. Não podia ser ela. Achou que estava tendo uma alucinação. Quem era aquele homem segurando-a e beijando-a ali? Como pôde vê-la? E depois jogando-a de encontro à parede. Violentando-a. Por alguns momentos achou que tivesse deixado de ser invisível. De repente sentiu-se nua, desprotegida, como há muito tempo não acontecia. Mas quando a superfície do espelho explicou tudo, em uma fração de segundo o mundo entrou em parafuso.

Não podia ser verdade. Por que isso foi acontecer com ela? Como se não bastasse ter perdido o reflexo diante do espelho, seria perseguida daquele jeito, como num filme de terror? Tinha que sair dali e correr.

Neste momento, tento ler seus olhos enquanto ela é obrigada a fazer uma pausa. Ambos sabemos que ela não foi capaz de sair e correr. Ficamos lá até o fim. Até gozarmos intensamente. Ela não pretende admitir que foi impossível sair porque havia uma conexão maior que nos unia. Fico mudo, assim como Alice. Também tenho vontade de perguntar sobre a fobia que ela também sentia. Pelo menos, até ali. O que teria acontecido naquele momento? Por que nós dois, estranhamente, não experimentamos nenhum dos sintomas? Um dia, precisaremos preencher esta longa pausa que vai se encerrando com um olhar que se desvia.

Alice continua sua narrativa. Era preciso correr o mais que pudesse, insiste ela. Se tivesse sorte, quando parasse, talvez desfalecesse e nunca mais acordasse.

Na manhã seguinte, tentou se forçar a acreditar que tudo não passou de efeitos toxicológicos. Mas a marca roxa na sua cintura era real. Quem quer que a tivesse agarrado, usou bastante força. Ficou totalmente deprimida.

Acabou contando tudo para Liza. Chorou bastante. Estava com medo. Era o pavor do desconhecido. Não sabia o que esperar daquele homem que a tentou violentar. Teve medo que ele surgisse de novo. Não queria mais colocar os pés na rua.

Liza estava decidida. Iria acabar com ele. Não apenas pelo ódio do que havia feito com Alice. Colocou na cabeça que se tratava de uma ameaça séria a ela. Foi aí que passou a ir todas as noites atrás dele. Tinha prática, pois já fora atrás de Alice sem que ela soubesse. Sabia como enxergar o que não podia ser visto. Mas não era fácil, pois não conhecia seus hábitos. Não sabia onde e quando ele estaria presente.

Pacientemente, ia à The Cave e examinava o banheiro. Nem sinal. Nenhuma porta se abrindo sozinha. Nenhuma torneira ligada de repente. Resolveu ir a outras casas noturnas.

Descobriu uma maneira mais eficiente de fazer sua busca. Subornou a segurança. Agora entrava na sala de circuito interno e observava as câmeras à procura de algum sinal.

Encontrou-o na Nouvelles Merchandises. Era ele. Tinha certeza. Houve um princípio de briga no meio da pista. Um habitué fez um escândalo, pois roubaram suas pílulas coloridas. Ninguém sabia de nada. Reparou que logo em seguida a porta da saída abriu sozinha. Só podia ser ele.

Correu atrás, mas já era tarde. Era provável que estivesse ali perto. Porém, seria impossível segui-lo.

Depois de tanto tempo, desperdiçar assim a oportunidade... Se acontecesse de novo, estaria preparada. Mas, como prever? Liza se apegou à única coisa que poderia: os pequenos detalhes. Marcou bem a hora que o flagrou. Talvez seguisse um padrão. Devia estar à procura de Alice. Provavelmente, estaria fazendo uma ronda por todos os lugares onde pudesse encontrá-la. "Como uma fera caçando minha mulher", concluiu, já totalmente fora de si. Prometeu a si mesma que iria encontrá-lo primeiro. Ela o caçaria antes.

A estratégia deu certo. Na mesma hora no dia seguinte, era ele mais uma vez. No banheiro vazio, uma torneira se abriu sozinha. Sim, era ele mesmo. E na outra madrugada, também. Ligou para Alice. Ela estava assustada. Não queria se envolver. Liza implorou para que fosse até lá. Não precisava ter medo. Não iria se machucar. Só precisava apontar de longe onde é que ele estava. Precisavam dar uma lição no sujeito. Alice apenas ensaiou um tímido sim e foi ao seu encontro.

Então, Liza foi ao carro e retirou a lata de tinta do porta-malas. Era bastante pesada. Um galão seria o suficiente. Estava confiante no plano.

Quinze minutos depois, Alice estava na porta da casa noturna. Liza encontrou-a ali. Pediu para que ela ficasse escondida num canto pouco iluminado. Ficasse atenta para quando o seu agressor saísse da boate. Quando estivesse exatamente na esquina, que fizesse um sinal.

Foi assim que tudo se deu. Quando saí da boate, lembro de ter olhado em volta e ter visto algumas caras familiares. Fui caminhando e, assim que cheguei ao lugar determinado, Alice fez o sinal. Liza sabia mais ou menos onde eu estaria. A tinta faria o restante do trabalho. Iria me tornar visível e um alvo a ser atingido.

Tento entender o que se passou na cabeça dela naqueles dois minutos em que tanta coisa se decidiu.

Como se adivinhasse meus pensamentos, Alice dá um suspiro profundo, caminha até a janela, o olhar bem distante, nos prédios ao longe.

— Eu jamais poderia imaginar que ela chegaria àquele ponto. Quando vi a faca, não aceitei que uma morte pudesse acontecer. Ela disse que era só uma... "lição". — Alice se lamenta, a voz já não esconde a intensa emoção. — Eu tentei falar, mas ela estava completamente fora de si. Quando vi você jogado no chão, feito um boneco prestes a ser furado, por um momento não consegui juntar a sua figura com a do vilão que tinha formado na minha cabeça. A única coisa que eu fiz foi seguir meu instinto. Por azar, a madeira estava cheia de pregos... E eu acabei matando a pessoa que mais amei em toda a minha vida.

Ela termina seu relato num choro triste e quieto. Não sei bem o que devo fazer. Passo meus dedos por seus cabelos. Ela parece ainda mais afundada em sua dor. Depois levanta os olhos. O que tenta me dizer com eles é uma interrogação para mim.

Ficamos um bom tempo em silêncio, de olhos absortos, como se revivêssemos tudo que aconteceu depois. O sangue de Liza se esparramando sobre mim. A polícia chegando, nossa fuga. A cirurgia improvisada no apartamento de Liza, os policiais invadindo. Os tiros.

Alice está de olhos fechados com uma expressão de sofrimento. Pelo menos é o que sua máscara facial me diz.

— Matei a sua curiosidade? Está bom para você? Agora, com licença. Finito — ela diz, já se levantando.

— Só mais uma coisa.

Dá para perceber que ela não contava com mais uma pergunta, mas é preciso ir até o fim.

— Naquela noite você arriscou a vida para pegar seus documentos no apartamento de Liza.

— Documentos? — ela não estava gostando do rumo que minhas perguntas tomavam. — De onde é que você tirou essa idéia?

— Desculpe, eu devo ter me confundido — e depois de uma pausa estratégica, acrescento: — É que eu pensei ter ouvido você falar em pegar algumas coisas importantes naquele...

— Em primeiro lugar, eram apenas... objetos pessoais. Coisas valiosas para mim. Segundo: o que é que você tem com isso? Terceiro: se você está querendo insinuar alguma coisa, é melhor falar de uma vez. Quarto: pelo menos, eu tive a dignidade de contar minha história até o fim.

Sua agressividade diante de minhas questões só reforça minha intuição de que ela esconde algo importante.

— Calma, Alice. Foi só um engano. Talvez porque eu ache que nunca me preocuparia com esse tipo de detalhe. Afinal, que diferença iria fazer? Isso que aconteceu com a gente é irreversível, não é mesmo?

Nos encaramos por um segundo.

— Não sei e não tenho o mínimo interesse em saber. Para mim, isso já não faz a menor diferença. Visível, invisível, branco, preto, gordo, magro, alto, baixo, rico, pobre... Tanto faz... O ser humano é previsível demais. E você não é exceção, meu caro.

Seu rosto me diz que esconde algo. Suas maçãs protuberantes, os olhos levemente apertados. Ela se vai novamente. Sei que há algo de errado em tudo que me contou.

Durante todo o relato de sua história, fiquei com a sensação de que havia um toque de exagero. Um quê de dramaturgia. Um tom acima, um esmero que não parecia ser real. Os personagens se casavam muito bem. Conflitos, lágrimas, traições, amores. E um leve toque de classe nas referências sofisticadas. Tudo muito convincente, mas um quê de artificial. Talvez não passasse de uma falsa impressão minha. Mas, para quem teria sido aquele telefonema? Por que tamanha obsessão com aquela bolsa? Por que arriscar a vida para recuperar o que havia lá dentro? E por que esse tipo de reação agora?

Como ter certeza de que sua história era minimamente verdadeira? Se havia mentido, ou pelo menos distorcido algum ponto, por que não em outros? Afinal, quem era Alice de verdade? Foi o que tentei descobrir a partir daquele momento. Porém, seria preciso muito cuidado para não levantar suspeitas. Teria de agir com extrema sutileza.

Definitivamente, se havia alguma pista a seguir, estava no conteúdo daquela bolsa. Mas, por onde iniciar? Decidi voltar aonde tudo começou. O único lugar que poderia me dar informações confiáveis: o apartamento de Liza.

Já tomado pela família que se mudou para lá, nada restava do agradável apartamento onde convalesci por alguns dias.

A decoração completamente diferente. Muita coisa barata, que era para comportar sete pessoas no pequeno imóvel: pai, mãe, filho, filha, filhinho, vovó e empregada. A maioria das estantes e armários fora comprada em uma mesma casa que vendia a preços de banana em doze vezes.

No quarto das crianças, brinquedos jogados pelo chão. O bebê dormindo no berço. O garoto fazendo barulho. A empregada na cozinha. A mãe na sala corrigindo provas, a senhora resmungando ao ler o jornal em frente à novela vespertina.

O quarto do casal foi uma grata surpresa. Havia, sim, resquícios de Liza. A suíte mudara alguma coisa, porém o armário era o mesmo. Também havia um móvel que fazia o fundo de onde estava recostada a cama. Era inteiriço. De madeira em tons médios e escuros, ocupava toda a parede. Tinha mesas de cabeceira acopladas. Era como se o quarto pertencesse a outro apartamento. Fiquei pensando se foram informados da morte violenta da antiga proprietária. Provavelmente só tiveram conhecimento depois da mudança.

Corretores são muito espertos nestes casos. Mas, pelo perfil da família, acho que não dariam muita bola. Por um bom preço e com aquele quarto jeitosinho que deixaram, não perderiam a oportunidade por nada.

Revirei o armário. Alguns ternos e gravatas meio surrados do gerente comercial. Roupas comuns da professora de geografia. Nada que lembrasse Liza.

Nas mesas de cabeceira, relógios, documentos, contas vencidas. Revirei as gavetas de baixo. Quem sabe um papel, um recibo qualquer pode ter ficado. Nada feito.

Quando já ia embora, me dei conta de que não havia checado o banheiro do corredor. Bobagem, o que iria encontrar por lá? Absorventes, sabonetes, remédios... Mas, é claro, remédios. As suspeitas se confirmaram. Como tantos médicos fazem, Liza ia trazendo uma ou outra coisa que precisava do trabalho. Nada demais. Com o passar do tempo, formou-se uma pequena farmácia, que fora devidamente esquecida no armário do banheiro que "ficou" com a casa. Muita coisa com validade vencida. Porém, de grande utilidade para minha busca. Havia o carimbo "Propriedade do Hospital Santa Helena".

Pelos corredores brancos, o cheiro característico dos hospitais. Um misto de paz e temor pairando no ar.

Terei de esperar um bom tempo para acessar os arquivos. Não dá para mover estas pesadas pastas sem chamar a atenção do meticuloso profissional que age como se fosse o proprietário do lugar. À noite, estará vazio, espero.

Para passar o tempo, ando pelos quartos. Observo algumas pessoas tentando se recuperar. Outras morrendo. Aquilo me lembra amargamente a época em que visitava meus pacientes. Não.

Nunca mais. Faço um esforço para esquecer, porém vejo um senhor negro de cabelos brancos deitado no leito. Ele acaba de receber a visita da filha e da neta. A menina se aproxima quieta. Ele adivinha sua tristeza. Passa a mão por seus cabelos trançados e sorri, contagiando a garotinha. Isso acaba comigo. A rede de memória logo se alastra. Eis que me escapole a rápida imagem de um corredor em chamas, o bebezinho do parque me recriminando com seu olhar inocente.

O que me faz recordar algo que me envergonha ainda mais, até o fundo da alma. A covardia de não ter conseguido confessar meus crimes para Alice. Respiro fundo. Preciso sair desse quarto.

Saio afobado. Não. Nem pensar. Nunca mais. Minha simples presença é percebida por eles. É fácil observar. Basta entrar num quarto e o paciente, terminal ou não, se revira, buscando alguma coisa que adentrou no ambiente. Logo, suas feições se espantam. O que quer que almejassem, é preenchido pela minha aparição. Não. Mesmo que não fizesse nada, minha simples presença altera o curso das coisas. E esse não é o meu papel. Maldita hora em que vim parar num hospital.

Infelizmente, não consigo escapar. No corredor, cedo ao impulso. Aquela senhora bem morena, com traços indígenas. Sorri-me tão amavelmente. Agradece-me. Está feliz por saber que estou ali. E, novamente, torno-me Eu. Ela me pergunta humildemente se verá seus pais e avós em breve. Apenas toco seu ombro e saio. Maldição. Por que fui parar num hospital?

A noite chega e, com ela, os funcionários administrativos vão embora, de volta para suas casas.

Mas não aquela antipática enfermeira que não arreda pé do computador. A chave do arquivo bem ao seu lado.

Fico de plantão por um bom tempo. Não há jeito. Ela parece disposta a passar a noite ali. E eu já estou ansioso em descobrir muito mais sobre o enigma Alice.

Nota-se a alegria da enfermeira por ter uma máquina de café e chá bem pertinho. Mal precisa se levantar. Não tenho alternativa. Vou até o depósito de medicamentos e pego o que preciso.

Despejo as gotas no chá e espero apenas alguns minutos para escutar a cabeça tombando na mesa. Caminho livre.

Acho melhor confiar no arquivo físico, especialmente respeitável na área médica. Além do mais, o computador sempre exige senhas e não quero perder tempo. Consulto as fichas de ex-funcionários. Alice, Alice... Alice Coelho de Medeiros. É a única Alice. E a foto não se parece em nada com a "minha" Alice. Cinqüenta e quatro anos, quase obesa, dermatologista. Não é a mesma pessoa.

Ok, a coisa começa a se complicar um pouco. Resolvo percorrer o caminho da outra peça deste jogo. Dra. Elisabete Pekerman. Ou Liza, se preferirem. Aqui diz: admitida como residente no departamento de Psiquiatria.

Psiquiatra? Não era o que Alice tinha me dito. Talvez não tivesse deixado claro qual a especialidade de Liza, mas pensei que fosse uma cirurgiã. Não há muita coisa escrita sobre ela. O mais importante é que trabalhou na equipe da doutora Nadine. Conhecia o nome. Era famosa, uma espécie de lenda viva por ter feito brilhantes estudos em manicômios. Talvez encontrasse algo mais profundo sobre Liza em sua casa.

A essa altura, minha amiga já se remexe na cadeira e o relógio me avisa que chegou a hora do esperado evento.

Daqui de cima dá para observar todo o salão. Estão todos lá embaixo, como da outra vez. Hoje, sei que posso me controlar. Não sei muito bem o que espero aqui dentro, mas uma marguerita é sempre bem-vinda.

Então, vou descendo as escadarias e enxergando melhor os velhos rostos da escola. O clima é bastante festivo. O rabino de plantão está lá, tentando dizer as mesmas coisas de sempre com outras palavras. Hoje, até seu discurso está mais divertido. Muitas risadas e, nesse início, várias piadinhas sobre as expectativas. A que horas irá faltar luz? Alguns dizem que já estão esperando por isso e que agora vão aproveitar para fazer o que alguns mais saidinhos ousaram da última vez. Agarrar aquela velha paixão da adolescência e dar uns amassos num cantinho qualquer. Disseram que já havia gente se oferecendo para desligar o fusível. O organizador do encontro, o clássico e irritante aluno nota dez, desde sempre queridinho do inspetor de disciplina, faz questão de usar o microfone para lembrar que foram contratados seguranças para evitar esse desagradável ato de vandalismo que "não condiz com os ideais de nossa gloriosa escola". Ele termina a frase cheio de determinação, involuntariamente arrancando sonoras gargalhadas.

E lá está minha turma, na grande mesa redonda. Outra marguerita, pois ninguém é de ferro. Aliás, outras. Vou dando bicadinhas, já que fica feio um copo em pleno ar. Ora, dane-se. Ninguém vai notar mesmo. Já estão todos no clima.

Vamos ouvir sobre o que falam. Bobagens e mais bobagens. Como vai o trabalho? Como vai a mulher, o marido? E seus filhos? Todos querendo ouvir más notícias. Não, não sejamos amargos. Só querem ter a certeza de que estão um, dois ou três degraus acima em grana, realização pessoal (sexo), saúde, entre outros itens. Na verdade, o primeiro exclui os demais. Não existe algo como: "pelo menos estamos com saúde e é isto o que importa". Não. O "pelo menos" só se aplica ao dinheiro. Podemos estar na pior, mas "pelo menos, temos grana" é o que prevalece aqui dentro. E lá fora também.

Por sorte não voltam a falar de mim, como da primeira vez. Seria mesmo muito desagradável ouvir novamente todas aquelas mentiras a meu respeito. Vejo o rosto descontraído do velho amigo e me contagio com seu riso solto. Lembro a peça que quis me pregar, mencionando "minha esposa em coma". Por que não encarar tudo com bom humor? Parar de me sentir perseguido. Mais um gole. Antes assim.

E me pego imaginando o que estaria falando com eles se estivesse, de fato, à mesa? A nova decoração da casa de praia? A última troca de carro? A próxima viagem para fingir que se escapou da mediocridade por uma semana?

Ora, que cinismo. Para que esconder de mim mesmo? Estaria feliz e contente com uma certa Alice ao meu lado. Para que mais? "Pelo menos, Alice."

Enquanto devaneio um pouco ao lado dos velhos amigos, mais alguns goles não farão mal nenhum. Rimos todos. Por um rápido momento, somos felizes. Mas passa tão velozmente. É preciso beber um pouco mais.

É preciso verificar a confusão que está acontecendo lá perto da pista de dança. Derrubaram algumas bandejas da mesa de doces. Isso não impede que a música siga alta e as pessoas continuem a se contorcer alucinadamente.

O nosso orador tenta fazer um discurso, mas é logo vaiado. Queremos ser jovens de novo. Não nos lembre que dez anos ficaram para trás. Ninguém nos disse quando era hora de correr, perdemos o tiro de largada, como a bela e triste canção insiste em nos recordar.

Alguém parece se lembrar de mim. Novamente ela, a menina mais nova que namorei na época do segundo grau. Ela quer saber se alguém me viu por aí. Não têm me visto há muito tempo. "Parece que desapareceu, evaporou". Noto uma ponta de lágrima em seus olhos. Tivemos um fugaz e glorioso reencontro numa noite perdida, séculos atrás, antes de tudo ter acontecido. É estranho. Não lembro de que ela tenha ficado especialmente empolgada. Era um dia como hoje. Muita gente bebia. Acho que era a festa de formatura num outro hotel. Talvez sua formatura. Uma das poucas vezes em que saí de meu refúgio. Nós dois estávamos bem altos. Agora lá está ela, sóbria e cheia de olheiras. Mas quase não penso mais em tudo isso, pois tem alguém especial abrindo caminho pela pista.

Ela fica me apontando de longe. O corpo já no ritmo da música. Seu rosto está feliz. Pelo visto, está se divertindo bastante com a festa. Juntos, numa louca coreografia, entornamos mais uma marguerita e jogamos os copos para trás.

O mundo vai ficando para trás. Somos nós dois no centro da pista e aquele bando de figurantes ao redor parece bater palmas para nós, a dupla que chama a atenção de todos.

Tudo roda à nossa volta. Dançamos até suar. Nossos corpos molhados no meio do salão. E a música toca cada um dos sucessos que já dançamos em outros momentos alegres.

A *hoira*, a tradicional dança judaica, é formada. Uma enorme ciranda junta todos na pista. E eu e Alice ficamos no centro do centro. Ouvimos os refrões berrados, como se fossem salvar o mundo. Sim, salvamos o mundo com nossa alegria. Digo, nós dois. Eu e ela. Ali, olhos grudados. Digo uma bobagem ou outra em seu ouvido. Poderíamos chamar o rabino e casar ali mesmo.

Depois, bebemos muito mais, subimos pelas mesas. Na verdade, sigo-a. É ela quem lidera a loucura. Quebramos copos e pratos. Assustamos algumas pessoas. Mas em sua grande maioria, não dão maior importância. Todos celebramos juntos a juventude. Poderiam nos trancar todos ali e parar os ponteiros.

Infelizmente, há sempre muita coisa lá fora nos esperando. Pouco a pouco, uma força magnética vai puxando um a um do salão.

Não chegamos a terminar sozinhos ali dentro. Não temos esse privilégio. Ela também tem algo lá fora. Isso me lembra que terei muito trabalho pela frente. Alice precisa recarregar-se no alto do morro. Peço que não, só dessa vez. Embebedo-a mais um pouco. Imploro para terminarmos a noite na praia.

Na barca, no caminho para o sanatório da Dra. Nadine, vou relembrando o que se passou depois da festa. Não sei até que ponto as lembranças são ainda o resultado do que ingerimos. Na verdade, deixo de fora todo o supérfluo e fico com o que interessa. Em algum momento, Alice me perguntou o que estava sentindo. Não entendi muito bem a pergunta. Ela queria saber como me sentia por dentro. Estava inteiro ainda? Percebi que Alice tinha o mesmo temor que eu. Que o desaparecimento exterior fosse apenas um prenúncio para sumirmos por completo da face da Terra. Deveria ter falado que agora não. Agora estava carregando algo muito bom dentro deste meu contorno invisível.

Mas não. Ou ela deu um jeito de me impedir ou não tive coragem. Provavelmente as duas coisas. Já quase sóbrios, estávamos deitados na areia, debaixo das estrelas. Ficamos em silêncio assim por um bom tempo. Éramos os seres mais solitários do planeta. E talvez de todas aquelas galáxias lá em cima.

Talvez influenciado pelo espetáculo acima de nossas cabeças, resolvi que havia chegado o momento de pagar minha dívida. Estava na hora de lhe contar o que ela jamais insistiu em me cobrar, nem por uma única vez: a continuação da história sobre o menino. A minha história.

Ela me olhou nos olhos, séria pela primeira vez esta noite. Existem pessoas que te inspiram. Que fazem você ser do tamanho que é. É claro que Alice sabia que o tempo inteiro estivera falando de mim. Isso só me deu forças naquele momento. Então, fui retomando o fio da meada desde a grande explosão, a internação na clínica de desintoxicação, até chegar às malditas perguntas que me torturavam.

Se ele não tivesse embarcado no meu lugar, estaria vivo agora? Ou teria morrido de qualquer jeito naquele mesmo dia?

Eu era culpado ou inocente pela morte de meu irmão?

No fundo, a mesma questão desde sempre. Será que temos livre-arbítrio? Ou será que nada acontece por acaso e tudo está escrito?

A insensata tentativa de respondê-la me levaria perigosamente a criar algo sombrio e fora de controle, um ser ao mesmo tempo extraordinário e grotesco que passou a ganhar vida própria, ao qual principiei a me referir como o "Projeto".

Poderia ser loucura. Mas eu tinha de encontrar uma resposta. Sabia que não seria capaz de seguir vivendo sem ela.

O Projeto me demandaria todo o tempo e dinheiro disponíveis. Vendi às pressas minha parte na empresa pela metade do preço de mercado, abandonei as amizades que ainda me restavam, dei o definitivo adeus a uma antiga paixão da adolescência, comprei as mais sofisticadas máquinas de processar dados jamais criadas pelo homem e me tranquei em casa. Estava disposto a qualquer coisa para responder a pergunta.

Muito bem... Por onde começar?

Nada acontece por acaso. Tudo está escrito.

O desafio mostrava-se simplesmente intransponível. Afinal, esta maneira de compreender o mundo não se encaixa com métodos científicos. É meramente uma questão de fé. Pode-se apenas acreditar ou não. E não era isso o que eu estava procurando.

Por sorte, havia uma saída de emergência.

Resolvi fazer o que, em matemática, se chama de prova por contradição (ou redução ao absurdo, do latim *reductio ad absurdum*). Este tipo de prova é feita assumindo-se como verdade o contrário do que queremos provar e então chegando a uma contradição.

Era o único meio de dar partida no processo. Talvez uma opção não excluísse a outra, era meu palpite. Então, que se examinasse a idéia diametralmente oposta.

Tudo acontece por acaso. Nada está escrito.

Primeira pergunta: existe acaso?

De todas as analogias, a mais popular tem sido há milhares de anos a do lançamento de dados. "Alea jacta est", proclamou o imperador Júlio César, na frase em que os dados representavam a própria sorte que estava sendo lançada. "Será que Deus joga dados?", tentou responder o mais genial dos cientistas da era moderna, Albert Einstein. Embora simplificadora, a questão é extremamente simbólica.

Uma pessoa joga um dado para o alto e obtém o número seis. Ela repete o ato e novamente a face voltada para cima é a de número seis. Isso acontece não uma, nem duas vezes, mas dez vezes seguidas. Sempre o seis.

Isso é acaso? Isto é um "milagre", diriam alguns.

Mas, se observarmos um número razoavelmente grande de jogadas, digamos um bilhão de lançamentos, comprovaríamos quão grande é a probabilidade deste "milagre" ocorrer. Não só com a face dos seis pontinhos, mas com cada uma das outras cinco faces do dado. Isso é a "Lei dos Grandes Números". Isso é estatística. Isso é matemática.

Também podemos prometer com bastante segurança que, de um bilhão de lançamentos, aproximadamente cento e sessenta e seis milhões seiscentas e sessenta e seis mil vezes, o dado cairá com o número um sendo o vencedor. A mesma promessa poderá ser feita com cada um dos outros cinco "concorrentes".

Ou seja, se podemos ter uma idéia bastante acurada do que, *em média*, deverá acontecer em um bilhão de jogadas, no entanto, é impossível prever a mísera próxima jogada.

A verdade é que o exemplo dos dados para o estudo do acaso tem uma série de problemas. Trata-se de um sistema dinâmico tipicamente determinístico e linear. Isto quer dizer que, se decidíssemos mensurar num laboratório todas as variáveis, desde a força pela qual o dado é lançado, até o material com que foi feito, passando pelo índice de atrito com a superfície sobre a qual ele rolará, sem esquecer do atrito do ar... Enfim, se tivéssemos de posse de todas estas informações, poderíamos prever com a mais absoluta exatidão o futuro: a face que o dado nos mostrará na próxima jogada.

A grande questão é que o espaço para o acaso é cada vez menor quanto mais se conhece o que está envolvido no jogo.

Entretanto, o que acontece quando estamos diante de um evento em que, apesar de conhecermos todas as variáveis, ainda assim não conseguimos prevê-lo?

O acaso só se manifesta em todo o seu esplendor quando estamos diante de um cenário muito específico: um sistema caótico. Neste mundo singular, há uma lei que domina todas as outras: uma minúscula alteração das condições iniciais tem como conseqüência mudanças gigantescas no futuro. O motivo é simples: estas mudanças crescem exponencialmente com o tempo.

Isto implica em dizer que, ao tentar embarcar na aventura da previsão, um erro ínfimo resultará não apenas em pequenas correções de rota. Mas numa imprevisibilidade total do resultado final. Simplesmente aqui não existe algo como um erro desprezível. Se a oitava casa decimal de uma das variáveis não estiver precisa, digamos uma leitura de 0,50000000 ao invés de 0,50000001, em pouquíssimo tempo, poderemos ter um resultado não ligeiramente diferente, mas diametralmente oposto do que havia sido previsto inicialmente.

A famosa idéia de que uma borboleta batendo as asas numa floresta tropical provocará um ciclone do outro lado do planeta. O efeito borboleta.

Portanto, era preciso ser bem mais cuidadoso para procurar o acaso em sua essência. Digamos que, em vez do jogo de dados, conseguíssemos encontrar um sistema na natureza que fosse, ao mesmo tempo, isento e caótico. Isento: livre da ação do homem. Caótico: total falta de previsibilidade, de padrão.

Um mundo onde... *tudo acontece por acaso, nada está escrito.*

Esse era um ponto de partida que considerei razoável. Num sistema assim, eu me indagava: o que aconteceria se aumentássemos dramaticamente nossas amostras? Se pudéssemos obter o resultado não de um milhão, nem de um bilhão de "jogadas", mas de dezenove trilhões de jogadas?

Será que depois de um número x de jogadas encontraríamos algum tipo de padrão se repetindo? Será que assim poderíamos chegar ao momento em que seríamos capazes de "prever" com exatidão a próxima jogada?

Ou será que nada mudaria e continuaríamos tendo apenas uma idéia aproximada do que aconteceria em termos gerais? Nada de previsões sobre a próxima jogada...

Era este sistema que eu procurava. Um sistema em que, mesmo depois de dezenove trilhões, ou dezenove quatrilhões de "jogadas", jamais encontrássemos um único padrão sequer. Nenhuma série de números se repetindo. Nenhuma previsão possível. Ad infinitum.

Com um sistema assim teríamos a prova de que o Caos Absoluto, o acaso em sua potência máxima, existe?

Era aqui que começava minha teoria.

Hipótese: se o Caos Absoluto existir, talvez ainda assim possa ser lido, decifrado como um Código.

Digamos que o que falte ao homem sejam meios para ler e entender o Caos Absoluto. Sim, talvez o Caos Absoluto tenha uma linguagem secreta. Pode ser que nele haja uma mensagem, um código oculto. E, se assim for, este mundo onde aparentemente...

tudo acontece por acaso pode ser, na verdade, um mundo onde... *nada acontece por acaso*. Onde se possa encontrar causa e efeito para tudo.

Como muito bem resumiu o ilustre matemático Ian Stewart: "Um universo aparentemente movido pelo acaso poderia estar obedecendo todo e qualquer capricho de uma inteligência superior que escolhe como o dado é jogado."

Talvez não se consiga compreender o Caos Absoluto matematicamente, mas através de um instrumento ainda não inventado. Ou, colocado de outra maneira, que ele não tenha um período numérico, mas tenha Sentido.

Ou seja, que possa ser interpretado, traduzido em outra linguagem. Afinal, sentido é tudo o que o ser humano deseja.

Ao amarmos a proporção, a simetria, é porque queremos relacionar as coisas. Racional vem do latim *ratio*, que significa proporção. Se uma medida é um décimo da outra, que vem a ser um sexto daquela outra e assim por diante... é sinal de que o todo faz sentido. Não é uma forma bruta. É algo que pode ser compreendido por suas partes. Não é de se admirar que se exalte tanto o homem como sendo um animal racional.

Neste exato momento de minhas desesperadas divagações filosóficas, percebi que jogavam a correspondência por debaixo da porta. Tentei voltar ao raciocínio, mas já era tarde. Havia perdido a concentração.

Resolvi comer algo. No caminho até a cozinha, reparei que não havia apenas contas e encartes publicitários. Por entre os papéis, notei uma carta. Assustei-me ao ler o nome do remetente: Max Diamant. Não tinha qualquer lógica. Meu irmão havia partido quando o avião em que viajava explodiu, naquele fatídico vinte e seis de outubro. Que espécie de brincadeira era aquela? Abri o envelope com o coração acelerado, até que finalmente se desfez o mal-entendido. Quem me escrevia era Cíntia, minha cunhada. Foi a única pessoa da família que não me culpou pela morte de Max.

Era uma mulher madura e inteligente. De longe, a melhor escolha que Max havia feito em toda a sua vida. Na carta, ela me explicava que, quando encaixotou tudo, não se deu ao trabalho de olhar a extensa papelada de Max. Agora, com calma, do outro lado do oceano, foi pouco a pouco separando o que havia de realmente importante e o que era descartável.

Cíntia havia encontrado o que lhe parecia ser uma longa carta de Max para o irmão mais velho. Ao ler as primeiras linhas, constatou que se tratava de algo muito pessoal. Preferiu não ler o conteúdo. Enfim... aí estava. Pedia desculpas por ter colocado o nome de Max como remetente, mas era assim que gostaria que eu a tivesse recebido. Como uma mensagem que o caçula lhe enviava. Não importando mais se estivesse vivo ou morto.

Sentei-me boquiaberto, tomei um copo d'água. Respirei fundo e preparei-me para começar a leitura. Tinha estabelecido uma dura couraça que me protegia *daqueles três*, como gostava de me referir ao núcleo familiar. Enfim, estava pronto. Logo no início da carta, Max dizia o quanto me admirava. O quanto me respeitava. Que não se cansava de ver as fotos em que nós dois estavávamos juntos, blá, blá, blá... que jamais esqueceria o rosto do irmão todo sorridente empurrando o carrinho pela calçada da praia... os jogos de futebol na escola... os longos passeios na casa de campo...

Por mais que tentasse me defender com a razão, as palavras foram provocando em mim um forte acúmulo de sensações. A vista foi ficando embaçada e, à medida que ia progredindo, ficava mais e mais difícil absorver as palavras escritas.

Porém, por mais que estivesse emocionado, tive um bloqueio para passar às linhas seguintes. Havia algo errado. O que estava no papel era totalmente inaudito. Aquele texto, todas aquelas argumentações, tinham povoado minha mente nos últimos meses. Como poderiam ter mudado de lugar? Tentei me controlar. Ainda mantinha a sanidade, apesar de tudo. Então, fui compreendendo melhor. Sim, era aquilo mesmo. Max dizia que sempre carregou o desejo secreto de dar a mim algo que me ajudaria a levar uma vida menos angustiada. Afinal, sabia que certas obsessões me atormentavam. E tinha a noção do quanto o modo como nós dois fomos criados de maneiras absolutamente diferentes havia sido decisivo nesse processo. Sim, chegara mesmo a questionar por diversas vezes os pais a respeito do passado, de como haviam tratado a questão na família. Não gostou do que ouviu.

Assim, desde aproximadamente um ano atrás, sem que contasse nem ao pai ou à mãe, nem mesmo a Cíntia, estava se dedicando a desvendar a pergunta que tanto machucava seu querido irmão: "Será que nada acontece por acaso? Será que tudo está escrito?"

Ao ler esta última frase, senti uma forte tontura. Mas a coisa só aumentava de tamanho. A linha de raciocínio que Max ia tomando era absolutamente a mesma que a minha. O exemplo dos dados, a procura pelo Caos Absoluto, a questão da busca por sentido... À minha frente estava simplesmente a continuação do que andara rabiscando, exatamente quando ouvi a correspondência ser jogada para debaixo da porta.

"Ora, mas o mundo é assimétrico, desproporcional. Não quando o homem o enxerga, com suas infinitas correções, mas como é de fato. Portanto, só sossegaremos quando encontrarmos o sentido na assimetria, no irracional, no Caos Absoluto.

Se a tese se confirmasse, então saberíamos que nada acontece por acaso. Tudo já foi decidido em algum outro momento anterior. Em algum outro lugar. Qualquer escolha do homem, não é uma escolha. É uma simples burocracia. E tal qual um autômato, não deve ter remorso de seus atos, muito menos culpa. Este é o grau zero para as minhas indagações.

Decidi, então, procurar o caos na natureza. Afinal, não faltam exemplos: os fenômenos meteorológiocos, a taxa de nascimentos de uma população de chimpanzés, o fluxo da correnteza em um rio...

Porém, a idéia inicial será encontrar um modelo capaz de ser destacado, analisado, dissecado enfim. E, especialmente, longe da ação do homem. A milhões, bilhões de quilômetros do alcance do homem. Como um dado rodando no espaço."

Infelizmente, estas eram as últimas palavras. Aqui terminava a carta. Era uma obra em andamento. Fiquei extremamente confuso com o que lera. Não sabia o quanto Max se importava comigo. E se ele não dera tamanha demonstração de apreço em vida, isso só se devia a um único motivo: eu não deixara que Max se aproximasse. Tinha noção do quanto andava afastado. A couraça que eu havia criado tinha sido mesmo efetiva. Colocara o pequeno a uma distância segura. Imaginei que Max deve ter tentado se aproximar diversas vezes sem sucesso. Sempre seco e distante, nem fui capaz de perceber. Aquilo só aumentava, e muito, a culpa que me torturava. Que, diga-se, já era bem grande. Refiz mentalmente as várias oportunidades que tive para diminuir as distâncias e que foram friamente desperdiçadas. Naquele momento, senti-me o pior dos homens. Como uma deformidade da natureza, monstro enjaulado naquele apartamento.

Porém, por outro lado, tenho de admitir que senti minha auto-estima dar um pulo, um salto monumental. O "pequeno gênio" não havia pensado em nada que eu também não tivesse raciocinado. Estava ali, bem à minha frente naquela carta, a prova cabal de que não éramos tão diferentes assim. Isso me deu uma tremenda injeção de ânimo para seguir adiante. Não só por mim mesmo. Agora também por Max.

Sim, o caminho estava lá, a bilhões de quilômetros do homem. O tema sempre nos foi familiar.

Nossos pais se conheceram no ambiente de trabalho. Ele, um astrofísico ambicioso. Ela, uma professora do primário trabalhando como secretária para ganhar um pouco mais. Foi lá, no Planetário, que Joel Diamant e Raquel Breitman se viram pela primeira vez e deram o primeiro beijo, naquela mesma semana em que se conheceram. Os cursos ministrados pelo professor Diamant faziam muito sucesso entre os estudantes do ginásio. Eu sempre estava na primeira fileira.

Durante toda a infância até quase o fim da adolescência, estudei com afinco os pesados volumes da estante, mesmo que não entendesse a metade do que lia. Queria saber mais e mais sobre tudo que se relacionasse com o universo de meu pai. Precisava desvendar os vulcões gigantescos da superfície de Marte. as falhas do cinturão de asteróides, as incontáveis luas de Júpiter, a beleza hipnótica dos anéis de Saturno, o mundo azul e gelado de Netuno, as estrelas gêmeas, triplas, as supernovas, as gigantes vermelhas trezentas vezes maiores que o Sol. E também as órbitas extra-solares, os pulsares, os quasares, os buracos negros, os hiperespaços... Era a única maneira que encontrava para capturar a atenção do exigente mestre. Para ter o direito de orgulhosamente receber um insosso e valioso tapinha nas costas.

Fui me desinteressando pela astronomia à medida em que Max ia tomando conta daquilo que Joel Diamant mais gostava no mundo.

"Não interrompa os dois agora. Seu pai e seu irmão estão estudando coisas muito importantes.""Não tente entender. Isso é muito complicado para você."

Já no início da faculdade, sequer podia ouvir falar sobre qualquer coisa que não pudesse estar em contato com o solo terrestre.

Isso foi até acontecer a tragédia.

Agora, novamente, minha vida girava em torno do inescrutável mundo que existe acima de nossas cabeças.

Eu sabia que, se houvesse resposta, estaria lá. "A milhões, bilhões de quilômetros do alcance do homem. Como um dado rodando no espaço."

Procurei por dois anos algum sinal que viesse do espaço. Não de vida extraterrestre, mas de que o Caos Absoluto existe.

Havia diversos estudos sobre áreas do espaço onde existem grandes probabilidades de se encontrar corpos movendo-se caoticamente.

Tinha certeza de que, mais cedo ou mais tarde, encontraria um astro peculiar. Único. Um ser que descrevesse uma trajetória absolutamente imprevisível por mais que se estudassem seus movimentos por milhões de séculos.

Não falava com meu pai desde a explosão que matou Max. A única coisa que nos ligava era sua senha pessoal. A senha que dava acesso remoto ao gigantesco e revolucionário telescópio localizado numa longínqua província no extremo mais alto do continente, onde o casal Diamant vive até hoje. Para o senhor PhD em Mecânica Celeste, QI 240 e pesquisador-chefe do Observatório Internacional de Los Lobos, o súbito e inusitado interesse do filho mais velho é algo que ele chama de astrologia.

Enfim, este era o acordo silencioso entre nós. O uso em determinadas noites do ano do aparato de observação astronômica mais avançado do planeta em troca de não ter que enviar mais nada que esparsos e lacônicos cartões de boas festas.

A verdade é que já não me importava muito com meus pais ou qualquer outra pessoa. Para mim, só existia o céu infinito, onde encontrei minha razão de viver.

Durante os dois anos de intensa procura pela vastidão do espaço, por alguns breves momentos acreditei firmemente que tinha chegado lá. Só que todas as vezes que pensava ter encontrado uma órbita "perfeitamente" imperfeita, estava enganado. Depois de calcular suas trajetórias, não tardava a encontrar "ilhas de regularidade" em meio a um mar de caos. O que indicava a inevitável conclusão de que dentro de um espaço de tempo no futuro, o corpo em questão estava inexoravelmente predestinado a emergir do caos para a sincronia.

No fundo, uma incômoda idéia ia me torturando aos poucos. Ela parecia cantarolar uma soturna melodia ao meu ouvido. Como se dissesse que eu estava condenado a entrar em terreno pantanoso, onde um homem talvez jamais voltasse. Se a circunstância que melhor define o caos é um mundo em que é necessário ter em mãos a mais exata precisão das condições iniciais, o astro do Caos Absoluto, que procurava como um explorador sem bússola, me apontava dois caminhos assustadores.

Numa das trilhas, a precisão absoluta só seria alcançada no infinito, uma vez que será sempre necessário mais uma casa decimal para garantir a previsão exata.

Na outra vereda, o pesadelo que mais me atormentava. Talvez no mundo do Caos Absoluto não exista aquilo que chamamos de... *condições iniciais*. Estaríamos diante de um corpo celeste feito de algo que desobedece qualquer lei natural. Um ser fantasmagórico. Sem começo, sem fim. Eterno.

Neste Caos Absoluto, onde reina a imprevisibilidade "perfeita", simplesmente todas as hipóteses poderiam acontecer a qualquer momento. Um corpo assim poderia estar em qualquer lugar, a qualquer tempo. A eternidade levaria a uma espécie de onipresença.

Obviamente, não há como comprovar, sequer chegar perto de algo assim. Porém, eu tentava enganar a mim mesmo, como o capitão de um navio à deriva, de que temos sempre uma pista: a falta de padrão. Se encontrarmos um corpo que não tenha um ínfimo traço de regularidade, de padrão, sempre existirá a possibilidade de estarmos próximos do Caos Absoluto.

Vez por outra, pegava-me tentando escutar algum barulho junto à porta. Devaneava a chegada de mais uma carta de Max. Desejava inconscientemente que ele me impedisse de seguir em frente. Que não deixasse que ficasse louco. Que me dissesse que, simplesmente, não há resposta, "querido irmão".

A procura foi me consumindo de uma tal maneira que já havia perdido praticamente todas as minhas últimas economias. Reservas emocionais também escasseavam. Vivia isolado de tudo e de todos. A essa altura, mal conseguia me lembrar das feições da antiga paixão.

E a impressão que tinha era a de que sequer havia encontrado uma mísera pista para seguir.

Primeiro, era preciso encontrar o Caos Absoluto. E, só então, seria capaz de desafiá-lo. De entendê-lo. De provar que tudo já estava escrito. De que eu não matara meu irmão.

Só que este Caos Absoluto, tão idealizado, para meu desespero, parecia não existir. Sem ele, nada poderia provar. Sem ele, estaria condenado para sempre.

O dinheiro já chegara ao fim. Alimentava-me de migalhas de pão e bebia as últimas gotas de água do refrigerador que descongelava.

Desesperado, sem ter mais o que comer, olhei para o embaçado céu noturno da grande cidade e concluí que talvez fosse esse meu merecido fim. Como não era capaz de desistir da loucura toda, um dia seria encontrado apodrecendo no chão do apartamento. O mais difícil era aceitar a idéia de morrer, sem saber se era culpado ou não pela morte de Max.

Foi quando escutei a batida na porta. Quem seria? Não havia ligado para o supermercado. Verifiquei pelo olho mágico: era o porteiro do prédio, José. Fazia, pelo menos, um ano que não o via.

Tinha conseguido eliminar todos os possíveis desperdícios de tempo. As compras eram entregues pelo supermercado. Os funcionários de lá já estavam acostumados. Eu nem saía da tela do computador. Respondia com um grunhido que a porta estava encostada e eles deixavam tudo por ali. Portanto, nunca mais vira o porteiro. Ele se acostumara a simplesmente jogar a correspondência por debaixo da porta.

Ao abrir, reparei que o inesperado visitante me olhava com um misto de preocupação e desconfiança. José me examinou de alto a baixo e perguntou se estava bem. Respondi que sim. O homem insistia. Queria saber se tinha mesmo certeza disso. Já perdendo a paciência, dei a entender que não podia ficar desperdiçando meu valioso tempo. Precisava voltar ao trabalho. E, ao escutar minhas próprias palavras, ponderei que talvez não pudesse continuar por muito tempo neste "trabalho". Afinal, meus recursos financeiros e, principalmente, psicológicos, haviam se exaurido por completo.

De todo jeito, não me entregaria antes do fim. Senti uma tristeza profunda ao perceber que, talvez, este fim estivesse mais próximo do que pensava. José apenas me estendeu uma caixa. Não explicou do que se tratava. Foi embora balançando a cabeça.

Olhei para a caixa e vi novamente algo familiar. Max Diamant.

Abri avidamente o pacote do correio. Será que Cíntia me mandava alguma ajuda em dinheiro? Poderia, talvez, continuar por mais alguns meses e aí... quem sabe? Com certeza, alguém há de ter lhe contado sobre minha condição de miséria e...

Não encontrei nenhuma nota, nenhum cheque ou ordem de pagamento. Também não havia nenhum bilhete de Cíntia. Pregavam-me uma peça? Fiquei desolado.

No interior da caixa, um monte de rascunhos, papéis de diferentes tamanhos e cores, rabiscados em canetas azuis, verdes, pretas, vermelhas, e a lápis também. Eram de épocas distantes também. Havia folhas bastante amareladas pelo tempo. Botei tudo em cima da mesa da sala. E só muito lentamente fui me dando conta. Eram cálculos. Cálculos astronômicos.

A caligrafia de quase tudo parecia mesmo ser de meu irmão. O emaranhado de papéis lembrava um enorme quebra-cabeça. Levaria muito tempo para desvendar o que tudo aquilo queria dizer. Porém, logo identifiquei várias anotações familiares. Meu irmão também andara vasculhando o Cosmos. E, aparentemente, havia feito mais progressos que eu.

Foi só quando coloquei todas as peças à minha frente, que notei uma bolinha de papel. Desamassei-a. Era o único pedaço de papel em cima da mesa que não trazia cálculos. Tratava-se de mais uma carta de Max. Por que a teria amassado daquele jeito? Por que não a jogou fora, simplesmente? Provavelmente relutava em revelar seu conteúdo.

"Querido irmão,

Há quase dois anos me lancei nessa tarefa que a todo momento tem me parecido cada vez mais absurda. Venho tentando encontrar um corpo celeste que tenha comprovadamente uma trajetória caótica. O desafio vinha me parecendo impossível. Confesso que pensei em desistir por diversas vezes. O assunto estava me deixando obcecado e já não dava mais atenção à Cíntia e às crianças. Meditei bastante e resolvi aceitar a derrota. Afinal, certas coisas jamais podem ser explicadas nesta vida.

Isto foi em junho último. Porém, um fato curioso aconteceu em agosto, quando estive nas montanhas, no aniversário de papai. Almoçávamos na varanda da casa, quando mamãe, por algum motivo qualquer, nos relembrou um dos inúmeros episódios divertidos da célebre visita do primo Ordínov, que a família acolheu tempos atrás. Acredito que você tinha uns sete ou oito anos na época..."

Sim, eu me recordava vagamente das feições do velho Ordínov. O rosto macilento e manchado, as longas barbas misturando pêlos cinzas e brancos. Aquela era a segunda vez que vinha visitar a família. A primeira havia ocorrido vinte anos antes. Ainda chamavam-no de primo, justamente por causa do jeito como a bisa Katierina, ou Kátia, referia-se a ele. Porém, o *primo* Ordínov tinha idade para ser nosso bisavô. Havia até mesmo um certo rumor de que ele e a bisa teriam tido um caso na juventude.

Quando Ordínov veio ao nosso país pela primeira vez, sua reputação era das mais altas. A bisa enchia a boca para contar dos feitos do célebre parente. Um grande e condecorado "cientista das estrelas", que havia feito inúmeras descobertas na distante terra natal. Meu pai, na época ainda um pretendente de mamãe, confirmava a fama. Comentava-se nos círculos acadêmicos do ocidente rumores sobre um misterioso Paradoxo de Ordínov. Uma teoria revolucionária sobre a formação de planetas. Porém, isso era tudo o que se sabia. Naquela época, o regime em que vivia o primo mantinha qualquer informação desse tipo em segredo. A expectativa pela sua chegada era enorme.

Quando o ilustre visitante desembarcou, a imagem sisuda se desfez rapidamente. Ordínov sobretudo amava dançar. Era animado, falava alto, ria com os olhos. Adorava o som das palavras na nossa língua. Quando gostava de uma, ficava pronunciando com gosto, sem parar. Carismático, sempre estava contando alguma história incrível para as crianças da família, numa língua esquisita, devidamente acompanhado por sua espantada tradutora oficial, mamãe.

Meu pai tentava aproveitar os pequenos intervalos que lhe sobravam na agenda do primo para debater os famosos tratados científicos. No entanto, Ordínov jamais estava interessado. Dizia que a vida era curta, que não se devia perder tanto tempo com coisas sérias, e caía na gargalhada, já juntando os pequenos para um novo número de mágica ou se aprontando para uma noitada num dancing.

A bisa mandou um recado ao "candidato a noivo" através de mamãe: que não aborrecesse o primo. Para todos os lugares em que ele viajava, sempre mandavam um espião. E eles poderiam estar sendo escutados neste mesmo instante em que segredavam.

E assim, seguiram-se pequenas viagens aos arredores da cidade, piqueniques com as crianças, visitas a museus e, sobretudo, muitos bailes.

Já no final da viagem, Ordínov pareceu perceber que meu pai se afastava de suas graças. Chamou-lhe na frente de todos e disse que havia chegado o momento de passar ao "futuro membro da família" o seu legado: seus três livros publicados até então. E que haviam sido censurados pelo tirânico regime. Emocionado, Ordínov confessou que, por divergências políticas, tinham lhe confiscado o posto na universidade. Contudo, jamais abateriam seu amor à vida e à liberdade. Todos aplaudiram entusiasticamente o solene momento.

Quando o primo foi embora, meu pai já havia traduzido boa parte do primeiro capítulo com a ajuda de um colega da faculdade. Os estudos astronômicos do professor Ordínov eram, na verdade, uma confusa miscelânea de misticismo cristão, judaico e indiano. A longa observação das estrelas havia resultado num amontoado de mapas astrológicos.

A bisa Kátia simplesmente se recusava a aceitar o que meu pai tentava lhe explicar. Ordínov era o homem mais inteligente que jamais havia conhecido. O mais brilhante de todos. E, chorando, foi para o seu quarto, dizendo que nunca mais falaria com o "ex-futuro" esposo de sua neta.

Na segunda visita, a bisa Kátia já não andava nada bem. Meu pai teve de tomar todo o cuidado para não falar qualquer coisa que pudesse ofender o orgulho do primo.

Eu me lembrava bem daquele velhinho tão ágil, elétrico mesmo, me ensinando um truque de mágica. Passamos uma pequena temporada na casa de campo. Uma imagem que jamais esquecerei. De longe, vi o primo e a bisa cochichando algo ininteligível. Vi ela limpar uma lágrima que escorreu e depois um beijo carinhoso, como só os namorados eram capazes de dar. Saí dali correndo.

Todas estas memórias percorreram meu cérebro no mesmo instante que vi o nome Ordínov ser mencionado na carta de Max.

Mais à frente, ele continuava com uma revelação que permanecera em segredo por todos estes anos.

"... visivelmente papai estava contrariado em trazer à tona aqueles episódios. Mas mamãe insistiu que ele contasse uma das histórias. Talvez por vingança, papai escolheu justamente uma passagem que não agradava em nada à mamãe. Rindo muito, papai contou que antes de ir embora em sua segunda e derradeira visita, o primo lhe procurou e lhe entregou seus últimos escritos. Não queria que suas valiosas descobertas caíssem nas mãos do regime que o perseguia. E que as escondessem muito bem, pois havia espiões espalhados por toda parte. Papai não se conteve daquela vez e lhe disse com todas as letras que era um homem das ciências. Sendo assim, infelizmente, não saberia como poderia ajudá-lo em propagar suas idéias, um tanto... exóticas. Muito sério, o primo Ordínov encarou papai e lhe disse em iídiche: "A astrologia está em todas as crenças. Até mesmo na nossa, meu caro Yoel. Lembre-se: há coisas que os olhos não podem ver, mas que, ainda assim, um homem tem o dever de enxergar." Papai terminou o relato morrendo de rir. Mamãe não gostou do tom explicitamente debochado de papai. Mais tarde, matei minha curiosidade e perguntei a ela sobre os tais escritos do primo. Se haviam sido guardados. Evasiva, ela apenas disse que sim. Quando voltei para casa, encontrei-os em minha mala.

O fato é, meu caro irmão, que aquilo ficou guardado em meu inconsciente até o momento em que estive a ponto de desistir da busca. Foi quando lembrei-me da enigmática frase do primo. Seria este o verdadeiro Paradoxo de Ordínov? Sorri e fui dar uma olhada descompromissada nos escritos do ancião.

Sinceramente, até agora não consegui entender como ele chegou àquelas descobertas. A verdade é que o *mapa astrológico* que deixou com papai não tem nada de similar com qualquer coisa que já vi antes. Ele fala num corpo celeste que "em si, contém o Todo". Não tenho a menor idéia do que ele quis dizer com isso.

Também menciona uma data específica, segundo um antigo calendário indiano, em que o corpo se revelaria "por completo".

O que posso afirmar com certeza é que sua localização parece ser correta. Há um mundo desconhecido a 32 mil anos-luz do nosso planeta..."

A 32 mil anos-luz do nosso planeta existe uma constelação chamada K98. Entre as várias estrelas de K98, encontra-se a gigantesca Vertigo.

O segundo planeta mais distante do centro de Vertigo chama-se Ganimedes. O mais distante chama-se Pater. Pater não tem nenhum satélite. Ganimedes tem dezessete.

Todas as indicações de Ordínov estavam corretas. Os nomes foram batizados por ele. Imagino que K98 tenha algo a ver com a bisa Katierina, nascida em 1898.

Era de tirar o fôlego. À minha frente estava uma descoberta que seria saudada pela comunidade astronômica internacional como a mais importante da década.

No entanto, não havia encontrado o mítico corpo celeste que "em si, contém o Todo". E que, tanto eu, como Max, desesperadamente ansiávamos por ser a mais perfeita tradução do caos no universo. Os papéis amarelados que vieram na caixa do correio eram de punho do próprio Ordínov e pareciam prometer um derradeiro segredo a ser desvendado.

Antes de lançar-me mais uma vez em cuidadosas observações astronômicas e de mergulhar de cabeça em todos os cálculos, fazendo e refazendo o quebra-cabeça que Max havia me enviado do passado naquela caixa, era preciso resolver um detalhe sem o qual simplesmente não poderia seguir: minha insolvência financeira. O problema maior não era ter o que comer, nem estar com o condomínio atrasado. A energia estava prestes a ser cortada. E, sem ela, nada de computadores. Impossível continuar calculando.

Decidi tomar um caminho extremamente arriscado. Como já tinha encontrado a pista, poderia negociar a senha secreta que me ligava ao poderoso telescópio internacional localizado nas montanhas geladas do país vizinho. Sabia que aquilo valia um bom dinheiro. Retomei um antigo contato, Samuel, ou melhor, Shimi Steiner, astrônomo amador e milionário sem escrúpulos, um verdadeiro escroque, amigo de infância de meu pai. Alguém que sabia o quanto valia o poder de admirar as estrelas muito mais de perto do que um simples mortal. Era preciso negociar. Eu precisava do dinheiro, mas também necessitava de tempo. No encontro em seu Jaguar, ele disse não entender minha proposta. "Afinal, tempo é dinheiro. E você quer os dois. Que tipo de *shmock* você acha que sou?" Joguei todas as minhas fichas. "Um ano. Ou, então, nada feito", disse abrindo a porta do carro, sob o olhar atento de seu segurança. Ele tocou meu braço e me encarou. Estes homens que passaram pela guerra eram feitos de outra substância. Examinou-me com seus olhos azuis quase transparentes e disse: "Dois meses, é tudo o que eu te dou." E entregou-me um pacote com uma parte do dinheiro.

Foi assim que consegui vender aquela valiosa série de números e letras por uma pequena fortuna. Sinal na minha mão e a entrega só em dois meses.

Dois meses não eram nada. Eu precisava correr como louco. Não podia perder um segundo.

Depois de muitos dias, notei que havia algo de errado nos cálculos de meu irmão. Em algumas anotações, verifiquei que Max se confundira e, ao estudar os satélites de Ganimedes, utilizou-se de números que não eram totalmente fiéis para descrever a órbita do último dos satélites.

A partir de certas distâncias, os telescópios não conseguem detectar visualmente planetas e satélites, pois a luminosidade desses astros é muito baixa para que sejam identificados desta forma. O que acontece é que eles acabam sendo "vistos" através do efeito que provocam nas estrelas. Assim, quando os espectrômetros medem a existência de pequenas nuances no brilho das estrelas, é sinal de que há algum astro orbitando a seu redor. Com a chegada dos aparelhos de última geração, tornou-se possível entender cada mínima variação da luminosidade das estrelas. E, desta forma, passamos a "enxergar" planetas e satélites extra-solares, dando cor, forma e vida a um mundo que teria ficado ofuscado.

Seguindo minha intuição e uma capacidade infinita de acreditar, por menor que fosse a variação na qualidade da luz, descobri uma interferência quase imperceptível. Por trás de Zitlan, a monumental décima-sétima lua de Ganimedes, havia algo mais. Sim, havia um pequeno corpo celeste muito mais afastado do que todos os outros. Este sim, era, na verdade, o último satélite. O décimo-oitavo a orbitar Ganimedes. Ordínov se orgulharia. Influenciado pelos estudos indianos que fizera na época da faculdade, denominei-o Shiva, a divindade transformadora.

O comportamento de Shiva era, no mínimo, incomum. Antes, é necessário dizer algo sobre o intrigante formato do satélite. Diferente da grande maioria dos astros de seu porte, ele não é esférico. É quase retangular. Achatado, é retorcido em seus extremos. E sua superfície é espantosamente furada como uma esponja.

Aprofundando-me nas observações, evidenciei algo notável. A órbita de Shiva era elíptica ao extremo, o que o tornava, em alguns momentos, excepcionalmente próximo ao planeta Pater.

Também constatei que Shiva está em ressonância com seu colossal vizinho, o satélite Zitlan. A ressonância orbital é um fenômeno que ocorre quando dois corpos celestes se influenciam mutuamente, alterando pouco a pouco seus próprios movimentos, numa interação instável. Isto acontece especialmente quando a relação entre suas órbitas é uma proporção numérica simples.

Shiva leva 21,26 dias para completar uma órbita, e Zitlan leva 15,94. A razão precisa entre os dois é 1,3337, muito próxima da razão 4:3.

As ressonâncias têm, freqüentemente, uma particularidade associada a elas: o caos.

Comecei a fazer os cálculos e passei a alimentar o computador com as centenas de dados, quando percebi que a trajetória rotacional de Shiva é absurdamente aleatória.

O acúmulo de forças que atuam sobre o satélite, aliado ao seu bizarro formato, fazem com que ele jamais tenha um eixo estável. Tudo isto faz com que Shiva saltite sobre seu próprio eixo das maneiras mais inesperadas.

Sua órbita em torno de Ganimedes, o que corresponderia ao movimento que o nosso planeta faz em torno do Sol durante um ano, é totalmente regular. Porém, na rotação sobre seu próprio eixo, o que se traduziria como um dia completo, se dá o oposto.

Se a Terra gira sobre si mesma suavemente como uma bola de futebol rolando no gramado, Shiva fica quicando no cosmos, ora apontando para um lado, ora para o outro. Como um dado no espaço.

Mal dava para acreditar. Não poderia ter encontrado nada mais exemplarmente caótico em todo o Universo. Depois de estabelecer um gráfico em três dimensões, no qual se vê este verdadeiro balé cósmico, iniciei o procedimento padrão que qualquer astrofísico tomaria para decifrar evoluções complexas. Cortei a rocambolesca figura numa seção vertical, transformando as três dimensões em duas. A chamada Seção de Poincaré, em homenagem ao famoso matemático. Dessa maneira, cada vez que o satélite completa uma órbita, registra um ponto, marcando seu ângulo de rotação, isto é, para onde está apontando, em suas intermináveis cambalhotas.

O resultado final a que se chega é um gigantesco emaranhado. Um enorme e difuso pontilhado que lembra uma pintura abstrata. Ou seja, a cada vez que Shiva faz uma rotação completa, poderá estar em cada um daqueles pontinhos, isto é, apontando para cada uma daquelas direções do espaço.

Porém, impossível prever quando e onde estará em cada momento.

Não havia absolutamente qualquer ilha de regularidade. Nenhuma linha se insinuando. Apenas milhares de pontos espalhados pela tela.

Resumindo: ali estava o Caos Absoluto que eu e Max tanto havíamos procurado. A questão era entendê-lo, escutá-lo. Ouvir o que Shiva tinha a dizer. Se é que realmente havia alguma voz ali dentro.

Depois de semanas, meus olhos já estavam secos de tanto examinar o mar de pontos na tela do computador.

Tentava olhar para o todo e fazer relações, numéricas ou não.

Sabia que à minha frente estava o mais completo Mapa do Caos já visto. Dividi-o em coordenadas cada vez menores e tentei enxergar alguma forma de linguagem, algum sentido. Apliquei métodos de busca trigonométricos. Procurei por desenhos escondidos, escalas musicais ocultas, alfabetos antigos, fórmulas secretas; enfim, qualquer código que pudesse ser interpretado. Infelizmente, nada se comprovava à minha frente.

Faltavam menos de vinte e quatro horas para o prazo terminar. Exausto, fui à praia e fiquei olhando para as estrelas do céu.

Desanimado, repentinamente compreendi que não chegaria a lugar nenhum. Estava muito mais confuso do que quando começara. Por que desperdiçar minha vida num projeto absurdo como esse? Como pude cair na lábia do lunático Ordínov? Podia escutar as gargalhadas de meu pai, o riso abafado de minha mãe, o olhar consternado de Max, o estalar de dedos de Shimi Steiner.

Imaginei-me como uma daquelas estrelas, capazes de se bastar a si próprias. Sem consciência, sem nada, apenas existindo, sem jamais se questionar. Qual delas? De que constelação gostaria de ser? Órion. Sempre gostei do nome, da figura do caçador. Até que meus olhos se embaralharam e pensei estar vendo coisas. Não podia ser verdade. Molhei o rosto na água gelada e olhei de novo para o mesmo ponto no céu. A constelação me parecia inexplicavelmente familiar naquele momento. Voltei correndo para casa e senti o coração bater forte quando olhei para a tela do computador. Órion, a minha constelação favorita, estava ali no meio daquele emaranhado gigantesco de pontos. Não aproximadamente, mas milimetricamente, ponto a ponto, seguindo a mesma proporção de cada um dos astros. Esta região ocupava uma pequena parte, na região central, um pouco à direita e para baixo da tela. Consultei todos os mais modernos e precisos mapas celestes. Experimentei uma tontura inebriante, pois o mesmo se dava não apenas com Órion, mas com a localização de Aldebaran, as Plêiades, Sírius e toda a Via Láctea. Mais: as Nuvens de Magalhães e as galáxias vizinhas estavam ali também. A respiração acelerava. As chances de um pontilhado como esse serem tão precisamente iguais aos astros já conhecidos estavam longe, anos-luz, de qualquer chance probabilística.

Porém, ambicioso, eu queria mais. Não apenas o mapa cósmico a partir da Terra. Eu sabia que poderia haver muito mais segredos em Shiva. Ele não poderia ser tão previsível. A frase do velho Ordínov ficou martelando em minha cabeça: um corpo celeste "que, em si, contém o Todo".

Entre os papéis amarelados, havia um em especial que me chamara a atenção desde o começo. As anotações ali colocadas não faziam qualquer sentido. Pareciam fazer parte de algum outro projeto. Talvez estivessem ali por acaso, por engano. Talvez não.

Ao observar mais uma vez o satélite, notei que sua trajetória se aproximava cada vez mais do planeta vizinho, Pater. Olhei para o relógio: faltavam quarenta e cinco minutos para o prazo que Steiner havia me dado se esgotar. Tinha de ir ao seu encontro, entregar a senha e, depois disso, nunca mais acessaria o satélite.

Aquele era o ponto em que Shiva estava mais próximo do planeta Pater. Extraordinariamente próximo a Pater. Se levasse em conta seu formato esdrúxulo, suas pontas retorcidas, os movimentos intempestivos de seus eixos, seus rompantes de fúria... não sei... seria possível? Tinha de ter certeza do que iria acontecer.

Os minutos voaram como frações de segundo. Já estava uma hora atrasado. Ouvi toques estrondosos na porta. Shimi Steiner. Precisava de mais algum tempo. Implorei que esperassem alguns instantes. Ouvi a porta sendo arrombada.

Senti o braço do segurança apertar o meu pescoço. Senti o cano do revólver de Steiner tocar minha cabeça.

Então, finalmente, se deu o espetáculo cósmico diante de meus olhos. Tudo indica que tenha sido conseqüência da explosão de uma estrela distante. Fragmentos dispersos pelo espaço. Jamais saberei com cem por cento de certeza. O fato é que, num movimento inesperado e que jamais esquecerei, algo fez com que seu eixo de rotação girasse para trás, levando Shiva a se inclinar radicalmente para o lado, justamente no trecho mais sensível de sua órbita. Neste exato instante, Shiva abandona a órbita de Ganimedes. E se dirige perigosamente ao planeta vizinho, Pater, onde provavelmente entraria num campo altamente minado, sabia eu. Assim como aconteciam com asteróides que por lá se atreviam a passar.

Steiner gritava qualquer coisa, mas eu não conseguia ouvir. Olhei para o enigmático papel amarelado de Ordínov, e seus números, letras e desenhos pareceram ganhar vida. Subitamente, o que parecia ser um absurdo total, trazia em si uma coerência límpida, uma lógica interna pura, total.

Era preciso ir mais fundo. Muito mais fundo. Porém, para isso me bastavam os computadores.

Pude ver os dedos de Steiner pressionando o disparador. Foi aí que despertei do transe e lhe gritei o que queria ouvir: "LZX 2378". E lhe entreguei a relação de noites por ano em que poderia acessar o telescópio de três bilhões de dólares.

Steiner me encarou e disse que eu era um cadáver ambulante se a senha estivesse errada. Entendi que ele realmente cumpriria a promessa.

Eu poderia estar morto naquele momento. Mas o fato é que estava mais vivo do que nunca, agora que tinha em minhas mãos o segredo de Shiva. Dias depois, eu me daria conta de que a data em que vislumbrei o fenômeno antes de entregar a senha a Shimi era a mesma data que Ordínov previa para que o corpo celeste se "revelasse por inteiro". As famosas, as míticas "condições iniciais" perfeitas. O momento zero. Zero em todas as casas decimais. Zero até o infinito. Talvez, o maior paradoxo de todos. O início de tudo. Com este precioso dado em mãos, pelo menos utopicamente, poderia me atrever a chegar perto do Caos Absoluto.

Logo que os dois selvagens foram embora, analisei todas as forças em jogo. Assim como a Terra tem uma posição privilegiada no Cosmos, uma localização absolutamente rara, tornando possível que a vida aqui se prolifere, assim Shiva estava para o comportamento caótico. Seu posicionamento e suas dimensões pareciam ser milimetricamente ajustados para o movimento aleatório.

Ao sair da órbita de Ganimedes e se aproximar de Pater, Shiva se posicionava num sombrio território. A posição orbital alcançada significava estar numa ressonância de 3:1 com Pater. Cada ressonância é um ser único, com suas próprias características especiais. Esta região do universo era uma "lacuna". Ao entrar ali, Shiva estava destinado a seguir uma trajetória muito singular. Nesta ressonância, a excentricidade de sua órbita pode mudar bruscamente e de modo absolutamente randômico. Isto quer dizer que um corpo numa órbita como esta alternará circuitos praticamente circulares, com elipses longas e estreitas. Como se um carro de corridas pudesse trocar de pistas redondas para outras ovais, de uma hora para outra.

Como se não bastasse, no momento em que esta órbita se alongar ao máximo na "pista" mais ovalada, Shiva acabará fatalmente entrando de volta aos domínios de seu planeta original, Ganimedes. Porém, desta vez, com outro status. Será o que se chama de um "cruzador" de Ganimedes. E, neste caso, sofrerá sérias conseqüências, sendo arremessado para longe. Para onde? Novamente, de volta à órbita de Pater. Só que agora atingindo uma nova região de ressonância diferente, porém igualmente caótica.

Enfim, as distâncias e as proporções em relação aos planetas Ganimedes e Pater, sua estrutura esponjosa e tantos outros inúmeros itens, levavam Shiva a jamais se repetir.

Fiz um estudo modelar para investigar o futuro de Shiva. Precisava ter certeza. Haveria algum padrão em algum ponto do tempo? Confirmou-se o esperado. Shiva dançava no espaço.

O satélite parecia sapatear em alguns momentos. Noutros, assumia um comportamento sóbrio, apenas para logo em seguida se retorcer de tal maneira que Shiva parece que vai se romper em duas partes. Era como se Shiva sempre insistisse em improvisar uma coreografia, jamais se repetir. Como se fora o personagem principal de um filme musical, um ator e dançarino genial, inventando passos de um novo "Cantando na Chuva" a cada uma de suas órbitas.

O novo emaranhado de pontos que cresciam sem parar apenas confirmavam o "aperitivo" que fora oferecido com o movimento de rotação.

Não havia dúvidas. A verdade era uma só. O céu visto da Terra era uma minúscula parte do que a tela me mostrava. Em sua dança, Shiva descrevia o mapa do Universo. Ali, não estava apenas o que o homem é capaz de observar de nosso planeta. Mas, se pudesse, percorrer o Todo. Do Grupo Local de galáxias aos incompreensivelmente longínquos Superclusters, bilhões de anos-luz de distância. Senti uma fortíssima carga emocional sendo detonada no meu centro, espalhando-se rapidamente por todas as minhas veias e artérias. Finalmente, desabei. Dei um berro que estava entalado há vários anos. Lágrimas de ódio caíram sobre o teclado. Só lamentei que os dois seres que me colocaram no mundo não estivessem presentes à minha descoberta. Assim entenderiam de uma vez por todas qual dos dois filhos era o ser especial, o superdotado.

Então, o menino, o rapaz e o homem trancaram-se no quarto com seus computadores poderosos e seus complicados livros de astronomia por longos anos até entenderem o que aquele mapa queria dizer.

As minhas últimas palavras pareciam ter se dispersado pelo cenário cósmico lá em cima.

— Como acaba a história do menino? — Alice me perguntou com sua voz marcante, depois de um longo silêncio observando aquele mesmo céu.

— É tarde. Vamos.

— Dívida parcialmente abatida. Os juros aumentam, meu caro.

Estiquei-lhe as mãos. Ela me olhou no fundo dos olhos e fez a pergunta.

— Só me responda uma coisa: ele ainda mora aí dentro?

Nada pude responder. Honestamente, não sabia ao certo.

— Pensando bem, algumas vezes acho que sim. Quando estou do seu lado.

Alice desviou o olhar. Tentei segurar sua mão, mas ela se afastou como se fosse um gesto impensado.

Fiquei vendo-a brincar com os pés na areia.

Precisava perguntar-lhe certas coisas.

— Onde você acha que nós estamos?

— Na praia? — ela dispara risonha, depois de um momento.

— Eu não tô brincando, Alice. Você sabe o que eu quero dizer.

Ela saberá algo mais?

— Não estamos mortos, isto é fato.

— Às vezes tenho a impressão de que estamos em outro lugar, ou outro tempo, não sei. Não sei explicar.

—Tudo igual, mas diferente.

Seu olhar vago me causa um calafrio. Prefiro não insistir. Talvez, por medo.

O dia raiou pálido. Porém, a água do mar nos contaminou com uma certa paz. Mergulhamos numa espécie de ritual de purificação, como se fosse a passagem do ano-novo.

Vejo seus cabelos molhados, seu sorriso. O que importa, se a tenho ao meu lado? Para que sair deste lugar, deste tempo?

Naquele momento, ensaiei a confissão de que andei vasculhando sua vida, sem que ela soubesse. Mas ainda não sabia quase nada. Achei que não era o momento. A investigação sobre Alice estava apenas começando.

Depois de cruzar a baía, chega-se à encantadora ilha. Uma certa calma invade a todos nós que desembarcamos. Aqui tudo é mais devagar. São pouquíssimos os carros. Todos os caminhos podem ser feitos a pé. Ou de charrete, ou de bicicleta.

Vou caminhando e examinando a pitoresca paisagem à beira-mar, digna de um pintor-viajante do século XVII.

O manicômio fica um pouco adiante, descubro rapidamente no quiosque de informação turística. O pequeno mapa revela todos os recortes deste aprazível acidente geográfico em meio à baía. Somente em um dos folhetos é mencionada a presença do manicômio. As instalações remontam ao ano de 1823 e, devido ao interesse suscitado pelo harmonioso conjunto arquitetônico, foi aberto um horário de visitação pública.

É lá que mora a respeitada doutora Nadine, entre sua dúzia de gatos. Sigo o caminho das árvores à beira-mar. Uma charrete passa fazendo um barulho gostoso pelo chão de paralelepípedo.

Ultrapassado o pequeno aclive, logo se volta ao nível do mar. Depois de quase dois quilômetros de caminhada por uma bela estradinha em direção ao interior da ilha, enfim vejo a entrada da instituição. Nada de trancas. Portas abertas, como imaginava.

À medida que vou entrando, um bem-estar me invade. É como se estivesse de volta a um lugar que conheço bem. Um lugar acolhedor. Assim como me senti na porta do Grand Café. Como se murmurassem meu nome lá de dentro.

Há um estonteante caminho levando até a casa principal. Sim, posso até adivinhar sem ver. Será possível que já estive aqui? Um calafrio me percorre a espinha. Dos dois lados, carvalhos centenários formam uma espécie de corredor natural. A propriedade foi, primeiramente, a mansão de um nobre. O estado geral não é dos piores. A pintura descascada dá até uma certa personalidade à construção.

Por ali, junto da porta principal, alguns internos capinam. Uma mulher passa cantando, carregando uma cesta de roupa limpa. Difícil dizer que naquele espaço funcionaria um manicômio.

Chama a atenção um bom número de pessoas pintando mais ao longe, perto de um pequeno rebanho de vacas. Também parece haver criação de outros animais.

Mesmo à distância, consegue-se perceber que há uma instrutora orientando os alunos. Outros, fazem esculturas. Só me incomoda o silêncio demasiado no local. As pessoas me parecem um tanto anestesiadas.

No refeitório, restam poucos retardatários do almoço. Tudo parece seguir um fluxo especial. Calmo e tranqüilo, como é o caminhar da responsável por tudo isso. De longe, vejo sua magra silhueta já escapando do meu campo de visão ao adentrar uma das alas com um gato no colo. Ouço algumas saudações. Uns gritos. E sua voz, ao mesmo tempo doce e dura, parece respingar um pouco mais de bom senso e sabedoria no lugar.

Infelizmente, não posso me dar ao luxo de perder tempo. Vou até os fundos da casa. Há uma entrada independente. Aqui mora a doutora Nadine.

233

No misto de residência e escritório, chamam a atenção as centenas, talvez os milhares de livros espalhados pelas estantes de ferro. As áreas de interesse são as mais variadas: psicologia, filosofia, mitologia, religião, ciências ocultas, literatura, história... Há também duas biografias sobre ela. "Dra. Nadine é um verdadeiro patrimônio mundial. Uma mulher que revolucionou a moderna psiquiatria com seu talento, sua doçura e, sobretudo, com sua força de vontade inquebrantável."

O ambiente é muito aconchegante. Um gostoso sofá bege onde dorme um gato. A cozinha ao fundo, de onde vem um aroma de café. Deixo tudo isso para trás, para cuidar de um certo relatório.

Entre seus escritos encontro algumas referências ao trabalho no Hospital Santa Helena, mas tudo é meio confuso. Sua letra é difícil de entender. Vou precisar de mais tempo do que imaginava.

Sento-me no chão e vou olhando as pastas. Nomes, desenhos, gráficos... em todos estes papéis, a tentativa de captar o que vai dentro de conturbados cérebros. Fico tentado a imaginar o que diria sobre o meu. Que desenhos estariam ali? Que sonhos? Que lembranças da infância? Talvez um grande rabiscado cheio de números, formando desenhos de árvores, casas, pessoas.

— Quem está aí? É você, meu filho?

Fico em silêncio. O instinto é de responder à voz soberana.

— Meu filho, eu já lhe disse que essa hora é sagrada. Vou estudar.

Por sobre os livros, constato que a doutora está de óculos escuros. Ela tateia. Se apóia sobre uma poltrona. Não sabia que havia perdido a visão.

— Você quer estudar comigo?

Não posso cometer um erro agora. Preciso refazer os passos de Liza para poder chegar até Alice. Vou caminhando sorrateiro até a porta.

— Afinal, quem é que está aí?

— Hã... Olá, doutora. Meu nome é... — É preciso inventar um nome qualquer. Mas por que demorar desse jeito? — ... Jacques Kleinman.

— Ah, desculpe. Confundi com um dos rapazes. E o que lhe traz até aqui? Não me lembro de nenhum Jacques morando na ilha. Se quiser conversar, podemos marcar um horário conveniente para nós dois. No momento, pretendo me dedicar às minhas leituras.

— Não... Não é nada disso. Eu sou advogado trabalhista e estou representando alguém que a senhora conheceu.

— Meu caro senhor, com relação a assuntos administrativos, eu peço que se encaminhe à sala ali à esquerda de onde entrou. Lá, eles sabem muito bem que não gosto de tratar de trabalho aqui na minha casa. Agora, com licença.

— É sobre a Dra. Elisabete Pekerman.

Noto que seu nome lhe é extremamente familiar. Reparo que sua boca se entreabre levemente.

— Como a senhora deve ter sabido, ela faleceu em circunstâncias obscuras.

— Sim, eu soube. Uma morte violenta. Uma pena. Mas não entendo o que é que o senhor...

— É que a jovem doutora foi demitida alguns dias antes do falecimento — corto-a, tentando impor meu ritmo. — E como temos suspeitas de que...

— Compreendo onde você quer chegar — ela me interrompe, visivelmente incomodada. — No mínimo, deve estar querendo defender a tese de que sua cliente sofria de algum distúrbio mental relacionado ao tipo de trabalho conduzido no Hospital Psiquiátrico. Vocês, advogados... Que peito, hein, rapaz? Este caso não vai ser nada fácil para você.

— Como foi a senhora que a contratou, eu gostaria de saber se poderia dar seu depoimento no processo de que era uma profissional competente.

A doutora, pela primeira vez, faz uma pausa. Dá uns passos até o sofá e senta-se. Fica pensativa por alguns momentos. Deve estar avaliando que parcela de culpa poderia ter no caso.

— Olhe... Eu gostaria de ajudar. De dizer o quanto Liza era uma jovem talentosa. Sim, quando a contratei, em verdade vislumbrei alguém com um grande futuro pela frente — a doutora coloca a mão no queixo, está mais emotiva. — O senhor sabe, vamos ficando mais velhos e queremos que nossa obra tenha uma continuidade.

Ela alisa o gato no sofá.

— Liza era uma menina brilhante. Na verdade, a melhor que já conheci. Cheia de vida, cheia de entusiasmo e muito dedicada. Fazia análises inteligentíssimas. Mas... infelizmente tinha um senso de humanidade, ou melhor, de cumplicidade, maior do que o permitido nesta nossa profissão. Sofria demais com os casos que pegava. Principalmente os que envolviam violência doméstica. Liza tinha pesadelos horríveis. Sugeri que trocasse de psicanalista, pois a coisa não ia bem. Como eu mesma não poderia ser sua chefe e analista ao mesmo tempo, indiquei um velho amigo, o doutor Quintana. Tudo melhorou rapidamente e deixei de me preocupar. Até que um dia alguém veio me contar de que havia visto Liza com uma de suas pacientes mais difíceis em algum lugar fora do hospital. Achei aquilo um pouco heterodoxo demais, mesmo para o meu gosto, mas decidi confiar em Liza. Genial como era, poderia haver algo de novo, revolucionário mesmo, naquele tratamento.

A doutora fez um meneio com a cabeça. Deu um longo suspiro.

— Foi um grave erro meu. Devia ter feito uma intervenção ali, naquele exato momento. Mas estava escrevendo um livro na época e... Enfim, as duas se envolveram emocionalmente. Não no sentido sexual, mas afetivo mesmo. Um caso de transferência. Tive de usar minha autoridade para afastar as duas. Infelizmente, a medida não foi boa nem para uma, nem para a outra. A paciente abandonou o tratamento e Liza nunca mais foi a mesma.

— O nome dessa paciente era… — Mexi em uns papéis, como se consultasse meu relatório.

— Carol. Só me lembro do primeiro nome. Carol.

— Essa Carol… A senhora ainda guarda algum registro, algum relatório sobre ela?

— Nem perca seu tempo. Tudo a respeito dela desapareceu. Daqui e do hospital. Acho que a família conseguiu dar um jeitinho, se é que você me entende…

— E a senhora sabe o que é que ela fazia? Tinha alguma profissão?

Neste instante, alguém chama pela doutora.

— Um momento!

A voz se aproxima. A velha e ativa senhora tenta se concentrar em suas memórias.

— Um momento que estou recebendo uma pessoa aqui.

— Desculpe, mas é urgente, doutora Nadine — diz a voz aflita já quase na porta.

— Escritora! Isso! Tinha escrito um romance.

— É que os rapazes da ala cinco estão… — A assistente está bem próxima.

— Mas que coisa, Silene! Eu já não lhe disse que estou recebendo uma pessoa? — ela grita. — Pois então é isso, senhor Jacques, é o que posso me lembrar.

— Muito obrigado por sua ajuda, doutora Nadine. Vou tentar ver o que descubro para ajudar a família da minha cliente. Adeus.

Já estava saindo, quando a psiquiatra me chamou um tanto insegura.

— Senhor Jacques, se por um acaso eu souber de mais alguma coisa, como posso fazer para encontrá-lo? — cochichou ao meu ouvido.

— Ah, sim. — Penso rapidamente se devo me expor assim. — Fique tranqüila. Eu mesmo entrarei em contato.

Noto sua decepção e me encaminho à porta, já passando por Silene, que se surpreende ao constatar que a doutora estivera falando sozinha.

A secretária tem na expressão um riso contido de quem acaba de comprovar que a doutora realmente tem algo fora do prumo para poder trabalhar ali.

Ao sair, algo estranho aconteceu. Em vez de ir embora imediatamente, senti vontade de explorar a ala em que a doutora estava alojada.

Algo parecia me levar até o fundo daquele longo e estreito corredor. Uma luz entrava pelo alto, fazendo com que não ficasse totalmente escuro. Havia quartos por ali. Todos trancados.

Segui adiante, pois parecia haver um rumor em um deles. Encostei o ouvido junto à porta. Sim, um murmúrio. Acho que eram duas pessoas conversando.

Falavam bem baixinho, cochichando, como se tivessem medo de serem escutados. Aquela ala seria uma espécie de prisão?

Suas vozes pareciam familiares. Levei a mão até a maçaneta e, sei que não deveria ter feito isso, forcei a entrada.

Esta porta também estava trancada. Subitamente, do outro lado, fez-se silêncio. Um silêncio diferente. Um silêncio aterrorizador. Senti-me um invasor. Mas, por quê? Queria que entendessem que podia ser um libertador. As pessoas do quarto me pareciam em pânico. Tive vontade de arrombar a porta.

Resolvi seguir meu instinto. Não havia muito espaço no corredor. Tomei impulso e me joguei contra a porta. Não surtiu efeito. Tentei várias vezes, até que chamei a atenção de um homem forte e truculento. Ele veio se aproximando.

O tempo corria. O que mais poderia fazer? Mesmo que os soltasse, aqueles infelizes seriam pegos assim que saíssem. Não podia ficar ali para sempre. E, além do mais, eu precisava seguir com minha investigação. Tive pena de não ter tempo para poder ajudá-los. Porém, resignei-me com a missão à qual estava determinado a cumprir. O segurança ficou olhando para o corredor vazio, sem entender de onde vieram todos aqueles ruídos. Esperei que fosse embora e disse um "adeus" aos que me escutavam atrás da porta.

Ao chegar em casa, me surpreendo com sua presença. Não é muito comum vê-la por aqui a essa hora do dia. Sob a luz de fim de tarde, a imagem de Alice lendo um livro na poltrona da sala é ainda mais sublime.

Ela parece um tanto constrangida. Pede desculpas por me importunar assim. Por não ter avisado que vinha.

— Estou realmente impressionado com a sua falta de tato... — digo severo e depois sorrio, tentando parecer descontraído.

— É que agora é diferente — ela diz decidida e logo em seguida tenta escolher as palavras. — Essa situação de aparecer aqui de vez em quando e nem sempre no meu melhor estado é horrível. Eu... estou disposta a mudar, sabe? Eu... eu queria saber se posso ficar morando aqui por uns tempos.

Fico examinando-a, tentando entender o que a tem transformado.

— Vai, fala alguma coisa.

O que será que aconteceu? Seu semblante me parece mais sereno.

— Bem... Além do mais, os *meus* hotéis têm estado sempre lotados e... Desculpa, deixa pra lá, não vai dar certo — ela diz, preparando-se para ir embora.

Digo a ela que sim, é claro, pode ficar quanto tempo quiser. Que não se sinta na obrigação de me explicar quando vai sair, quando vai chegar.

— Você pode ficar com o quarto que dá para a rua. É por aqui...

Entramos pelo corredor. Pelo caminho, percebo que ela repara na porta trancada ao fundo. O terceiro quarto. Não quero que ela note minha reação.

— Esse é o...

— Venha. Você vai ficar mais bem localizada — corto-a sem lhe dar chances. — A vista é muito agradável.

Chegamos ao cômodo onde venho dando uma boa ajeitada desde que a conheci. Ela entra e verifica o ambiente.

— Pode ser que não se lembre, mas você já se deitou aqui quando...

— Quando eu estava totalmente inconsciente? — Ela sorri, melancólica.

— Desculpa, eu não queria ter trazido isso à tona...

— Passado — ela sentencia, jogando a mão para trás.

— Enfim... — tento desfazer o mal-estar. — É que eu apenas fiz uma faxina e joguei umas coisas fora. Eu insisto: quero que você saiba que pode ficar o tempo que quiser.

Então, um silêncio se instala. É como se tivéssemos a obrigação de subitamente ficarmos mais educados. Tento quebrar a situação dizendo que vou tomar banho.

— Claro.

Enquanto a água jorra, imagino que algo deve ter acontecido. Pensando bem, não é de hoje que Alice tem mudado. Na última semana, não apareceu chapada uma única vez.

No caminho para a cozinha, vejo que ela prefere se recolher em seu quarto. Não consigo deixar de notar seu corpo novamente. Pela primeira vez desde que nos conhecemos, sinto que ela não está tão distante. Esta noite promete ser difícil.

Fico rolando de um lado para o outro. Fantasio Alice abrindo a porta e se deitando na minha cama. Sem trocarmos uma palavra. Apenas sexo. Assim como quando nos conhecemos.

Demoro a pegar no sono, mas, quando ele vem, presencio a casa sendo tomada pelo fogo. Alice aparece e me olha de uma maneira diferente. Eu digo que temos de sair correndo, mas ela me pergunta se é a coisa certa a fazer. Só aí compreendo que não há incêndio algum. Alice está cuidando de um bebê. Acho que é ele mesmo, o do parque. Só pode ser. Prefiro não me aproximar.

Maldito verão calorento. Tomo mais um banho gelado e volto a dormir.

Comemoro o fato de não encontrá-la pela manhã. Na verdade, preferia não vê-la até terminar a investigação. É constrangedor.

Além do mais, duas pessoas que se conheceram da maneira improvável como nos conhecemos, agora morando juntas na mesma casa? Como dois estranhos se evitando. Ou, talvez, como um casal à beira da separação. Prefiro pensar como um casal à beira de um novo começo.

Os dias iam se passando desse jeito. Porém, pouco a pouco, reparei que, na verdade, era somente eu a evitar o convívio. Alice mostrava-se cada vez mais interessada em saber tudo que tinha acontecido comigo depois da minha nova condição de invisibilidade.

Queria estar próximo dela. No entanto, sabia que estava me afastando de minhas obscuras pesquisas. A história que Alice me contara seria verdadeira? A procura por Liza tinha me levado à pista da misteriosa Carol, a escritora. Porém, agora Alice fazia com que me desviasse e perdesse um tempo precioso. Como resistir a seu olhar que me transporta para tão longe em uma fração de segundo?

Contei-lhe sobre tudo que aconteceu no marco zero: a distante noite na Loja de Espelhos. Ela ficou impressionada ao descobrir que os dolorosos sintomas haviam sido exatamente iguais aos que ela experimentara. Mencionei o inesperado fato de ter encontrado minha nota fiscal bem à mostra no mezanino e, ainda mais esquisito, grampeada junto com o antigo papel da venda do espelho, cinqüenta anos atrás. Alice me pareceu reticente.

Contudo, um pequeno detalhe, do qual quase havia me esquecido, chamou sua atenção. O fato de eu não ter encontrado minhas roupas, quando ainda estivera sozinho na Loja. Sim, até hoje esse evento ficara sem explicação. Muito embora sempre houvesse a possibilidade de não as ter achado em virtude do turbilhão em que me encontrava.

Alice também ficou particularmente impactada com a inusitada batalha com os três mendigos.

Ela não se contentava. Queria saber todo o resto. Passei a contar-lhe a seqüência dos eventos. Começando pela desastrada ida à casa da gerente da loja, Luciane. Estrategicamente, insinuei que não fora um simples interesse casual. Havia algo mais ali. Queria examinar sua reação. Alice era boa jogadora. Se não gostou, tampouco deixou transparecer. Depois, minha inusitada performance como o MaluCão e o encontro com Biscuit, toda a fase das mulheres e o encontro com Cláudia, a minha roliça figura maternal. Até este ponto, Alice parecia se divertir bastante, encontrando vários pontos comuns com sua própria experiência. Não pude deixar de reparar que seu rosto se distensionava cada vez mais. Seu sorriso ia ficando largo, entregue. Porém, seus olhos quase se fechavam nestes momentos. Era como se combinasse uma alegria de viver, expansiva, a uma certa timidez. Não parecia mais a mesma Alice, séria e introspectiva, que conheci.

Admirou-se ao saber quão poucos vínculos com o mundo externo eu mantinha ainda antes de tudo acontecer. Não houve sequer alguém a quem contar. "Nem alguém de quem fugir?", ela insistiu. Apenas fiz que não com a cabeça. Depois de um momento de silêncio, perguntou-me se eu não tivera tido nenhum relacionamento mais duradouro, se fora casado algum dia, filhos? Lembro de ter respondido, um tanto irritado, que "obviamente que não". A questão me fazia recordar as malditas artimanhas e fofocas dos colegas de escola. Até um casamento imaginário foram capazes de inventar. Tal fato me era extremamente desagradável. Quando o assunto família veio à tona, acho que dei a perceber que evitava tocar na parte da minha vida anterior aos eventos da Loja de Espelhos. Ela respeitou minhas reservas ao tema.

Gostávamos de conversar em longos passeios noite adentro. Às vezes ao ar livre, em parques públicos. Outras vezes, pelos inúmeros museus da cidade. Foi numa dessas madrugadas que o que havia começado como uma leve distração foi velozmente mudando de tom.

— Muito bem... — eu disse me levantando — ... não sei quanto a você, mas estou morrendo de fome.

— Então é melhor a gente providenciar algo rápido, porque eu estou bastante curiosa com as suas aventuras. Vamos?

Dei meus braços e levantei Alice.

Um dos restaurantes mais sofisticados da cidade estava funcionando a pleno vapor.

— Adoro a comida daqui — ela disse, com um sorriso saliente estampado no rosto. — Ao trabalho?

Tentei argumentar que seria mais civilizado esperarmos que todos fossem embora. Mas Alice estava especialmente inspirada. Disposta a realizar tudo aquilo que eu me recusava terminantemente a fazer. Efeitos especiais de filme B nunca foram a minha praia, já havia lhe explicado. Adentramos o requintado ambiente. Clientes bem vestidos lotavam as mesas. E ela, sem muita cerimônia, foi experimentando de tudo um pouco, sempre caprichando nos comentários esnobes.

— Uma delícia esse vol-au-vent. Você tem de provar!

— Hmmm... Magnífico surubim ao molho de maracujá.

— Vem, prova esse confit de canard! A-do-ro!

— Magistral!

— Supremo!

A princípio, apenas um ou outro freqüentador mais atento notou movimentos um tanto suspeitos. Mas, pouco a pouco, certos fenômenos difíceis de se explicar foram gerando um frisson pelo estabelecimento. Pratos que não eram entregues, comida desaparecendo das mesas, copos voando... Como era de se esperar, o pandemônio foi se instalando definitivamente. Clientes insatisfeitos, assustados, nervosos, chef exaltado, depois confuso, à beira de um ataque de nervos...

Quanto mais a confusão crescia, mais Alice aprontava, para meu desespero. Eu implorando para ela parar.

— Deixa de ser careta! Você não acha que a gente tem direito a se divertir um pouquinho de vez em quando? — ela diz, espalhando farinha pelo salão, seus olhos brilhando de felicidade como ainda não tinha visto, num prazer quase infantil de menina travessa.

A essa altura, ela já me contaminou. Uma guerra de champanhe está em andamento. Com direito a banhos não só em nós mesmos, como nos clientes. E, agora, um outro gênero cinematográfico passa a ser evocado. Exatamente como numa comédia pastelão, um dos gourmets imagina estar sendo avacalhado por um vizinho. O mal-entendido dá origem a uma revanche. Ele também despeja a bebida no senhor grisalho que julga ser seu algoz. Daí em diante, tudo vai descambando para uma confusão generalizada. E, aos poucos, vai virando uma grande brincadeira. O proprietário recrimina o chef que, a essa hora, já coberto de farinha no rosto, leva um banho de molho agridoce.

Sirene, polícia, gritaria, risos e gargalhadas. De Alice, principalmente.

Até que todos vão embora, pois essa noite jamais poderá ser explicada, e estamos sós, rindo de cair no chão. Rolamos pelo piso hidráulico, e nossos olhares se cruzam e os segundos ficam por ali, não querendo passar.

Alice desvia-se de minhas intenções, sugerindo mais um brinde.

— A quê?

— A essa nossa maravilhosa capa transparente!

Morremos de rir, viramos mais essa garrafa.

— Satisfeita, agora?

— Negativo. Você não comeu quase nada.

Nos fundos, o cão vasculha o movimento suspeito e começa a latir ferozmente. Ela sabe como acalmá-lo.

— Ele simplesmente adora o *tournedos* — Alice explica-me, já separando uma bela porção de grossos filés. — Você faz as honras, querido? — ela arremata, irônica.

Vou lá fora e dou o jeito que posso. Pelo visto, os proprietários mereciam mesmo uma lição. O cão deve estar à beira da inanição. Não imagino o que fazem com os funcionários.

Quando volto, encontro a melhor mesa da casa à luz de velas. Alice preparou um linguini.

Empolgo-me com a massa e imito certa cena de cinema.

— Hmm... Acho que alguém tem visto muitas reprises de "A Dama e o Vagabundo".

— É um dos meus filmes favoritos.

— Só falta algo para molhar a garganta, cavalheiro.

— É claro! A harmonização!

Entro na cozinha e escolho cuidadosamente uma garrafa de olhos fechados.

— Senhorita, com licença... um dos vinhos mais recomendados da casa. Deixe-me apenas ler o que diz aqui no rótulo. Exatamente... val-po-li-cel-la. Valpolicella! É assim que se pronuncia?

— Ok, não precisa me impressionar, mostrando que não é um desses tarados por vinho. Já caí na sua. Sou toda ouvidos.

— Relaxe. Basta de drama por hoje.

— Você é quem sabe. A que brindamos?

Ela não diz nada. Apenas me estuda e encostamos as taças. O resto da madrugada seguiu irregular. Depois de um início um tanto sem jeito, bebemos, rimos, tentei desviar de assuntos perigosos, trocando impressões sobre as vantagens da gastronomia local para pessoas que não podem ser vistas, quebramos um copo de cristal ao lavar os pratos; enfim, tentava evitar a todo custo que voltássemos ao tema. O problema é que Alice parecia determinada a retirar de mim a parte triste da história.

Resisti enquanto pude. Para sua surpresa, meu relato foi ficando repentinamente sombrio. Passei a narrar-lhe o que veio depois dessa primeira etapa. A teoria sobre o estágio do não-espelho, a insanidade religiosa a que me atirei, a minha indesculpável prepotência. Agora, já sentados no chão da cozinha do restaurante, Alice absorvia cada palavra, com grande atenção. Queria saber os mínimos detalhes sobre as vidas com as quais me envolvi. Tiago, Dona Viridiana, Deborah, o moleque Maturana, e tantos outros. Meus queridos "pacientes". Os atores de minha nova forma de arte. Narrada em fatos reais. Minha "obra-prima". Tive a nítida certeza de que me tomava como um fanático idiota. No entanto, foi incapaz de fazer qualquer julgamento.

Omiti todas as referências ao senhor De los Campos. Mas dava para ver em seus olhos que ela sabia que eu não estava contando toda a trama.

— O que é que te fez interromper tudo isso?

— O que é que me fez parar? — disse, tentando ganhar tempo. — Muito simples. Cheguei à conclusão de que estava me enganando. E enganando a eles também. Nunca poderia estar presente o tempo todo. E, mesmo que pudesse, não estava ao meu alcance mudar o destino deles de verdade. Quem é que me deu o direito de interferir na vida dessas pessoas? Quem? — explodo, finalmente.

— Então, foi uma decisão puramente racional.

— Isso. Exatamente isso — concluí, já me levantando, para sugerir que fôssemos embora. Queria sair o mais rápido possível dali.

— Você nunca teve vontade de rever essas pessoas? Saber o que aconteceu com elas?

— Como assim? Eu não sei do que você tá falando... Que tal a gente pedir a conta, hein? — disse, sorrindo pateticamente, com dificuldade de me controlar.

— Me escuta. Olha pra mim. Você acompanhou de perto... mais perto do que nenhum ser humano jamais poderia estar, os dramas mais íntimos dessas pessoas. Você viveu com tanta intensidade a vida delas que...

Alice precisou interromper a frase. Ela reparou nos dedos tocando nervosamente a testa. A boca entreaberta. A respiração ofegante. Minhas últimas forças dispersavam-se. Tive de me sentar. A descarga emocional já incontida.

O que mais me impressionou foi o modo consternado como escutou o relato da tragédia provocada por mim. E com a qual, toda essa triste fase terminou. Contei-lhe sobre o intenso amor que o velho sentia pela neta. E de como eu sofria por imaginar a vida dela com essa perda. O fósforo riscado. O fogo se espalhando velozmente pelo apartamento... A mistura de revolta, desespero, vazio na alma. Ela compreendeu que aquilo tudo havia feito um enorme estrago dentro de mim.

E, talvez, de alguma maneira, tenha imaginado o estado de espírito em que me encontrava quando a vi pela primeira vez.

Alice ficou extremamente tocada com a história. Segurou minhas mãos com força. Em seguida, passou a mão sobre meus cabelos e me disse uma porção de coisas apenas com seu silêncio que transmitia serenidade em estado puro.

Também lhe revelei que, por diversas vezes, pensei em rever a família De los Campos. Porém, o medo me paralisou. Não suportaria ver com meus próprios olhos o mal que cometi. "Melhor assim", desabafo. O envolvimento, qualquer envolvimento, por menor que fosse, sempre acabaria mal.

Isto já deveria ter aprendido há muito tempo, concluí mentalmente.

Fiquei confuso ao confessar tantas coisas, e desabei. Pelo menos, consegui desafogar o que estava parado, represado na garganta, e, como sempre acontece nestes momentos, nos entendemos um pouco mais. É simples. É óbvio. Mas é preciso exteriorizar para saber o que temos lá dentro. De que somos feitos.

Àquela altura, ela já estava a par de tudo que me havia acontecido depois que fiquei invisível. Ela sabia que faltava apenas uma coisa para o cerco se fechar: o que se passou antes de tudo acontecer na Loja de Espelhos. Só restava descobrir como terminava a história do menino. Alice estava segura de que, mais cedo ou mais tarde, eu pagaria a minha dívida. A pressão vinha de dentro.

Num de nossos passeios, notei surpreso que Alice ainda se esquivava de espelhos. Chegou mesmo a ficar enjoada, certo dia em que adentramos um museu e não recebemos nada de volta ao passarmos pela imponente superfície polida que surgiu à nossa frente. Perguntei o que havia de errado, mas ela se recusou a admitir o problema. Imaginei que não queria entrar nos detalhes por conta de que seríamos obrigados a tocar no tema de nosso inusitado e, ao mesmo tempo, delicado primeiro encontro.

Talvez a fobia tenha se desenvolvido mais severamente com ela. O fato é que, pelo menos comigo, depois do que aconteceu entre nós no banheiro da boate, desarmaram-se todos os gatilhos psicológicos que levavam aos terríveis sintomas. Mas não com Alice. Faz todo o sentido. Talvez eu tenha entendido tarde demais. Nós não vivenciamos a mesma coisa naquela noite.

É curioso. Só agora que vivo essa espécie de exílio deste lugar chamado espelho, um lugar onde não posso estar, consigo me aperceber de algumas recordações vividas com este artefato tão peculiar. Às vezes, a distância nos faz enxergar melhor. Sem ter um olhar me examinando de volta, é possível assistir a um filme em que me vejo frente a frente com minha imagem. E, de repente, vou me dando conta de que muitos anos antes já havia experimentado algo de traiçoeiro na superfície reflexiva.

São momentos esparsos que, creio eu, jamais voltariam à tona se não estivesse tão particularmente sensível ao fenômeno da reflexão. Recordo-me, por exemplo, de uma tarde de meus quase doze anos, na casa de campo da família. Todos estão lá fora, pegando sol no gramado, e abandono, finalmente, as páginas de um livro. O ruído dos gafanhotos, do vento sacudindo as árvores, gritos e risos ao longe. Em frente ao espelho, noto pequenas, mínimas nuances em meu rosto. Acho-me mais velho. Mais magro. Menos alegre. Mais circunspecto. Molho o rosto. Volto lá. Sorrio. Contudo, há um sorriso mais fechado. Por mais que esgarce os músculos faciais, não vejo nem de longe o saudoso garoto maravilha. "Ei, garoto maravilha!" Assim me chamavam muitos anos atrás. Lembro-me de ter pensado naquela hora: os espelhos não mentem.

Engulo as torradas e vou em direção ao centro da cidade. Novamente de volta à Biblioteca Central.

Faz tanto tempo. Desde as leituras que me levaram do campo dos símbolos e de longínquas mitologias até chegar à psicanálise infantil. De lá para cá, tanta coisa já aconteceu. E o que me interessa agora é a literatura. Mais precisamente as autoras contemporâneas de nome Carol. Uma delas deve ser a chave para resolver o mistério sobre Liza. E me levar a entender o que Alice esconde de mim.

São quatro autoras. Basserman Cardoso, Lewcovitz, Lisboa e Loyola. Carol Basserman Cardoso tem sessenta e quatro anos, publicou alguns poucos romances e dezenas de obras infantis e infanto-juvenis. Carol Lewcovitz é mulher de um diplomata e tem vivido os últimos dez anos no exterior.

Carol Lisboa e Carol Loyola. Duas fortes candidatas. Três títulos de ficção para Lisboa. Quatro para Loyola.

Carol Lisboa viajou para dar algumas palestras. No apartamento, seu namorado, também escritor e professor de literatura, tenta terminar mais um conto. Vejo a foto dos dois no porta-retrato da sala. Parecem formar um casal feliz. Às nove em ponto, ela telefona para contar as novidades. Despedem-se apaixonados.

A bonita cena me faz pensar em Alice. E onde está a *nossa* cumplicidade? Eu farejando seus segredos, como um detetive particular barato... A bomba-relógio me preocupa. Mas sei que tenho de levar a investigação até o fim. Acredito que esta seja a única maneira de não perdê-la.

A casa vazia me dá um aperto. Sinto-me muito só quando ela não está. Por onde andará Alice? A noite se desloca vagarosamente, deixando um ar abafado aqui dentro. O telefone toca. Não tenho atendido desde que recebi aquelas irritantes ligações. Mas, dessa vez, pode ser ela.

— Alô? É você? Escuta... Eu só liguei porque... bom... a situação dela não anda muito boa — a mesma voz familiar desde os tempos de escola. Arrependo-me de ter atendido. Ele tenta transmitir um falso tom de preocupação. É tão artificial... — Teve uma recaída súbita. Olha, eu ouvi dizer que... são só rumores... Ok, se eu fosse você, apenas tomaria cuidado com suas... você sabe... escapadelas.

Ouço uma risada do outro lado da linha. Desligo de uma vez por todas.

Carol Loyola vive com a avó. Tem uma coluna dominical em um jornal diário. É bastante solitária. Pode ficar o dia inteiro sem abrir a boca. Ou melhor, apenas para fumar seu cigarro na rede da pequena varanda. Seus romances, que folheio rapidamente na saleta, sempre têm um toque policial na trama.

Sua avó chama-a para jantar. Porém, o nome que ela pronuncia não é Carol, mas Suzy. Checo a identidade de Carol na gaveta debaixo da escrivaninha: Suzana Queiróz de Mendonça. Por que usar um pseudônimo tão comum quanto Carol Loyola?

Enquanto rio deste detalhe ingênuo, me dou conta de que confiei demais na breve descrição que surgiu na tela de computador da Biblioteca Central. Autores gostam de pseudônimos, gostam de um véu sobre suas identidades. Autores são reservados. Preferem se proteger.

Descubro o endereço de Carol Basserman Cardoso. Pelo menos é o nome que consta nas capas dos livros coloridos. Ela está na cozinha preparando um bolo para os netos. Todos a chamam de vovó Carol.

Resta a mulher do diplomata. No Ministério do Exterior, verifico as listas completas de todas as missões em terras estrangeiras. Não existe nenhum embaixador ou adido cultural casado ou separado de uma mulher chamada Carol Lewcovitz.

Carol Lewcovitz é apenas uma invenção. Um nome de fantasia. Assim como sua vida de mulher de diplomata.

O único romance de "Carol Lewcovitz" não está disponível na Biblioteca Central. O exemplar foi extraviado ou danificado segundo o arquivo virtual. Nas livrarias, nem sinal. A edição está esgotada há muito tempo. Também não encontro nada nos sebos. Há pouquíssimas referências sobre Carol Lewcovitz na internet, a não ser a de que tem vivido no exterior. Não há qualquer imagem da autora disponível.

Seu livro chama-se "O Pomar". Algumas poucas resenhas. Em geral, dizem a mesma coisa. É uma obra confusa. Pretende ser uma fábula infantil. Porém, trata-se de uma escrita complexa demais para crianças e pueril em excesso para adultos. A narrativa gira em torno de dois rapazes e duas moças que se conhecem num hospital onde estão sob observação por causa de uma doença misteriosa, provocada por um vírus desconhecido. Os quatro tentam fugir e, acidentalmente, adentram um terreno lúgubre, que os leva até uma inesperada vegetação fechada, repleta de árvores frutíferas, o pomar. Lá encontram um bruxo que os inicia numa incrível jornada, cheia de seres fantásticos, provas de coragem e lições edificantes. Durante a jornada, uma das meninas descobre que é a herdeira de seu reino. Ao final, há um casamento duplo, e a nova princesa é coroada. Seu crítico mais severo conclui: "O que poderia ser uma clássica e deliciosa aventura, transforma-se numa trama rocambolesca, repleta de tempos mortos em que a autora parece, o tempo todo, preocupada em transmitir algo que só ela mesma deve saber do que se trata."

Um tanto decepcionado, insisto em procurar outras referências. Mas não há nada de muito diferente. Prestes a desligar o acesso à rede mundial, vejo que há mais uma menção ao livro. Dou uma verificada, porém vejo que deve se tratar de outra obra com o mesmo título, já que é uma página ligada ao esoterismo. Em todo caso, resolvo dar uma checada.

O texto ressalta que se trata de uma raridade. Um livro extremamente difícil de se encontrar e que tem sido propositadamente restringido a iniciados da Cabala. Trata-se de uma obra apócrifa, de autor desconhecido. Também não se tem idéia nem de onde, nem de quando foi escrito. Ainda que se leve em conta uma certa incoerência narrativa e o hermetismo de sua trama, incongruente com o tom de fábula, há ali algo extremamente instigante. Apesar de tudo, continua o resenhista, o livro vale por algumas passagens originais e desconcertantes. "O Pomar", explica o autor do texto, é a tradução para a palavra hebraica "Pardes" e se refere, de modo geral, ao que chamamos de Jardim do Paraíso ou "Gan Éden". Mas seu sentido mais profundo é o lugar simbólico onde se encontram os quatros níveis de entendimento da Torá, o Velho Testamento. Pshat, Remez, Drash e Sod: cujas iniciais formam a palavra Pardes na grafia hebraica. Assim, se iniciam os estudos no nível mais simples e literal, passando pela insinuação das entrelinhas, a interpretação ética, até se chegar ao segredo, a alma da Torá, aquilo que se esconde atrás das letras mágicas. Equilibrando a ironia e um certo desafio intelectual, o resenhista conclui fazendo um convite à aventura. Afirma que, talvez, um dia se entenda mais profundamente o que a autora pretendeu com "O Pomar". Quando se chegue ao "sod" de sua obra.

O que mais me intriga é que esse texto crítico não apenas se refere ao título "O Pomar", mas faz uma alusão ao estudo de um cabalista. Segundo ele, usando-se a guematria, ou numerologia cabalística, a autoria do mesmo é possivelmente atribuída a uma mulher. Uma mulher de nome Lewcovitz. Sinto-me tonto, de repente. Há algo de muito errado nessa história toda.

Ligo para casa. Ninguém atende.

Lembro-me do casal de escritores. Poderíamos ser como eles.

Será que Alice voltou a se drogar? Faz dias que não a vejo. Deixo um recado. Aviso que talvez não volte mais essa noite. Ela acaba atendendo a ligação. Parece um pouco aflita. Pergunto se está tudo bem. Ela diz que sim, mas seu tom de voz denota o contrário. Não sei bem o que dizer. Apenas que gostaria de passar mais tempo ao seu lado. Ela fala que também tem pensado nisso. Desligo me sentindo o melhor e o pior dos homens. Mas não posso mais parar. Tenho de seguir investigando até descobrir quem é Alice.

Tomo o trem-bala rumo à capital e agora tudo parece mais vivo. A viagem é rápida. Em menos de três horas terei chegado.

Enquanto a nave terrestre desliza, sou tomado por velhas e novas imagens. Um casal está à minha frente. Conversam sobre seus planos de casamento, de carreira Ela lhe mostra um livro que acabou de comprar e diz que gostou bastante das primeiras páginas. Ele não está interessado. Tenta desviar do assunto. Ela insiste. Sempre que ela mostra algum interesse intelectual, ele a menospreza, comporta-se como se fosse superior. Então, ele acaba contando a ela que já leu esse livro e que a experiência não foi nem um pouco boa. Diante do olhar inquieto da namorada, o rapaz se dispõe a desfiar a narrativa. Quando percebemos, nós três somos levados até o palácio em que a história se passa. Na entrada, somos conduzidos até um príncipe de feições semitas. Traços fortes. Bem moreno.

Ele tem uma espada e está matando seu pai. Nos entreolhamos sem saber o que fazer, mas o nobre não nos vê e o acompanhamos até o jardim, nos fundos da casa. Lá, colhemos das melhores frutas. Quando voltamos, o palácio está totalmente tomado por formigas. Ele chama os serviçais, que tentam afugentá-las com o fogo. Porém, o incêndio também toma conta do jardim. Ao ver que seu maior tesouro está queimando diante de seus olhos, ele nos flagra e tenta tirar as frutas de nós. Sua espada nos persegue. Ele corre disposto a nos matar.

Ouço da boca do rapaz à minha frente que, no último capítulo, a moça é pega pelo príncipe, e, então, não consigo escutar mais nada, pois o trem acaba de chegar.

Desembarcamos na feérica cidade onde tudo parece mais veloz. O dia e a noite passam mais rápido.

Antes de prosseguir, consulto-me sobre a editora de "O Pomar", pelo menos na única versão disponível no mercado. Com certeza, lá, alguém terá alguma informação valiosa para mim.

Fico olhando por vinte e cinco minutos a tela do computador da cafeteria. Ainda sob o efeito do impacto da matéria de jornal à minha frente. Há pouco mais de um ano, houve um incêndio no depósito da editora. Muitos livros se perderam.

Ligo para lá e pergunto como posso adquirir um exemplar de "O Pomar". A editora assistente me assegura que será impossível. Um tanto impaciente, ela me relata o incêndio. Explico que já sei, mas deve ter sobrado alguma cópia. Secamente, ela me informa que tudo se acabou naquele dia. Então, lanço a isca. Represento uma agente internacional que soube da história e gostaria de comprar os direitos de "O Pomar" para a Europa e a Ásia.

A estratégia funciona. Ela dá mais detalhes. O fogo consumiu todos os exemplares do livro. Entretanto, pilhas de outros títulos que estavam bem próximas escaparam absolutamente ilesas. Insisto, pois devem ter os originais em algum lugar. O arquivo eletrônico foi apagado por alguém que teve acesso à senha pessoal do diretor da empresa. Ela acha melhor eu esquecer. Na editora, desapareceram quaisquer referências à obra. Nada mais resta. A ponto de desligar, ela fala que eu não sou o primeiro a procurar. Um monte de curiosos e estudiosos da Cabala já contactaram a editora querendo checar a enigmática coincidência entre o título e o nome da autora nas duas obras, mas infelizmente não se pode fazer nada. Nunca mais se conseguiu localizar a escritora. Inclusive, a própria direção da editora não quer nem ouvir falar, pois, durante o ano em que lançaram "O Pomar", a empresa teve um desempenho excepcionalmente fraco.

— Ou seja, não se pronuncia este título na casa.

Imploro para que ela não desligue. Abro o jogo: na verdade, estou interessado no outro livro "O Pomar". Ela afirma que não sabe de nada. Digo que tenho bastante dinheiro para gastar. Escuto um risinho nervoso do outro lado da linha. Diz que ouviu falar que aquilo tudo foi plantado. Uma louca idéia de um dos editores. A jogada teria sido a de pregar uma peça no mercado de esotéricos e, ao mesmo tempo, faturar um dinheiro. Aliás, teria sido ele mesmo, o próprio editor, o autor daquela crítica sobre o "outro" livro, recheada de conceitos do misticismo judaico.

Pergunto o nome do sujeito. Ela diz que não está autorizada a passar esta informação. Aliás, ela ficou feliz por ele não estar mais lá. Era um tanto abusado com as meninas da empresa. Pergunta se sou jornalista. Faz questão de frisar que, na verdade, tudo não passa de mais uma lenda atribuída ao tal editor.

Engrosso o jogo. Sei que a história toda não é bem assim. Preciso falar com ele. Ela muda o tom. Fica com medo. Não quer se envolver com a história desse livro "esquisito". Se quiser, que deixe meu número e eles entram em contato.

* * *

Na editora deserta, a madrugada dá um toque azulado ao ambiente. Grupo Editorial Milenium. É uma das maiores do mercado. Muito espaço vazio. Isso custa bastante dinheiro. Dou uma folheada pelos títulos disponíveis. Algumas coisas interessantes, outras dispensáveis artisticamente, porém provavelmente de grande valor comercial.

Gostaria de ter tempo para ler algumas das obras, mas o que mais me atrai aqui nesta editora são seus profissionais. Especialmente os que trabalhavam na época da publicação de "O Pomar". Como ela deu a entender que é um homem, fico com as duas melhores opções. Um deles continua no grupo. Foi promovido a diretor para o continente. Pela agenda de sua secretária, está viajando a trabalho.

O outro saiu há menos de um ano. Tento descobrir algo sobre Marcelo Aguiar. Abriu sua própria editora, Teurgia, especializada em esoterismo. O catálogo tem títulos esdrúxulos, como manuais de feitiçaria e coisas do gênero.

Só consigo falar com ele depois do horário de almoço. Uma secretária de voz sensual passa a ligação.

—Ah, claro, meu amigo. Sei. Eu me lembro. He, he, he... Não, infelizmente, foi aquilo mesmo. É... o incêndio, he he he. Faz o seguinte: me liga daqui a meia hora. É, he he he... Meia horinha. Vou ver o que eu consigo pra você.

A descrição não bate com o que havia imaginado. Os risinhos irritantes estavam mais para um vendedor de carros usados do que uma pessoa empenhada em estreitar o contato com o insondável.

Aproveito para mastigar alguma coisa enquanto vejo as pessoas andando pelas ruas. Apesar de toda a pressa, parecem andar em câmera lenta.

— Opa! Tenho novidades pra você, meu amigo. Falei agora com um camaradão meu, um livreiro dos bons. Seguinte: não sei se você sabe, mas o livro se tornou uma espécie de item raro, de colecionador. Diz que tem uma maneira de você ler pelas entrelinhas, numa espécie de código, e enxergar o tal outro texto cabalístico que... he he he! É claro que você já sabe disso, he he he...

— Mas você tem ou não tem?

— Depende, he he he... Quinze pau, meu amigo.

— Quê? Não, vamos falar de negócios.

— Tô falando sério... Como é mesmo o seu nome?

— Giácomo.

— Grandíssimo Giácomo! — ele exclama, simulando um sotaque, e dá uma gargalhada do outro lado da linha. — É Jacques em italiano, não é?

Apenas murmuro afirmativamente.

— Então, Jacques... digo, Giácomo. Quinze pau. O cara disse que tem cobrado em dólar para gringo. Já tiveram vários por aqui. E aí? He he he... É pegar ou largar! He he he...

— Mas, e os seus exemplares?

— Os meus? Cara, infelizmente, os meus desapareceram na última mudança. Senão, faturava sozinho, he he he...

Tento ser convincente. Meio minuto de silêncio é o bastante.

— Eu só tenho seis mil e uns trocados.

— He he he... Vamos fazer uma coisa. Senti que você é um cara legal. Por dezinho a gente fecha.

Mais um momento de silêncio. Dou um resmungo, para soar mais verdadeiro.

— Ah, vai, desencana! Deixe esse livro pra lá, he he he... Um dia você acaba conseguindo uma edição pirata e te sai baratinho. É só questão de tempo.

— Não, não. Eu preciso muito. Tá bem. Eu vou conseguir os dez.

— He he he... Tá desesperado mesmo, hein!

— Que horas na sua editora?

— Não, pera aí... Esse troço não é muito "kosher", como dizem os meus clientes judeus. He he he... Você também é judeu, né?

— Sim.

— Sabia! He he he... Tá. Vamos fazer o seguinte: onze e meia ali no galpão do lado da rodoviária.

No enorme imóvel mal iluminado, as duas grandes sombras estão inquietas.

Uma delas anda de um lado para o outro. O ruído do sapato ecoando pelo espaço faz com que a outra fique ainda mais tensa.

— Não acredito! O carinha tava doido no telefone.

O homem de um metro e noventa o encara sem demonstrar qualquer reação.

— Fica frio. Ele vem. Eu tenho certeza. Deve estar chegando. Pelo sotaque, deve ter se perdido, he he he...

O homem alto se vira para os lados. Parece apreensivo.

— Que foi? Algum problema? Já te falei, fica tranqüilo. Daqui cinco minutinhos, você vai receber seus milzinho. Ê dinheiro fácil da porra! Vai pra putaria, né, seu filho-da-mãe! He he he!!! Vai torrar a porra toda do dinheiro, hein, seu merdinha?

O pretenso farrista saca uma arma.

— Que isso, porra? Tá maluco?

O grandalhão coloca o indicador no centro da boca. Sua expressão é assustadora, e o homem que carrega a maleta acata a ordem.

Como esperava, o gigante vem na minha direção. Ouvido treinado, consegue escutar os mínimos movimentos.

Hora de agir. A barra de ferro é arremessada com toda a força em suas pernas que dobram. Por reflexo, um tiro é disparado. A arma cai no chão, perto do corpanzil. Afasto-a por via das dúvidas. Sem conseguir se levantar, ele tenta, sem sucesso, se arrastar.

O outro homem tenta fugir com a sua maleta. Mas, para seu assombro, dá com a porta trancada.

— Puta que o pariu!

Ele olha para os lados, totalmente perdido. Sua bastante. Jogo a lanterna para cima dele.

— Ô, meu amigo! Então é você! He he he... He he he... He he he... Por que não falou antes?

Não ouvindo nenhuma resposta, ele titubeia um pouco e prossegue.

— E aí? Trouxe a minha recompensa, he he he? Não é fácil arranjar isso aqui hoje em dia... — Ele mostra a maleta.

— Passa pra cá.

— Peraí, amigão! Não é assim que se faz negócio, he he he... Não vamos tomar nem um uisquinho antes?

A luz da lanterna incide diretamente em seus olhos.

— Entendi. Você quer conferir primeiro. Tá legal. Eu sou paciente, he he he... Fica relaxado. Tá aqui seu livrinho.

Ele tenta me olhar, mas não enxerga nada.

— Coloca no chão e empurra pra mim.

— Você não é daqui, né? Quer dizer, pelo seu sotaque, he he he...

Ele coloca a maleta no chão.

— Abre.

— O cliente é quem manda. Rapaz, essa luz toda na minha cara não consigo nem te ver.

— Abre a maleta.

Ele obedece.

— Tá vendo? Vamos fazer o seguinte. Deixa aquela bobagem que eu falei pra lá. Deve ter havido um mal-entendido. Só preciso de um barão pra livrar minha barra aí com o amigão. Se quiser colocar um algo mais, uns cinquinho, pra minha comissão, eu agradeço.

Como continua a não obter qualquer resposta, dá um suspiro e empurra a maleta na minha direção.

Por fim, à minha frente está um exemplar de "O Pomar".

— Viu? Taí, bonitinho. Agora, posso receber o meu?

Viro a lanterna para poder enxergar melhor. A capa tem uma beleza admirável. É um projeto gráfico limpo. Bem de acordo com o que imaginei. Examino a contracapa. As palavras me desequilibram. A mítica incursão dos quatro jovens no reino mágico. Aquilo me deixa um pouco tonto. Tento dar uma folheada. As letras estão embaçadas. O que esperar desse livro?

— Então, já estou de saída.

Abro-o. Quero sugar o que há nestas linhas. Seu conteúdo aberto em minhas mãos. Porém, algo não faz sentido. Numa página aberta ao acaso, vejo nomes americanos e de índios pele-vermelha. A trama parece ter a ver com um western. Não pode ser.

— A gente se fala outra hora, tá amigão? He he he...

Sinto minha aorta pulsando. Fico fora de mim. Olhos esbugalhados para meu interlocutor, mas, antes de conseguir falar qualquer coisa, sinto um braço agarrar o meu pescoço como se fosse feito de ferro. O livro em minhas mãos e a lanterna foram fatais para mim. O gigante não teve trabalho em me "enxergar" na semi-escuridão.

— E agora, bonitão? Que tal dar as caras?

Marcelo pega a lanterna caída no chão e aponta na minha direção. Porém, não achando nada, fica confuso. Sobe o feixe de luz me procurando e encontra os olhos do seu comparsa. Cega-o por uma fração de segundos. Dilui sua força e concentração. O bastante para que eu possa dobrar os joelhos, me agachar ao máximo e fazer com que o pesado corpo perca o equilíbrio e caia no chão. Rolamos juntos. Tenho o impulso de me levantar, mas o editor é mais rápido do que eu e encontra a Colt que ficou caída ali perto.

— Vai morrer, filho-da-puta!

Vários tiros são disparados na minha direção. Um gemido ecoa pelo galpão. O gigante está sangrando ao meu lado.

— Caralho, Pereira! Foi sem querer.

Atônito, ele olha em volta. Está desesperado. Aponta a arma para todos os lados.

— Cadê você?

Acerto a barra de ferro em suas costelas. Ele cai no chão. Perde a respiração. Faz força para inspirar novamente. Estende as mãos. Seu rosto vermelho. Aos poucos vai restabelecendo a entrada e saída de ar. Levanta a camisa e olha o estado de sua barriga. Um enorme hematoma sempre crescendo. Olha para mim em súplica.

— Eu só vou perguntar uma vez: onde está o livro?

— Não existe, he he...

Acerto suas costas dessa vez. Ele dá um berro. Depois vomita. Depois chora.

— Quem é você? Eu não consigo te ver!

Levanto a barra, como se fosse estraçalhar sua cabeça. Ele me olha apavorado.

— Era um golpe! Pelo amor de Deus! Não existe mais. Quer dizer, eu não tenho o livro! Sumiram todos, queimaram, eu sei lá... É só uma capa!

Aproximo-me de seu rosto para verificar seus olhos. Não está mentindo. Sente minha respiração. Está apavorado de verdade.

— O ilustrador... O ilustrador, ele tinha uma prova da capa. A gente colocava as capas sobre um livro qualquer.

— E a baboseira toda da Cabala? De onde é que você inventou isso?

— Eu não inventei.

— Tá achando que eu sou algum otário? — Aperto seus olhos.

— Ai! Ai! Você tá me machucando! — ele grita desesperado, quase chorando.

Deixo-o respirar. Ele ainda grita de dor. Agora está apavorado. Olha nos meus olhos com medo.

— Eu juro que não inventei — ele diz ofegante. — O que eu fiz foi... eu só aumentei, entende? Me enviaram uns escritos um tempo depois que o livro foi lançado. Só pode ter sido coisa de um desses malucos cabalistas. Eu só sei que falava sobre esse tal outro livro com o mesmo nome. Eu dei uma exagerada, só isso. Os idiotas compravam... e eu desaparecia.

Recolho a arma caída.

— Quem é que enviou esses... escritos?

— Não sei. Não tinha remetente, porra nenhuma. Só sei que depois o troço sumiu do mesmo jeito que apareceu, cacete! Desculpa se eu fiz alguma coisa erra...

— Onde eu encontro o livro? — pergunto, cortando-o.

Há uma bala ainda. Carrego o tambor. O ruído fica muito mais nítido devido ao vazio do lugar. Ele berra.

— Eu tentei de tudo! Dava pra conseguir muita grana, pode ter certeza. Eu procurei todo mundo que recebeu o livro, mas não tinha mais nada. A resposta era sempre a mesma: desapareceu!

Fico olhando para a arma encostada em sua têmpora.

— Pode me matar, se quiser. Desapareceram! Todos!

— Essa capa é mesmo verdadeira?

— É.

— Quem é Carol Lewcovitz?

— Como assim?

— Qual é o seu nome verdadeiro?

— Eu não sei. Ninguém sabe!

— Como era ela?

— Eu não sei! Nós só nos falamos por telefone! O contrato foi enviado pelo correio! Em nome de uma empresa.

— Qual o nome?

— Eu não lembro. Porra, essa merda é uma maldição. Você vai desaparecer também! — Aperto o disparador. Ele fecha os olhos, quase chorando. — Espera... Espera! — berra desesperado. — Eu sei. Isso! Tio Charles! O nome da empresa é "Tio Charles".

A viagem na boléia de caminhão é extremamente agradável. O vento batendo de leve nos cabelos. A pequena estrada rural. Céu azul. Plantações de laranja e muito verde.

De olhos fechados, repasso as últimas horas. Localizei a empresa "Tio Charles" no órgão tributário da prefeitura da capital. A assinatura do contrato social confirma que o nome da empresa é uma homenagem ao seu proprietário. Espero tentar descobrir qual a ligação entre Carol Lewcovitz e o (seu?) tio Charles.

No endereço que constava nos documentos, não encontrei ninguém. Na casa ao lado, uma velha senhora tomava sol na varandinha do andar de cima, conversando com alguma amiga ao telefone.

Na sala, no andar de baixo, esperei o interminável bate-papo chegar ao fim. Peguei o celular jogado ali sobre a mesinha de centro e fui até o jardim nos fundos.

Dona Atília atendeu com sua fala arrastada. "A senhora não me conhece, mas eu sou um parente de um vizinho seu." "Pois não, meu filho. Em que posso lhe ajudar?" De acordo com ela, o tio Charles havia ido para um asilo há uns dois ou três anos. Não sabia quase nada sobre ele, pois tinha se mudado para o bairro pouco antes da partida do tio Charles. Ela ressaltou que, apesar de tê-lo visto poucas vezes, tinha-o como uma pessoa bastante simpática. E, depois de um risinho gostoso, adicionou: "um tanto excêntrica, se me permite".

Por sobre a cerca de Dona Atília dava para ver o quintal de Charles. Bastante abandonado. A casa de madeira escura, quase preta, estava desbotada, lavada pela ação do tempo. Ao final da ligação, a senhora fez questão de me tranqüilizar, pois seu vizinho havia falado muito bem sobre o asilo. Perguntei o mais importante: o nome do lugar. Ela disse que jamais poderia esquecer aquele nome. Riu bastante e depois ficou atônita ao perceber que não conseguia se lembrar. Depois de uns bons cinco minutos, exclamou surpresa: "É claro! Lar dos Velhos! Como é que eu poderia esquecer?", disse caindo na gargalhada.

Antes de desligar, Dona Atília fez questão de me contar que teve muita pena pelas crianças do bairro, que adoravam Charles, inclusive sua própria neta. Ele adorava contar histórias para os pequenos. Desejou-me boa sorte na tentativa de encontrar meu tio que há tanto tempo não via.

O Lar dos Velhos fica a menos de cem quilômetros da capital. Uma distância que o caminhão já está perto de vencer.

Simpatizei de imediato com o nome: Lar dos Velhos. Lar, uma palavra doce. Poderia ser Lar dos Idosos, Lar da Terceira Idade, Lar dos Coroas. Mas seus fundadores preferiram a forma antiga, talvez politicamente incorreta hoje em dia. Afinal, em épocas remotas, "velhos" sempre foram os melhores sinônimos para "sábios". Enfim, "Lar dos Velhos" me parecia algo legítimo e saudável ao mesmo tempo.

Aproveito a passagem do caminhão sobre um quebra-molas para saltar. A estradinha de terra que começa bem junto do poste de telefone é a indicação que eu tinha para prosseguir viagem.

O caminho é gostoso de percorrer. O cheiro do campo, algumas vacas ao fundo. Um riacho ao longe, a poeira da terra subindo suavemente a cada passada.

Tal qual imaginei, a placa do Lar dos Velhos reflete o que tinha em mente. Ao redor do nome, buganvílias muito bem pintadas, o que dá uma gostosa sensação de afeto a quem quer que chegue.

Porém, logo que fecho o portão, deparo-me com um cartaz que me chama a atenção: "Campeonato Internacional de Quebra-Cabeça. Não perca! Início: Ontem 17:30. Semifinais: Anteontem 16:30. Grande Final: Anteanteontem 00:01".

Aquilo me deixa ligeiramente zonzo e bastante bem-humorado. À medida que vou chegando, ouço uma algazarra. É um som típico de piscinas em época de férias: corpos desabando na superfície aquosa, risos, gritinhos, uma música animada tocando ao fundo.

Ao passar a cerca viva, tudo se concretiza diante de meus olhos. É como um condomínio de veraneio nas montanhas, onde velhos parecem adolescentes se divertindo. Um senhor gordo corre desajeitado pela borda, dá um grito, leva as mãos ao nariz e se joga no meio da piscina. Logo em seguida, uma senhora sorridente, de maiô verde-limão, vai atrás dele e repete a cena. Na parte rasa, um grupinho inicia uma "guerra de água". Um trio prepara um churrasco ao lado da sauna. Vários idosos estão deitados nas espreguiçadeiras. Alguns também em pé, por ali. Conversam animadamente. Parece que vai haver uma peça de teatro logo mais. Um senhor passa óleo numa senhora. Ela finge gemer e todos riem.

No outro extremo desse gramado, junto à área da piscina, há uma árvore solitária que faz sombra a um conjunto de dois banquinhos e uma mesinha de concreto, como as encontradas em praças públicas. Um senhor calvo está ali sozinho, entretido num jogo.

Resolvo me aproximar. É um quebra-cabeça. Ele parece bastante concentrado nas peças.

— Estou treinando para o campeonato.

Olho em volta para ter certeza e, de fato, não há ninguém por perto. Ele falou comigo mesmo. Da piscina, vem um grito.

— Tio Charles! Você pode ser o juiz? A Isaurinha está roubando de novo!

— Já vai! Já vai! — E depois, virando-se para mim — Esse pessoal não me dá descanso.

Olho mais uma vez para garantir. Realmente não há mesmo ninguém. O tio Charles talvez sofra de algum distúrbio. E, provavelmente, jamais entenderei a relação dele com Carol Lewcovitz. Talvez tenha sido uma grande perda de tempo vir até aqui. Porém, ao vê-lo articulando a frase seguinte, sinto que jamais a esquecerei.

— Vamos, sente-se! É um prazer recebê-lo, Homem Invisível.

— Ora, ora! Deixe-me em paz um momento! Não vê que estou conversando com este ilustre visitante?

— Ah, tudo bem. Desculpe, Charles. Longe de mim querer te atrapalhar. Temos que vencer este ano, hein? É uma questão de vida ou morte!

— Pode ter certeza, meu amigo. A mais absoluta certeza.

O banhista se retira resignado, sem questionar o fato de que o Tio está totalmente sozinho. Ele volta para a área da piscina, o short vermelho pingando sobre a grama. Então me sento, pois acho que teremos de entrar numa longa conversa.

— Que tal? Gosta do jogo?

Olho para as pecinhas. Nada definido ainda, a não ser por um céu azul com nuvens.

— Faz tempo que não monto quebra-cabeças.

— Já com desculpas? Mas o que é isso, rapaz? Ainda dá para treinar para o campeonato. Começa ontem mesmo. Se você conseguir chegar a tempo...

Concentro-me um pouco, tentando imaginar o que vem pela frente. Deixo escapar um suspiro.

— Preocupações... Tsc, tsc... Deixe os problemas lá fora! Temos essa bela piscina e um rio fantástico logo ali atrás.

— É muito bonito por aqui — falo apenas para dizer qualquer coisa.

— Obrigado. Cuidamos com todo o carinho — ele faz uma pausa e, olhando em volta, se agita. — Quer saber de uma coisa? Consegue guardar segredo?

Balanço a cabeça fazendo que sim.

— Por favor, não fale nada aos outros, mas esse lindo lugar que você está vendo... — ele faz um pequeno suspense — ... é a própria figura que todos estão procurando.

— Como assim?

— Exatamente. Tudo o que você está vendo aqui em volta são pecinhas deste gigantesco quebra-cabeça. Tudo: a piscina, a sauna, a grama, aquelas senhoras pegando sol, os rapazes preparando o churrasco, o próprio churrasco; enfim, tudo que você pode ver à sua volta. Antes de anteontem vou desmontar todas elas. O pessoal vai ficar bobo — ele diz, olhando bem nos meus olhos. — Calma, não se preocupe. Eu sei exatamente como montar de novo. Pode demorar um pouquinho, mas eu sempre consigo. Bem, sabe como é, uma pecinha ou outra pode acabar sumindo — ele ri, me cutucando.

Resolvo cortá-lo antes que seja tarde demais.

— Como é que pode me ver?

— Como é que eu posso ver o Homem Invisível? Acho que essa frase é um tanto contraditória... — ele gargalha. — Essa é ótima! Minha visão é boa, mas não chega a tanto, meu caro. Até hoje, só consegui enxergar os homens visíveis. —Tio Charles se dobra de tanto rir.

— Desculpe, mas... — talvez não encontre os termos apropriados para este tipo de conversa. — O senhor fala como se houvesse... lógica nisso.

— Ah! A palavrinha mágica! Lógica! Pois a Lógica me diz que, se existe alguma coisa visível, é tão-somente porque existe o não-visível, ou invisível, se preferir. Desafiar o invisível? Jamais, meu jovem. O Invisível é um conceito tão forte que, por exemplo, explica por que os meus amiguinhos judeus pensam tanto. Desculpe, não é para lhe provocar. Mas, se quiser transformar um jovem inteligente num gênio, é só incutir na sua cabeça que Deus é invisível. Se quiser transformá-lo numa besta, o método também serve, ha ha ha!!! Pode ter certeza, alguns anos depois, ele vai criar alguma coisa muito inusitada e surpreendente para preencher este vazio. Não existe nada mais poderoso do que o Grande Vazio, o Invisível!

Ele gargalha, e eu fico totalmente absorvido por seus pensamentos.

— Mas como foi que me percebeu chegando?

— Essa é outra história... Vamos devagar, meu caro. Lógica trata de sentido. Platão, Aristóteles, Hegel, Russell: a teoria dos contrários, identidade, diferença — ele cospe as palavras numa velocidade absurda, muito maior do que seu próprio pensamento. — Um conceito só existe em função de sua ausência. Questão de sentido. A vida só pode existir porque há morte, não-vida. Sagrado. Não-Sagrado. Visível. Invisível. Zero. Um. Matemática e linguagem. Faz algum sentido para você?

Charles dá mais exemplos. Fala da importância da formação do sentido. Ele amplia sua explanação de maneira exponencial. Cita as religiões, mais especificamente insistindo no judaísmo. Aplica sua visão de Lógica ao que não depende de Lógica. Desenvolve uma teoria sobre a construção de sentido do tempo, com o advento de rituais e especialmente do shabat, o dia do descanso. O shabat, prossegue ele, como alguns estudiosos gostam de comparar, é uma ilha no tempo. Se não houvesse esta ilha, nada mais haveria do que um infindável mar de tempo. Sem esse "pedaço de terra", o homem seria um eterno náufrago de seu próprio tempo. A religião, conclui ele, vive de construir sentidos.

Fico perplexo com o acúmulo de conceitos e analogias que este homem vai jorrando, misturando praticamente todas as disciplinas do conhecimento.

Enquanto ele fala e fala, cada vez mais banhistas vêm acompanhar a conversa. Eles o incentivam, como se fosse um pastor. Dizem "amém", "Deus seja louvado" a cada uma de suas brilhantes idéias. O mais incrível é que um grupo de animais vem pouco a pouco se aproximando. Primeiro um coelho, depois um burro, uma tartaruga, um gato, um cachorro... Todos eles parecem escutar suas palavras. Logicamente foram acostumados a isso. Imagino que, ao final, alguém lhes dê algo de comer.

Tio Charles tem um carinho especial pelo coelho. Ele o pega nos braços sem perder o ritmo. O coelho é engraçado. Ele me olha de vez em quando. Parece notar o quanto estou perdido diante de tantos conhecimentos. Tenho a nítida impressão de que está prendendo o riso por minha causa.

E por aí a coisa vai fluindo com Tio Charles encantando sua enorme platéia. Puro/Não-Puro. Rituais que tentam estabelecer diferenças. Deus. Homem. Eu. Outro. Imortalidade. Mortalidade. Construção de sentidos, enfim.

— Muito bem! Então, você entende o que é a Lógica. Ela faz sentido para você, não faz? Então, se a Lógica existe, isso só pode provar que existe também a sua contrapartida, certo?

Agora as coisas poderiam ficar complicadas.

— Lógica, Não-Lógica. Ah! Escolha o nome que quiser! Consciente, Inconsciente, o que seja! Vamos, isso é moleza, rapaz!

Sigamos juntos: a Não-Lógica pressupõe a ausência total de Lógica, certo?

— Certo.

— Errado! A Não-Lógica é definida como "não-lógica" justamente porque neste universo não-lógico não cabe qualquer comparação com a Lógica. Portanto, a Não-Lógica jamais pode ser entendida através de uma mente lógica.

De alguma maneira, tudo aquilo poderia estar fazendo sentido. Assim, devemos ter passado a tarde inteira falando sobre conceitos abstratos e fórmulas matemáticas. Muitas outras pessoas passaram por nós e ficaram para assistir ao debate. Tio Charles seguia sua linha de raciocínio impiedosa. Eu tentava acompanhar. Sentia a luz se transformando. O dia indo embora. Ele sabia contagiar. O tempo passava e, quando me dei conta, me sentia cada vez mais empolgado.

— Então, se a Não-Lógica é uma verdade, ela possui a sua própria "lógica". Isto implicaria na sua ausência, uma Não-Não-Lógica! E assim por diante... Este conceito faria com que houvessem mundos infinitos dentro do mundo da Não-Lógica!

— Ah! Tanto faz! — o Tio Charles se transforma por completo, como se nada do que conversávamos fizesse qualquer sentido. — Veja, elas chegaram!

O motivo da mudança súbita está bem ali: um grupo escolar acaba de chegar para visitar o Lar dos Velhos.

Eles estão na faixa dos seis, sete anos. Descem do ônibus correndo para todos os lados. A maioria quer entrar logo na piscina. Mas um grupo de meninas se aproxima num coro só:

— Tio Charles! Tio Charles! Tio Charles!

Ele vai recebê-las de braços abertos.

— As minhas meninas!

As cinco garotinhas o abraçam fortemente. Ele levanta uma por uma para o alto e elas dão gritinhos de felicidade.

— O que é que você vai contar pra gente dessa vez, Tio Charles?

— Hoje temos novidade. Nós temos companhia. O Homem Invisível está conosco.

Elas vibram com a notícia. Perguntam como sou.

— Ele é feio ou é bonito?

— Não é feio, nem bonito — vaticina o Tio Charles, depois de olhar na minha direção. E, em seguida, completa: — Não é alto, nem baixo. Também não é gordo, nem magro.

As crianças se deliciam. Tentam encontrar novas definições ou anti-definições para mim.

— Não é branco, nem é preto.

— Não é azul, nem vermelho!

— Não é sol, nem lua!

— Não é gordo, nem baixo!

A nova modalidade de comparar atributos incomparáveis faz com que todas fiquem ainda mais excitadas.

— Não é alto, nem bonito!

— Não é centopéia, nem canguru!

— Não é avestruz, nem omelete!

A gritaria vai num crescendo, até que não se escuta mais nada. Mas uma voz surge se distinguindo.

— Se ele não é nada disso, ele é o quê, Tio?

— Ahá! Boa pergunta, linda pergunta! É exatamente por isso que ele é invisível. O Homem Invisível não precisa ser nada...

As palavras adquirem uma súbita verdade. Faz todo o sentido. A falta de sentido leva inevitavelmente à invisibiliade, sorrio.

Tio Charles conclui, dizendo que eu me pareço com ninguém que ele já tenha visto. Todas riem. Pede que sejam educadas e me saúdem, coisa que deveriam ter feito assim que chegaram. Envergonhadas, elas quase pedem desculpas ao me cumprimentarem.

— Olá, Homem Invisível!

Tio Charles me intima a responder. Não acho isso muito direito, mas sigo suas ordens.

— Olá...

Depois de um frisson inicial, elas acabam me ignorando e Charles segue a conversa.

— Bem, onde estávamos?

— O Coelho Real tinha fugido do castelo! — elas berram em uníssono.

Durante uma boa hora e meia, Charles foi desfiando uma incrível história que contava as aventuras de uma menina num cenário absolutamente surreal, onde tempo, espaço e sentido eram totalmente subvertidos para a alegria do grupo de garotas. Aquilo imediatamente me levou de volta à experiência que tive como cachorro na festa infantil. E também a um inesquecível passeio, empurrando o carrinho de um certo bebê pelo parque. Um acontecimento glorioso que, infelizmente, quanto mais o tempo passa, mais tenho a impressão de ter pertencido ao campo da pura fantasia e do delírio. De qualquer modo, a experiência pareceu real. O brilho dos olhos das crianças simplesmente não tem qualquer comparação nesse mundo. Este efeito tem o poder único e inigualável de atuar como um reflexo ao nosso próprio olhar. Como raios de luz, mandando de volta essa alegria ingênua de viver. Obviamente, crianças podem ser vis, más, egoístas... Mas, quando o poder da criação lhes é revelado, feliz de quem está recebendo de volta estes feixes luminosos. Talvez por isso, Charles tenha esta energia constantemente reabastecida que o faz ir além. Além de qualquer limite racional imposto por uma mente já doutrinada pela Lógica. Talvez fosse este o seu segredo. Por isso, manter-se sempre perto desta espécie de fogo.

Elas se vão com mais um forte abraço. Despedem-se educadamente de mim. Pedem que eu venha mais vezes. Charles tem uma lágrima nos olhos. Fico comovido também. Ele percebe e nos abraçamos.

Então, ele me convida para um chá. Diz que é de uma planta colhida nas redondezas. Excepcionalmente boa para relaxar. É engraçado, pois mal ele se refere à bebida, já vejo o líquido fumegante sendo despejado numa xícara de porcelana. Realmente é deliciosa. Lembra hortelã, só que com um toque de algo diferente. Experimento uma certa tontura. Mas, aos poucos, vou me sentindo muito mais leve. Nitidamente o tempo se dilata até quase estourar numa espécie de bolha, depois se comprime até ficar pequeninho; cabe na palma da minha mão. O espaço também vai se alterando aleatoriamente. Tudo se expande horizontalmente e, logo em seguida, na diagonal. Abro a boca e mastigo o ar para a sensação passar. A propriedade é realmente muito bonita. Os pássaros cantam ao fundo do final da tarde. Agora o tempo escoa lento, como um rio de águas calmas. Conversamos sobre várias idéias interessantes, até que o Tio me faz o convite.

— Por que não me pergunta de uma vez, senhor Homem Invisível?

Levanto a cabeça e, enfim, faço o que vim fazer.

— Quem é Carol Lewcovitz?

Seus olhos mudam. Tem um sorriso ancorado em tempos distantes.

— Venha, quero lhe mostrar uma coisa.

Passamos por entre vários residentes do Lar. Todos o saúdam ou comentam qualquer coisa para chamar sua atenção. No hall de entrada da casa, duas enfermeiras estão jogadas no sofá lendo revistas. Pelas suas expressões de tédio, imagino que não tenham muito o que fazer por aqui. De alguma maneira, o Tio Charles tornou-se o dono do lugar. E, aparentemente, a julgar pela correria e gritaria pelos corredores, ninguém está precisando muito de cuidados médicos.

Em seu quarto, pinturas de crianças estão por todos os lados na parede. A decoração é bem alegre e colorida, mesclando tons de verde e violeta.

Ele pega uma caixa antiga. Abre a tampa e espalha dezenas de fotos pela cama. São retratos de meninas entre quatro e dez anos. Belíssimas fotografias em preto e branco. Os rostos encantadores foram captados de maneira única e original. Na maioria das vezes, emoldurados por lugares aprazíveis, no campo.

— Hoje em dia não me deixam mais fazer isso. Politicamente incorreto, eles dizem. Isso, no mínimo, para não dizer coisa pior...

Ele está procurando por uma foto em especial.

— Dentre todas elas, existiu uma menina mais especial do que todas as outras. A história que você acabou de ouvir lá fora foi apenas um rascunho sem graça do que uma vez criei à medida que suas luzes iam me guiando pelo caminho, numa tarde dourada de um longínquo e glorioso julho. Foi ela que me trouxe a inspiração. A Lógica e a Não-Lógica se uniram como um ser único. Como nenhuma religião, ficção ou ciência jamais conseguiu. Se fosse publicado, seria um livro para entrar para a história. Talvez se chamasse simplesmente "O Livro dos Livros".

Então, a ficha cai, finalmente. Tenho quase toda a certeza de estar diante do autor de um dos maiores clássicos da literatura mundial de todos os tempos. Não sabia que ainda estava vivo. Incompreensivelmente, ele se refere à sua obra-prima como se ela jamais tivesse sido publicada. Por que faz isso, Deus do céu? Talvez uma autodefesa para perseguir algo à altura, cogito. O que será que se esconde detrás desse olhar tão cativante? Ele continua sua bela história.

— Digo isto sem falsa modéstia, pois acho que você também sabe que nada disso seria possível sem a participação dela — ele fala emocionado e tenta disfarçar, procurando pela foto em questão. — Onde está, meu bom Deus? Onde... Aqui está ela!

Tio Charles me mostra o retrato. Fico olhando para aquele rostinho por um bom tempo. É realmente especial. Impossível não se encantar, não cair de amores por aqueles olhos.

— Infelizmente, o tempo passa. A menina cresceu. Pré-adolescente, dizem agora. Seus pais a tiraram de mim. Para bem longe, "por pura precaução", resumiram os irresponsáveis. Sem nada explicar. Deixando uma incômoda nódoa pairando sobre aquela cabecinha... Um talho dividindo infância e o que vem depois. É difícil refazer esse elo, meu caro. Jamais foi feliz de novo. Precisava se reencontrar consigo mesma. Tentou voltar ao universo que criamos juntos naquele memorável passeio de barco. Refugiou-se na vã tentativa de recriá-lo através das palavras. Levou a sério demais o poder que elas têm. Apelou para elucubrações místicas. Fechou-se num mundo à parte. Como ela me dizia, naquilo que obstinadamente se referia como o "Projeto".

Ao ouvi-lo pronunciar a última palavra, sinto uma certa tontura. Tio Charles não percebe. Antes assim.

— Isto a afastou do convívio. E só a distanciou do nosso universo mágico.

— Então, o senhor leu "O Pomar".

— Preferia não tê-lo feito. "O Pomar" só confirmou minhas expectativas. É uma tentativa esforçada, válida, por que não? Mas apenas uma sombra do que poderia ter sido... Ela também sabe disso. Por essa razão, temo que seguirá tentando refazê-lo.

Meus olhos fixos nos olhos dela. Por um momento, consigo enxergar a menina, Carol Lewcovitz e Alice ao mesmo tempo. As três são a mesma pessoa. Tenho a impressão de ter conhecido todas elas.

— O que posso fazer para ajudá-la? — imploro-lhe.

— Eu sei que não apareceu aqui à toa. Ela me falou de você. Imagino que tenha feito um caminho semelhante ao dela.

— Talvez paralelo.

— Entendo... Não confie tanto nos números, é o que posso te dizer. Eles também têm sua não-lógica interna, entende o que quero dizer?

Olho para baixo, um tanto envergonhado pela minha limitação.

— Estamos condenados a desaparecer? Digo, não desta maneira superficial...

— Sim. Temo que o tempo de vocês neste mundo esteja se acabando.

Ele se vira para o lado, parece pensativo.

— Infelizmente, não posso ajudar em muita coisa. Cabe a vocês dois viverem esta aventura até o fim. Quanto a mim, com minha modesta experiência, acredito em vocês. Sei que podem escapar se puderem ajudar um ao outro. Mais não posso dizer.

É a despedida. Vou indo embora do Lar dos Velhos. Antes de ir, ele me dá um último conselho.

— O segredo, meu bom rapaz, é que a Lógica e a Não-Lógica, ou o Real e o Não-Real, são reflexíveis e, ao mesmo tempo, não-reflexíveis. Como os dois lados do espelho, se você souber enxergá-los de verdade — ele dá uma piscadela.

Tio Charles me abraça fortemente.

— Você tem a minha bênção. Faça Alice feliz.

Os simpáticos velhos e velhas passam por mim, atarefados com suas brincadeiras, e eu sinto uma saudade imensa ao deixar este lugar que já sei que terá me transformado para sempre.

A capital vai ficando velozmente para trás. Luzes brancas, amarelas e vermelhas correndo alucinadamente em busca de algo. E eu aqui sentado. O vagão praticamente vazio. Sinto-me mais leve.

Ao mesmo tempo, começam a surgir novas preocupações. O que acontecerá quando estiver cara a cara com Alice? Vou ter de contar tudo que fiquei sabendo. Não posso mentir para ela.

Todas estas coisas sobre sua infância... Tenho uma certa pena de pessoas que viveram infâncias tão maravilhosas. Nada pode se comparar aos primeiros anos. Nada... É como uma história em que o clímax está logo ali, no primeiro capítulo. Tudo que vem depois é menor, é decadência.

Lembro do tom de sua voz na última vez em que nos falamos. Receio que Alice esteja muito fragilizada. Mais do que imaginava. Vou precisar de muita força para que possamos dar certo.

Não consigo me desligar um minuto. São tantos pensamentos que minha cabeça chega a doer. Seria bom poder fechar os olhos e sonhar um pouco, como aconteceu na viagem de ida. Onde andará o casal que sentou à minha frente? Fico imaginando como seria uma vida normal ao lado de Alice. Não deveria lutar contra o sono. Melhor ceder. Porém, repentinamente, o trem pára.

Todos no vagão imóveis. Depois de alguns momentos, os quatro passageiros visíveis entreolham-se. Dois conversam entre si, tentando imaginar uma explicação. Os outros dois inicialmente mostram desinteresse e voltam às suas leituras. Até que um deles entra na conversa e logo todos dialogam, especulando a razão do inevitável atraso.

Um funcionário da companhia ferroviária cruza o nosso vagão. Quando já vai saindo, um dos passageiros o interpela. Tímido, o rapaz uniformizado quase gagueja para dizer que não é nada grave. Apenas um problema técnico. Lá fora, luzes bem ao longe de uma refinaria em plena atividade a essa hora da madrugada.

Não há previsão de retomarmos a viagem. Seria bom falar com Alice. Simplesmente não consigo conter a ansiedade. Vou atrás do funcionário. Quando a porta se abre automaticamente, entro com ele no compartimento entre-vagões e tiro o celular do seu bolso de trás. Ele não nota e segue em frente.

Com o coração disparado, digito os números. A impressão que tenho é de que estou falando pela primeira vez com ela. Não gostaria de transparecer pela voz nada de errado. Ela não pode perceber. Ainda não é o momento. Por que não atende? Terá saído? Ah, até que enfim!

— Alô?

Nenhuma resposta do outro lado da linha.

— Alice? Você está aí?

Tudo que ouço é um choro convulsivo, desesperado, que parece nunca terminar.

— O que aconteceu?

Ela balbucia algumas palavras. Porém, o choro, como uma descarga de energia, não cessa. Atropela tudo. Atropela a tentativa de controlar a respiração e de pronunciar qualquer coisa.

— Por favor, Alice! O que houve?

— Como? Como é que...

Ela não consegue concluir. A catarse é intensa. Algo de muito sério deve ter havido.

— Alice, eu preciso que você se acalme e fale comigo.

— Como é que você pôde? Como?!!!

Com toda a certeza já soube das minhas investigações.

— Você podia... P-podia ter me falado. Mas não...

Abaixo a cabeça tentando imaginar o que pode ser.

— Você passou pela rua. Era você ali, de roupas escuras — ela tenta articular as palavras, a respiração soluçando, como se fosse perder o fôlego a qualquer momento. — E... e indo apressado p-para o trabalho... E...

É tão angustiante vê-la sofrer desse jeito. Uma impotência me paralisa. Fico mudo.

— Você me traiu! Mais uma vez! Eu sabia! Pelo menos podia ter me falado q-que estava curado!

— Curado? Como assim?

Somente as lágrimas infinitas do outro lado. O que ela quer dizer? Chora com raiva. Desliga o telefone na minha cara. Olho para o trem, para o telefone celular. É tudo real. Infelizmente não se trata de um sonho. Porém, o que ela falou não tem o menor sentido.

Sinto um sacolejo. O trem volta a andar. Largo o celular ali mesmo sobre um banco metálico. O funcionário entra e pega o aparelho com cara de espanto. Lá dentro, no vagão, tudo volta ao normal.

Olho fixamente para fora, as luzes da refinaria. O fogo explodindo de suas bocas. Um belo espetáculo. Só podem ter sido as drogas, concluo. É isso. Será um caso sem volta? Só sei de uma coisa: não posso perder Alice.

O tempo soluça vagaroso pela ferrovia por onde passa o bólido. Meu coração bate rápido. Estamos chegando de volta à cidade onde está a doce e amarga Alice. Mais alguns minutos e é hora de saltar.

Abro a porta de casa com todo o cuidado. Como se fosse um marido voltando da farra com os amigos. Apego-me à esperança de que ela tenha caído no sono depois da crise.

Encosto a porta atrás de mim. Nem sinal dela. Antes assim. Deve ter pego no sono.

Avanço alguns passos, porém sinto algo pontiagudo nas costas.

— Parado aí.

Viro-me. Ela está com os olhos esbugalhados. Aponta-me uma faca.

— O que é que você quer de mim, hein?

— Calma, Alice! Você não está no seu estado normal!

— Ha ha ha! Estado normal! — ela ri, se afastando em direção à cozinha. — É claro que eu não estou no meu estado normal! — Alice se vira para trás, repentinamente, colocando a lâmina afiada bem perto da minha garganta. — Mas você está! E não foi homem o suficiente pra me dizer!

— Eu... eu não consigo entender.

— O que é que você pretende, hein? Vai tentar me vender para um laboratório multinacional? Vai faturar uma grana pelo ser bizarro aqui?

— Como assim? Do que é que você tá falando?

— Cínico! Você falava com as pessoas e elas te respondiam. Na banca de jornal, no café, no mercado... Aquele bebê com quem você ficou brincando na pracinha... Eu vi tudo isso!

— Você ficou louca? — tento segurá-la. — Eu continuo igual a você! Eu já te disse pra parar de usar essa porcaria! Você tá se matando!

Ela volta ao choro convulsivo. Estico a mão para que me entregue a faca.

— Não! Me larga! — ela grita, fora de controle. — Pára de fingir! Eu te vi andando pela rua, como todas as outras pessoas! Eu vi!!! E você foi em frente como se nada tivesse acontecido!

Abaixo a cabeça.

— Obviamente, você está delirando, Alice. E só tem um jeito de te provar.

Puxo-a pelo braço. Ela se debate. Uso toda a minha força. Abro a porta. Alice tenta se segurar no batente. Tiro seus dedos com dificuldade e arrasto-a pelo chão, até o hall.

— Não! Me larga! Eu não posso olhar para aquilo! Eu não posso! Eu vou morrer se olhar para o espelho de novo.

— Confia em mim. Não vai acontecer nada disso. Lembra da última vez que nós estivemos juntos de frente a um espelho?

Ela apenas fica sacudindo a cabeça de olhos fechados, como se recusasse a deixar a memória voltar.

— É a única maneira de te provar que eu não te traí. — Meu coração bate rápido. — Alice, eu jamais te trairia.

— Por que eu devo acreditar? — ela diz me olhando nos olhos pela primeira vez depois de muito tempo.

Antes de dizê-las, escuto-as mais uma vez. É como um ritual de despedida. As palavras saem de meus lábios, abençoadas por tudo que há dentro de mim.

— Porque eu te amo.

Finalmente, seguro seus ombros. Ela cede, e ficamos de frente para a mágica superfície, onde só vemos o reflexo da porta aberta do apartamento.

Ficamos olhando por um bom tempo o espelho. Temos a mesma convicção de que é só o que está ali. Nos aproximamos e não há mais a vertigem. Não há a profundidade nos puxando para a frente. O que está lá, está apenas na superfície. E, então, acho que, pouco a pouco, vamos nos "vendo" ali dentro. Imaginando-nos. Nossos contornos. Nossa pele. Nossa beleza. Nossos corpos da última vez que não nos vimos diante do espelho.

Abraço-a. Ela agora chora baixinho. O calor de seu corpo no meu ombro. Passo a mão em seus cabelos ainda molhados. Um silêncio estranho se faz e de repente estamos nos beijando.

Sua boca está quente como a minha. Nos envolvemos ao extremo. Vamos nos empurrando até o sofá e lá ela se deita sobre mim. Nos sentimos com as mãos e línguas. Nunca senti minha pele tão viva. Então, ela se senta sobre mim e realmente transamos pela primeira vez.

Quando acordo na cama, fico por um bom tempo sentindo sua respiração. Um amor absoluto me invade. Depois de conhecer sua infância e entender um pouco mais sobre esta indecifrável menina-mulher, tenho a percepção de que meus sentimentos ganharam profundidade.

Seus olhos se abrem e ficam me espiando, como se sorrissem timidamente. Ela faz um carinho em minha barriga, e fica assim, silenciosa.

— Não quero falar nada, nem uma palavra... — murmura baixinho e depois de um momento, completa — ... mas comeria qualquer coisa. Até um boi.

Rimos e depois de um instante, levanto-me. Vou até a cozinha preparar "qualquer coisa".

Fico pensando em como abordar o assunto. Não posso adiar mais. Principalmente agora, depois do que aconteceu entre nós.

Ela é um enigma para mim. Tento formar mentalmente uma teoria a seu respeito. Imagino-a menina, ouvindo as maravilhosas histórias do Tio Charles. A pequena Alice cresce, vira uma mulher e jamais se esquece daqueles momentos. Resolve se tornar uma escritora. Persegue sua criação infantil ao lado de seu mentor. Uma aventura que pudesse englobar tudo de uma só vez. "O Livro dos Livros", como ele se referiu. Lógica e Não-Lógica juntas numa só estrutura coesa, orgânica, como um ser-vivo.

Enfim, publica seu único romance, "O Pomar", com um pseudônimo: Carol Lewcovitz. Depois, nada dá certo. O livro fracassa, ela entra em tratamento na equipe da doutora Nadine, e é tratada pela sua assistente, Liza. Depois, há um hiato que não consigo entender, pois ela se refere a si mesma como uma médica. Provavelmente é tudo uma fantasia que criou para se autoproteger.

E como foi que se tornou igual a mim, invisível? Especulo que tenha alguma coisa a ver com "O Pomar". A Cabala, pelo pouco que sei, tem, entre seus fundamentos, o poder mágico das palavras. Cada letra corresponde a um número. Assim, o som e a grafia das palavras têm uma relação direta, intrínseca com a coisa ou o ser que ela representa. É muito intrigante que todos os exemplares tenham desaparecido.

Precisamos buscar juntos respostas que nos unam. Mas, para isso, preciso antes contar que xeretei sua vida como um detetive particular vagabundo.

Sinto seus passos atrás de mim. É agora. De sopetão é melhor. Vou contar tudo de uma vez.

— Escuta, a gente tem que conversar. Em primeiro lugar, eu quero te pedir desculpas por ontem. Acho que eu tive alguma espécie de transe, sei lá. Eu... Deve ser essa pressão toda. Tudo isso que a gente tá passando...

— Não precisa se desculpar por isso. Eu é que...

— Pshsh... — ela coloca o dedo indicador sobre meus lábios.

Alice me olha no fundo dos olhos.

— Não é sobre isso que eu quero conversar. — E, depois de uma pausa, prossegue: — Eu tenho uma coisa muito séria para te confessar.

Ela é mesmo surpreendente.

— Eu andei fazendo algo errado — sentencia.

Não entendo. Era eu quem deveria estar falando isso.

— Eu andei... espionando sua vida.

Ela me olha fixamente.

— Eu queria deixar tudo isso bem claro, principalmente depois do que aconteceu entre nós ontem à noite.

— Mas eu...

— Por favor, deixa eu terminar. Enquanto você estava fora, eu... Eu quis ter certeza de quem você era. Se você era quem dizia ser. Se você era real ou só parte da minha imaginação. Desculpe, mas, várias vezes, achei que estivesse louca. Que tudo fosse um delírio.

Ela se senta. Tem o olhar perdido, relembrando o que andou fazendo nos últimos dias.

— Não tinha muita coisa para procurar, mas havia o... "incidente espanhol", como você chamou.

Ela notou minha reação de incredulidade.

— Perdão por tocar na sua ferida, mas... é o que havia de mais concreto a seu respeito. Eu encontrei o apartamento onde viveu o senhor Vicente de los Campos. De longe, se vê o borrão preto na fachada do prédio.

Fico tonto. Essas imagens estavam tão bem escondidas aqui dentro e, de repente, ela consegue trazer tudo aquilo à tona. A frase parece um zumbido. “Eu sou um assassino”. Fecho bem os olhos. Tapo os ouvidos. Talvez o barulho vá embora.

— Por favor, calma. Sente-se. — Ela pega uma garrafa na geladeira. — Tome esse copo d’água. Tem mais.

O que pode haver mais? Por que pensa tanto antes de falar? Por que faz isso comigo? Não quero beber água nenhuma.

— Eu também fiquei preocupada com a menina, a neta do senhor Vicente.

— Você está falando da Cristiana? — digo, já bem tenso.

— Sim. A verdade é que eu... me senti próxima a ela. Descobri o novo endereço da família e fui atrás.

— Alice... Por quê? Você não devia...

— Eles tinham se mudado — ela segue seu relato, sem parecer sequer me escutar. — Era uma casa. Dei uma olhada e vi só um casal jantando na sala.

E Cristiana? Onde estava ela? A garrafa, a batedeira, a cozinha e Alice já estão desfocadas a minha frente.

— Fui procurando de quarto em quarto. Até que ouvi vozes no jardim dos fundos. Lá estava ela. Feliz, brincando com alguém. Achei que tivesse ganho um irmãozinho. Quando me aproximei, vi que não era outra criança. Era um adulto. Um senhor que ela chamava de “vovô”.

Minha respiração pára por alguns momentos. Olho para Alice. Olho para a garrafa de tampa azul, a batedeira vermelha, o prato de borda de verde e todos esses objetos que também parecem querer me dizer algo.

— Sim, ele está vivo.

— Como? Do que você tá falando, Alice? — explodo, como pode brincar com uma coisa dessas?

— Escapou do incêndio são e salvo. O senhor Vicente de los Campos está vivo — Alice me diz, olhando bem nos meus olhos.

Sim, ela realmente está falando sério. Acho que é o maior alívio da minha vida até agora. A descompressão é tão forte, que parece que vou perder o equilíbrio. Só agora alcanço a dimensão do gigantesco esforço mental que fiz, tentando apagar da memória o dia em que o incêndio aconteceu.

Abraço-a com força. Levanto Alice até sua cabeça tocar o teto. Estamos dançando, rodopiando pela sala, exatamente como na festa do colégio... Até que caímos exaustos no chão, rindo e tentando recuperar o fôlego.

Reparo em seus olhos felizes, seu cabelo que toca de leve minha testa. Não, este não é o melhor momento para contar a minha história. Melhor esperar outra hora mais oportuna. Ela me abraça.

— Você me desculpa de verdade?

— Sua... — finjo estar chateado.

Beijo-a. Sim, podemos ser tão felizes juntos.

— Mais, me conta mais, muito mais! — festejo, totalmente empolgado. — Eles são como você imaginava?

— Sim, exatamente como eu tinha imaginado.

— E o senhor Vicente? Ele está bem disposto? Está saudável?

— Está muito bem.

— Você viu ele dançando o flamenco para ela?

— Não... Bom, eu também não fiquei muito tempo.

— Ah, você tem que ver. É inesquecível! — digo, já me levantando e imitando os passos do velho. — Quem sabe não damos sorte dessa vez? — puxo-a.

— Você está pensando em ir até lá?

— Não, eu não estou pensando. Eu vou para lá agora mesmo. Anda, você vem comigo.

— Obrigado pelo convite. Eu vou ficar por aqui — Alice diz, se distanciando de mim.

— Ah, esqueci! Desculpa... Eu prometi preparar alguma coisa para a gente.

— Não é nada disso. Eu me viro bem.

— Então, o que foi?

Ela vai até a janela. Dá uma espiada e se vira para mim.

— Para que ir até lá?

Dou uma risada. Ela não pode estar falando sério.

— Alice... Como eu posso *não* ir? O senhor Vicente de los Campos está vivo. Está vivo. Quando eu falo até me dá um arrepio. Você não entende? Eu não matei ele! A família continua unida. Eu preciso ver isso tudo com os meus próprios olhos.

— "Isso tudo"... o quê? — Alice pergunta pausadamente. — A sua obra-prima? — ela me encara.

— Ah, então é isso... — dou um suspiro longo.

Tomo fôlego. Ela não terminou.

— Lembre-se do que aconteceu. De todas os arrependimentos que te machucaram tanto... "Quem é que me deu o direito de interferir na vida dessas pessoas? Quem?"

Não quero magoá-la, muito menos agora.

— Alice, eu entendo a sua preocupação. De verdade. Mas... não. Eu aprendi a lição. Eu jamais iria me envolver novamente. Só quero dar uma última olhada neles. É uma despedida. Só isso.

Ela me dá o novo endereço deles com uma cara que diz explicitamente "depois não diga que eu não avisei" e vai lá para dentro. Apenas sorrio. Sim, vai ser difícil me despedir da família De los Campos, mas, quanto à questão de me envolver, não há o que discutir. Fui um arrogante, um prepotente completo por ter tentado mudar a vida dessas pessoas.

Ao descer do prédio, tenho a impressão de ver alguém à espreita. Reparo no carro estacionado lateralmente ao prédio. Há um homem no banco do motorista. Chapéu, longas barbas, roupas pretas, a tez morena. Não. Está falando ao celular com alguém. Bobagem.

Pelo caminho, me pego sorrindo, relembrando o momento em que o senhor Vicente se exibia para a neta. Depois, o decisivo encontro de toda a família no pátio da escola. E todos os momentos felizes que passei com os De los Campos. Até o fatídico domingo no parque...

Mas tudo está bem agora. O fogo não consumiu ninguém. Todos estamos vivos. Então me vem uma coisa na cabeça. Se não fosse este episódio do incêndio, a verdade é que jamais teria entrado naquele clube noturno. Jamais teria encontrado Alice.

A vida sem Alice... Isso já não faz o menor sentido para mim.

Tento me distrair com o humilde, porém arborizado, bairro à minha volta. Só que não dá para controlar. Sei que, dentro de mim, o mecanismo foi ativado novamente. Tento rir, fazer pouco da idéia de que tudo não passou de uma rede que me fez encontrá-la e, por fim, conquistá-la. Infelizmente, não consigo concordar totalmente comigo mesmo. Sinto um quê de falso nesta ironia.

Penso no que Alice quis me alertar. Sim, poderia ir embora agora mesmo. É como sair quando se está ganhando. Quando se está com a mão boa. Confuso, páro por um momento. Olho para trás. Reflito um pouco mais e me convenço da inofensividade de meu ato. É claro que tenho direito a uma despedida.

A nova moradia da família De los Campos fica no fim da rua. É amarela, e suas telhas de barro são as tradicionais, avermelhadas. Há um passarinho cantarolando na gaiola. Onde estarão? Entro pelos fundos. Há um gostoso ruído de natureza no pequeno jardim. Está bem cuidado. Reina uma paz gigantesca neste pequeno espaço. Dava para passar uma temporada por aqui. Ouço vozes pela sala. Devem ter chegado de algum passeio.

Vou até lá com o coração disparado. Porém, não é a pequena Cristiana com seu avô. São seus pais. Estão recebendo dois homens engravatados. Que pena... Aproveito para dar uma olhada na geladeira. Sempre gostei das sobremesas dessa casa.

Dou sorte. Mel com uma espécie de queijo cremoso. Uma colherada não vai fazer mal a ninguém. Fico imaginando a terra natal de Vicente, de onde provavelmente saiu a receita. Uma avó bem gorda preparando a delícia para os meninos que brincam ali na sala, imundos depois de tanto jogarem futebol pelas ruas de Córdoba. Bem que Vicente podia levar a adorável neta para conhecer o lugar onde nasceu. Só me desconcentro quando ouço um dos homens mencionar algo sobre um seguro de incêndio.

Termino de lamber a colher e vou ver do que se trata. Os dois homens estão se levantando. Não parecem satisfeitos. Tampouco Alberto e sua mulher, Júlia.

— Queiram se retirar, por favor.

A dupla se entreolha. O mais alto resolve deixar uma ameaça no ar.

— Não adianta lutar contra os fatos. A nossa investigação sobre o incêndio não vai deixar quaisquer dúvidas.

— Só que aí vai ser tarde demais — completa o outro. — Ouça o nosso conselho: melhor abandonar essa canoa furada logo agora. Depois que o processo correr, adeus. Nosso departamento jurídico é implacável.

— Fora daqui, seus canalhas! Meu pai pode ser tudo, menos desonesto!

Alberto abre a porta, os homens passam. Profundamente irritada, Júlia vai para o quarto.

— Eu sabia. Eu sabia desde o começo! Ouve bem o que eu vou te dizer: seu pai nunca mais bota os pés nessa casa!

Resolvo seguir os dois homens. Antes de entrarem no carro preto da Companhia de Seguros Oceano, posso escutar algumas palavras soltas que vão me dando uma idéia do quadro todo: "sinistro fraudulento", "trabalho de amador", "é só encontrar o cúmplice", "se depender de mim, o velho vai mofar na cadeia". A porta se fecha com a potente gargalhada dos dois.

O carro parte. A rua logo volta ao seu silêncio habitual, aos pios do canário na gaiola. Sinto o estômago embrulhar, o sangue desaparecer das minhas pernas. Preciso sair rápido daqui e andar para bem longe.

Olho para as garrafas espalhadas pelo chão e faço um brinde a ele.

— Ao velho Vicente! Ao velhaco do Vicente! — berro, morrendo de rir.

E tudo se mistura mais um pouco no vapor de álcool que parece dominar toda a Loja de Espelhos.

Fiz o caminho inverso. Entrei por onde havia escapado. Um enorme silêncio na área interna do prédio. Forcei a pequena janela e cá estou de volta à loja, como se alguém tivesse retrocedido as cenas do filme até o início. Até chegarmos às imagens daquela fatídica noite.

Durante muito tempo relutei em voltar. Talvez desconfiasse de que, se houvesse alguma resposta, ela teria que estar por aqui. Ou, quem sabe, no íntimo, não quisesse voltar a me ver no espelho. Mas agora é diferente. Não tenho mais opção. O cerco se fecha.

O mezanino está vazio. Retiraram o arquivo e a mesa, onde estava meu valioso papel azul, a nota fiscal pelo serviço no espelho. Agora, tudo deserto por aqui. Vai ver, vão reformar o mini-escritório.

Depois de descer o lance de escadas, constato que a loja toda está completamente vazia, no esqueleto. Abandonada mesmo.

Parece que vão realmente fazer uma grande reforma. Por onde estão todos os malditos espelhos? Melhor beber um pouco mais.

Vou até a salinha dos fundos. Não há ninguém aqui. Deixaram um único exemplar. Somente um dos doze espelhos. Olho bem para dentro dele. Não há nenhuma atendente me seduzindo. Nada mais do que a fria imagem da parede em frente. Não há qualquer resposta.

Por um momento, imagino o que teria acontecido se, na época, ela não estivesse tão apaixonada por outro. Muita coisa poderia ter sido diferente.

Talvez, se conseguisse ver o que há por trás... Pego uma das garrafas que roubei do bar da esquina. Dizem que são sete anos de azar. Pois eu pago para ver. Não tenho mais nada a perder. Jogo com toda a força o vasilhame na superfície polida. Estilhaços voam para tudo que é lado. Tento proteger-me.

Não recebo nada em troca pelo meu gesto de desespero. Apenas o silêncio agudo que se percebe após um grande ruído.

Passemos para a próxima garrafa. E mais outra. É a melhor companhia para mim agora. Não, não posso desistir fácil. Mexo em absolutamente tudo. Nesse monte de entulho espalhado deve haver alguma conexão com a antiga loja de espelhos. Lembro-me das minhas roupas que sumiram quando tudo aconteceu. Onde é que foram parar? Só ferros retorcidos, pedaços de madeira, azulejos quebrados e um bocado de pedras... Não vou me entregar. Deve haver alguma saída para mim. — Tem que ter! — digo em voz alta.

Acho que não deveria ter gritado. Parece que me escutaram. Tem alguém mexendo na porta. Que tal dar uma olhada? Quem é? Tropeço em uma garrafa. Dói tanto quanto uma gargalhada. Psiu... Eles podem estar armados. Acho que foi na outra sala. Vou entrando de fininho. No que a porta se fecha atrás de mim, a luz se acende e até coço os olhos para entender que tem uma porção de gente ali dentro. O que é que estão fazendo essas pessoas numa porra de uma loja abandonada? Esperando a vida passar, cacete?

Estão todos de braços cruzados, as caras feias, cheias de irritação. Penso em oferecer um trago. Só que... de repente, acho que reconheço um deles. Aliás, um não. Tenho quase certeza de que conheço a moça ali me encarando muito séria. E também aquele moleque fedendo, todo sujo e sem camisa. Tem aquela velhinha. Tem o velho de olhos puxados. Tem uma que veio de cadeira de rodas. Sei seus nomes. Tiago, Isabel, o moleque Maturana, Dona Viridiana, doutor Takigawa, Deborah e vários outros. São os meus "pacientes".

— Pacientes! — grito bem alto e me divirto, dividindo a primeira sílaba: — Pá... cientes!

Caio na gargalhada. A palavra é ótima. Os infelizes continuam sérios.

— Mas o que é que vocês querem de mim?

Vejo suas faces grotescas, seus narizes tortos, dentes amarelados, o suor escorrendo por seus poros.

— Por que ninguém responde, caralho?

Bebo mais um trago. Suas respirações nervosas, o estresse crescente. Eles me olham nos olhos, que me recriminam, que me fuzilam. Sinto um terrível enjôo. Vontade de vomitar.

Eles se aproximam de mim. Estão me apontando, os ingratos.

— O que é isso? Um julgamento?

Eles me cercam. Não sabia que eram bichos disfarçados. Os narizes parecem focinhos. Suas respirações estão em cima de mim.

— Ah, mas na hora que vocês queriam ajuda, ninguém teve vergonha na cara, não é, "arquiteta" Deborah? Aquele projeto jamais ia sair dessa sua cabecinha, sua tonta! Aquela oferta de perdão de que você tanto precisava, hein "Doutor Morte"?... Vocês comeram da minha mão!

— Quem é que lhe deu o direito de manipular estas vidas?

— E quem é você que fala sem se mostrar? Ah! Um rabino! Só faltava mesmo um rabino por aqui. Ha ha ha ha!!! Magnífico! O bom e velho rabino de plantão! Disque-rabino! Ha ha ha ha!!! Ótimo!

— Quem é que lhe deu o direito de manipular nossas vidas?

— Quieta, sua velha nojenta! Você ia morrer no restaurante, no meio de estranhos! Sabe o que é isso? Morrer no meio de estranhos. Sem ninguém para ajudar!

— Suas vidas só pioraram. Você foi uma maldição! Tudo deu errado depois que você apareceu com seus truques! Veja só esse menino: preso, espancado, sangrando, um pobre manco. Veja todos eles: iludidos, dilacerados, humilhados, desprezados.

— Verme!

— Verme!

— Verme!

Minha boca está aberta. Meus olhos assustados. Recuo.

Subitamente, eles se viram para trás. Chegou alguém. Não dá para ver direito quem é, mas pelo visto tem bom senso.

Eles confabulam numa roda.

— Cambada — resmungo baixinho.

Aproveito para terminar a garrafa. Até que a roda se abre e consigo ver quem é o líder. Ele tem a pele toda queimada. Está em carne viva. O ser asqueroso me encara e não diz uma palavra.

— Até você, meu velho?

O rabino se adianta à frente de todos.

— Meu filho, nada disso teria acontecido se não tivesses trapaceado lá atrás.

— Como é que é? Se *eu* não tivesse trapaçeado? Pergunta ao teu patrão quem é que começou com a trapaça? Eu vi como ele joga! Tudo está previsto! Tudo! Eu não tenho culpa nenhuma. Nenhuma! Ouviram bem? Vocês iriam se danar do mesmo jeito. Com a minha ajuda ou sem a minha ajuda. Por quê? Porque foi o patrão dele quem quis assim.

Acho que os coloquei em seus devidos lugares. Percebo como causei efeito em todos.

— Engana-se, pobre homem. Como disse Rabi Akiva: "Tudo está escrito e, no entanto, a permissão está dada". Este é o paradoxo em que vivemos. Meu patrão, como você gosta de chamar, vive fora da nossa dimensão. Enquanto nós, vivemos aqui dentro. Para Ele, é como se tudo já tivesse acontecido. Assim, por um lado, tens razão, é verdade, tudo está previsto no Livro da Vida. Do mesmo modo, se não sabemos o que está nos reservado, o arbítrio é dado. Tudo depende de onde se está.

— Ótimo, rabino! O problema é exatamente esse. Depende de onde você está! Eu não *acho* que existe o Livro da Vida, como essas pessoas aqui. Eu não *creio* que o Livro existe, como o senhor. Eu *tenho certeza* que ele existe. Eu vi com os meus próprios olhos! Pode ter sido por um segundo. Mas eu sei que vi. Compreendeu a diferença? E então? O que me resta nessa porcaria de vida? Saber que sou um robô? O que responde, rabino?

— Ainda que tudo o que me contas seja verdade, filho, o fato é que quando enganastes teu irmão, ainda não sabias nada disso. Ali, não tinhas qualquer desculpa. Tu tinhas o livre arbítrio.

— Hã? Do que é que você está falando? Ninguém sabe disso. Como é que... Quem é que te contou? Espere aí... Desde quando vocês estão me espionando? Diga, rabino. Responda!

— Infelizmente, meu filho, o *teu* tempo está esgotado.

O religioso apenas faz o gesto do polegar cruzando o próprio pescoço.

Eles me cercam para executar a sentença. Não vou me entregar fácil.

— Saiam daqui! Vocês não existem! Estão dentro da minha cabeça. Agora sumam!

Quebro a garrafa no chão. Ameaço-os com a ponta que brilha. Por que não têm medo? Por que não se afastam? Preciso sair daqui. Não dá para esperar nem mais um segundo. Tenho de agir rápido. Muito rápido.

Abro caminho empurrando-os. Saio correndo. Subo o lance de escadas. Corro o mais que posso. Jogo-me na área interna do prédio.

Durante todo o caminho, os malditos passos atrás de mim. Eles nunca ficam nem muito longe, nem muito perto. Por mais que corra, de alguma maneira, eles me alcançam.

Até que entro no prédio. Escuto com atenção. Silêncio. Parece que se foram. Pelo menos por enquanto.

Alice me encontrou deitado do lado de fora da porta. Ela me puxou até o banheiro, me jogou no chuveiro e só aí percebeu os vários cortes pelo braço. Depois, dormi mais algumas horas. Um sonho agitado, no qual escutei a campainha tocar várias vezes.

Agora minha cabeça dói. Meus olhos mal podem abrir. Porém, noto que há algo de errado com o apartamento. Não sei o que é.

Ela me olha e não sei o que dizer. Dou de ombros.

— Você tinha razão. Eu sou um idiota — a voz sai rouca e fraca.

Peço mais café e fico pensando em como contar a ela a cena que presenciei na casa da família De los Campos. Só que algo está me desconcentrando. É o que está ao redor de Alice. O apartamento está todo revirado. O abajur no chão, assim como vários livros e papéis. O sofá fora do lugar e todas as gavetas do móvel da sala abertas.

Alice me explica que, como eu havia demorado, foi atrás de mim. Quando voltou, encontrou este cenário. Também não sei o que possa ter acontecido. Pergunto se viu um homem barbado, de chapéu e roupas pretas, espreitando o prédio. Ela não tem a menor idéia do que estou falando.

Alice está me olhando de um jeito diferente. Por que será? Resolvo lhe falar o que sei. Por que cheguei daquele jeito. Começo resumindo rapidamente o que presenciei na casa da família De los Campos.

— Bem... agora você também já sabe — ela diz calmamente.

Olho espantado. Ela sorri, irônica.

— Por que você não me contou antes?

— Você ainda pergunta? — seu tom é de escárnio. — O estado em que você chegou já diz tudo. Mas parece que para você nunca é o bastante. Talvez você mereça isso.

— Quem é você para me julgar?

Minha frase fica reverberando e pesando. Ela está impassível.

— Alice.... — suspiro e fecho os olhos. — Você é a única pessoa nesse mundo em quem eu posso confiar. Eu só posso agradecer pelo que você tentou fazer.

Ela ainda me encara com algum silêncio guardado. O que terá acontecido?

Tento imaginar algum nexo no que estou vendo. Quem teria entrado no apartamento? Fico olhando para os objetos espalhados pelo chão, procurando alguma resposta e, de repente, uma frase ouvida na véspera me faz gelar. “É só encontrar o cúmplice.”

— Não é possível — penso em voz alta.

Levanto-me rapidamente. Minha cabeça dói.

— O que foi?

— Eu não sei, mas estou perto de descobrir. Tenho de de ir agora.

— Para onde?

— Para a companhia de seguros.

— Espera!

São três horas da manhã. Na sala dos investigadores de fraude José Ramos e Ricardo Carlos, há um enorme gaveteiro cheio de arquivos. Juntos, os dois acumularam vinte e três anos de experiência sobre os mais diversos e inventivos golpes contra a Companhia de Seguros Oceano.

Na mesa de José Ramos, a pasta com o nome "Apólice Nº 85312/78 — Sr. Vicente de los Campos". Dou uma folheada por alto. Alice está ao meu lado. Ela começa a perceber onde quero chegar.

Logo no início do relatório, um resumo. Fortes suspeitas de que o incêndio foi fraudulento. Muito provavelmente executado com a ajuda de um cúmplice. Um golpe clássico para ficar com o alto prêmio para danos materiais.

Há várias páginas de análise técnica a respeito do incêndio. O parecer do Corpo de Bombeiros, a investigação da polícia e o estudo deles. No inquérito policial não há quaisquer referências sobre algum suspeito se evadindo da cena do crime.

Porém, como imaginava, no relatório da dupla, vejo sinais de fumaça: há o depoimento de uma certa empregada da cobertura do prédio vizinho. Eles chegaram a ela através de um estudo extremamente detalhado da fachada. Embora o fogo não tivesse atingido a face lateral superior do prédio, havia uma veneziana entortada e outros indícios de que alguém havia escapado por ali. Para dois investigadores experientes, era o bastante para concluir que havia algo de suspeito no ar. Numa comunicação de outra companhia de seguros, havia o acionamento de um morador de um prédio vizinho a respeito de um parapeito quebrado. Foi assim que chegaram à empregada. Porém, isso é tudo. Por mais espertos que sejam esses dois, concluo que não há mais nada que possa me ligar ao caso.

É isso. Dou uma última conferida por suas mesas antes de ir embora. Porém, um papel me chama a atenção. Encontro ali algo de familiar. Olho novamente, pois devo ter lido errado o que estava escrito. Meu nome está em uma das linhas do texto. É um inquérito policial sobre uma certa invasão à Loja de Espelhos. Estou figurando como um dos possíveis suspeitos, assim como alguns mendigos da vizinhança, responsáveis por pequenos delitos nas redondezas.

O principal indício de meu envolvimento é que, além de alguns bens danificados no estabelecimento, também foi dado o desaparecimento de uma nota fiscal em meu nome. O papel azul que estava comigo e que o maldito trio me levou àquela noite, assim como toda a minha roupa, isto é, o uniforme da loja.

Verifico novamente o que está escrito e acabo caindo na gargalhada. Não faz o menor sentido. Como é possível que alguém faça uma denúncia acerca do roubo da nota fiscal relativa à troca da moldura de um espelho? Que interesse maior isso pode ter para alguém? Que espécie de loja é essa? Que tipo de gente tem um negócio assim? Aliás, por que será que foi fechada?

Peço a Alice para continuar a ler e me provar que não estou ficando louco. Ela remexe as páginas com toda a atenção. Procuro algo para beber na minigeladeira. Só encontro uma garrafa de água e uma maçã. Sei que estou rindo de desespero, porque, no fundo, sei que só há uma única hipótese deles terem conseguido juntar uma coisa à outra.

José Ramos e Ricardo Carlos poderiam muito bem ter recolhido as digitais na cobertura do prédio vizinho. Mas só conseguiriam chegar ao meu nome, caso já existisse a possibilidade de comparação. Isto é, se houvesse o registro das minhas digitais no banco de dados da polícia. O que só seria verdade, se eu tivesse sido autuado no incidente da loja.

Ela prossegue lendo o relatório policial sobre o furto na Loja de Espelhos. No dia seguinte à invasão do imóvel comercial, três mendigos foram interrogados. Todos eles apresentando escoriações variadas pelo corpo. Um deles, inclusive, vestia o uniforme da loja. Seus depoimentos foram confusos e inverossímeis, mas todos eles confirmaram terem brigado com um homem naquela noite, cerca de quarenta minutos após a perseguição ao fugitivo. Muito possivelmente se trata da mesma pessoa, conclui o investigador.

Sorrio ao lembrar meu bizarro encontro com o trio. Mas continuo sem entender como estas peças podem se ligar.

Quando foi constatado o sumiço do documento em questão e dada a queixa-crime, segue Alice, a investigação tomou um novo rumo e foi até a residência do principal suspeito.

— Aqui diz que você não foi localizado em casa.

— É óbvio! Como é que eles jamais iriam encontrar um homem invisível? — rio novamente, mas Alice continua me olhando séria.

— Você foi encontrado uma semana depois, próximo ao local do crime, em estado catatônico, quando foi conduzido à delegacia para prestar depoimento.

Alice me mostra as digitais colhidas na delegacia e as verificadas no caso do incêndio. Houve a identificação positiva. Elas são idênticas. Através delas, sabe-se que se trata da mesma pessoa.

Por uma fração de segundo, vejo cenas confusas: labaredas de fogo, dedos em riste, respingos de sangue, leite materno escorrendo, vidro se estilhaçando, penso em desmaiar, mas, pelo mal disfarçado silêncio à nossa volta, não posso vacilar, sei que eles estão aqui.

— Se você quiser desabafar, me contar alguma coisa... Por favor, eu...

Por que esse tom de pena? E por que de novo esse olhar diferente?

— Alice, se *você* quer me dizer alguma coisa, fala de uma vez, porque...

— Está bem — ela me corta, solene. E, depois de uma pausa, prossegue. — Ontem, pouco depois de você chegar, tocaram a campainha. Era uma mulher.

— Uma mulher?

— É. E ela não estava sozinha. Veio empurrando um carrinho de bebê. Isso te diz alguma coisa?

Tento absorver suas palavras, mas simplesmente não consigo.

— Eu não tenho a menor idéia do que você está falando. Não sei nada sobre isso.

O que será que ela ainda está dizendo com essa expressão idiota no rosto? Será que não está conseguindo perceber o perigo iminente?

— Rápido, precisamos fugir.

Alice não entende bem o que falo. Posso escutá-los agora.

— Eles se aproximam.

— Eles quem? Não tem ninguém por aqui.

— Rápido, Alice! O tempo corre.

Resolvo puxá-la, e partimos antes que seja tarde demais.

Temos de nos trancar muito bem. Todas as portas e janelas. Devemos colocar cadeiras na passagem também. Peço a Alice para me ajudar, mas ela está um tanto confusa. Eu entendo.

Tento conversar com ela, mas não conseguimos nos comunicar. Não há jeito dela enfiar na cabeça que eles vão voltar a qualquer momento.

— Quem são eles? — repito sua pergunta abobalhada. — São aqueles ingratos, é claro! Meus queridos "pacientes"! Bem que você me avisou, mas eu não quis escutar. Agora estamos nas mãos deles. Tudo culpa minha. Perdão, Alice. Não, não ligue sobre aquela trama policial. Tudo invenção deles. Uma maneira sutil, muito sutil de nos confundir. De nos dividir. Imagine... Como poderia ter ido invisível até a delegacia? Não, não estou ficando louco, querida Alice. Veja bem, veja bem... o que é isso aqui, hein? Não está vendo? Aqui no relógio da parede. Deixe-me pegar essa cadeira. Um momento. Calma. Está vendo? Estou quase abrindo. O que é que eu te disse? Uma microcâmera. Ha, ha, ha! Elas devem estar por toda parte! Meu Deus, há quanto tempo? Calma, não chore. Mas... será possível? Será que são aparelhos especiais, capazes de nos filmar? A nós dois, Alice? Está bem, está bem, eu me calo. Você está ouvindo vozes no corredor. Mas vamos enfrentá-los, meu amor. Vamos vencê-los.

Ela faz sinal de silêncio para mim. Vou até a porta. Pelo olho mágico não parecem ser os meus queridos pacientes. Tampouco os investigadores do seguro. Não são dois, mas três homens. E tenho a impressão de que já os conheço de algum lugar. Tocam novamente. O mais corpulento fala que é melhor irem embora, já conseguiram o que queriam. O menor não dá muita bola e diz que irão entrar. Só então me dou conta de que são eles. Os três mendigos da noite em que desapareci.

Puxo a mão de Alice e conduzo-a para a sala. Depois de uns ruídos na maçaneta, a porta se abre e o trio entra.

—Tamo perdendo tempo! Já reviramos essa merda toda ontem e não tem uma porra que preste!

— Seu idiota! Você não entendeu ainda o que é que a gente veio procurar. Explica pra ele, ô Xarope!

Xarope coça a cabeça.

— Pô, Sagaz, como é que é mesmo?

— Seus burros! Vocês não viram que aqueles dois canas do seguro estão desesperados atrás do nosso homem? Quinhentos paus... é ruim, hein!

— Mas, então! Se os caras não encontraram nada, como é que a gente vai achar?

— Diz pra ele, Xarope!

— Nós semos nós. Nós é esperto.

— Nós conseguimos ver até o que não dá pra enxergar! Sabe por quê? Fala pra ele, Xarope!

— Porque nós sabe beber!

Sagaz gargalha e avança pelo apartamento com uma barra de ferro. Ele desliza a barra pelo ar, como se fosse uma espada.

— Ele tá aqui sim! Sente só o cheiro de omelete!

— Oba! Tô morrendo de fome!

Sagaz acerta Xarope no ombro. Ele grita de dor.

— Pô, Sagaz!

— Vem cá, Xarope, vamos dar uma lição nesse folgado — diz Torresmão, o maior de todos.

Sagaz também acerta Torresmão.

— Cala essa matraca os dois! Nós vamos encontrar o homem invisível!

Os dois riem. Mesmo com o queixo sangrando, Torresmão ri também.

— Porra, Sagaz! Tu tá bebendo mal pra caralho, porra!

— Ah, é? Então, que merda é essa aqui na minha mão?

Ele mostra um papel azul para os dois. É a nota fiscal que peguei naquela noite na Loja de Espelhos. A que estava sobre a mesa do pequeno escritório na loja. Eu a tinha guardado no bolso. Eles a tiraram de mim, assim como a própria calça e a camisa do uniforme que estava vestindo.

Sinto a cabeça pesar. Mas parece que, finalmente, passamos do abismo, e agora as coisas só podem caminhar rumo a uma solução que explique o inexplicável, como quem foi que esteve na delegacia prestando depoimento em meu lugar. Olho para Alice. Ela está tensa. Seguro sua mão, tentando transmitir-lhe alguma confiança.

—Tá aqui o nome dele! Vocês é que são dois mendigos fodidos e vivem tão bêbados que não enxergam quando a fortuna aparece na nossa frente. Aliás, na *minha* frente!

Sagaz vai golpeando o ar pela sala.

— Fortuna mesmo, Sagaz?

— É claro, seus desgraçados, sujos e fedidos! Quando aqueles dois manés apareceram, eu me liguei. Foi tudo de verdade verdadeira! Agora eu te pergunto: quanto é que não vão pagar aí na televisão por um homem invisível!

— Quanto?

— No mínimo, no mínimo, três mangos!

— Hã? Três mangos?

— É, mas se vocês não acreditam que a gente bebeu com o homem invisível, vão se embora pra puta que os pariu e não apareçam no meu barraco próprio!

— Caceta! Tu vai ter até barraco próprio?

Automaticamente, os dois pegam objetos compridos, tentando imitar Sagaz. Torresmão pega uma colher de pau, e Xarope, um amaciador de carne.

— Isso, seus bostas! Vamos varrer esse canto aqui da sala!

Os três avançam perigosamente na nossa direção.

—Aparece, seu filho-da-puta!

Puxo Alice, e a barra acerta uma estante cheia de objetos. Tentamos nos esconder, mas não há como escapar. Um dos três vai acabar nos acertando. Não há outra saída. Olho para ela e decidimos agir. Seguro o braço de Xarope e tomo o amaciador de carne de suas mãos. A barra de ferro me acerta no pescoço.

Alice quebra um vaso na cabeça de Torresmão, que cai no chão desmaiado. Digo para ela correr até a cozinha e pegar algo para nos defender.

Começo um duelo com Sagaz e Xarope. A barra de ferro e a colher de pau contra o amaciador. Eles vão me vencendo. Vou recuando. Defendo-me com um banco. Acerto Xarope de raspão.

Enfim, Alice chega com um facão.

— Porra! Eu acho que são dois!

— Caralho! Seis mil mango! — diz Torresmão, se levantando.

— Seus bucetas! Primeiro a gente tem que porrar esses putos!

Alice parte para cima com o facão.

— Calma aí, minha gente! Nós não queremos machucar ninguém! A gente só quer levar vocês pra televisão. Cês vão ficar famosos! Vão virar celebridade! Vamos conversar!

— Me dá o papel azul, e a gente deixa vocês irem embora.

— Assim é que se fala. Vamos fazer negócio.

— A gente vai mostrar como é que se faz negócio.

Partimos para cima, mas Sagaz pensa rápido.

— Vamos acabar com a alegria desses putos. Corta a luz, Torresmão!

Torresmão vai até a cozinha e desliga a chave geral. O apartamento está todo escuro. Estamos todos invisíveis. Nossa vantagem fica extremamente reduzida.

— Cuidado, Alice!

— Aí, Sagaz! Escutou? É *mulher* invisível! Vamos faturar uma xoxota!

Há um silêncio no ar. Agora tudo pode acontecer. Todos estão vigilantes. Qualquer descuido pode ser fatal. De repente, um grito e o som da barra acertando o crânio de alguém. Um corpo vai ao chão e se espatifa sobre o vidro da mesa de centro da sala.

— Alice?

Louco de raiva, sigo meu instinto e jogo-me na direção de onde está Sagaz. Caímos os dois no chão. Consigo estrangulá-lo. Ele tenta sair, mas aperto-o com toda a força. Ele me dá uma cotovelada e se livra. Fico por alguns momentos sem respiração.

Onde estará Alice? Um isqueiro é aceso por alguém. É Xarope.

— Porra, Sagaz! Tô ficando com medo! Vamos embora dessa merda que vai dar tudo errado!

O descuido é fatal. Seu corpo fica visível por alguns segundos. Ele grita de dor ao sentir uma lâmina perfurando suas costelas.

Pelo som dos passos, percebo que alguém está indo em direção à porta. Pode ser Sagaz. Ele está com o papel azul. Jogo o amaciador de carne com toda a força naquela direção, mas ele explode na parede. Então, dou um impulso e empurro a estante de livros, que detém o fugitivo.

Um silêncio se faz novamente.

— Alice?

Ninguém responde. Até que, depois de um momento, resolvo arriscar e ir até o quadro de luz. O apartamento volta às claras.

Pela sala, tudo revirado. Respingos de sangue no chão, nas paredes, e dois corpos jogados pelo chão. Xarope está com um grito de dor congelado, levando suas mãos à cabeça. Ele foi golpeado por acidente com a barra de ferro e depois com a estante que empurrei. Torresmão está sangrando com a lâmina que lhe acertou a costela. Mas não vejo nem Alice, nem Sagaz.

Eles estão no corredor. Sagaz conseguiu dominá-la. Com um dos braços, está enforcando-a. No outro braço, tem o facão encostado em seu pescoço. Chego a pegar a barra de ferro caída no chão. Mas logo me dou conta de que não seria a melhor estratégia.

— Torresmão, Xarope! Levantem, seus molengas! Me ajudem aqui!

Os dois mendigos vão se levantando aos poucos.

— Caralho! Vocês dois são um atraso na minha vida. Olha aqui: já peguei o que a gente queria. Anda! Vão procurar um saco bem grande.

— Peraí, Sagaz.

— Peraí, porra nenhuma! Eu tô com pressa.

— E cadê o outro? Não tinha um homem e uma mulher?

— Ele deve estar morto ou desmaiado em algum canto. Anda!

Xarope e Torresmão vão até a área.

— Isso, fica bem quietinha. Se você se comportar, vai ganhar uma piroca bem grande, viu?

Ele recebe um chute na canela.

— Ai! Sua... Sua aberração! Tu vai ver! O mundo inteiro vai pagar pra te ver! E eu vou ser o seu empresário. Seu empresário e namorado. Vai se acostumando, benzinho. A gente vai aparecer em tudo que é capa de revista.

— Ô Sagaz, serve isso aqui?

Xarope mostra um saco preto de lixo bem grande.

— É claro que serve. Vamos lá! Os dois: segura os braços dela.

— Cadê? Aqui! Perto do peitinho!

— Oba! Onde?

— Porra, tu tá me apalpando, Xarope?

Diante do saco preto que se mexe, eles se felicitam.

— Bom trabalho, pessoal. Agora vamos embora.

— Peraí, chefe, a gente...

— Como é que é? Chefe?

— Tu tá chamando o Sagaz de chefe? Mas que viado!

— Por quê? Algum problema?

— É. É o chefe sim, e daí?

— Ai, chefinho! Eu, hein! Parece duas bichinhas!

— Pois a bichinha aqui é você. — Sagaz termina a frase, dando uma bordoada com a colher de pau na orelha de Torresmão.

— Ai!

— Ai! Ai! Vai, viadinho. Vai pegar um rango na cozinha pra gente levar.

Mas, neste momento, um ruído vindo do quarto os faz calar.

— O que foi isso?

— Você não disse que o homem invisível tinha morrido?

— Se não morreu ainda, a gente vai matar ele agora.

A televisão é ligada no quarto.

— Vambora! Esse lugar tá é cheio de fantasma, isso sim!

— Fantasma? Que nem essa aí no saco preto? Fantasma a gente pega e não sente nada. Essa aí é bem gostosa.

— Eu e o Xarope vamos lá pegar o homem invisível. Torresmão, você fica aí vigiando ela.

— Por que eu fico aqui?

— Porque o chefe me escolheu e você é a bichinha, Torresminha.

— Tomara que o fantasma te pegue.

— Cala a boca. Vamos lá, Xarope.

— São mais três mango, né, chefe?

Antes deles partirem para a ala dos quartos, o som do rádio no banheiro também é ligado.

— Ih, caralho! Não é melhor eu trocar de lugar com o Torresmão?

Sagaz puxa Xarope e os dois vão em direção ao corredor. Torresmão fica olhando para o saco preto. Mexe com o pé. Tenta sentir o corpo dela. Mas ele ouve uns ruídos.

— Tudo bem aí? Hein, boneca?

Torresmão olha em volta. Fica preocupado.

— Torresminha... Torresminha é o caralho! Eu sou mais eu!

Ele segura a barra de ferro e a exibe para o ar.

— Ninguém vai me desafiar aqui. Eu sou o Torresmão!

Uma bola vem rolando em sua direção. Ele fica apreensivo. Vai devagarzinho até a cozinha.

* * *

— Pode ficar frio, Torresminha! O chefe e eu já...

Quando Sagaz e Xarope voltam de sua expedição pela casa, somente o saco preto está na sala.

— Porra! Cadê aquele otário?

— Torresmão?!

— Torresmão, cada você, bicha velha e grande?

Ninguém responde.

— Aquele cagão foi embora.

— Então, não vai entrar na grana, né, chefe?

— Claro que não. Anda, Xarope. Vamos levar a nossa mulher pro buraco.

Cada um vai para uma extremidade e levantam o corpo no saco preto.

— Puta que o pariu! Como essa vaca pesa!

— Vamos, anda logo e não reclama, que ela vai dar muito leite pra gente!

Os dois vão indo embora, carregando o embrulho com dificuldade. Esperamos mais alguns momentos e saímos de dentro do armário da despensa. À nossa volta, o cenário de destruição. Finalmente nos entreolhamos e morremos de rir. Vamos às lágrimas.

Ficamos imaginando a cara dos dois quando abrirem o saco preto e derem de cara com o Torresmão. Nos divertimos criando um diálogo imaginário no qual Sagaz é acusado por Torresmão e Xarope de ter inventado toda aquela história de gente invisível por causa de um maldito porre e que, no final das contas, ele só podia estar ficando louco mesmo. Depois, nos abraçamos.

— Você demorou tanto que eu achei que tivesse me abandonado com aqueles trastes!

— Confesso que até me passou pela cabeça... — brinco.

Alice continua rindo, mas eu volto aos meus objetivos e passo a remexer os destroços incessantemente.

— Posso saber o que é que você tá procurando tanto?

— O papel.

— Que papel?

— Como, que papel? O papel azul. A nota fiscal que eles me levaram naquela noite.

Onde é que ela vai? Devia ficar por aqui me ajudando.

Remexo e remexo por tudo que é lado. De uma coisa eu sei: quando o líder dos mendigos mostrou o papel para mim, não guardou de volta na roupa. Onde estará? Não é possível... Vou desvirando livro por livro da estante que caiu. Deve estar por baixo de tudo.

Só então me viro e percebo que Alice está ao meu lado, segurando a nota fiscal. Corro para vê-la.

— É essa mesmo!

Alice retém o papel em sua mão. Como se exigisse uma explicação para meu desespero antes de passá-lo para mim.

— Como é que eu vou te explicar? Nada disso foi por acaso. Por que é que esses três foram aparecer aqui justamente agora?

Ela não está entendendo.

— Justamente agora que você me deu a notícia do senhor Vicente. Tudo vai se encaixando...

Ela me passa o papel, finalmente.

— Aposto que são sinais de que a sua "obra-prima" está funcionando de novo — ela dispara, cinicamente.

— Será que você não entende? — aumento o tom de voz, exaltado. — Esse papel não veio parar na minha mão à toa!

Mostro para ela a nota fiscal.

— Tudo vai se esclarecer. Vou poder provar que eu não sou aquela pessoa que eles pegaram. E o mais importante: vou poder provar que o senhor Vicente não teve nada a ver com o incêndio. Eles vão voltar a ser felizes como antes!

Alice parece me olhar com pena. O que há com ela? Será que não enxerga o óbvio? Vou ter de explicar os mínimos detalhes?

— Tá vendo isso aqui embaixo? É o endereço da fábrica: Antiga Estrada das Nações, 4.217. Foi onde fizeram o espelho. Vamos desvendar a coisa toda. Eu sei que tem alguma coisa diferente nessa fábrica.

— Você sabe?

— Algo aqui dentro me diz! Você não percebe? A loja está vazia. Essa história toda da nota fiscal. Muito suspeito. Para dizer o mínimo... Eles fecharam, é claro. Agora nós temos que ir até a fonte.

— "Eles" fecharam. Quem são "eles"?

— Alice, não temos tempo a perder — não adianta insistir, ela não vai entender. — Temos que partir imediatamente. Os homens da companhia de seguros podem fazer uma visita a qualquer momento. E esses três mendigos um dia vão acabar aparecendo de novo.

Ela continua me olhando incrédula. Será que está me achando egoísta?

— É claro que vamos encontrar também o lugar onde foi feito o espelho onde você desapareceu.

— Não precisa.

— Tudo bem, Alice. Eu não estou pedindo para você acreditar nisso tudo agora...

Ela me mostra um papel amassado e rasgado nos cantos. É uma nota fiscal. O nome da cliente é Alice. O pedido é de um espelho de tamanho grande, com moldura branca. Então, ela andou fazendo suas pesquisas por aí. Deve ter ficado impressionada com a minha experiência na Loja de Espelhos. Só neste momento me dou conta do que está escrito na parte inferior da nota. O espelho foi fabricado no seguinte endereço: Antiga Estrada das Nações, 4.217.

Fico encarando-a boquiaberto. Depois começo a rir, numa grande felicidade.

— Você viu isso aqui? Vamos encontrar uma resposta! Alice, eu estou pressentindo que tudo isso vai acabar. Nós vamos voltar a ser... normais de novo.

Ela está de olhos baixos, balançando a cabeça. Parece um tanto decepcionada comigo. Tudo bem, eu não posso exigir que, de uma hora para outra, ela dê o braço a torcer e resolva comprar todas as minhas teorias. Resolvo mudar de assunto. Afinal, há uma coisa que não ficou bem esclarecida.

— E então? Você só não me disse onde encontrou a nota fiscal que estava com eles.

— Estava caída no chão. Lá no terceiro quarto — Alice diz calmamente.

Como ela foi capaz?

— Você disse o quê? Terceiro quarto? Você não entrou lá, não é mesmo?

— Eles arrombaram. A porta estava aberta.

— Você não devia ter feito isso, Alice. Aquilo era o meu... o meu mundo, porra!

— Tarde demais — e depois de uma pausa: — Você não confia mesmo em mim, não é? É uma pena.

— O quê? Do que você está falando?

— Eu não sei quem você é. Acho que nunca vou saber.

— Você ficou louca? Não estou te escondendo nada! Nada! Aquela história de que eu estava na delegacia... aquilo é invenção dos caras, você vai ver. Querem pegar a gente de qualquer jeito.

— Você não tem mesmo mais nada para me contar?

— Eu já te contei toda a minha vida. — Sei que não estou sendo totalmente sincero. Mas creio que não é o momento de revelar sobre a investigação que fiz sobre ela. — Alice, não tenho nenhum segredo para te esconder.

— Acho que chegou a hora de você escutar isso — ela me corta.

Alice está segurando algum aparelho pequeno. É um minigravador digital, que acaba de ser acionado.

"Como vai, meu velho? Está chegando a grande noite. A festa vai ser daqui a dez dias, no mesmo lugar: Hotel Deauville. Eles garantiram que não vai faltar luz de novo, ha ha ha... Vê se aparece dessa vez!"

Reconheço a voz do velho amigo de infância. Foi a mensagem na secretária eletrônica que Alice escutou sobre a comemoração do antigo colégio. Não entendo o porquê dela estar me mostrando isso neste momento. Porém, noto agora que não ouvi tudo que havia para ouvir naquele dia. A gravação registrada no aparelho terminava naquele ponto. Cheguei a ouvir duas vezes. Mas, surpreendentemente, Alice tem o restante do recado.

"Escuta... Eu sei que, por alguma razão, você não suporta nem ouvir falar desse assunto. Prometo que nunca mais toco no nome dela. Eu entendo você. Só quero que saiba que não tem motivo para se preocupar. Tudo vai dar certo. Falei com o médico. É meu conhecido lá do clube. Ela não corre mais risco de vida. Por sorte, a dose não foi forte o suficiente. Ela... bem, ela tem repetido seu nome algumas vezes. Ok, eu prometo que não vou mais te aporrinhar. Quando quiser me ligar..."

E a voz é subitamente cortada. Ela me olha com uma expressão vencedora.

Sem falar mais uma palavra, Alice sai do apartamento. Apenas sorrio.

Imagino-a escutando o recado pela primeira vez. Depois do que aconteceu entre nós dois, isto é, da forma como foi nosso primeiro encontro, deve ter ficado preocupada. Por mais que estivesse envolvida, sempre a suspeita de não confiar totalmente em mim.

Tento refazer a cena em minha cabeça. Naquele dia, Alice chegou em casa e, depois de ter escutado o recado completo, calculou que poderia ter um trunfo guardado. Ter nas mãos um segredo meu e não deixar que eu sequer desconfiasse de que ela sabia. Para ter certeza se eu estava sendo cem por cento verdadeiro.

A parte técnica é simples. Uma espécie de corta-e-cola. Primeiro, Alice gravou todo o recado no minigravador. Depois, apagou o original da secretária eletrônica. Em seguida, ligou para o apartamento. Após ouvir o "deixe o seu recado após o bip", ela fez rolar o arquivo sonoro do minigravador somente até o ponto que queria. Simples. Uma forma de se proteger.

Seu único erro foi ter acreditado naquelas palavras absurdas. Nesse mirabolante esquema que tentam me envolver. Jamais conheci essa tal mulher internada no hospital.

Então, vou até o terceiro quarto. Já faz quase uns dois anos que esteve trancado. Desde que resolvi queimar tudo. Todos os computadores. Todos os livros sobre astronomia. Todos os cálculos em busca do Caos Absoluto. Em busca de Shiva. Em busca do Sentido.

Está tudo coberto de cinzas. Porém, não há sinal de qualquer máquina por aqui. Sinto-me um pouco tonto ao relembrar tudo aquilo que vivi e ao mesmo tempo há um vazio, pois este lugar não é exatamente o mesmo que ficou na minha memória. Remexo as cinzas. Há muito papel queimado. Mas nada que fale de astros, órbitas e trajetórias. Observo atentamente um pedaço da página de um livro relativamente intacta. Reconheço as letras. São do alfabeto hebraico. O mesmo que estudei vagamente na infância.

Vou pegando tudo que posso, examinando aquilo que não foi queimado. Como um perito checando cada detalhe da cena. Pacientemente procurando pela prova que finalmente explicará a grande fraude.

São os livros sagrados. A Torá, a Mishná, o Talmud. Devia haver dezenas, talvez centenas de livros por aqui.

É um enigma tão grande para mim que tenho um acesso de riso nervoso. Vem à cabeça uma série de pequenos detalhes que percebi logo que fiquei invisível. Aquela ranhura na mesa, as manchas nos copos, a cor vinho ligeiramente mais saturada da parede da sala. Tudo igual, mas diferente. E agora, este quarto que não é meu. Não pode ser meu.

Só então reparo algo que brilha num canto do chão, por entre as cinzas. Agora compreendo. É a prova final de que Alice precisava. Tudo se liga. Foi por isso que me mostrou a gravação. Alguns retratos. Estão intactos. Aquele menininho. A camiseta laranja, o sol que nunca pára de sorrir. O short azul-piscina. E sempre a mão de uma mulher em quadro. Fico na dúvida. Não tenho mais certeza se realmente sei quem sou.

Fico olhando para as chaves. Parecem ainda balançar com a porta que ela bateu com tanta força. Se prestar bastante atenção, acho que consigo escutar o eco ressoando.

O apartamento vazio. Isso acaba comigo. Não há vida aqui sem ela.

Mas não desanimo. Olho para a nota fiscal em minhas mãos. Sei que as coisas vão melhorar. Ela vai entender. Creio que só agora passou a sentir algo por mim. E, logo neste momento tão especial, a decepção de saber que mais uma vez estava certa: não se pode confiar em ninguém. Não a culpo. Eu mesmo já não sei quem sou.

Melhor ajeitar a casa.

Acabo de tirar todos os livros que ainda ficaram na estante.

Agora que ela está leve, levanto-a. Está um pouco bamba. Coloco um calço, escoro-a com o peso da mesinha ao lado. E aí vou recolocando os livros um a um.

Vou até a cozinha. O cheiro de café é um paliativo para instalar um pouco de paz. Tomo uma, duas, três xícaras. Penso no que fazer. Não tenho como encontrá-la por aí.

* * *

Jogo fora os cacos do vaso de plantas. Limpo o sangue com um esfregão.

Por fim, tomo coragem e retiro absolutamente qualquer partícula de cinza do terceiro quarto. Enxáguo o chão e as paredes. Depois, pinto com um resto de tinta branca guardada na dispensa.

Quando ela voltar, vai gostar de tudo isso.

E se não voltar?

Passo um pano com o produto de limpeza. Um cheiro bom toma conta da sala.

Boto os sofás nos lugares. Abro bem a janela. Arrasto uma poltrona para perto da parede. Dou uma arrumada na cozinha.

Deito-me no sofá. Tento ler alguma coisa. E se não voltar?

Nada feito. Olho para fora. As estrelas lá no céu. Tanta coisa deixaríamos de viver. Se ela não voltar, jamais saberá como termina a história do menino e seus números. Se ela não voltar, não sei se terei forças para continuar sozinho. É uma possibilidade cada vez mais real.

Mas, e se ela retornar e eu não estiver mais por aqui... Sim, pelo menos *isso* ainda pode acontecer. Ela será a testemunha. Da única coisa de importante que fiz em minha vida. Além do mais, dívida é dívida. Preciso cumprir minha palavra. Pego o minigravador que Alice deixou sobre a mesa. Aproximo minha boca do microfone e, um tanto indeciso, aperto o botão.

"Alice, se um dia você escutar essa fita... saiba que..."

Fica ainda pior quando se escuta a voz gravada. Não tenho qualquer alternativa. Sigamos em frente.

"... saiba que pensei em você até o último instante. Agora preciso que me escute. Tenho de terminar o que comecei. Perdoe-me se não paguei meus débitos de imediato, já naquela noite no parque quando iniciei a história. O que testemunhei... É algo que até hoje me aterroriza. Por outro lado, como traduzir em palavras? Penso nas existentes e chego à conclusão de que são incapazes de absorver tudo que pretendo dizer. Simplesmente, ainda não foram inventadas. Mas prometo que tentarei fazer o possível. Coragem. Cumpra-se o trato.

Onde estávamos? Sim, o menino, o rapaz e o homem se trancaram naquele quarto para entender a dança do universo. Para finalmente terem a certeza de que deixaram o irmão mais novo morrer em seus lugares. Ou será que tudo já estaria planejado pelo destino? Esta hipótese redentora nunca me pareceu muito plausível. Como negar a inveja sobre-humana que fora me consumindo ao longo dos anos, até dilacerar minhas vísceras, até não restar nada, ficar oco por dentro? Mas, para saber com a máxima acuidade sobre minha real participação no crime de fratricídio, era preciso concluir a investigação. Terminar o Projeto. Entender se há ordem, se há sentido no caos. Não no caos. Mas, no Caos Absoluto. Se encontrasse algum sentido, então saberia que nada acontece por acaso. Tudo já está escrito. Até mesmo a morte de Max. Culpado ou inocente? Todas as respostas ali, na dança de Shiva. A dança que descreve o mapa do universo. Segue a história...

Diante dos meus olhos, na trajetória do corpo celeste que "em si, contém o Todo", estavam representados planetas e estrelas das galáxias mais distantes. Uma descoberta que talvez levasse séculos para ser revelada. Um tesouro de valor incalculável na mão de qualquer astrônomo. O mais assustador em tudo isso, porém, não era o Mapa Cósmico em si, mas a perspectiva de onde estava sendo observado. Aquele pontilhado não representava o céu do ponto de vista da Terra, da Lua, ou de qualquer outro planeta. Era algo totalmente diferente. Era como se o observador que representou o Mapa estivesse fora do espaço. Isto é, em outra dimensão. Uma dimensão capaz de olhar de fora o próprio Universo. Um outro espaço. Um outro tempo. Quem ou o que poderia ocupar esta dimensão?

Lembro até hoje do momento em que me dei conta disso. Minha boca ficou seca, minhas mãos tremiam. Mas, apesar da descoberta fantástica, ainda assim, sabia que faltava o mais importante. O que isto queria dizer? Minha questão inicial ainda estava lá me esperando: há um sentido nisso tudo ou é apenas o acaso?

Agora, já animado com o feito, resolvi seguir com a construção do mapa do universo segundo a trajetória de Shiva. Era preciso segui-lo através dos tempos. Uma vez alimentadas com todas as variáveis, as poderosas máquinas eram capazes de reproduzir com a mais absoluta fidelidade todos os movimentos do misterioso satélite ao longo da dimensão temporal. Bilhões de anos no futuro. A expansão não terminava jamais. O dinheiro de Steiner havia sido fundamental. Sem a compra do gerador de imagens de última geração, o trabalho ficaria praticamente inviabilizado. O pontilhado se expandia de uma tal maneira que, para enxergar os planetas e estrelas ali representados, era preciso diminuir drasticamente as escalas e dividir a tela em dezenas de subtelas contíguas. As imagens já ocupavam todas as paredes e o teto do quarto. Eu ali no centro, extasiado com a magnitude sem-fim O universo era muito, muito maior do que se imaginava. A fração que os cientistas conhecem é ainda menor do que se poderia imaginar. Na verdade, um mísero grão de areia retirado da praia.

Então, para que serve aquilo tudo? Aquele espaço todo? Para quê? Apenas para estar lá? Foi quando tive a certeza de estar no caminho certo. A apreciação dessa amplitude praticamente incompreensível ao cérebro humano só me levou a crer ainda mais nas minhas convicções. Muito provavelmente, a questão estava invertida. Não é que seria possível encontrar algum sentido observando as estrelas. Ao contrário. Aqueles astros estariam lá somente por uma única razão: para serem desvendados. Como um texto a ser compreendido pelo homem. Convenci-me de que ali estava a resposta para todas as minhas perguntas.

Alice, creio que você me entenderá quando, hoje, à distância, vejo que Shiva ia se revelando a mim lentamente, em camadas. Como uma incursão ao seu tão estimado Pomar. O Pardes. Pshat. Remez. Drash. Sod. Depois dos vários níveis de entendimento que o satélite me deixava ler, enfim imaginava estar prestes a ingressar no âmago de seu ser. O Sod, o mistério de Shiva.

O problema é que, quanto mais expandia a trajetória de Shiva através dos milênios, mais caos encontrava. Decidi diminuir ainda mais as escalas para enxergar o mapa à distância. Como se diminuído pudesse entender o que dizia. Perdendo-me no pontilhado sem fim, pensei ter visto orquídeas, círculos concêntricos, espirais, árvores, ondas, sinfonias, cardumes de peixe... Era como se estivesse vivendo dentro de um quadro de Seurat, o mestre do pontilhismo. Porém, sempre que começava a vislumbrar alguma imagem, algum número, alguma escala musical, algum símbolo, alguma qualquer coisa, a expansão me desmentia. Era sempre assim. Alternava semanas de euforia, quando via uma forma bem nítida, apenas para me desiludir em seguida, quando tudo ia se diluindo, até se desfazer por completo à minha frente.

Assim, fui me sentindo preso daquela loucura. Assim passaram-se mais seis anos de minha vida. Assim esqueci o mundo lá fora. E, justamente quando comecei a duvidar de minha sanidade, algo inesperado aconteceu.

Já tinha avançado num futuro tão longínquo, que era difícil sequer imaginá-lo. Havia chegado a uma época em que nosso planeta provavelmente já teria deixado de existir há muito tempo. Porém, exatamente a cento e cinco bilhões, duzentos e trinta e quatro milhões, novecentos e setenta mil, quatrocentos e onze anos no futuro, Shiva simplesmente pára. Aquilo conseguiu me tirar do estado letárgico em que me encontrava. O que poderia ter acontecido?

Chequei os processadores. Não era defeito da máquina. O computador realizava suas funções normalmente. Shiva não dançava mais.

Então seria isso? O que teria causado o fim de tudo? O Mapa do Universo estaria completo?

Enquanto minha mente se perdia na imensidão destas questões, deixara escapar um fato óbvio que estivera na minha cara o tempo todo. Shiva ocupava exatamente o centro do Universo.

Esperei. Esperei por um bom tempo. Não saberia precisar quanto. Fiquei como um monge, um iogue, ali, parado. Com calma e serenidade. Aguardando a pausa. A grande pausa de Shiva, lá no futuro distante. Bilhões de anos à frente. Meditava de olhos fechados. Rezava por sua volta. E nada acontecia.

Até que, inquieto, comecei a olhar para os lados. Durante o processo todo do Projeto, era como se tivesse abstraído o espaço à minha volta. Voltei a enxergar as paredes do apartamento. Estavam mais escuras do que poderia imaginar. Havia muita poeira, os cantos estavam tomados de teias de aranha. Muita comida estragada pela cozinha. O cheiro também não era dos melhores. Formigas e baratas tomavam conta de cômodos inteiros.

De repente, o apartamento me parece um lugar estranho. Eu mesmo, um estranho. Foi só neste momento que me dei conta do que havia me transformado. Estava esquelético e barbado. Vozes familiares pareciam me chamar. Lembrei-me de que já havia vivido uma vida normal, em alguma outra época. Mas já fazia tanto tempo que era como se fosse preciso uma espécie de regressão para me lembrar.

Decidi que era preciso pôr o pé na rua. Shiva continuava em pausa. Meditando, talvez. Ainda não sabia a resposta se eu era um assassino ou não. Meti a chave na fechadura e abri a porta. O rangido soou estridente no corredor. Há muito tempo não botava os pés fora de casa. Voltei a lugares que costumava freqüentar. Não reconhecia mais ninguém. Liguei para um velho amigo. Fui a um encontro da antiga turma do colégio. Só que era difícil suportar o mundo à minha volta. Nada parecia fazer sentido depois de ter ido aos confins do universo em busca do maior segredo de todos os tempos. Desse mundo e de todos os outros mundos. Voltei a beber. Não só beber. Beber furiosamente. Como se estivesse tomado por uma sede incurável. Foi numa dessas noites turvas que a revi. Uma antiga paixão. Talvez a primeira. Sim, a primeira, de fato. Aquela que faz a gente acreditar num amor que dura para sempre. E logo descobre que é apenas o início de um longo e tortuoso caminho. Quantos anos passados até essa noite? Mais de quinze, com toda a certeza. Seu inconfundível sinal acima dos lábios. Subitamente, achei-a atraente mais uma vez. Parecia ter se renovado. Sua pele, seus olhos, tudo resplandecia. Tudo relembrava os quinze, dezesseis anos, numa sensualidade típica das mulheres de trinta. Tive a impressão de que o interesse era mútuo. Estávamos numa festa num hotel. Talvez *sua* festa. Formatura de um mestrado ou doutorado, creio. E, em poucos minutos, já não estávamos mais. Vi-me nas escadarias, beijando-a nos últimos degraus, tirando a roupa na sala, nus na cama de seu apartamento. Foi tão fugaz como começou. Não havia sentido em nada daquilo. Era como se não fosse eu. Como se não fosse ela. Quase podíamos enxergar à distância nossos corpos se espalhando pela sala, pelos quartos. Já se adivinhava mais um inevitável fim na nossa inusitada história de amor.

Ao chegar em casa, ainda tonto dos vapores etílicos que exalavam de meus poros, do romantismo despedaçado naquela madrugada, escutei algo que pensei serem as batidas de meu coração. Elas iam num crescendo assustador. Suava um bocado. Estava bem quente lá dentro. Achei que fosse implodir. Mas não. O barulho não vinha de dentro de mim. Vinha do terceiro quarto. O apartamento todo é que estava prestes a ir pelos ares. Foi só aí que me lembrei da pausa. A grande pausa de Shiva. Teria ela terminado?"

Exausto e sem forças psicológicas para continuar a gravação, decido parar por um tempo.

Acordo já na cama, depois de uma breve piscada de olhos.

Volto para a sala, pois acho que ouvi alguma coisa.

Desligo a luz do abajur.

Sonho com muitas coisas misturadas. Especialmente nossa ida à fábrica de espelhos. Acordo, e a noite já caiu. Fecho os olhos. Um toque na campainha. São eles. Os indefectíveis trajes pretos. Os olhos espremidos entre os chapéus e as longas barbas. Os "ortodoxos" novamente. Por que insistem? Dessa vez, grito para que desapareçam, malditos atores. Por que me torturam com o jogo?

Sim, pode ter sido um sonho. Pode... Mas, ao acordar, agora de verdade, sei que a campainha está tocando. Alice? Não, é uma outra mulher. Ela está olhando para baixo. Não consigo ver seu rosto. Não estou aqui, quase digo. Por que se agacha? Até que percebo o motivo. Há um carrinho de bebê ao seu lado. Como descobriram meu endereço? Escuta-se um choro agudo. Ela faz um carinho terno. Não é a babá que segui àquela tarde no museu. Parece com alguém que conheço. Pega o bebê no colo. Sim, é ela mesmo. A menina que me procurava na festa do colégio. A antiga namorada com quem tive direito ao "tempo extra". Que revi no dia de sua formatura. A mesma pela qual me apaixonei novamente pelo efêmero espaço de uma noite, algumas horas talvez. Ela toca a campainha de novo. Tento não olhar para o pequeno. Seu sinal de nascença acima dos lábios. Mas não consigo suportar. "Não há ninguém aqui!", grito. Acordo de novo. Não sei mais o que é sonho e o que é realidade. Olho para o minigravador ao meu lado. Deve ter sido efeito do desabafo. A noite está indo embora. A cidade vai amanhecendo. Pego mais uma vez as fotos que Alice encontrou e fico tentando decifrá-las. Se esquadrinhar cada milímetro dessas imagens, sei que vou descobrir.

Acordo assustado. Olho em volta. Meu coração bate rápido. Gostaria que fosse mais um pesadelo. Só que, de repente, as peças começam a se ligar de uma maneira preocupante. Na hora em que ouvi, não passava de um grande equívoco, uma bobagem sem nexo. Então, forço a memória e escuto de novo a voz de Alice. Sim, posso relembrar cada sílaba, com toda a nitidez em seu delírio. Ela gritava descontrolada.

"Você falava com as pessoas e elas te respondiam."

"Na banca de jornal, no café, no mercado..."

"Aquele bebê com quem você ficou brincando na pracinha... Eu vi tudo isso!"

Ela disse que me viu brincando com o bebê... Como pode ser? Estarei ficando louco? Basta! É preciso tomar uma atitude. Alice se orgulharia de mim.

Ainda sei o caminho. Subo a longa escada, vagarosamente. Revejo o ponto de onde quase caímos rindo e nos beijando. Vou até o último andar do pequeno prédio e desço pela fachada. Estou um pouco destreinado, mas nada que se esqueça de uma hora para outra.

Enfim, entro pela janela da sala. Como imaginava, não há ninguém em casa. Por aqui, nada de ameaçador. O problema é quando caminho em direção aos quartos.

Pelo cheiro suave é fácil dizer o que se verá ao dobrar à esquerda. Há uma mistura variada de tonalidades verdes e azuis. Cachorros, girafas, coelhos, gatos e macacos felpudos me encaram das prateleiras. Só o silêncio. Um grande urso está deitado no trocador. Há também um painel metálico. Onde estão afixadas várias fotos. Chego bem perto. É ele mesmo. Inconfundível. Exatamente igual a mim. Da mãe, somente o sinal acima dos lábios. Deitado no chão, no berço, brincando na areia, na grama, entediado no carrinho. Pego-me sorrindo, visualizando um cotidiano possível. Jogando uma bola em sua direção. Vendo-o caminhar titubeante pela casa, irritado com mais uma troca de fraldas, olhando um livro e tentando entender as figuras, ficando com sono, coçando o olho...

Vou ficando emocionado com tudo aquilo. Em algum momento já passei por algo semelhante. Foi quando meu irmão nasceu e eu vivia em seu quarto. Queria tomar conta do pequeno o tempo todo. Levava-o para passear pela orla da praia. Só eu e ele. Todo mundo se espantava. Depois, mais tarde, ensinando-o a chutar a bola na areia. A se impor no colégio. A conquistar as meninas. Até que, em determinado momento, tudo foi se invertendo. Não havia mais o que lhe mostrar. Ao contrário. Era ele que me indicava os caminhos, o jeito certo de fazer as coisas. Será que foi isso? Será que foi por isso que o enviei naquele avião?

E só quando embarco de vez nessa viagem sentimental, finalmente me dou conta da armadilha em que caí. O golpe de misericórdia.

Por que ela me escolheu? Pois isto está certo. Foi deliberado. Como foi possível que eu estivesse disponível? Uma noite de liberdade, uma madrugada de indulto. Apenas uma em seis, sete anos de uma espécie de auto-encarceramento. A grande pausa de Shiva.

Coincidência? Números, números, números...

Como fui ingênuo de cair. Está ficando tudo tão claro... A "pausa de Shiva". Patético! Uma mera conjunção de astros para me dar um filho inesperado. Para me fazer pagar pelo crime na mesma moeda.

Por que não está em casa? Onde está o bebê neste exato momento?

Posso jurar que dá para ouvir o ruído ao longe. Os olhares derradeiros trocados com medo. E a enorme bola de fogo surgindo em pleno céu. É isso? Sim, é isso. Vai ser na mesma moeda. É tão óbvio. Se fui capaz de matar alguém que tratava como um filho... Sei que chegou a minha vez. Posso sentir no ar. Dá para se respirar o que vai acontecer. A covardia da coisa. Por que o troco não pode ser comigo?

É preciso fechar os olhos. Um minuto de calma. Um mínimo de serenidade. Não entrar em pânico. Difícil. Muito difícil. Os números, os números... Eles não mentem. Seria melhor que não tivesse acontecido. Que o bebê não tivesse sequer nascido. Seria? Encosto a cabeça na parede. No fundo, algo me diz que não.

E por que ela decidiu não me contar sobre ele? Não teria a menor chance de tomar conhecimento. Certamente, eu jamais viria a saber se nenhum desses imponderáveis episódios tivesse ocorrido comigo. Desde a noite na Loja de Espelhos.

Em alguns dos retratos, ela está ao seu lado. A mão feminina que sempre aparecia em quadro. Porém, não vejo o brilho nos olhos que me fizeram ser reconquistado àquela noite no hotel. Há uma felicidade, sim. Porém, contida, melancólica, quase triste.

Onde estará o bebê agora? O fato já terá se consumado? Talvez já tenha saído a notícia no rádio. Explosão de avião mata todos a bordo. De novo... Que ingenuidade a minha.

Preciso me acalmar um pouco. Só um pouco. Em seu quarto, sento-me na cama. Ponho a lembrar-me do nosso rápido reencontro. Não ficaram muitas imagens consistentes. Porém, um único momento em especial consigo recordar com toda a nitidez. Alta madrugada. Não conseguia mais pegar no sono. Era esquisito estar com o grande amor da adolescência e, ao mesmo tempo, saber que éramos apenas como dois amantes descompromissados, sem qualquer perspectiva de futuro. Nem planos, nem projetos, muito menos promessas de amor eterno. Só o aqui e o agora. Aquilo foi me dando um vazio, um mal-estar. Uma profunda desconexão entre o meu passado e o meu futuro. Era como se não devêssemos estar fazendo aquilo. No entanto, era também como um desafio ao destino. Algo excitante. Dividido, não conseguia nem saber o que sentia. Perambulei pela casa. Como de costume, olhei títulos na estante. Imaginei me imaginando quinze anos atrás as estantes de sua família. Gostando do que via. Projetando cenas quinze anos depois. Casado, com filhos. Foi naquele instante, nos últimos minutos de escuridão, que me deparei comigo mesmo no espelho do quarto. E foi, com toda a certeza, um daqueles raros momentos em nossas vidas, em que sabemos que há algo de errado naquela imagem que se reflete à nossa frente. Sabia que era eu. Porém, sabia que também não era. Ao mesmo tempo, ela refletida, dormindo nua na cama, parecia ser a mesma.

Mas agora, neste exato instante, ao não me ver no espelho, fica tudo tão bem definido. É como se assistisse a um filme projetado sobre uma tela branca. Posso reconstituir a cena, mesmo que seja na imaginação. Finalmente entendo que não era exatamente a mim que via. Era alguém muitíssimo parecido. Talvez idêntico para um observador desatento. No entanto, se examinássemos minuciosamente, veríamos a barba mais malfeita. Algumas rugas a mais. Olheiras de menos. Só que nada disso era realmente impactante. O que contava mesmo era o olhar. Este, sim. Era bastante diferente. Talvez venha justamente daí a impossibilidade de ter compreendido o que senti naquela hora. Afinal, como comparar um olhar que nos olha de volta? É isso. Agora, na diáspora, no exílio do espelho, posso usar minha memória sensorial e constatar como era flagrante a cisão entre nós.

O telefone toca. E desperto de todos estes pensamentos. E me dou conta de que, dentro de instantes, ouvirei sua voz na mensagem eletrônica. Porém, ouço passos apressados.

Sim, é ela. Talvez estivesse na cozinha. Sempre gostei de seu timbre. Aconchegante e macio, combinado a uma inflexão clara e decidida. Assim como o inesquecível som que escuto agora. Entretanto, pouco a pouco, vou conseguindo me desconcentrar da voz e me atenho ao conteúdo da conversa.

— Isso mesmo. Fui eu que liguei para ter notícias da paciente do quarto 316. Ah, obrigado.

Ela rabisca qualquer coisa num papel. Está nervosa.

— Continua se recuperando? Ah, que bom! Como? É uma amiga. Sim, quer dizer, uma amiga do marido dela.

Há uma pausa longa. Ela fica aflita. Seus olhos estão pensando no que dizer.

— Não... Infelizmente eu... eu não tenho idéia de onde ele esteja. Na verdade, faz muito tempo que eu não o vejo. É que eu fiquei sabendo do... — ela tenta escolher uma palavra — ... incidente e queria muito saber como ela estava. Ah, sim. Pode deixar. Se eu souber de alguma coisa eu aviso. Como? Meu nome?

Ariela. De onde é que ela foi inventar esse nome? E por que não dizer a verdade? Agora vai até o quarto. Escuto-a chorar.

Depois de escutar seu silêncio por um tempo, vou despedir-me. Ela está ajoelhada, debruçada sobre a cama, vendo antigas fotos. São nossas. Do namoro aos quinze anos. Estamos num parque público. Lembro bem. Um passeio organizado pela escola. Foi nesse dia que me declarei. Seu rosto assustado. E depois, na colônia de férias, onde demos o primeiro beijo. Uma viagem ao sul. Já nem fazia idéia de que tivemos todos esses momentos juntos. Um mergulho no lago. Apaixonados lado a lado. Difícil dizer por que terminamos. E, misturado àquilo tudo, uma foto mais recente. Portanto, muito mais brilhante. Porém, com uma mínima fração de vida em suas cores. Sorrindo meio bêbados para a câmera, mais de quinze anos depois. O dia de sua formatura. Só é um pouco inquietante porque não estamos no hotel, mas num outro lugar que me parece vagamente familiar. Sim, o Grand Café. O misto de bar e restaurante com o espelho enorme. Mas nunca havia estado lá nessa época, isto é, antes de tudo acontecer comigo. Enfim... um detalhe insignificante. E aí, olho para o lado e vejo algo que não se encaixa com nada do que estava sobre a cama. Como uma peça de um outro quebra-cabeça colocado ali por acaso. São fotos de um casamento. Parece ser uma cerimônia religiosa. No alto, nas cadeiras levantadas, os noivos. Apesar de ver um ou outro rosto conhecido entre os convidados, acho que não conheço o casal. Ela, com certeza, jamais vi. Está feliz segurando uma ponta do lenço branco. A outra ponta está com o noivo, um tanto entristecido. É curioso. Às vezes, parece ter um rosto muito familiar. Outras vezes, tenho certeza de não o conhecer. Só que, observando mais atentamente, vejo algo que me chama a atenção. São aqueles olhos de novo. Os mesmos que me encararam neste mesmo apartamento, numa certa madrugada. Lá de dentro do espelho.

Percebo a estante rodar, um zumbido terrível. Vou andando para trás desequilibrado. Esbarro numa mesinha de canto.

— Tem alguém aí?

Alcanço a sala e penso estar a salvo, quando escuto sua voz novamente.

— Bruno?

Fecho os olhos. Daqui para a frente, já não sei o que pode ocorrer.

— Bruno, é você?

Não dá para sair pela porta. Está trancada. Olho para a janela.

— Não se aproxime! — grito.

Até que é bem alto para um sexto andar. A acolhedora e firme voz insiste em vir ao meu encontro. Os passos estão no corredor.

— Volta para dentro do quarto, ou eu juro que pulo daqui de cima! Eu não quero que você me veja.

— Calma.

— Eu não tô brincando!

— Eu vou ficar aqui no quarto, eu prometo. — Ouço seus passos recuando. — Mas você precisa me garantir uma coisa, Bruno: você não fez nada com o bebê, não é? Você não descobriu onde ele está, não é mesmo? Fala pra mim!

— Escuta... por favor, me ajuda. Eu não sou quem você tá pensando...

— Pelo amor de Deus, Bruno! — sua voz vai ficando trêmula. — Pára com isso! Se você tocou num dedo dele, eu...

— Por que você nunca me disse que nós tivemos um filho?

— O que é que você tá dizendo? Ficou louco de vez?

— Eu poderia morrer sem nunca conhecer o meu próprio filho...

— Bruno, você precisa de ajuda. Fique calmo. Ele está aí com você? Eu vou pegar ele.

— É claro que eu não tô com o bebê! — berro bem alto.

— É claro? Você diz isso como se não tivesse tentado nada antes.

— Mas eu não...

— Deixa de ser cínico! — ela me interrompe com raiva. — Aquilo que você fez no museu foi muito covarde... Seqüestrar o menino das mãos da babá! Foi você ou não foi?

— Foi.

— E agora, no outro dia mesmo? Aparece, de repente, no parque e brinca com ele como se nada tivesse acontecido? Como se você estivesse... no seu juízo normal?

— Desculpe, eu... — como negar? Eu mesmo já não sei de nada...

— Não tive a intenção. Eu nem sabia que...

— E a Nanda, coitada, ainda com esperanças de te encontrar...

— Nanda?

— A babá, já esqueceu? A coitada nunca deixou de te procurar no Grand. Eu pensei que, mais cedo ou mais tarde, você fosse aparecer por lá. Outro dia eu... acertei a sua dívida com os carinhas. Não precisa me agradecer. Dessa vez, a culpa foi minha. Fui eu que te arrastei de volta — ela faz uma pausa e noto um tom de tristeza em sua voz. — Lembra quando a gente se picava lá nos fundos da sinagoga? Enquanto seu pai fazia o sermão antes do *mussaf* de *shabat*? Parecia que ia ser pra sempre, né? — ouço seu choro baixinho. E depois, se controlando, ainda com a voz trêmula: — Eu parei geral depois do parto. E você? Tem certeza de que tá limpo?

A cabeça vai pesando. São como centenas, milhares de peças soltas que preciso arrumar e rearrumar a cada segundo. Como se sempre tivesse que reescrever um passado. No entanto, ela consegue desarrumar ainda mais essa minha vida que não é minha. Nós jamais freqüentamos juntos o Grand Café, nunca nos drogamos juntos, meu pai é um astrônomo ateu... Decido dar um basta nisso tudo, restringindo-me à única peça que realmente me interessa neste jogo: meu filho.

— Agora você já sabe que eu não fiz nada de errado com ele e... Onde ele está?

— Em lugar seguro — ela responde lacônica.

— Isso é bom. Isso é bom...

— Por que você nunca diz o nome dele?

Porque eu não sei, respondo para mim mesmo.

— Eu achei que... — sua voz parece mais conciliadora, mais doce, talvez ainda guardando algum resquício do passado — ... você fosse gostar da homenagem ao seu irmão.

"Max", concluo em silêncio, ao mesmo tempo que ouço sua voz confirmar.

— Desculpa, talvez não tenha sido uma boa idéia.

— Não, não... é claro que eu gostei.

— É que essa sua obsessão em encontrar uma resposta ao que aconteceu com seu irmão... Esse maldito código secreto que você tanto procura na sua Torá... Acho que ele gostaria que você seguisse em frente e...

— Por favor — corto-a rispidamente. Código secreto? Torá?

Ficamos em silêncio, ouvindo nossas respirações ainda ofegantes.

— O que é que você quer, afinal, Bruno?

— Eu não sei.

— Ótimo...

— Eu só queria que você soubesse que eu não faria nada de mal com essa criança... Com o... Max. Eu juro! — minha voz sai toda falhada.

Limpo o rosto. Tento me recompor. Ela dá um longo suspiro no corredor. E, novamente, seu timbre tão peculiar toma conta do apartamento.

— Eu prometi que não ia te contar, mas é melhor você saber de uma vez — ela faz uma pequena pausa. — Estamos indo embora da cidade.

— Indo embora? Para onde?

— Isso não interessa. Eu não entendo você! Não era isso o que você queria? Que a gente desaparecesse para não acabar com o seu casamento?

— Eu nunca disse isso.

— Ora, Bruno... Você não tem pena dela? De sumir desse jeito? Ela podia ter morrido!

— Eu só queria que vocês ficassem por aqui. Não vão embora. Eu mal conheci ele... Aqueles olhinhos... Aquele sorriso... Ele gostou de mim, sabe?

— Eu já estou decidida. Nós partimos dentro de algumas horas.

— Vocês vão para a casa da serra?

— Não, Bruno. Ela já foi vendida há tantos anos... Muito mais longe. São quase vinte horas daqui. De avião.

Ao ouvir a última palavra, sinto uma coisa no peito. Acuso o golpe. Não há como absorver o impacto. Eu devia saber... Foi tudo muito bem urdido. Milimetricamente planejado. Só que eu não vou deixar isso se realizar. Eu posso interferir. Eu ainda posso mudar o destino das pessoas.

— Não! Vocês não podem ir! É muito perigoso!

— Perigoso é ficar perto do pai. Infelizmente, você não está bem, Bruno. Você deveria se tratar. A família dela pode te ajudar. Eles são gente religiosa. Assim como a sua. Vão acabar entendendo...

Deixo de escutar suas palavras sem sentido. Vejo algo que me chama a atenção no aparador da sala. Entre as contas e papéis do dia-a-dia, há dois talões coloridos junto dos passaportes. Confiro as letras miúdas. Ali estão os dois nomes. Ali estão as informações necessárias para o embarque. Só então compreendo a exatidão da coisa toda. Horário: 14:30. Dia: vinte e seis de outubro. Nunca esqueça, vinte e seis de outubro. Sinto tudo rodar. Poderia me atirar agora mesmo e acabar com tudo de uma vez. A calçada deve estar quente lá embaixo.

— Bruno?! Não faça nenhuma besteira!

Volto-me para a mesa. Respiro fundo. Então é isso. O destino em minhas mãos. Mais uma vez. Sei o que fazer. Tenho que rasgar essas passagens imediatamente. Ele quer que seja exatamente do mesmo jeito. A gigantesca explosão no fim da viagem. Pode até ser, mas não com meu filho dentro.

Sinto-me subitamente angustiado. Titubeio.

"Quem é que me deu o direito de interferir na vida dessas pessoas? Quem?"

Que ingenuidade. É claro que tenho esse direito.

Por que será que fui conhecer Alice, afinal? Neste momento, seria tudo tão mais fácil.

— Bruno, você ainda está aí?

Não mais.

Tomo mais um café. Mais uma água. Mais um café. Mais uma água.

Enxugo o suor. A rua estava quente. Mau negócio correr tantos quarteirões. Só Alice importa agora. Nem sinal dela.

Olho incessantemente para o telefone.

Penso em ir à rua de novo, isso está me deixando com os nervos à flor da pele.

Não há mais nada que arrumar. A casa está impecável. Isso só reforça o vazio que toma conta do ambiente.

Reparo um pouco melhor. Sim, aquela cadeira está fora do lugar. Tenho certeza de ter deixado tudo exatamente organizado. É isso. Alice esteve por aqui na minha ausência. Então, há esperança! Essa não... Vai ver foi me procurar. Ou... será mesmo? Com toda a certeza. Deixei as cadeiras viradas para dentro. Terá ido me procurar?

Ando de um lado para o outro.

Melhor não tocar em nada disso. Só Alice importa agora.

A tarde toma conta da sala e não há o que fazer a não ser tirar um cochilo. Penso e sonho com milhares de coisas que podem dar errado. Sobretudo me vem a certeza de que, se Alice morrer ou se matar, jamais terei como saber. Não há como encontrar um cadáver invisível. Então me vem um estalo: será que acontecerá algo diferente quando eu e ela morrermos? Será que o corpo voltará ao normal neste momento? Não sei, mas acredito que haja alguma relação por aí.

Fico imaginando se isso tem a ver com o comportamento autodestrutivo de Alice quando a conheci e mesmo depois. Pode ser que, no fundo, tenha a certeza de que voltará ao normal quando morrer.

Apego-me ao papel azul para não deixar estes terríveis pensamentos tomarem conta de mim.

Porém, quando o telefone toca e me desperta, só consigo imaginar uma desgraça. Ela está ofegante.

— Alô?

— Alô? Alice?

— Alô?

— Sim, Alice, sou eu.

— Alô? Hã... Meu Deus! É... Não sei.

— Pelo amor de Deus! O que houve? Você está bem?

— Eu...

— Você está machucada ou algo assim?

— Eu só... eu...

—Você não tentou nenhuma besteira, não é?

— Eu posso me ver!

— Alice, não tente nada de ruim. Nós vamos conversar melhor.

— Ei! Escuta! Eu posso me ver!

Olho para o telefone, acho que há alguma interferência.

— Eu posso me ver no espelho!

— O que você está falando?

— Eu não sei o que aconteceu. Eu... estava andando e... tinha esse espelho enorme numa cafeteria, e lá estava eu!

—Você tem certeza de que não... Alice, nós já falamos sobre isso. Não podemos usar drogas. Não vão levar a nada!

— Ha ha ha ha ha!!! Acabou! Esqueça! Venha me encontrar! Vai acontecer com você também!

— Onde é que você está?

—Venha, mas venha correndo! Estou na... deixa eu ver: Rua dos Andradas, número 17.

—Tá bom, eu...

Ela desligou o telefone. Olho ao redor e tudo agora parece tão surreal. Este apartamento, de repente, cheira à antiguidade, ligado a um passado esquecido. Será verdade, então? Meu Deus! Não sei o que pensar. Eu tinha certeza de que teríamos a resposta na fábrica. Uau! Acima de tudo, mal posso esperar para encontrá-la. Visível ou não.

Vou chegando esbaforido ao endereço. Passo pelo Grand Café, onde estive tantas vezes. Penso em me olhar no espelho lá no fundo, mas estou preocupado demais com Alice. Isto não fará qualquer diferença agora.

Sigo em frente. O dia está radiante. Céu azul pleno. O número 17 é um pouco mais à frente. De longe, parece uma escola. Será ela? Sim. Acho que é Alice lá na porta. Está vestida com uma roupa meio austera. Saias compridas. É muito estranho vê-la com roupas.

Meu coração bate bem rápido. Ela... Alice entra no colégio. Por que não me espera? Corro ainda mais.

Os alunos estão por ali. As aulas parecem ter terminado agora e pequenos grupos vão indo embora. Passo por eles. Vejo Alice subindo uma escada. Talvez queira olhar de cima para saber se estou chegando.

Depois de andar na luz do dia, a entrada da escola fica parecendo bem mais escura do que é, na verdade.

Passo por mais alunos e subo rapidamente, ofegante, os degraus. No segundo andar, várias salas.

Vou direto até lá. Sei que está naquela ali: 203. Fecho os olhos e respiro fundo. Tento me preparar para o encontro.

Próxima à janela, Alice está conversando com um homem. Os dois estão de costas para mim.

— Alice! Estou aqui.

Ela se vira e tem um sorriso plácido no rosto. Está vestida como uma professora de tempos atrás.

Vou até ela. O homem continua olhando para fora. Espero que as coisas continuem como antes. Ela abre os braços. Nos abraçamos ternamente.

Depois, fico sem saber o que dizer, até que falo qualquer coisa.

— Quer dizer que você conseguiu.

— Não é incrível?

Serena, ela parece bem diferente do que eu imaginava quando escutei sua voz ao telefone.

— Como é que foi?

— Não sei, apenas... Foi como te contei pelo telefone.

— Mas isso é maravilhoso!

A ocasião merece uma comemoração maior.

— Venha cá. Me dê um abraço forte.

Ela reluta um pouco. Até que nos abraçamos. É tudo real, de verdade. Mas, ao mesmo tempo, é tão onírico. Seu rosto... sinto que seu rosto está desviando um pouco. Como se não quisesse totalmente me tocar.

Acho que ela está olhando na direção do homem na janela. Finalmente, ele se vira. Parece muito com alguém que conheço. Também está vestido sobriamente. De terno e gravata. Ficamos os três em silêncio por alguns instantes.

Aproximo-me um pouco do homem, pois algo me chama a atenção. Suas feições são familiares demais.

Não há dúvidas. Ele sou eu.

Fico sem palavras, tento balbuciar qualquer coisa, qualquer sílaba que possa exprimir meus sentimentos atônitos. Porém, não há tempo para isso. Sinto um objeto bater fortemente na minha cabeça. Depois, tudo fica escuro.

É terrivelmente desagradável abrir os olhos dentro da escuridão total. Quando acordo, demoro para entender que há um capuz envolvendo minha cabeça. Minhas mãos estão amarradas. Sinto o movimento do carro passando por uma estrada de terra. Há um sacolejo.

O balanço faz com que eu me dê conta de que uma roupa cobre o meu corpo. De onde se conclui que os que me conduzem têm plena noção de minha invisibilidade.

Tento sentir algum aroma no ar, mas não consigo descobrir muita coisa. Não sei bem se estou deitado ou sentado. A cabeça ainda dói bastante.

Também não sei se há alguém comigo além do motorista. O carro acelera. Sobe um aclive, depois vira à esquerda.

Pouco a pouco, vai diminuindo a velocidade. Pesados portões de ferro se abrem, fazendo um rangido estrondoso.

O veículo avança. Novamente o som agudo dos portões se fechando atrás de nós.

Gosto do barulho das rodas passando por cima de pedaços secos de madeira. Não sei bem por quê, dá uma sensação de conforto.

O motorista encosta e desliga o motor. O silêncio toma conta dos meus ouvidos. Um silêncio que traz som de pássaros. Estamos num lugar cheio de natureza em volta.

Fico assim por alguns momentos, experimentando uma sensação de paz como há muito não sentia. Porém, pouco depois, a porta se abre. Ouço um "vamos" e este alguém me puxa para que saia. Mesmo com o capuz, dá para sentir a forte luminosidade aqui fora.

Sou levado. Passamos de um breve percurso com grama para um piso de cerâmica, me parece. Andamos por um corredor, viramos à direita.

Com cuidado, ele me conduz pelas escadas. Descemos um, dois andares. Aqui o ar parece mais úmido. Ele me deixa parado por um momento. É um pouco difícil, pois não consigo me equilibrar sozinho. Ele me apóia. Está impaciente.

Com uma das mãos faz com que eu não caia, com a outra tenta encontrar a chave certa entre várias, até que ouço o ruído da fechadura sendo destrancada. Uma porta ou grade é aberta. Há um eco grande aqui embaixo.

Sou empurrado para dentro. Sem ter em quem me apoiar, acabo caindo. Escuto uma risada abafada e seus passos se afastando. Subindo as escadas. Até que nada mais se ouve no ambiente.

Não sei quanto tempo terá passado. Estou sem capuz, mãos desatadas. A mesma roupa, uma espécie de uniforme acinzentado, por sobre minha pele invisível. Assim podem me "enxergar". Lembro vagamente de ter sido acordado. De terem me dopado algumas vezes. Pílulas em minha boca. Repetidamente, freqüentemente.

Em outras ocasiões injetam algo em mim. A alimentação não é muita. O básico para sobreviver.

Quem cuida de mim não fala comigo. Também não tenho forças de perguntar. Nem vontade. Nem coragem. Tento trabalhar com meu cérebro num nível bem baixo. Apego-me aos instintos elementares: comer, beber, urinar, defecar. Conto ranhuras na parede. A idéia é vegetar um pouco. Uma questão de segurança. Ao menor sinal de que as imagens perturbadoras da escola aparecem, esforço-me e volto a contar números, a inventar mantras, pois a cabeça ameaça explodir.

Também faço exercícios até praticamente desmaiar. É uma ótima técnica. Centenas de flexões e abdominais. O problema é que a quantidade de comida se mantém a mesma. Assim, tenho de me conter um pouco para guardar energias.

Depois de algum tempo indefinido, veio a fase dos testes. Centenas de exames fisiológicos e psicológicos. Fui avaliado e reavaliado incessantemente.

Todos os dias seriam iguais, mas há cerca de uma semana, ou seria um mês, seis meses, quem sabe um ano, algo aconteceu. Quando despertei, distingui que havia alguém junto comigo na cela. De onde estava, podia ver seu cabelo. Estava virada para a parede. Tinha um movimento constante. Um balanço contínuo. Lobotomia, creio. Ao aproximar-me, não me reconheceu. Os olhos vazios. Não sabia se gritava de felicidade por finalmente encontrá-la, ou de ódio por revê-la naquele estado lamentável. Estava suja. Não devia tomar banho há muito tempo.

Desde então tenho cuidado de Alice com todo o rigor. Forço-a para que coma. Ela não me obedece. Pelo contrário, resiste ao máximo. Em alguns momentos fica repetindo uma palavra, uma frase. Noutras, demonstra medo de mim, como se estivesse a ponto de machucá-la.

Pouco a pouco, está melhorando. Outro dia, enquanto dava comida em sua boca, notei que me olhou nos olhos. Murmuro antigas canções de ninar para acalmá-la. Ela tem gostado bastante e chegou a ameaçar um sorriso no canto da boca.

Sim, já tem até sorrido algumas vezes. Quando tento entrar num assunto mais perigoso, ela vira o rosto.

Desisto desta abordagem racional, uma vez que eu mesmo não sei bem o que dizer. Poderíamos apenas especular a dois.

Abraço-a e isto surte efeito. Ela se acalma. Acompanha numa espécie de grunhido minhas canções. Aos poucos, vamos nos entendendo.

Esta é a sexta noite que dormimos abraçados. Nas duas primeiras, seu sono foi agitado. Escutei algumas palavras de repúdio, de autodefesa, como se estivesse se protegendo de uma mulher que queria matá-la.

Nas seguintes, as coisas foram se acalmando. Alice teve um sono tranqüilo. Senti que rumávamos para uma situação mais confortável. Pela primeira vez, tive a impressão de que havia a possibilidade de alguma solução para nós.

Talvez eu e Alice realmente pudéssemos ter um futuro, uma vida ordinária, duas pessoas comuns, num subúrbio qualquer. Bem, pelo menos, teríamos um ao outro neste breve instante de plenitude. Queria aproveitar aqueles minutos como se fossem os últimos. Por isso, fiquei em vigília, recusando-me a dormir por vários dias, apenas para saborear o que talvez fossem nossos últimos momentos.

Não sei se foi alguma das drogas que estavam nos aplicando ou o efeito alucinógeno que a falta de sono provoca, mas o fato é que me vi de volta ao Lar dos Velhos, em companhia do Tio Charles. Estávamos tomando um delicioso chá em reluzentes xícaras de porcelana. Havia um quê de inusitado na situação, pois à nossa volta não havia nenhum bule ou aparelho de chá, e, de repente, estava ali uma bandeja com todo o aparato necessário. Porém, lembrei que, durante nossa conversa com as meninas, um jabuti estava se aproximando há um bom tempo de nós. Sim, com certeza, era um jabuti enorme e veio equilibrando a pesada bandeja em seu casco.

Depois de saborearmos a deliciosa e relaxante infusão, Tio Charles me convidou para conhecer a propriedade, como ele gostava de dizer.

Neste momento, um acompanhante veio juntar-se a nós. Era um cachorro e experimentei um sentimento de déjà vu quando Tio Charles chamou-o pelo nome: Biscuit.

Sim, era ele mesmo. Biscuit se aproximou alegremente, pedindo carinho, brincando à minha frente. Assim, fomos os três caminhando durante um bom tempo pela grama bem aparada até vencermos uma pequena elevação. Dali, pude ver como era grande o terreno. Mal dava para alcançar com a vista. Ele me apontou de longe duas árvores. Chamá-las simplesmente de árvores não corresponde nem de longe à impressão que se tinha ao se aproximar. Eram mais do que isso. Ao observar seus desenhos, na contraluz, qualquer um ficaria com a convicção de estar diante da própria essência do termo. Como se todas as árvores do mundo fossem meros rascunhos malfeitos daquelas matrizes. Pareciam ser da famosa espécie baobá, originária do continente africano.

Tio Charles perguntou-me se realmente queria ir até lá. Sim, a pergunta era pertinente. Elas tinham mesmo um quê de amedrontadoras. Eram absolutamente imponentes. Fiz que sim com a cabeça. Não dava para desistir. Perguntei a ele de que natureza eram. Se eram frutíferas. Ele apenas sorriu. Então, avançamos e passei a sentir uma confusa mistura de temor, tristeza e alegria ao nos aproximarmos. As raízes vinham até onde estávamos, a uns duzentos metros de distância. O chão debaixo dos nossos pés parecia vibrar. Talvez o efeito de algum mineral deste tipo de solo.

Engoli em seco e pensei se realmente deveria ter aceitado o convite. Biscuit, que andava sempre à frente, recuou e ficou ao lado do Tio. Era difícil levantar a cabeça. Subitamente, não queria mais olhá-las, como se fossem por demais brilhantes. O Tio me pediu para ter coragem. Eu deveria erguer meus olhos naquele instante. Fiz o que foi pedido. E, então, um sentimento inexplicável me fez chorar quando elas se puseram à nossa frente. Dava para ver tudo pulsando. Como se um campo energético estivesse passando por cada veio da madeira e dos frutos. Sim, eram frutíferas. E esta é a parte mais assustadora. Na árvore do lado direito, frutificavam letras. Letras hebraicas. Mal conseguia manter os olhos abertos. Mas o Tio fez questão que examinasse também a da esquerda. Dela, pendiam números. Lembro de ter tentado examinar alguma ordenação, mas pareciam estar dispostos aleatoriamente. Aquilo foi me dando uma náusea. O Tio disse que o mais importante, no entanto, estava debaixo dos nossos pés. Olhei para baixo e vi as raízes. As mesmas que se espalhavam desde lá atrás. Não entendi o que ele queria dizer. Agachei-me e foi só aí que percebi o fenômeno. As raízes de uma e outra árvore se conectavam. Toquei-as e pareciam um rio caudaloso encontrando-se suavemente. Observando-se bem de perto, podia-se enxergar a seiva que por ali passava. Um rio límpido mesmo. Por onde os números e as letras navegavam, se encontrando, se associando livremente. Sorri ao ver aquele espetáculo inenarrável. Algumas palavras-números se formavam em harmonia, numa coisa só, num símbolo único, como se fossem átomos.

Tive a impressão de ler ali algumas palavras da frase com que o Tio Charles se despediria de mim. Na verdade, algo que não poderia estar à minha frente naquele momento, pois ele só as diria num momento futuro... "segredo", "tempo", "dois", "verdade."

Senti-me novamente como uma criança diante de um maravilhoso brinquedo novo. Saí engatinhando pelas raízes para aproveitar mais e mais. O Tio assentiu de longe ao lado de Biscuit. Não sei quanto tempo passamos ali, mas foi o suficiente para entender o que ele queria me dizer.

Sem saber muito bem se estava tendo um sonho ou se havia, de fato, vivido tudo isso naquela tarde, eu e Alice somos surpreendidos com um forte e insistente sinal.

* * *

Demoramos alguns minutos para entender o que se passa. O ruído agudo, como se fosse o sinalete da época de escola, zunindo nos ouvidos.

Lentamente, algo se descortina diante de nossos olhos. Quase sorrimos, pois o que estamos vendo é um desafio mental.

Na nossa frente, há uma cela exatamente igual à nossa. Ela permaneceu vazia até este momento. Porém, podemos dizer com certeza que há um casal ali agora.

Eles também estão com o mesmo tipo de uniforme, como nós.

Eles são exatamente iguais a nós.

Temos a certeza de estarmos diante de um espelho. Então é isso. Enfim, nossos reflexos ressurgem magicamente. Assim como sumiram, estão de volta.

Eu e Alice nos olhamos e sorrimos. Porém, ao analisarmos com mais atenção, o sorriso se esvai lentamente e nos desfazemos da primeira impressão. Nossos corpos refletidos não se comportam exatamente como nós.

Mais precisamente, não se parecem com reflexos. Não são reflexos. São corpos de verdade.

Ficamos nos examinando mutuamente por alguns momentos. Olhos nos olhos. Diferente dos demais seres humanos, eles conseguem nos enxergar. Eu e Alice rimos de nervoso, gememos, chegamos a tremer. Os outros dois apenas nos observam com um misto de repulsa e piedade.

Surgem, então, dois homens. Primeiro eu, depois Alice. Eles nos algemam e colocam fones em nossos ouvidos.

Há um ruído alto, forte, que nos deixa tontos. O casal à nossa frente se afasta um pouco das grades.

Com o barulho ensurdecedor, vislumbro a senhora que desce as escadas. Não está usando óculos escuros. Ela não é cega como havia imaginado. Sorri na minha direção, adivinhando onde estarão meus olhos. Depois, evita Alice.

Ignora-nos e começa a falar com os outros dois. Ela parece explicar alguma coisa, como se tentasse expor seus procedimentos. Eles tentam acompanhar. É como se fosse algo comum. Balançam suas cabeças afirmativamente, dando crédito a tudo o que ela diz.

Grito o mais que posso, protestando. Também Alice está gritando. Com o barulho nos nossos ouvidos, nem conseguimos escutar nossas próprias vozes. Batemos nas grades com ódio. O casal em frente se assusta. Eles se abraçam com medo.

Irritada, a Doutora Nadine faz um sinal brusco. Um grosso portão de ferro desliza sobre um trilho e vai nos separando visualmente da cela vizinha.

Os homens ficam do lado onde estamos. Antes do portão se fechar totalmente, a psiquiatra faz um sinal com a cabeça.

Eles entram na nossa cela, me seguram. Alice tenta mordê-los. Leva um soco na cara e cai desacordada. Parto com tudo para cima do sujeito que a agrediu e consigo aplicar uma chave em seu pescoço. Aperto com toda a força que me resta. Ele vai perdendo a respiração. O outro se aproveita de meu descuido e enfia uma agulha em meu braço.

Quase fechando os olhos, vejo que estão fazendo o mesmo com Alice.

Pelo que avalio, aquele foi um marco no tratamento. Depois desse dia, eu e Alice fomos separados e, se como imagino recebemos o mesmo procedimento, nós dois passamos a ser analisados pela mulher que controla este lugar com poderes absolutos: a doutora Nadine.

Nosso diálogo não tem sido nem um pouco fácil. Já me rebelei bastante. Até bem pouco tempo atrás, as sessões eram realizadas com o analisando vestindo camisa-de-força para proteger a integridade física da analista.

Fiz ver a ela que não podíamos ser tratados como simples animais de laboratório. Como cobaias de uma experiência.

A doutora passou a me ouvir com atenção. Entendi que estava disposta a qualquer coisa para mudar meu comportamento. Talvez apenas por isso tenha se mostrado dócil e acessível.

Antes de tudo, me relatou o que havia sucedido. Disse que tínhamos todo o direito a uma explicação do que estava acontecendo. As duas pessoas que vimos na cela em frente não chegaram juntas. Aparentemente, tampouco se conheciam. Foram encontradas na porta do sanatório, desacompanhadas, em momentos diferentes, num intervalo de apenas vinte e quatro horas, alguns meses atrás. Ele primeiro, ela depois. Ambos estavam sofrendo de um forte distúrbio mental. Tinham exatamente o mesmo quadro: apresentavam um estado de total reclusão, sendo absolutamente incapazes de qualquer tipo de comunicação.

Gente desmemoriada que chega sem aviso, aquilo já havia se verificado outras vezes. Mas toda a equipe admirou-se pelo fato de ter ocorrido com duas pessoas em tão curto espaço de tempo. A particularidade de serem um homem e uma mulher atiçou ainda mais a curiosidade de todos. Havia no ar um quê de mistério romântico. Como se o próprio destino os houvesse reunido.

Durante vários dias, não se conseguiu avançar um centímetro, uma vez que havia um complicador a mais: nenhum dos dois portava qualquer documento. Em casos como esse, o mais indicado seria procurar as autoridades, o que implicaria numa exposição à imprensa, um prato cheio para manchetes apelativas. Talvez por intuição de que havia algo de realmente singular naquele cenário, a doutora preferiu manter tudo em sigilo.

Não se sabia seus nomes, suas idades, suas profissões, filiação, local de nascimento. Nada.

A situação parecia difícil de evoluir até que um acontecimento curioso se deu com a paciente. Ao ser confrontada casualmente com um espelho teve uma reação extrema.

O detalhe mais peculiar é que o mesmíssimo padrão de comportamento se deu com o paciente masculino. Os auxiliares da Dra. Nadine logo imaginaram que se tratasse de um caso típico de catoptrofobia, ou fobia a espelhos, uma das especialidades da psiquiatra.

Ela resolveu aplicar um exame mais aprofundado. Havia algo de muito grave. A reação ao contato com o espelho era por demasiado extrema e idêntica em ambos. Os dois pacientes instantaneamente tapavam os olhos, entravam em estado de pânico e se jogavam de encontro à parede mais próxima, como se na superfície do espelho houvesse qualquer coisa de monstruoso. Em vez de perder o controle e se ater à violenta reação de seus pacientes, a Dra. Nadine se fixou no próprio reflexo e teve a ligeira impressão de realmente ter visto algo incomum.

Nenhum de seus auxiliares conseguiu ter a calma para observar o bizarro fenômeno que estava se passando bem em frente aos olhos dos que mirassem o espelho colocado no centro da sala vazia.

A lendária psiquiatra chocou-se ao constatar que, na realidade, o que se dava com os dois sombrios pacientes era algo totalmente diverso do que haviam imaginado. Eles simplesmente não tinham qualquer reflexo no espelho.

Naquele exato momento, soube que tinha em suas mãos o caso mais importante de sua vida. Seria preciso manter o sangue frio. Não poderia desperdiçar a oportunidade. Tudo que havia estudado e vivenciado em todos estes longos anos estava colocado numa espécie de desafio que o destino lhe preparou. Na idade em que se encontrava, sabia que, se falhasse, jamais se recuperaria. Deixou de lado todo o trabalho com seus antigos internos e focou absolutamente toda a sua energia naquelas duas pessoas dilaceradas diante do espelho vazio.

Experimentaram alguns testes, primeiramente com apelos não-verbais: estímulos táteis e musicais. Com o passar do tempo, como era de se esperar, pôde finalmente escutar suas vozes. Algumas palavras esparsas surgiam aqui e ali. Era como um trabalho de detetive. Montar uma narrativa completa e convincente com pistas extremamente frágeis.

O processo avançava devagar e sempre. Depois de algumas semanas, a Dra. Nadine sentiu-se mais segura e resolveu começar com algo parecido com a análise tradicional. Apesar da experiência relativamente frutífera, percebeu que a coisa talvez não andasse a contento. Faltavam ferramentas, pensou.

Sabia que o quadro que se apresentava de modo algum poderia se resumir ao escopo da psiquiatria. Por isso mesmo, confiava em seu íntimo que não havia ninguém mais bem preparado no país e talvez em todo o mundo para resolver o caso. Porém, apesar de toda a sua bagagem, de toda a sua vivência, os meses foram se passando sem que nada de relevante viesse à tona. O ponto de interrogação parecia infinito. A médica foi ficando impaciente. De repente, toda a sua trajetória parecia estar sendo colocada em questão. A seus olhos, tudo que havia realizado, toda a sua obra, diminuía a cada dia.

Fazia tempo que não se dedicava ao cotidiano do sanatório e de todos que dependiam dela. Havia passado vários meses somente em função daquele caso aparentemente insolúvel. As coisas andavam um tanto abandonadas. Seria hora de simplesmente esquecer o desafio lançado? Sim, talvez lhe faltasse algo. Talvez não fosse quem pensava ser.

Olhou mais uma vez para seus dois soturnos pacientes. Um homem e uma mulher. Duas pessoas fechadas, trancadas em seus mundos. O que poderia ligá-los? Por que estas duas pessoas, e somente estas duas pessoas, possuíam uma espécie de elixir que os impedia de se verem refletidas na superfície do espelho?

Talvez jamais viesse a saber, pensou, enquanto caminhava pelos longos corredores do antigo palácio.

Porém, um fato extraordinário veio dar novos rumos ao caso. Depois de passar uma semana inteira cuidando do dia-a-dia de sua instituição, surpreendeu-se ao entrar em seu gabinete e ver objetos se movimentando misteriosamente. Definitivamente, ela não estava sozinha ali dentro. Não se assustou, pois boa parte de seus estudos estava ligada ao que se costuma chamar de fenômenos sobrenaturais. Religião, loucura, mitologia, ocultismo, para a Dra.Nadine tudo se conectava de maneira inequívoca, conforme aprendeu pessoalmente com o grande mestre suíço que a formou. Portanto, não era a primeira, nem a segunda vez que via manifestações incompreensíveis aos olhos racionais.

Para não assustar aquilo que estava bem ali, mas invisível diante dos seus olhos, pensou rapidamente no que poderia fazer. Num rápido e genial senso de oportunidade, pensou numa maneira de igualar as coisas. Se fosse alguém incapaz de enxergar, raciocinou, se transformaria numa pessoa que jamais poderia saber que se tratava de uma manifestação oculta. Resolveu se fingir de cega.

Sua intuição estava certa. Conseguiu estabelecer um diálogo com quem, ou o quê, se dizia ser o advogado Jacques Kleinman.

Logo que escutou as primeiras palavras, seu coração acelerou fortemente. Entendeu que havia uma relação direta entre aquilo que se manifestava no seu gabinete e o precioso caso que tinha nas mãos. A voz era idêntica à de seu distante e indecifrável paciente especial.

Mas qual seria o significado de terem o mesmo registro vocal? Seriam duas partes da mesma persona, formando uma mesma unidade?

Durante o diálogo, Jacques mencionou o nome de sua antiga assistente, Elisabete Pekerman, sua querida Liza. O caso era muito mais instigante do que jamais poderia ter imaginado.

Com o desenrolar da conversa sobre a discípula, morta em circunstâncias jamais esclarecidas, notou que seu interlocutor foi conduzindo suas perguntas para um assunto que lhe interessou bastante: a complexa e doentia relação de Liza com uma paciente em especial, uma certa Carol. Uma relação tantas vezes relatada por Liza em cartas e telefonemas.

A Dra. Nadine achou todo aquele interesse muito suspeito. Foi aí que teve um insight em relação à identidade de sua arredia paciente feminina.

Se aquela manifestação sobrenatural que se fazia presente bem ali na sua sala tinha mesmo alguma conexão com seu paciente masculino, deveria haver alguma outra ligada à paciente feminina. E tudo levava a crer que se tratava desta Carol.

De repente, o enigma começava a fazer algum sentido. De alguma maneira, talvez em algum outro plano, os "reflexos" — foi assim que passou a nos chamar — de seus dois pacientes se conheceram.

A Dra. Nadine já tinha presenciado inúmeros fenômenos inexplicáveis em todos estes anos. Tinha uma especial atração pelo tema. Talvez por esse motivo, por mais que aquilo tudo parecesse absurdo, de alguma maneira, havia uma verossimilhança assustadora. Em seu íntimo, ela me confessou, pensou na possibilidade de estar ficando louca, mas resolveu ignorar essa opção, mergulhando ainda mais fundo na gigantesca charada.

Quando aquela espécie de aura à sua frente lhe perguntou sobre alguma informação a respeito de Carol, a primeira coisa que veio à cabeça da psiquiatra foi que poderia haver farto material nos arquivos de Liza. Porém, logo se recordou de um episódio ao qual, na época, não dera muita importância. Após a morte de sua discípula, a família da falecida fez um contato com ela. Queriam muito que a tão elogiada orientadora ficasse com todo o material profissional da filha. Contudo, dias mais tarde, ligaram avisando que os papéis de Liza haviam desaparecido. Talvez não tivesse sido por acaso, concluiu a psiquiatra.

Mas era preciso insistir. Sabia que este era o elo que a manteria em contato com Jacques. Haveria de ter uma pista qualquer que os levassem a Carol. Tentou relembrar rapidamente suas longas conversas com Liza sobre essa paciente. Sim, havia um detalhe significativo. Liza lhe havia mencionado mais de uma vez o fato de que Carol havia publicado um livro. Ou, pelo menos, dizia que assim o fizera, pois Liza jamais teve acesso a um exemplar.

A doutora tinha noção de que naquele momento não havia como me segurar ali dentro. Não deveria se precipitar. Se tentasse algo, poderia colocar tudo a perder. Ela respirou fundo, mas quando ouviu minha negativa quanto a dar meu telefone, não desanimou. Tinha que seguir meus passos. E não seria impossível, pois tinha certeza de que eu iria atrás do livro. Também estava confiante de que eu a levaria até Carol, o *reflexo* de sua paciente.

Precisava trabalhar rápido. Imediatamente depois que fui embora, começou sua procura atrás do livro. O fato de ser um volume raro, impossível de ser encontrado, só confirmou suas suspeitas de que estava no caminho certo.

Não foi difícil chegar até o editor Marcelo Aguiar. Só que, diferente de mim e de tantos outros, ela não o contactou para comprar um exemplar raro de "O Pomar". Ao invés disso, propôs-lhe um outro negócio. Pagou uma bela soma em dinheiro para que a mantivesse muito bem informada caso um certo Jacques o procurasse acerca do livro.

No entanto, o informante era mais esperto do que ela poderia imaginar. Aguiar quis ganhar duas vezes e tentou primeiro fazer o seu "negócio" comigo. Depois que se deu mal na transação, e devidamente pressionado pelo intimidador homem de confiança da doutora, contou o que sabia sobre meus passos seguintes. Revelou que Jacques lhe "extraiu" a informação a respeito do contrato de Carol com a editora. Um acerto jurídico em que tudo era feito em nome de uma empresa chamada "Tio Charles".

Assim, não foi difícil percorrer o meu caminho até o Lar dos Velhos. Sem conseguir disfarçar um sorriso vitorioso, a psiquiatra me contou que uma daquelas enfermeiras idiotas lhe vendeu prontamente tudo que precisava saber sobre aquele homem excêntrico. Entre tantas informações inúteis, ficou sabendo que, vez por outra, Tio Charles recebia ligações demoradas de uma jovem mulher. E foi assim que a Dra.Nadine teve acesso ao número de telefone de onde Alice o chamou das últimas vezes.

Neste ponto de seu relato, eu já estava absolutamente assombrado com a destreza de raciocínio da septuagenária à minha frente. Além da inteligência velocíssima, tinha uma vontade férrea, uma crença em seus objetivos que a tornavam muito difícil de ser batida. Não era à toa que havia se tornado uma lenda.

Com o número de Alice em mãos, Nadine chegou facilmente até o endereço. Porém, neste momento, ela ainda não tinha qualquer idéia de que era o meu apartamento. E de que poderia pegar os dois de uma só vez.

A experiente doutora nunca gostou de intrusos, especialmente parentes de internos e jornalistas indiscretos, bisbilhotando sua propriedade. Para que tudo saísse da maneira que queria, contava há muitos anos com os serviços profissionais de um expert na área de segurança. O ex-coronel Contardo era um velho conhecido dos tempos em que clinicou para o Hospital do Exército. Também era alguém de total confiança, já que lhe devia antigos favores. Afinal, um atestado de insanidade mental pode ser extremamente valioso em determinadas condições de atmosfera e pressão. Principalmente, quando há um crime em família envolvido. Portanto, tratava-se de alguém que não fazia perguntas. Com toda a eficiência que lhe era característica, o homem de inteligência rapidamente grampeou a linha telefônica e instalou uma escuta à distância, monitorando tudo o que acontecia naquele apartamento.

Assim, o que ainda restava para descobrir foi sendo rapidamente revelado, como numa espécie de reação em cadeia. Primeiro, a voz daquela Alice era exatamente igual à de sua paciente na ilha. Concluiu que a escritora Carol Lewcovitz e Alice só podiam ser a mesma pessoa. E, pelo que pôde escutar, ela não estava só no apartamento. Havia um homem junto com ela: a voz era a mesma que lhe procurou tempos atrás. Jacques Kleinman, ou melhor, Bruno Diamant, meu verdadeiro nome, como Contardo pôde averiguar facilmente. Na mosca. A doutora havia encontrado, de uma vez, os dois "reflexos" que procurava. Uma missão que parecia impossível. Agora era questão de agir com cautela. Monitorando nossas entradas e saídas através da escuta, conseguiu que Contardo instalasse câmeras no apartamento para vigiar nossos passos invisíveis, especialmente no que se referia a portas se abrindo e fechando. Portanto, os homens do seguro nada tinham a ver com o cerco que se fechava sobre nós.

Neste momento do relato, assumiu a culpa de ter cometido um grande engano em seu método de tratamento. Partiu do pressuposto que tanto eu quanto Alice fôssemos nada mais que alguma espécie peculiar, e ainda desconhecida, de manifestações psíquicas de seus pacientes.

A Dra. Nadine concluiu que o momento da cartada final estava próximo. Ela deixou a ilha e foi ao continente com os "verdadeiros" Bruno e Alice.

Ficaram instalados num apartamento bem próximo de nós. Àquela altura, a doutora avançava rapidamente no tratamento. Ela já sabia um bocado sobre como tinham sido suas vidas antes de experimentarem o fenômeno. Seus pacientes já apresentavam um quadro infinitamente mais equilbrado.

Porém, quase tudo se perdeu quando o "verdadeiro" Bruno reviu o antigo bairro, o prédio onde morava, as pessoas que conhecia, o cenário de sua vida antes de ter perdido seu reflexo e sua sanidade. Bruno se descontrolou e fugiu. Foi justamente neste dia que Alice se deparou com ele, num incidente totalmente fora do roteiro perfeito elaborado pela doutora. Ao vê-lo falando e interagindo com outras pessoas na rua, Alice surtou. Imaginou, com toda a razão, que eu a estava enganando.

Naquele dia, a Dra. Nadine se convenceu de que deveria dar logo início à nova etapa de seu ambicioso plano. Afinal, não havia como controlar *todo* o processo. Algo poderia escapar de seus planos. Assim, quando houve o episódio dos mendigos, entendeu que estava mais do que na hora de agir. Talvez até fosse tarde demais.

Colocou o plano em ação. Usou a "verdadeira" Alice para fazer a chamada telefônica que me levou até a escola. Fez o mesmo com o "verdadeiro" Bruno.

Mal pôde acreditar quando tudo deu certo. Estavam ali diante de seu controle total, Bruno, Alice e seus "reflexos".

Tratou-nos, primeiramente, como simples cobaias. Fez todos os testes imagináveis para ver em que grau éramos, de fato, humanos.

Por isso, voltou todas as baterias do tratamento psicológico para os dois seres que conseguia ver. Acreditou que qualquer alteração que ocorresse com eles seria possível dimensioná-la ao perceber seus efeitos em mim e Alice. Usou de todos os tratamentos que conhecia. Pesquisou e pesquisou, mas de nada adiantou. Eles não evoluíam. E nós tampouco tínhamos nossos estados alterados.

Lentamente, chegou à conclusão de que devíamos ser tratados da mesma maneira. Como se fôssemos iguais às nossas "matrizes".

Deste dia em diante passou a analisar-nos sistematicamente. Não me senti nem um pouco à vontade, mas, diante da pressão que ela sabia fazer, acabei contando cada passo da minha vida.

Entretanto, de nada tem adiantado. Nenhuma mudança no quadro, nem nosso, nem deles. A continuidade da questão física, isto é, nossa invisibilidade e a irreflexão de nossos "colegas", parece algo inatingível.

Na verdade, as coisas só têm piorado. O confinamento tem afetado fortemente a psique de todos nós.

Ela agora vai partir para uma nova etapa no tratamento.

Somos levados por cadeiras de rodas. Estamos amarrados mais uma vez.

Fazia tempo que não via Alice. Vez por outra, como uma espécie de premiação, podíamos ficar em contato, até dormir juntos. Fiquei imensamente feliz de constatar que a fase desumana do tratamento havia terminado e Alice, aparentemente, tinha voltado ao normal. Mais frágil, é verdade. Porém, em essência, a mesma Alice que conheci e por quem me apaixonei de imediato.

Acreditando que estávamos sendo monitorados, desenvolvemos um código para nos comunicarmos. Bastava pouco àquela altura para que pudéssemos nos entender com o mínimo de elementos. Ambos estávamos extremamente reticentes quanto aos novos procedimentos de Nadine. A suavidade que tentava nos transmitir parecia-nos puramente ensaiada. Estabeleci um pacto com Alice de que deveríamos persuadir a doutora de que acreditávamos piamente em suas boas intenções.

Entramos num elevador de carga e chegamos a um novo patamar, alguns níveis abaixo.

Nossos condutores nos levam até uma sala onde há uma espécie de aquário. Um grande vidro transparente, através do qual podemos ver o casal que não víamos há tanto tempo. Eles estão circunspectos, servindo-se de café, chá e biscoitos.

Eu e Alice observamos atentamente e nos olhamos, sem saber o que isto quer dizer. Depois de um momento, dois enfermeiros entram carregando um espelho para dentro do recinto onde está o casal. Eles se olham preocupados.

Também eu e Alice ficamos nervosos. Eles vão parando de mastigar. Perdem o apetite. Vão ficando desanimados diante do espelho que reflete nada mais que a mesinha com o café, o chá, os biscoitos e as duas cadeiras ao fundo.

Os dois desviam o olhar do espelho. Como se tivessem vergonha do que estão passando. A mulher, que é absolutamente igual a Alice entra num choro sentido. Ao meu lado, Alice se identifica e se emociona também.

Reparo na reação do homem idêntico a mim lá dentro. Assim como eu, está um tanto perdido, sem saber como agir com a mulher a seu lado. Por que dramas terá passado? Que vida terá vivido? Não sei se terei coragem de estar frente a frente com ele.

Logo, os enfermeiros entram e retiram o espelho. Alguém aperta um botão e uma espécie de cortina branca fecha automaticamente o aquário e não vemos mais o que se passa do outro lado.

— Muito bem! Viram com os seus próprios olhos a tragédia que se passa com este casal. Chegou a hora. Vocês vão se conhecer.

Agora que o momento está próximo, experimento um elevado grau de ansiedade. Preciso entendê-los um pouco mais antes que a experiência comece. Nadine jamais revelou a mim, ou a Alice, algo a respeito dos dois. Como numa invesigação criminal, ela acreditava que a versão de uns e de outros deveria ser ouvida em separado para verificar discrepâncias. Seguindo seu método policialesco, imagino que tenha chegado o momento da acareação.

No fundo, temo que ela, de fato, acredite que um dos pares esteja mentindo. Ou seja, que um dos pares seja apenas uma espécie de manifestação psíquica/sobrenatural do outro.

— Alice trabalhava como professora do primário. Ensinava línguas para crianças entre oito e doze anos. Bruno é um rabino ortodoxo. Ou era, até que tudo aconteceu... — a doutora olha na direção dos meus olhos. — Agora, vamos!

Sinto um calafrio. Vai ser mais assustador do que imaginava. Os enfermeiros vão nos empurrando.

— Espere! — berro, tentando me soltar. — Eu preciso saber mais uma coisa.

— Vamos, eu já disse. Não temos mais tempo.

— Você disse que ele teve uma espécie de descontrole quando esteve no continente. O que aconteceu nesse dia? O que foi que ele viu?

— Foi apenas uma... reação natural. Agora, basta.

— O que foi que ele viu? Eu preciso saber! Eu tenho esse direito! Você não pode querer ser a única dona da verdade. — Ela desvia o olhar, então encaro-a com toda a dignidade que ainda me resta. — Psiquiatra... Você não passa de uma ditadora! Fascista!

Os enfermeiros se entreolham. Um deles retém o maxilar. Seus punhos estão preparados. A doutora suspira. Mexi com algo lá dentro. Impossível saber o que terei provocado. No entanto, ela levanta os olhos. Parece subitamente se dar conta de que tem que dar algo em troca. Nem que seja para atingir seus objetivos.

— O filho. Está bem? Ele viu o filho dele.

Então me vem a imagem à cabeça. O menininho tão parecido comigo. A blusinha laranja, o sol sorridente, o short azul. O passeio pelo parque.

— Era um filho rejeitado. Ele não suportava a idéia de ter filhos. Tinha certeza de que iria acontecer com o menino o mesmo que aconteceu com seu irmão. Como se o destino quisesse se vingar.

— O que aconteceu com o irmão mais novo? — digo, admirado com o aparente tom de calma da minha voz.

— Espere aí... Como sabe que era o mais novo?

— Apenas um palpite — tento tranqüilizá-la. — Por favor... — suplico, fazendo força para manter a serenidade — ... responda à pergunta que foi feita. O que aconteceu com o irmão mais novo?

— Escute bem: você está me escondendo coisas desde o começo. Nós vamos ter que conversar bastante depois sobre tudo isso, e além do mais...

— Eu não vou conversar nada se você não contar tudo de uma vez por todas! — corto-a, explodindo.

Um dos enfermeiros me dá um tapão no rosto. Quase perco os sentidos. Estou completamente tonto. Dá para perceber o outro preparando um golpe ainda mais potente.

— Não, não, não... — repete Alice, sussurrando baixinho.

— Já chega! — Nadine faz o sinal para que os enfermeiros parem. — Está bem... — ela cede, irritada. Respira fundo e prossegue: — Não entendi bem por quê, mas Bruno achava que a culpa tinha sido toda sua. O irmão dele, Max, morreu num acidente aéreo.

Fecho os olhos e consigo ver a explosão. O olhar enviesado do pai no enterro. O silêncio no carro. E, depois, o vazio, o choro, a partida de todos.

Desperto desse mergulho instantâneo com a voz de Alice.

— E a mulher dele? Ela já sabe que ele está aqui?

— A mulher dele ainda está internada.

— Problemas no parto?

— Não. Ela tentou o suicídio.

Alice olha sem conseguir entender. A doutora completa.

— Bruno teve um reencontro com uma antiga namorada. Quando a esposa descobriu que o marido tinha engravidado uma outra mulher... não suportou.

Fico examinando-o por um tempo lá dentro. Apesar de toda essa tragédia que se abateu sobre ele, parece viver uma nova vida ao lado da "verdadeira" Alice.

— Eles se dão bem entre si? — Alice pergunta ansiosa.

— No início, não. Preferiam nem se ver.

— E agora?

— E agora... Sim, estão, digamos... juntos.

Noto um leve sorriso no canto da boca de Alice.

— Vamos.

Sinto que o que vou perguntar não vai agradar a médica, mas não consigo conter a pergunta que está engasgada há tanto tempo.

— Eu tenho mais uma pergunta.

— Infelizmente, não temos mais tempo.

— Você jamais pensou em dividir essa experiência com outro profissional?

— Como assim?

— Não estou me referindo especialmente a algum outro psiquiatra — digo de bate-pronto e capricho na seqüência, arrematando com cinismo. — Mas algum profissional de outra área que a complementasse de alguma maneira?

Ela sorri para mim, balançando a cabeça negativamente. Tenho certeza de que sabe a quem estou me referindo. Por isso mesmo, sua contração facial me diz que está odiando. Assim como repudiou tudo o que lhe contei a respeito dele, o Tio Charles.

— Eu sei o que você está querendo, meu filho. Mas não vai conseguir. Ninguém consegue me desestabilizar emocionalmente. Ninguém. — Ela se vira para Alice. — A senhorita também preparou algum desafio para mim?

Alice balança a cabeça negativamente. Ela está bastante assustada.

A doutora faz um gesto e seus assistentes nos desamarram. Eles vão nos conduzindo para fora. A sensação é a de que eu e Alice vamos fazer uma expedição a outro planeta. Como se fôssemos dois astronautas a embarcar rumo ao espaço sideral.

A porta se abre lentamente. É a primeira vez que estaremos frente a frente, no mesmo ambiente, com nossos pares.

Através do vidro, Nadine e sua equipe nos observam.

Ali estão eles. A sensação de estarmos diante de um espelho é incrivelmente real. Mas dessa vez não nos enganamos mais.

Olho para o lado. Alice e Alice já estão próximas.

Então nos encaramos. É estranho. Não consigo abrir a boca. Tampouco ele. Olho no fundo de seus olhos, que me olham de volta. Observo cada veia de seu globo ocular. Sua íris idêntica à minha.

Instintivamente, estendemos nossos braços e colocamos as mãos sobre nossos ombros. Uma cabeça se cola à outra. Permanecemos assim por um bom tempo. Até que uma paz absoluta nos invada.

E, de repente, passo a sentir o que ele está sentindo. Sua vida vai passando para a minha. Suas experiências, suas paixões. E, simultaneamente, ele também sente o que sinto. Sabe quem eu sou. Sabe tudo o que vivi. Duas vidas condensadas em meio minuto. Meio segundo? Difícil entender quando termina um e quando começa o outro. São fragmentos. Imagens fugidias. A sua primeira vez no altar da sinagoga. Meus pés tocando a bola levemente para o fundo da rede, decidindo o campeonato. O nascimento de nossos pequenos irmãos. Dando a mão para o bebê caminhar no calçadão da praia. O pequeno gênio do piano, da Torá, da matemática, do tênis, dos computadores. A tortura dos aplausos que não são para nós. O afeto dos pais, perdido para sempre. O cheiro da cabana em chamas.

Nossos melhores anos desperdiçados. A troca dos cartões de embarque no aeroporto. Gigantescas bolas de fogo em pleno ar. Nossos lutos profundos. A culpa sem fim. A busca desesperada por uma resposta. Seu mergulho nos códigos ocultos das letras sagradas. Minha odisséia pelos mistérios das estrelas. A sua fria noite de núpcias religiosas. O nosso pânico de sermos pais. A pausa do planeta Shiva. A mudez das letras hebraicas. O álcool. A antiga paixão em nossos braços. Sua fuga de um filho não desejado. Suas longas noites injetáveis no Grand Café. Nossa reclusão total no imóvel herdado. O código da Torá, enfim, se revela a seus olhos. As estrelas finalmente se desnudam para mim. Sua crise. Minha crise. Em frente ao espelho vazio. A minha invisibilidade. A sua opacidade Queimando os livros sagrados. Incendiando os computadores velozes. O nosso terceiro quarto trancado para sempre. Os três mendigos. Entrando no velho apartamento igual, mas diferente. O mundo inteiro igual, mas diferente. Os passeios com o cão. O medo de encostar o fósforo no querosene. As chamas nos perseguindo. O meu desafio a Ele. A sua chegada ao sanatório. O meu encontro com o Tio Charles. A nossa paixão por Alice. Nosso exílio neste lugar. Nossa imensa esperança um no outro.

O sentimento de conjunção vai num crescendo absurdo. Tão forte, que as paredes parecem tremer. Estamos chegando perto de algo perigoso. Já não há mais dúvidas. Os vidros podem rachar a qualquer momento. Através de sua mente, consigo entender que as duas Alices também entraram no mesmo diapasão. A terra realmente está tremendo, podemos sentir isso, apesar de que fisicamente ainda não está. Pode ser um furacão, um terremoto, um maremoto. É como uma corrente que vai se alastrando. Somos animais pressentindo um fenômeno natural. Vemos a Dra. Nadine entrando aos berros com seus enfermeiros. Eles tentam colocar fios em nossas cabeças. Ela exige que paremos. Ela quer saber o que está se passando em nossos cérebros. Ela quer nos separar. Não consegue.

Não deixamos. Estamos colados. Internamente, um ruído forte se faz escutar. Estamos chegando ao ápice e, em vez das janelas quebrarem de vez, o que acontece é que um coelho branco acaba de entrar. Ele olha para nós. Parece um pouco assustado. Todos percebemos sua presença. Mal temos tempo de entendê-lo ali, uma galinha entra ciscando. Assim como um pato. Uma mula entra no recinto. O fenômeno natural de fato traz os animais para o abrigo. Eles relincham, eles mugem, eles latem. Cachorros, papagaios, cobras, um enorme jabuti, um tigre, gatos, cavalos, um jacaré. Todos eles fazem um tremendo barulho. Trotam, rastejam, pulam de um lado para o outro.

Nós quatro olhamos felizes para eles. Acho que somos os primeiros a entender o que dizem. Se fossem escutados separadamente, nenhum ser humano poderia entender. Porém, juntos, seus relinchos, cantos, latidos, mugidos e todos os outros sons, estão gritando uma frase na nossa língua. A soma de todos estes ruídos cria uma frase. Como se formassem uma orquestra. A princípio é algo incompreensível. Uma confusa amálgama de ruídos. No entanto, pouco a pouco começa-se a entender o sentido.

— Eles fizeram a passagem!

O barulho vai ficando ensurdecedor. É um enorme coro de vozes animais. É tão simultâneo, estão tão ensaiados, que, apesar do coro só ser formado pela soma das vozes, é como se cada um dos bichos em separado estivesse entoando a mesma frase.

— Eles fizeram a passagem! Eles fizeram a passagem!

O coelho parece ser o líder. Traz um relógio consigo. Parece rir de tudo aquilo. Principalmente da grande psiquiatra, aterrorizada de medo. Ela tampa os ouvidos. Parece não querer escutar a frase.

— Eles fizeram a passagem! Eles fizeram a passagem! Eles fizeram a passagem!

Só então a ficha cai e começo a compreender que não estou onde pensava estar. As pequenas, mínimas, imperceptíveis diferenças que notei depois de experimentar a invisibilidade não eram apenas minha imaginação. Não eram apenas um novo ponto de vista. Eram reais, concretas. A cor vinho mais saturada na parede da sala, a ranhura na mesa, as manchas nos copos, o céu ligeiramente esverdeado, as calçadas curiosamente vazias, outras mais cheias. Tudo vai ficando claro. Meu apartamento não era meu apartamento. As ruas do bairro não eram as ruas do bairro por onde caminhei a vida toda. O bairro era quase o mesmo. Mas era outro. O mundo era quase idêntico. Mas diferente.

Vou retrocedendo até conseguir lembrar do momento inicial. Aquele exato instante em que tudo começou na Loja de Espelhos. A misteriosa superfície reflexiva para a qual rumei.

Lá dentro do espelho, a loja. Tudo lá dentro, no interior do espelho. Ou melhor, tudo menos eu. Fixo-me na imagem. Há uma incômoda sensação de desequilíbrio.

Fecho um pouco os olhos, tentando encontrar um novo ponto de referência. Sim, pouco a pouco, vou me centralizando novamente. Lentamente, vou abrindo os olhos e entendendo o espaço que se me revela.

Chego mais perto. E aí se dá a vertigem diante do abismo horizontal. É mais forte que você. Ela te impele para a frente. É preciso cuidado para não ceder. Meu rosto já está bem próximo do lado de lá.

E agora já não desmaio. Entendo que estou entrando neste espaço tão impossível quanto real. Estou aqui e estou lá. Mais um pouco, calma, não perca os sentidos agora. Sim, consigo me ver entrando ali. Mas o momento é forte demais. Já não dá para manter-me de pé. Relembro os sintomas. Relembro a queda. Porém, agora não perco a consciência. Há uma surpreendente fluidez na película de prata que está por detrás do vidro polido. Forço um pouco. Parece capaz de ceder. Experimento ver o que acontece. Caminho por ela até rompê-la.

Foi assim que eu e Alice atravessamos o espelho. Na verdade, temos estado do outro lado desde o primeiro instante. Desde que nos enamoramos com o espaço estranhamente profundo e real à nossa frente. Desde a vertigem horizontal que experimentamos quando nos vimos diante do vazio. Quando nos lançamos neste novo mundo idêntico, sem perceber as sutis, quase imperceptíveis diferenças.

Mas isto, só sabemos, ou, em verdade, temos uma vaga impressão, agora, neste exato momento em que os animais, que a própria natureza, nos explica. Só agora estamos prontos para compreender que realizamos "a passagem".

Que lugar é esse e o que significa? Isso ainda estamos longe de saber.

Bruno e Bruno, Alice e Alice. Eles também compreendem por que perderam seus reflexos.

Então, nós quatro nos abraçamos. É um gesto de despedida. Passado o susto inicial, a doutora se recupera e manda os enfermeiros nos prenderem. Eles estão um pouco assustados, mas seguem suas ordens. Os gigantescos homens de uniforme tentam nos agarrar.

Porém, nossos pares estão do nosso lado. Junto com os animais, conseguimos derrotá-los. Com chutes, socos, mordidas e patadas levamo-os ao chão. Os animais seguem gritando para a doutora, que se vê sozinha ali. Acuada pelo berro selvagem.

Nossos pares nos acompanham até a saída. Com um abraço comovido nos despedimos. Sabemos o que fazer.

Entro com Alice no carro preto estacionado. Seu motor é bem possante. Adeus!

Partimos em velocidade. Não podemos nos descuidar. Não agora. Olho para Alice. Ela sabe bem para onde vamos.

No caminho, me dou conta de que não podemos pegar o barco para voltar ao continente. A doutora já terá dado o aviso. Então, lembro de ter ouvido que existem pontes muito antigas interligando o pequeno arquipélago. São dimensionadas para pedestres ou, no máximo, charretes. Com sorte, elas podem levar até as outras ilhotas e assim chegarmos de volta ao continente.

Mais adiante, já perto da estação das barcas, como imaginei, um carro da polícia fecha a passagem. Faço a curva cantando pneu antes da rua que leva ao cais. Sigo a placa que diz "Ponte dos Sinos". Pelo meio das ruelas vou a toda velocidade. Um carro grande está atrás de nós. É um utilitário.

Passamos pelo meio de uma pequena feira por onde turistas passeiam. A caminhonete de cabine dupla também vem atrás. Infelizmente, causamos um tremendo estrago. Chego a um ponto que não sei por onde continuar. Pois há apenas o mar à nossa frente. Alice aponta para a esquerda. Confio em sua intuição.

Acelero bastante. O utilitário quase perde o controle. Estão tentando atirar nos pneus. Então, na nossa frente surge a estreita ponte. Daqui não parece que poderemos passar. Porém, o carro está bem perto de nós. Não há escolha.

Piso fundo. Espero que a sorte esteja do nosso lado. Uma charrete vem entrando no sentido contrário. Mas ao ver o bólido em sua direção, o cavalo relincha e recua. Acelero mais ainda.

A lateral do carro vai raspando na mureta de madeira. Faíscas se dispersam. O mar parece que vai nos envolver a qualquer momento, porém, quando percebemos, já estamos na outra ilha. Pelo retrovisor, vejo o utilitário parado do outro lado. Livres por enquanto. Não há tempo a perder.

Encontramos mais uma ponte estreita que nos leva à próxima ilhota. Depois, é a última. A que nos levará até o continente. Mas a ponte está quebrada em sua metade pelo último vendaval.

O que se torna uma boa oportunidade para se faturar algum trocado. Há uma pequena balsa cruzando os quinhentos metros até o continente. Um par de óculos escuros que estavam no porta-luvas dão conta do pagamento. Com o vidro levemente entreaberto, o balseiro não nota nada de anormal com aqueles ocupantes do carro preto, com vidros escurecidos. Mais uns arrogantes da cidade, deve ter pensado.

Durante a travessia, descomprimimos, rimos de nervoso e logo em seguida nos olhamos sérios. Estou confiante. Porém, sei que Alice está apreensiva ainda. Tem que dar certo.

Mal o barco encosta, passo a primeira marcha e subimos a pequena e íngreme via de acesso. Mais um pouco, chegamos à estrada principal.

Não quero perder nem um segundo. Nada pode dar errado. A polícia rodoviária deve ter sido avisada. Seguimos rumo ao norte. Cem, cento e vinte, cento e cinqüenta, cento e setenta...

A cidade industrial vai ficando velozmente para trás. Assim como nossas vidas também. O passado tem de ficar para trás. Alice chora convulsivamente. Será doloroso, mas é o único jeito.

Diante de nós, o endereço mítico: Antiga Estrada das Nações, 4.217. Está escrito no letreiro lá no alto: “A Fábrica de Espelhos”.

Não temos a menor noção de dia ou hora. Pelo movimento na estrada, diria que estamos num dia de semana. Portanto, é difícil de entender por que a fábrica parece estar vazia.

O vento movimenta o plástico preto que cobre um material de obra amontoado num canto.

Olho para Alice. Temos de entrar. Pulamos a grade fechada com cadeado. Não há um ruído sequer.

Pedrinhas pelo chão. Vamos pisando sobre elas até entrarmos na instalação.

Estamos em um galpão de tamanho apenas mediano. Um pouco maior do que uma fabriqueta de fundo de quintal. Exploramos o ambiente, e tudo que vemos são mesas onde se cortam os vidros. E outras onde são polidos. Dezenas de molduras diferentes estão amontoadas ao longo da parede lateral.

Vejo Alice no outro extremo. Ela entende a incredulidade no meu olhar. Sim, poderia jurar que haveria algo mais. Porém, tento esconder a decepção.

Continuo a pesquisar o ambiente. Lá no fundo, há uma portinha que deve ser o banheiro.

Um banheiro comum dos funcionários. Quem será que trabalha aqui? Há um uniforme pendurado. No bolso, uma pequena chave. É bem reduzida. Não deve ser de nenhuma porta.

De volta ao galpão, olho em volta à procura de alguma fechadura. Alice me olha preocupada.

— Acho melhor irmos embora. Não tem nada por aqui.

— Não. Eu sei que tem.

— Escuta... Nós podemos fugir. Ir para bem longe. Ninguém vai encontrar a gente. Ninguém vai nos atrapalhar.

Finjo que não a escuto e mexo nas ferramentas.

— Eu... te espero lá fora.

Remexo obsessivamente todos aqueles instrumentos. Há uma caixa metálica. Está trancada. Consigo abri-la com minha chave.

— Espere!

Já perto da porta, Alice se vira para mim.

— Acho que encontrei alguma coisa.

No interior da caixa há um controle remoto. Pego-o com cuidado. Aperto o botão vermelho. Uma porta de correr se abre ao fundo.

Ela vem até mim e entramos juntos. Enquanto a porta se fecha atrás de nós, ficamos absortos diante da imensidão do novo ambiente.

O pé-direito é altíssimo. Vinte? Trinta metros? As paredes são todas brancas. Parece um museu de arte moderna. E, de fato, na enorme parede lateral é como se fosse uma exposição de quadros. Só que em vez de pinturas, são dezenas, centenas de espelhos que dominam o espaço.

São estreitos, pequenos, grandes, enormes, redondos, quadrados, retangulares, triangulares, de todas as dimensões possíveis. Também as molduras são feitas nos mais diversos materiais e estilos.

Afastamo-nos um pouco para admirar o conjunto. É algo esplendoroso. Uma enorme exposição de espelhos.

Alice se aproxima para ver de perto. Quer ver os detalhes. Ela chega bem perto e verifica os acabamentos. Está encantada.

— São lindos! Vem ver. Tem molduras feitas de ouro. Outras de diamante!

Fico feliz que sua atitude tenha mudado. Ela toca de leve uma moldura cravejada de brilhantes. Seu sorriso me contagia. Então, o alarme dispara. Um som abissal invade, toma conta do ambiente gigantesco. É como um alerta anunciando o bombardeio inimigo. Um grito estrondoso que vai e vem, infalível.

Fico paralisado. Ela me olha como se perguntasse o que fazer. Ouvimos passos. Parecem homens correndo de botas. Deve ser a segurança do lugar.

Temos de correr ou nos pegarão rapidamente. Não dá para voltar ao galpão. Há um corredor. Disparamos até lá. Os passos ficam mais próximos.

Passamos pelo corredor escuro sem saber o seu tamanho. É maior do que imaginávamos. Corremos cerca de cinco minutos. Há um eco tremendo por aqui. Escuto Alice ofegante. Ela vai parando. Não consigo vê-la.

— Vamos, Alice!

Onde estará? Tateio no escuro. Os passos das botas parece que também pararam.

— Alice... — murmuro. — Alice? Cadê você?

Os guardas fazem silêncio. Eles tentam escutar onde estaremos. Ouço-os aproximando-se.

— Alice?

Até que sinto sua mão gelada e tremendo, que me agarra.

— Tô com muito medo.

— Deve faltar pouco. Vamos.

Puxo-a pelo braço.

— Vamos correr juntos.

Os passos agora estão realmente bem próximos. Corro o mais que posso, puxando Alice para me acompanhar. Finalmente, há uma luz. Há um fim neste longo corredor. Estamos quase lá. A luz vai ficando mais forte. Porém, os guardas estão quase nos pegando. Ouço os cassetetes zunindo no ar bem às nossas costas. É certo que vão nos alcançar antes de chegarmos ao final. Dou tudo. É nossa última chance. Sinto que não é o suficiente. Alice não tem tanta energia como eu neste momento. Pressinto o golpe acertando minha cabeça. Porém, algo inesperado acontece. Os guardas pararam. Estamos a meio metro do limite do corredor. Eles ficam em silêncio. Por que não nos prendem? Vamos andando vagarosamente de costas em direção ao lugar iluminado. Eles simplesmente parecem desistir. Diria que suas respirações estão quase interrompidas. Terão medo de nós? Os guardas definitivamente ficaram para trás. Dou a mão para Alice e já estamos neste monumental banho de luz.

O espaço é violentamente grande, incomparavelmente maior do que o salão que ficou para trás. Há um brilho tão forte que temos de ficar uns bons minutos de olhos semicerrados até termos a certeza de que não ficamos cegos. Depois de rodarmos tontos com tanta energia luminosa, paramos.

Diante de nós, uns quarenta, ou talvez bem mais, metros à frente, um espelho gigantesco. De proporções épicas. Não sei se é um fenômeno ótico, algum tipo de refração. A verdade é que não dá para entender onde ele termina. Nem para o alto, nem para os lados. Simplesmente parece não ter fim.

Um espelho é finito por definição, o conceito matemático me vem à cabeça, pois o que passa pelo racional é de que encontramos algo infinito.

Ficamos parados estupefatos por muito tempo. Não saberia precisar quanto. Finalmente, eu e Alice nos olhamos bem no fundo de nossos olhos. Transmito a ela que é preciso ser feito o que é preciso ser feito. Ela me olha com pavor. Uma expressão de temor absoluto. Seguro sua mão com força.

— Por nós, Alice.

Então, encaro o desafio à nossa frente. A postura corporal muda. Ela me acompanha. Respiro fundo.

— Agora!

Nossos corpos saem do estado imóvel. Os músculos se articulam todos num feixe que gera força motriz. O atrito no piso vai nos empurrando para a frente.

Está mais longe e também mais perto. Demoramos a chegar e, ao mesmo tempo, é tão rápido.

Falta muito pouco. Numa fração de segundos, dá para perceber que não estamos lá. Não há reflexo, mas, logo no momento seguinte, braços abertos, eu e Alice nos atiramos com todo o ímpeto de nossas vidas e mergulhamos dentro da superfície reflexiva.

Chove bastante na estrada, mas, para nós, é um detalhe irrelevante. Alice pediu para dirigir. Antes de entrar no carro, quebrou os espelhos laterais. Depois, destruiu o retrovisor.

Ela está seca. Impassível. Há muito, a fábrica ficou para trás. O fogo a consumia enquanto partimos. Não nos importamos com a possibilidade de sermos presos. Simplesmente improvável depois de tudo que passamos.

Suas mãos ao volante. O olhar rígido para a frente. Passa as marchas com destreza. Nenhum diálogo entre nós. Temos tanto a falar e não temos disposição ou necessidade de realizar o ato.

A verdade é que, desde a chegada à fortaleza da doutora Nadine, formou-se uma espécie de couraça em Alice. Ela se esforça em parecer dura. Porém, tem desabado diversas vezes. Teremos que nos entender.

A estrada vai em uma longa descida. Já se pode ver uma grande lagoa, bem adiante. Seguimos reto. Nosso destino é o mar.

* * *

O tempo esfria um pouco. A chuva diminui. Praticamente parou. Rodamos pela pequena cidade até chegarmos num lugar mais deserto, bem perto de uma das praias.

Descemos do carro. Não temos bagagem para a temporada na casa de praia de Alice. Realmente, ela existe. A casa é real mesmo. Há uma chave escondida dentro de uma pequena fenda em uma árvore.

Entramos. O cheiro é o típico de uma casa fechada por meses, anos talvez. Alice abre as janelas. O ar marinho entra e salga o ambiente, deixando-o minimamente salubre.

Ela pega um pano na cozinha. Não entendo o que vai fazer. Vai até um dos quartos.

Dou uma olhada pela sala. A decoração rústica me agrada bastante. Assusto-me com o ruído que vem lá de dentro. Um espelho sendo quebrado. Pouco depois, Alice volta à sala retirando a venda que cobria seus olhos.

Pela primeira vez desde que iniciamos a viagem, nos encaramos. Dou razão a ela. Temos medo. Ainda não sabemos o que o espelho nos reserva. Qualquer coisa que víssemos na superfície reflexiva poderia ser fatal para nós dois. É muito cedo. Não estamos preparados para este momento.

Por fim, ela me abraça. Quero beijá-la, mas ela entra num choro que vai num crescendo incontrolável. É um pranto. Uma força da natureza.

Fico ao seu lado enquanto ela chora na cama. Depois, sinto-me inútil em ficar ali. Melhor que fique sozinha. Alice segura minha mão, mas saio de perto. Faço um carinho em sua cabeça e saio.

Vou até a parte de fora da casa. Respiro o ar puro. Como gostaria de um cigarro agora. Ou algo mais forte. Não estamos bem, definitivamente. Espero que tenhamos força para sobreviver juntos. "Eles fizeram a passagem". A frase não vai desgrudar tão cedo.

Rapidamente, me vêm à cabeça algumas imagens perturbadoras. Imagens que apreendi, apenas em parte, quando estive junto com Bruno. E que só com o tempo vão deixando de ser fragmentos nebulosos e ganhando contornos mais nítidos. Talvez, um dia, elas me revelem o todo. Por enquanto, o que vejo é a terrível angústia de um homem exatamente igual a mim diante do espelho onde está desaparecendo. Ele o envolve com um pano preto e imediatamente se lembra de algo que o assusta: o antigo costume judaico de cobrir o espelho na casa dos enlutados. Aterrorizado, precisa se livrar daquela coisa. Decide-se por uma opção insólita. Enterra o espelho bem longe, à noite, no antigo cemitério judaico, perto da cidade industrial. De nada adianta. Sua imagem não está em nenhum outro espelho. Bruno nunca mais voltará à residência onde vive sua mulher, nem ao apartamento herdado, seu refúgio secreto. Tudo isso ao mesmo tempo, enquanto vejo-me levando o embrulho de papel pardo pelas ruas. Depois, já à noite, na loja, fazendo a travessia para o outro lado do espelho. Entrando num mundo quase idêntico ao meu. Conseguindo já agora notar as milimétricas nuances. Tudo igual, mas diferente.

Então, já tonto, sinto que fui longe demais por hoje. Entro em casa e procuro urgentemente algo que substitua o desejo de fumar. Reviro a cozinha quase vazia até que encontro duas caixas inteiras, completas, de champanhe. Também temos outras bebidas por perto. Algumas garrafas de vinho e outras de uísque.

Abro uma garrafa de champanhe. Levo até Alice. Bebemos juntos a primeira de muitas.

Os dias têm sido cinzentos. Às vezes, um sol aparece de leve. As garrafas vão se esvaziando suavemente. Bebemos de manhã, de tarde, de noite e de madrugada. Dormimos um pouco. Transamos algumas poucas vezes. Falamos bobagens. Andamos pela ruazinha que vai levar até a praia. A cidade semideserta. Pintores retocam fachadas de restaurantes vazios. Olhamos o mar de longe.

A maior parte do tempo, ficamos em casa, ouvindo música. Canções de rock antigo, progressivo. Estamos adormecidos. Estamos rindo. Estamos felizes até mesmo algumas vezes.

Arrumamos a casa desengonçadamente, varremos, limpamos, pintamos. Comemos qualquer coisa roubada das casas vizinhas. Geralmente um prato de massa, que é o que mais se vê por aqui.

Existem livros e revistas antigas que ficaram esquecidos. Memória de verões passados com a família. Que família? A qual ela se refere? A que foi construída por sua imaginação ou a real? Qual delas é a real, na verdade?

Queremos beber mais, então há uma espécie de sobrevida neste nosso estilo quando encontro mais garrafas pelas casas de veraneio vazias, praticamente mansões, nas redondezas. Uma delas é a minha preferida. Levo Alice até lá. É nosso lugar secreto. Aqui nos amamos mais intensamente. Está muito próxima do mar azul.

Aqui conseguimos ser românticos. Aqui nos reencontramos de fato. Nos beijamos. Nos amamos de verdade. Conseguimos ficar quase sóbrios. Passamos um bom tempo abraçados juntos no chão da sala. Depois, pulamos na piscina que cuidei durante o dia. É nosso refúgio. Fazemos juras de amor.

As garrafas vão terminando e nem nos damos conta. Começamos a dar longos passeios pela praia. Definitivamente, estamos fora da estação e não há ninguém, ou quase ninguém, pelas praias.

Numa destas caminhadas, antecipo o que quero lhe dizer. Dou pistas, pergunto sobre a casa, sobre sua família. Ela já não mente. Prefere não inventar respostas. Então, num final de tarde, sentados na areia, entro logo no assunto. Não há mais razão para mentir. Posso estar sendo muito confiante, mas acredito que chegamos num ponto onde não há mais volta.

Falo sobre tudo que fiz para descobrir quem, de fato, é Alice. E de como quase morri para ler "O Pomar."

Ela me fascina mais uma vez. De repente, parece muito mais madura. Fala de si, como se falasse de outra. Com o devido discernimento sobre si própria, como poucas pessoas conseguem fazer.

Como imaginava, depois que ficou invisível, Alice aproveitou para fazer o que gostaria de ter feito há muito tempo: destruiu todos os exemplares de seu livro. Queria enterrá-lo, queimá-lo, como se nunca tivesse existido sobre a face da Terra.

Para que eu pudesse entender melhor, ela contou-me de seu encontro com a outra Alice. De como uma compreendeu a outra no âmago mais profundo naqueles poucos segundos.

De como usaram o mesmo heterônimo: Carol Lewcovitz.

De como escreveram o mesmo livro, dos dois lados do espelho. Muito embora palavra por palavra fossem praticamente idênticos, tinham um significado completamente diferente para cada uma delas.

De como uma Alice trabalhava com Liza como voluntária no hospital. E de como a outra Alice era paciente da outra Liza, logo ali, do outro lado do espelho.

Aliás, este foi o ponto que fez com que a Alice com que convivi suspeitasse de que ou estava ficando louca ou estava em outra dimensão. Naquela noite em que Liza morreu, ela fez questão de buscar algo no apartamento. Era o diário de Liza. Ela já sabia que sua companheira registrava suas memórias. Porém, sempre teve um certo receio de ler. Talvez porque já intuísse algo de aterrador. Mas aquela era uma situação sem volta. Era pegar o diário ou nunca mais. Algum familiar fatalmente o encontraria e seu conteúdo poderia incriminá-la. Ela criou coragem e levou consigo os segredos de Liza, enquanto eu agonizava.

Foi nessa fase que Alice começou a se drogar pesadamente. Ao folhear aquelas páginas, teve a imediata sensação de que poderia não ser quem pensava ser. Os primeiros registros sobre Alice remontavam à época em que as duas se conheceram. O coração dispara ao ler seu nome no meio de um parágrafo difícil de compreender. Para seu assombro, Liza referia-se a ela não como uma voluntária que se tornara sua amiga e confidente. No relato, era descrita como uma de suas mais interessantes pacientes. Como aquilo se justificava? Como racionalizar esse paradoxo?

De todo modo, prosseguiu ávida em busca de alguma explicação. Na seqüência das memórias, Liza conta que a fuga da interna a deixou abalada. Temeu muito pela saúde mental daquela mulher que vivia em seu mundo tão particular.

Em meio a uma história que parecia pertencer a uma outra pessoa, Alice gradualmente começa a se reconhecer no diário de Liza. É quando essa relata os telefonemas trocados entre elas, culminando com o encontro em que, enfim, revelou o fenômeno da invisibilidade.

O tom equilibrado da narrativa vai mudando rapidamente à medida que o doentio relacionamento avança. Com um discurso desconexo, notava-se alguém à beira de perder a própria sanidade. Liza passava a temer que tudo à sua volta fosse resultado de sua fantasia, de seus desejos. Ao mesmo tempo, acreditava que não poderia haver nada mais real do que um amor profundo como aquele. Liza foi aceitando a versão de Alice sobre sua trajetória de vida até ali. Mais do que isso, foi incorporando uma coisa à outra e, aos poucos, criando sua própria Alice. A partir de um certo ponto do diário, a Alice retratada não era mais uma paciente que havia fugido, tampouco uma voluntária fazendo pesquisas para escrever um romance. A Alice que emergia das últimas e confusas, rabiscadas, páginas do diário era uma talentosa colega de trabalho. Criou seu passado, sua família, seu pai infiel, sua mãe esquizofrênica, seu irmão mesquinho, seu namorado frio e distante. Em verdade, Liza acabou inventando uma Alice que, em muito, se parecia com ela. Com todas as suas frustrações e desejos.

Ao acabar de ler o trágico diário, Alice se perguntou quem era, de fato. A voluntária que pensava ser? A paciente do começo do diário de Liza? Ou a colega de trabalho, conforme Liza a havia criado? Qual das três versões era a verdadeira? Questionou se o que aceitávamos como realidade não era um grande equívoco. Se a única realidade não seria a que estava dentro de nossas mentes. Aliás, por que acreditar em outra, se é só essa que podemos ter certeza de que existe? E, dentro de sua mente, havia incorporado aquela Alice idealizada.

Foi essa Alice que conheci através de seu próprio relato quando pedi que me contasse sobre sua vida. Mas que foi se transformando, até esta que agora consegue avaliar com um impressionante distanciamento esse turbilhão de identidades por que passou.

Isto nos leva perigosamente aos acontecimentos mais recentes que teremos de abordar. Onde estamos agora? Mas não ainda.

A verdade é que estamos tão leves, tão imprevisivelmente leves, que nossas obsessões ficam esvaziadas diante do mar aberto.

Esse azul, essa areia, esse vento, tudo é maior do que ficou para trás.

Há pranchas numa casa à beira-mar. Ela sabe surfar. Vai me apresentando aos poucos. Rapidamente, estamos imersos no prazer de deslizar sobre as ondas.

Todos os dias passamos horas no mar. Às vezes, conseguimos entrar num tubo juntos.

Talvez nunca mais falemos do que aconteceu conosco. Talvez não seja necessário.

De volta à casa, cabelo molhado, existem pescadores lá bem longe, mas é como se todos fossem invisíveis aos nossos olhos.

Comemos do que é natural. Até do que plantamos. De vez em quando, vamos até o outro lado do rio. Acampamos por lá. Imaginamos a construção de uma casa.

Ficamos deitados vendo estrelas.

Então, sabemos que é hora de terminar a história do menino. "Já não era sem tempo de me pagar a dívida", ela brinca. Conto-lhe de minha desesperada gravação, quando pensei que jamais a veria novamente. Repito minha fala inicial. "Alice, se um dia você escutar essa fita... saiba que pensei em você até o último instante." Ela primeiro ri, depois se comove, foi a mais linda prova de amor que já recebi, ela diz, enquanto me abraça apaixonada.

E, enfim, relato o que aconteceu comigo até chegarmos ao último ato.

E agora, quando entramos no momento derradeiro, sinto-me no dever de explicar a Alice as condições em que tudo se deu. Creio que certas revelações ultrapassam a capacidade de nossa consciência. Não somos capazes de absorvê-las com esse limitado aparato. Apenas com os olhos, ou mesmo com todos os cinco sentidos. É preciso se utilizar de algo maior em nós mesmos. Portanto, durante boa parte do tempo, encontrava-me em algum estado fronteiriço entre o sonho, o sonho dentro do sonho, a meditação e o devaneio.

Havia chegado há pouco em casa quando me dei conta do barulho que acreditava vir de dentro de mim. A sensação de que iria implodir se desfez ao perceber que o som das batidas do coração vinha do terceiro quarto, onde as máquinas estavam tomando a pulsação do adormecido satélite, a 32 mil anos-luz acima. Corri para lá. Shiva havia despertado subitamente. Senti que, finalmente, chegara o momento das respostas que durante tantos anos me torturaram. Um crime premeditado? Ou o destino já havia previsto que o irmão mais novo deveria morrer no lugar do mais velho?

Se eu não tivesse aceito a troca, se ele não tivesse embarcado no meu lugar, teria morrido de qualquer jeito naquele mesmo dia?

"Tudo está escrito?"

"Culpado ou inocente?"

Naquele momento não tinha a menor idéia de que me esperava algo muito maior.

Shiva se movia mais rápido do que nunca. Os números mudavam tão velozmente que a máquina não conseguia acompanhar. Então, o fenômeno se deu. Tudo o que não havia visto antes passou diante de mim. O pontilhado da trajetória de Shiva, o mapa do Cosmos, foi se transformando em formas absolutamente nítidas. Pareciam ser letras. Esparsas, aleatórias, letras dos mais diferentes alfabetos e dialetos humanos. Tudo ia aparecendo e desaparecendo à minha frente. O tempo se tornou elástico e, de algum modo, pude ver que era possível analisar as partes, discernir os incontáveis elementos. Aos poucos, entendi que os pontilhados juntavam-se, formando letras que se uniam em palavras, em frases inteiras. Mais que isso, claramente eram romances, ensaios, rascunhos, relatórios, documentos, teses, poemas, tratados, textos que haviam sido publicados ou não, escritos ou meramente imaginados, nas línguas existentes, nas que já estão extintas e nas que serão criadas. Simultaneamente, partes do pontilhado se uniam revelando seqüências de números, fórmulas físicas, químicas, biológicas e de ciências que nenhum cientista sequer ousara imaginar. Depois vi os pontilhados se reagruparem em símbolos, imagens, rostos e corpos totalmente cristalinos. Não só o conhecimento do mundo parecia estar ali dentro, mas todas as existências também. Do passado, do presente e do futuro. Tive o privilégio, talvez como uma forma de iniciação, talvez como método de persuasão de modo a impressionar-me e desprezar qualquer dúvida que ainda restasse, de acompanhar a vida inteira de um homem das estepes, do nascimento à morte em três segundos. Como um gigantesco plano-seqüência, sem cortes. Testemunhei seus três amores, suas infinitas dores, seus dezessete camelos, seus nove mil pratos de batata, seus dois mil e trinta e um orgasmos, seus doze filhos, suas cem mil quedas, seus oitenta e oito netos, trezentos e quinze bisnetos, seu único e derradeiro sepultamento. Cerimônia muito simples e bonita, que acontecerá somente daqui a cinco séculos. Porém, o ceticismo é como uma marca de nascença na alma, que nenhum cirurgião, cientista, religioso ou artista é capaz de remover. Como se adivinhasse meus pensamentos, uma vez que uma parte de mim duvidava da autenticidade do que via, Shiva decidiu-se pela prova final, definitiva. Exibir-me uma cena que somente uma pessoa em todo o universo poderia atestar como real: eu mesmo. Então, ele decide me mostrar um fragmento oculto do passado. O pontilhado se revolve bruscamente, de um lado para o outro, em movimentos que parecem aleatórios, até que se possa distinguir duas folhas de papel amareladas. Numa delas, uma lista singela de quinze palavras: mamãe, papai, titia, bola, neném... Na outra folha, não há palavras soltas, mas oitenta e duas frases curtas, nove refrões musicais, todos os números de zero a vinte, todas as cores do arco-íris e, por fim, uma poesia. A diferença de datas entre uma folha e outra é de aproximadamente oito anos. O título, assim como a caligrafia, são os mesmos no alto das duas páginas: "Vocabulário — dezoito meses". Quem segura as folhas é quase um adolescente. Estou no quarto de meus pais, vasculhando segredos. Minhas mãos tremem ao comparar as duas páginas encontradas num canto do armário. As folhas recebem pingos que caem de meus olhos. Depois, os pontilhados de Shiva se reconfiguram rapidamente e se transformam num riscar de fósforo. As folhas amareladas enegrecendo velozmente. Um menininho brincando junto ao feno. A chama encostada no solo, deslizando rapidamente. A minha fuga pela floresta, deixando para trás o pequeno gênio à sua própria sorte. Meus passos de garoto, quase adolescente, correndo sem rumo. "Garoto maravilha!". Meu sorriso de volta. Meu olhar assustado. O cheiro da cabana queimando. Um grito de choro ao longe. As árvores rodando. A culpa. Meus passos em meio ao calor do fogo. O irmãozinho desfalecido. "Max!" Respiração boca-a-boca. "Por favor, volte!" Um suspiro exalado. Vida.

E, em seguida, recuamos no tempo. E vou reconhecendo uma cena que me parece estranhamente familiar. Estamos novamente na casa de campo. Ali estão Ordínov e a bisa Kátia. Ela tem os olhos vermelhos. O primo toca de leve seus cabelos. Ela deixa uma lágrima cair. E agora estou muito mais próximo. Posso escutá-los. Posso entendê-los. A bisa diz que deveria estar feliz com a segunda gravidez da filha, mas sentiu um *nisguit*, algo de ruim, desde que teve a notícia. Sabe que alguma coisa muito grave vai acontecer. Pergunta a Ordínov se o bebê vai mesmo nascer. Se o parto acabará em tragédia. O primo se cala. Ela segura suas mãos. Fecha os olhos com força. Mostra toda a sua dor. Implora que lhe conte. Seus dias estão se acabando, ela tem plena consciência. "Por favor, não deixe que eu me vá com essa angústia." Então, o velho homem parece se convencer. Ele se concentra, respira fundo e lhe revela o que sabe. O menino nascerá com muita saúde. Não apenas isso. Virá com algo especial. Uma inteligência fora do comum, um brilho quase divino. Sua filha está esperando um sábio, um *tsadic*. A bisa sorri, emocionada. Ele faz um silêncio breve. Ela começa a subentender a possível seqüência das palavras. Ordínov faz que sim com a cabeça. É um sim pesaroso. Viverá como o mais feliz dos homens até os vinte e três anos. E, então, se despedirá da mulher e dos dois filhos. Uma viagem o levará para sempre. A bisa chora, bate no peito do primo querido. Pede que ele interfira. Que lhe diga como será, que possam preveni-lo, que não é justo morrer tão cedo, deixar uma família... Ordínov a olha bem nos olhos e sentencia, apontando para os céus: "Nada jamais poderá ser alterado". Mesmo que ele ou alguém quisesse interferir, o dia daquele que vai nascer já está marcado. De uma maneira ou de outra.

Ordínov fecha os olhos de Kátia e depois fecha os seus. E vejo agora, junto com eles, o último suspiro de Max, um homem feliz, pensando nos seus. A bisa abre os olhos, dá um abraço no primo, agradece-lhe e se beijam na boca, como só os enamorados fazem. Há um menino de oito anos escondido na mata, observando tudo de longe. Ele olha assombrado para a cena e sai correndo assustado.

Diante de mim, estava tudo que aconteceu e tudo que acontecerá.

Sim, nada acontece por acaso. Tudo está escrito.

Max morreria naquele vinte e seis de outubro independentemente de minha vontade.

Era como se a trajetória de Shiva contivesse o Todo dentro de si. Ao refazê-la, tudo se revelou. As imagens espalhadas pelas paredes do quarto mudavam tão rapidamente quanto apareciam. Logo entendi que, obviamente, a leitura desse Livro da Vida só seria possível para quem o escreveu. E, de fato, alguma inteligência superior o havia escrito, ou ditado. E isso era o que me importava.

Mas ainda restava um dilema. Ver ou não meu próprio futuro? Qual seria o sentido de seguir vivendo depois de tê-lo visto?

Bastava não fazer nada. A tentação foi mais forte. E assim seguiu minha vida diante de meus olhos. Revi o derradeiro encontro com Max no aeroporto, o auto-encarceramento no terceiro quarto, a odisséia rumo às estrelas, o Projeto tomando forma, consumindo-me as últimas forças, até que consegui me ver, vendo-me, como se estivesse de frente a um espelho. E daqui em diante? O que aconteceria? As imagens se sucediam, mas eu não conseguia me enxergar direito. Concluí que a máquina estivesse sobrecarregada, esquentando demais. As cenas eram nítidas, podia ver os móveis, os detalhes dos lugares, porém eu mesmo estava cada vez mais apagado. Em seguida, já não há praticamente qualquer sinal de mim. Apenas um cenário. A Loja de Espelhos. Finalmente, desapareço após a vertigem horizontal.

Depois, o barulho foi ficando ensurdecedor. As máquinas esquentavam assustadoramente. A profusão de signos foi acelerando em ritmo exponencial. Fumaça saía da torre. Lembrei-me de ainda ter visto uma letra, que depois se transformou num rosto. Um Ser que abriu os olhos e me olhou. Dentro de minha íris, uma luz intensa. A luz se acentuando cada vez mais até o clarão final. As máquinas entraram em colapso e pararam.

Acho que foi naquele exato momento que apaguei. Depois de voltar ao estado de consciência, foram dois dias chorando e vomitando.

Quando tudo acabou, senti um vazio brutal. Sim, há sentido no Caos.

E o que existe depois do sentido?

Tranquei a porta do terceiro quarto onde ficavam os computadores, o gerador, os livros e tudo relacionado ao Projeto. Desde então, nunca mais entrei lá. Minha vida continuava a mesma. É verdade, tinha visto algo de extraordinário, de sublime. Algo com que podia me orgulhar imensamente. Mas a verdade é que nada parecia ter mudado. Nada me tirava a idéia de que havia cometido um crime ao trocar de lugar com meu irmão.

Uma boa parte da minha vida tinha ido embora. Talvez a melhor. E para quê? Eu queria ter certeza de que a culpa não era minha. Que se há um Plano de verdade, se tudo está escrito, então não havia delito.

Pensando mais profundamente, o que eu queria mesmo era compreender por que tinha sido Max e não eu a entrar naquele maldito avião. No final das contas, todo aquele esforço não trouxe meu irmão de volta. A carcaça da aeronave continuava lá. Com que direito esse Grande Autor faz isso, estilhaçando uma família inteira? Conhecer o Caos, entender o sentido que se esconde debaixo de seus trilhões de camadas, não vai ressucitá-lo. Talvez eu tenha visto uma fagulha do grande mistério. Mas o tempo não volta. O elo entre todos nós já se perdeu para sempre.

Qual o sentido? Aqui, um homem com mulher e filhos pequenos. Ali, um idiota... O herói morre. O idiota sobrevive. Por quê? O Grande Autor pode até ter uma história para contar. Mas não parece entender nada de dramaturgia.

Entretanto, talvez acima de tudo isso, havia algo ainda mais difícil de engolir. A vida... A vida não podia ser só aquilo. Um burocrático cumprimento de tarefas predeterminados por um Outro. Ao olhar para cada uma das pessoas por quem passava pelas ruas, esse sentimento de pobreza, de roboticidade me invadia. Aquele atravessa o sinal, o outro desvia da senhora, que por sua vez mexe na carteira. Cada gesto, cada pensamento... tudo programado.

Tudo está escrito? Triste demais. É muito pouco para o ser humano.

Tomei um banho e decidi esquecer. Dediquei-me com afinco a um cotidiano normal, ao trabalho burocrático, horários, prazos, ocupação de tempo, entretenimento. Às vezes é preciso colocar um ponto final. O que me restava depois de ter vivido toda a experiência?

A invisibilidade, longe de alterar meus pontos de vista, só pareceu corroborar a crença de que não nos resta muita coisa a fazer. A função deus, na qual embarquei tão ingenuamente, pode ter sido muito mais uma questão de fragilidade. De desespero. "Se não pode vencer o seu inimigo, junte-se a ele."

Desde então, tenho pensado e pensado a respeito. E, talvez, só neste momento, e faço questão de dizer a Alice que, mesmo enquanto ainda articulo as palavras que se amontoam, só agora vislumbro um fio, um fiapo de lucidez. Percebo o quão pouco sabia, mesmo ainda naquele momento em que Shiva se revelou para mim. Vejo que, apesar de ter vislumbrado o Todo, faltou o mais importante.

Tudo mudou depois do momento derradeiro no sanatório da doutora Nadine. Agora sei que o homem não é um só. Fico me perguntando, será que Ele, o Grande Autor, sabe disso? Desconfio que não. O truque do espelho, tenho para mim, é obra humana. Do outro lado da superfície reflexiva, o Grande Autor é incapaz de monitorar nossos passos. Foi por isso que nenhuma imagem minha apareceu depois que atravessei o espelho. Não sei se é invenção de um ou mais homens geniais. Em que época singular teria acontecido? Em que condições obscuras, mágicas, artísticas, científicas, esotéricas? O que importa? Seres de carne e osso conseguiram desvendar os segredos mais ocultos do Grande Autor e burlar sua Grande Obra. O poder de imaginar era maior do que se poderia supor. De algum modo, soubemos criar nossa liberdade, escapando de seu controle. Não totalmente por enquanto, mas uma parte de nós está livre. Ainda que refém da outra metade.

Pouco a pouco, a cidade vai ganhando vida. O verão se aproxima. Moradores vão chegando. Nosso esconderijo já foi tomado. As coisas vão voltando ao normal. E este sentimento de normalidade nos toma de uma maneira melancólica e também realista. Sabemos que será preciso retornar. Teremos que encarar o que fizemos. Crimes foram cometidos. Por mim e por ela. Precisamos confessá-los para um novo recomeço.

Sem trocar maiores palavras, despedimo-nos da casa. A casa que nos fez um casal. Não só a casa, mas toda essa natureza que nos acolheu. É triste, é feliz, é verdadeiro. Novamente a chuva nos trazendo de volta. A estrada está bastante diferente de quando chegamos. Ela me dá a mão. Sorrimos.

Pelo caminho, ouvimos e cantamos nossas músicas preferidas. Experimentamos canções atuais que tocam no rádio. E assim seguimos o caminho até voltar à cidade.

As paisagens tão comuns, tão familiares estão absolutamente diferentes. Como se voltássemos anos depois à terra natal. Como se voltássemos de um exílio.

Antes de voltar para casa, nos contagiamos com uma festa num parque. Parece ser um show de música. Queremos celebrar nossa volta. Um beijo, e saímos do carro com o coração batendo rápido, muito acelerado.

Vamos entrando no parque, onde está a multidão do domingo. O clarão nos acerta nos rosto. O barulho do flash parece distorcido. Ao virarmos para trás, o homem fala algumas frases que parecem desconexas a respeito do jornal de amanhã. Pouco a pouco, várias pessoas nos rodeiam. A maioria aplaude. Nos olhamos rindo. Um policial aparece. Acho que quer nos prender. Porém, a multidão vence e o afasta. Todos aplaudem. Só então percebemos que estamos nus.

O convívio foi bom e rápido. Alice e eu moramos juntos durante algumas semanas. Estávamos nos preparando para oficializar nossa união.

Para nossa surpresa, não havia qualquer queixa crime, qualquer investigação a respeito de nós dois. Podíamos tocar nossa vida tranqüilamente.

E este era o ponto-chave. Eu peguei o primeiro emprego que apareceu. Alice voltou a escrever. Incentivei-a bastante. Ela preferia não mostrar o que era. Passava horas trancada, bem concentrada. Falava quase nada sobre o assunto. Mas, pouco a pouco, fui compreendendo o que, de fato, continha na sua nova aventura literária. Aliás, o termo é pequeno. Para ela, era a aventura de sua vida. Alice estava reescrevendo “O Pomar”.

Não demorou muito e o inevitável aconteceu. Alice sumiu sem deixar pistas. No íntimo, sabia bem o que isto queria dizer. Ela desapareceu.

Passei várias semanas pensando em muitas coisas ruins. Não sei dizer se continuaria a viver, caso o telefone não tivesse tocado naquele dia. Era da loja de espelhos. A moça do outro lado da linha tinha encontrado uma antiga nota. Havia uma reclamação anotada. Ela pedia desculpas e queria saber se poderia mandar alguém para entregar. "Não", agradeci. Queria eu mesmo pegar o espelho de volta.

Era ela mesmo. Houve um bom momento inicial. Era mútuo. De primeira, soubemos que daria certo. Era como se nos conhecêssemos há bastante tempo. Convidei-a para vir aqui em casa ver como ficou o espelho.

Ela não sabe, e provavelmente nunca virá a saber, mas, como disse o Tio Charles, os dois lados do espelho são reflexíveis e não-reflexíveis. Na aparência, refletem o que está de um lado. Porém, só enquanto o vemos. Durante todo o resto do tempo, cada um dos lados tem vida própria.

Se existe o artefato do espelho é porque estes dois mundos se comunicam. Um interferindo e influenciando o outro. Simetria e sincronia só existem nos momentos em que os olhares se cruzam.

Porém, de alguma maneira, estes dois universos coexistem e se completam o tempo todo, comunicando-se não apenas na superfície especular, mas através do impalpável, do material que nos faz sonhar. Enquanto um sonha, o outro é sonhado por ele. E vice-versa.

Até hoje ainda não me acostumei a olhar para o espelho e saber que não sou eu que estou do outro lado. Às vezes, parece que tenho um figurante à minha frente. Outras vezes, sinto que o figurante sou eu. E, em alguns momentos, fico imaginando por que é que não estou lá do outro lado. O problema é que, a qualquer tentativa de contato, como um aceno, ou um olhar que seja, esbarra-se numa questão insolúvel: a sincronicidade. Por mais banal que seja, qualquer ato será sempre duplicado.

Tenho a sensação de estar numa daquelas histórias em que o herói faz uma viagem no tempo para consertar um erro do passado.

Entretanto, invariavelmente, por mais que se esforce, tudo acaba dando errado, e temos sempre o mesmo presente trágico. Porém, me dá uma sensação de liberdade saber que esse não é o único caminho para chegar ao mesmo presente. E se não é o único, um dia, as coisas podem mudar.

Mas nada disso ela saberá. Melhor assim. Talvez seja um fardo grande demais sabê-lo.

Em questão de semanas, nos casamos e temos vivido felizes desde então. Dia desses, tomei coragem e fui ter notícias de minha antiga paixão da adolescência. Embarcou para o exterior com um pequeno menino, bem parecido comigo, como pude ver na foto. O short azul, a blusa laranja, as mãos femininas acariciando-o gentilmente. Sei que jamais o verei novamente. Pelo menos, vou poder levar para sempre comigo nosso momento. De alguma maneira, estivemos juntos naqueles raros minutos que acolheram o passeio pelo jardim do museu até chegarmos à sala de espelhos. E, se não fosse a passagem para o outro lado, talvez nunca soubesse de sua existência. Pequenas coisas, mínimos detalhes, podem mudar uma vida.

Possivelmente, jamais faria tanta questão de viver esta nova experiência que tomou conta de nossa casa. Minha mulher está esperando nossa primeira filha.

Quanto a Alice, nunca mais a vi. Porém, quando subo ao terraço de madrugada para rascunhar algumas palavras, memórias que pretendo deixar à minha pequena, algo estranho acontece de vez em quando. Escuto o som de passos descalços pelo piso. Se esticar os braços, posso sentir seus cabelos, sua boca, sua pele, suas pernas, seus seios... Então, sei que é hora de fechar a porta.